báječné nakupování do kočárku

SOPHIE KINSELLA

báječné nakupování do kočárku

Přeložila Daria Dvořáková

BB ART

Oskarovi

Vydalo nakladatelství BB/art s.r.o.
ve spolupráci s nakladatelstvím Jiří Buchal – BB/art v roce 2008
Bořivojova 75, Praha 3

Z anglického originálu *Shopaholic & Baby*
(First published in Great Britain in 2007 by Bantam Press
a division of Transworld Publishers)
přeložila © 2008 Daria Dvořáková
Redakce textu: Růžena Steklačová
Jazyková korektura: Jan Řehoř

Tisk: CENTA, spol. s r. o., Vídeňská 113, Brno

První vydání v českém jazyce

ISBN 978-80-7381-240-9

Poděkování

Ráda bych poděkovala Lindě Evansové, Lauře Sherlockové a celé řadě lidí z Transworldu. Všem jsem opravdu velmi zavázána.

Jsem nesmírně vděčná agentce Aramintě Whitleyové, mé velké opoře, která byla jako vždy naprosto úžasná a bez níž bych se absolutně neobešla. Tisíceré díky patří také Lizzie Jonesové, Lucindě Cookové, Nickimu Kennedymu, Samu Edenboroughovi, Valerii Hoskinsové a Rebecce Watsonové.

Jako vždy zdravím členy komise a mou stále početnější rodinu: Henryho, Freddyho, Huga a Oskara. A pochopitelně také pana Patricka Plonkingtona-Smithe, kterého nepochybně nemůžu opominout.

A nakonec děkuju skutečně „nepostradatelnému" porodníkovi Nicku Walesovi, který asistoval při porodu posledního dítěte *i* knihy – a dětské sestře Michelle Vaughanové, bez níž bych se rozhodně neobešla.

KENNETH PRENDERGAST
Prendergast de Witt Connell
finanční poradenství
Forward House
394 High Holborn Londýn WCIV 7EX

Paní R. Brandonové
37 Maida Vale Mansions
Maida Vale
Londýn NW6 0YF

30. července 2003

Vážená paní Brandonová,

velmi mě potěšilo nedávné setkání s Vámi a panem Brandonem a těším se, že se stanu finančním poradcem Vaší rodiny.

Právě připravuji svěřenecký fond pro Vaše děťátko, které očekáváte, a vybírám z programů naší banky ty, jež jsou pro Vás nejvýhodnější. Až se Vám to bude hodit, můžeme spolu probrat investice, které budete moct jménem svého dítěte podniknout.

Těším se, že se spolu v nadcházejících měsících lépe poznáme. Neváhejte se na mě, prosím, obrátit s každým, i tím sebemenším problémem.

S pozdravem,

Kenneth Prendergast
odborník na rodinné investice

KENNETH PRENDERGAST
Prendergast de Witt Connell
finanční poradenství
Forward House
394 High Holborn Londýn WCIV 7EX

Paní R. Brandonové
37 Maida Vale Mansions
Maida Vale
Londýn NW6 0YF

1. srpna 2003

Vážená paní Brandonová,

děkuji Vám za dopis. Na Váš dotaz odpovídám: ano, u dětského bankovního účtu lze zřídit debetní saldo – ale dosud ho na nás žádné dítě nevyžadovalo!

S pozdravem,

Kenneth Prendergast
odborník na rodinné investice

KENNETH PRENDERGAST
Prendergast de Witt Connell
finanční poradenství
Forward House
394 High Holborn Londýn WCIV 7EX

Paní R. Brandonové
37 Maida Vale Mansions
Maida Vale
Londýn NW6 0YF

7. srpna 2003

Vážená paní Brandonová,

děkuji Vám za dopis.

Vaše zpráva o tom, že jste dostala od svého nenarozeného dítěte „telepatickou zprávu", mě skutečně zaujala. Přesto se obávám, že v této chvíli nemůžeme přečerpání prostředků na jeho účtu umožnit. I když, jak říkáte, „si to dítě přeje".

S pozdravem,

Kenneth Prendergast
odborník na rodinné investice

Jedna

Prosím tě! Co šílíš? Všechno bude v pořádku. Stoprocentně.

Stoprocentně.

„Mohla byste si vyhrnout halenku, paní Brandonová?" žádá mě sestra u sonografu příjemným profesionálním hlasem a upřeně se na mě při tom dívá. „Musím vám před prohlídkou natřít na břicho trochu gelu."

„Samozřejmě!" odpovím a nepohnu jediným svalem. „Jsem jenom malinko… nervózní."

Ležím na lůžku v nemocnici Chelsea and Westminster a napětím div neprasknu. Teď už s Lukem neuvidíme na obrazovce jenom nejasnou prťavou kuličku, ale přímo naše dítě. Páni! Vlastně jsem si na to, že jsem těhotná, ještě tak úplně nezvykla. Za devatenáct týdnů se já, Becky Brandonová, rozená Bloomwoodová… stanu matkou. *Maminkou!*

Ano, Luke je můj manžel. Teď jsme právě něco přes rok svoji a tohle je stoprocentní a nefalšované líbánkové dítě! O líbánkách jsme projeli kus světa, ale když jsme dorazili do Unawatuny, nádherného a úžasně malebného srílanského letoviska ponořeného do záplavy orchidejí a kokosových palem, strašně jsem se snažila počít naše dítě právě zde.

Unawatuna Brandonová.

Slečna Unawatuna Orchidea Palma Brandonová.

Hmm. Z toho by mámu asi ranilo.

„Manželka utrpěla na počátku těhotenství drobnou nehodu," vysvětluje Luke, který sedí u lůžka. „Proto ta nervozita."

Stiskne mi konejšivě ruku a já jeho stisk opětuju. Podle knihy *Devět měsíců Vašeho života* nemáte svého partnera v těhotenství z ničeho vylučovat; mohl by se totiž cítit dotčený a trochu se vám odcizit. Snažím se tedy Lukea zapojovat do všeho co nejvíc. Kupříkladu včera večer jsem ho přinutila sledovat se mnou nové DVD *Posilování rukou v těhotenství.* Jenomže on si najednou uprostřed programu vzpomněl, že musí nutně komusi pracovně zavolat, a tak o velkou část přišel – ale aspoň nemůže mít pocit, že jsem ho odsunula na druhou kolej.

„Vy jste utrpěla nehodu?" Sestra u sonografu se na okamžik přestane věnovat počítači.

„Spadla jsem ze srázu v horách, když jsem hledala v bouřce svou sestru, o jejíž existenci jsem dlouhá léta vůbec nevěděla," vysvětluju. „Tehdy jsem ještě netušila, že jsem těhotná. A tak trochu se bojím, jestli jsem dítěti nějak neublížila."

„Aha." Sestra se na mě vlídně zahledí. V prošedivělých vlasech stažených do uzlu má zapíchnutou propisovačku. „To máte tak. Tihleti drobečkové jsou nesmírně odolní. Tak se na to podíváme, ano?"

A už je to tady. Bázlivě se připozvednu a podívám na nafouklé břicho.

„Nemohla byste si ty přívěsky odsunout trošku stranou?" dodá. „Teda, vy jich ale máte!"

„To nejsou jen tak obyčejné přívěsky." Sevřu je v dlani a přívěsky nárazem zachrastí. „Tohle je aztécký symbol mateřství, křišťál příznivě ovlivňuje těhotenství…, tahle kulička tichounce zvoní a uklidňuje děťátko… a tady mám porodní kámen."

„Porodní kámen?"

„Když si ho v dlani přitlačíte na určité místo, nebudete mít žádné porodní bolesti," vysvětluju. „Používali ho při porodech už staří Maorové."

„Hmm…" Sestra povytáhne obočí a natře mi na břicho jakýsi rosol. S lehce podmračeným výrazem mi přiloží ultrazvukový snímač ke kůži a na obrazovce okamžitě vyskočí neostrý černobílý obraz.

Málem nedýchám.

Je to naše dítě. V mém vlastním břiše. Po očku mrknu na Lukea, ale ten civí upřeně na obrazovku.

„Tohle jsou dvě komory a dvě předsíně jeho srdíčka…" Sestra mi jezdí snímačem po břiše. „A teď vidíme jeho ramínka..." Ukazuje na obrazovku a já se poslušně zadívám určeným směrem, ale abych pravdu řekla, místo ramínek vidím jenom nejasné křivky.

„Tady má ručičku... jednu..." Trochu se zajíkne a zamračí.

V místnosti se rozhostí ticho. Najednou se strašně leknu. Už vím, proč se tak mračí. To dítě má jenom jednu ruku. Já to věděla.

Zaplaví mě mohutný příval lásky a touhy ho chránit. Do očí se mi tlačí slzy. Co na tom, jestli má naše dítě jenom jednu ruku! Nebudu ho mít ráda o nic méně. Vlastně ho budu mít o to *raději*. S Lukem mu vyhledáme tu nejlepší péči na světě, budeme financovat výzkum a jestli se někdo opováží na mé dítě jenom škaredě podívat...

„... a tady má druhou," pronikne do mých úvah hlas.

„Druhou?" zajíknu se. „Takže má obě ručičky?"

„No... ano." Sestru očividně má reakce udivila. „Tady je můžete sama vidět." Ukáže na obrazovku a k mému překvapení na ní vidím drobounké prstní kůstky. A je jich všech deset.

„Promiňte," zhluboka si oddechnu a otírám si oči kouskem buničiny, kterou mi podá. „To je taková úleva."

„Z mého pohledu se zdá být všechno naprosto normální," ubezpečuje mě sestra. „A z těch slz si nic nedělejte, to je normální, že je má žena v těhotenství na krajíčku. Všechny hormony si v té době dělají, co chtějí."

Prosím vás! Lidé s těmi hormony nadělají. Jako včera večer Luke, když jsem se rozbrečela u televizní reklamy s tím štěnětem. Hormony mám v naprostém pořádku, jsem úplně normální. Jenom to prostě byla příšerně smutná reklama.

„Tak." Sestra cosi znovu vyťukává na klávesnici. Tiskárna začne chrlit černobílé ultrazvukové záběry a sestra mi je postupně vkládá do ruky. Podívám se na první – a vidím na něm jasný obrys hlavičky. Má nosánek, ústa a všechno, co má mít.

„Takže – to, co jsem potřebovala, jsem už viděla." Sestra se na židli otočí ke mně. „Teď ještě potřebuju vědět, jestli si přejete znát pohlaví dítěte?"

„Děkuju, ale ne," usměje se na ni Luke. „Probírali jsme to ze všech stran, že, Becky? A oba cítíme, že kdybychom to věděli, už by to čekání nebylo obestřeno tím správným tajemstvím."

„No tak dobře," usměje se sestra. „Když je to tak, nic vám neprozradím."

Nic nám neprozradí? Jakože, ona už ví, jestli to bude holčička nebo chlapeček? A mohla by nám to říct?

„Tak úplně jsme se přece jen ještě *nerozhodli*," namítnu. „Jakože definitivně."

„Cože? Ale rozhodli, Becky." Luke vypadá trochu zaraženě. „Nevzpomínáš? Hovořili jsme o tom celý večer a dohodli se, že se chceme nechat překvapit."

„No jo. To ano." Nemůžu odtrhnout oči od nejasného obrysu našeho dítěte. „Co kdybychom se nechali překvapit už teď? Vždyť to přece nebude o nic méně tajemné!"

No tak dobře, možná o trošinku. Ale copak to také nechce tak strašně vědět jako já?

„Vážně to chceš vědět?" Podívám se na Lukea a na obličeji mu vidím stín jakéhosi zklamání. „Chceš to vědět už teď?"

„No...," zaváhám. „Tak ne, když ty ne."

Rozhodně bych nechtěla Lukea rozzlobit. Co jsem těhotná, je ke mně tak milý. Poslední dobou mám strašně divné chutě – jako onehdy, když jsem zčistajasna nemohla vydržet bez ananasu a růžového kardiganu. A Luke mě osobně odvezl do obchodu, abych si je mohla koupit.

Právě chce něco dodat, když mu zazvoní mobil. Vytáhne ho z kapsy, ale sestra zvedne odmítavě ruku.

„Promiňte, tady se nesmí mobil používat."

„Dobře," Luke se zamračeně podívá na displej na jméno volajícího. „To je Iain. Asi bych se mu měl ozvat."

Ani se nemusím ptát, o kterého Iaina jde. Je to nepochybně Iain Wheeler, hlavní šéf marketingu v Arcodas Group. Luke je majitelem PR společnosti Brandon Communications a Arcodas jsou jeho novým klientem. Získat klienta na této úrovni byl skutečně mistrovský tah a jeho společnosti to ohromně pomohlo – Luke poté nabral spoustu nových zaměstnanců a v Evropě otevírá řadu nových kanceláří.

Copak o to, Brandon Communications jenom kvetou. A Luke jako obvykle dře do úmoru. Ale dosud jsem nezažila, aby takhle tancoval, jak někdo jiný píská. Na každé Wheelerovo zavolání Luke *pokaždé* odpoví do pěti minut, i kdyby seděl zrovna na schůzi, u večeře nebo třeba v noci ležel v posteli. Že prý podniká ve službách, za to je placen a Arcodas jsou jeho největším zákazníkem.

Pokud jde o mě, jestli Iain Wheeler zavolá ve chvíli, kdy na mě přijdou porodní bolesti, tak poletí mobil rovnou z okna.

„Není tu někde pevný telefon, z něhož bych si mohl zatelefonovat?" ptá se Luke sestry. „Pokud ti to nebude vadit, Becky..."

„Jen jdi." Mávnu rukou.

„Ukážu vám to," vstává sestra ze židle. „Za okamžik jsem zpátky, paní Brandonová."

Oba zmizí ve dveřích, které se za nimi s bouchnutím zaklapnou.

Jsem sama. Počítač pořád běží. Ultrazvukový snímač leží hned vedle monitoru.

Stačí jenom natáhnout ruku a...

Ne. Neblázni. Vždyť ani nevím, jak se s tím zachází. A navíc bych přišla o to závěrečné překvapení. Když Luke chce počkat, tak tedy počkáme.

Zavrtím se na lehátku a prohlížím si nehty. Nejsem nedočkavá. To jistě ne. Vydržím to, bez problému...

Ach *Bože*! Kdepak, nevydržím. Do prosince ne. A mám to přímo před sebou... a není tu živé duše... jenom tak malinko se kouknu. Jedním očkem. A Lukeovi nic neřeknu. I tak můžeme být překvapeni, až se to narodí – jenom já budu překvapená o něco méně. To se ví.

Natáhnu se malinko doprava a podaří se mi dosáhnout na ultrazvukový snímač a přiložit ho na gel rozetřený na břiše – a na obrazovce okamžitě vyskočí rozmazaný obličej.

Sláva! Teď s tím musím malinko pohnout, abych našla to kritické místečko... S obočím svraštělým soustředěním si rejdím snímačem po břiše, nakláním ho do všech stran a natahuju krk k obrazovce. Je to mnohem snazší, než jsem si myslela! Možná bych s tím mohla pracovat! Jsem očividně přirozený talent.

Tady je hlavička. Jůůů, tak velikánská! A tamten camprlík musí být...

Prsty mi ztuhnou a lapám po dechu. Já na to přišla! Zjistila jsem pohlaví našeho dítěte!

Je to kluk!

Obraz není tak jasný jako u sestry – ale i tak, není pochyb. Budeme mít s Lukem syna!

„Nazdárek," pozdravím trochu ochraptěle obrazovku. „Ahojky, chlapečku!"

Nedokážu zadržet slzy, které se mi valí po tvářích. Budeme mít báječného chlapečka! Bude chodit v senzačních kalhotkách s laclíčkem a koupíme mu šlapací autíčko a Luke s ním bude hrát kriket a budeme mu říkat...

Páni! Jak mu vlastně budeme říkat?

Co by asi tak řekl Luke na Birkina? (V tom případě bych totiž možná dostala od Birkina kabelku na ubrousky.)

Birkin Brandon. Že to nezní špatně?

„Poslyš, broučku," vrkám něžně na obří kulatou hlavičku na obrazovce. „Chtěl by ses jmenovat Birkin?"

„Co to *děláte*?" zařve na mě sestra tak silně, až málem spadnu z lůžka. Stojí s Lukem ve dveřích a konsternovaně na mě civí. „To je majetek nemocnice! Na to se nesahá!"

„Promiňte," otírám si oči. „Ale prostě jsem se *musela* na chvilku ještě podívat. Lukeu, já si povídám s naším děťátkem. To je něco tak... úžasného!"

„Ukaž!" Lukeovi se rozzáří oči a se sestrou v patách se rozběhne ke mně. „Kde?"

Co na tom, že Luke uvidí, že je to kluk a že mu to zkazí překvapení! *Musím* se s ním o tento vzácný okamžik podělit.

„Podívej, tady má hlavičku!" ukazuju. „Ahoj, miláčku!"

„A kde má obličej?" ptá se Luke trochu vyjeveně.

„Vím já? Na druhé straně," nad takovou prkotinou mávnu rukou. „Jsou tu máma s tátou! A máme tě strašně moc a moc..."

„Paní Brandonová," zchladí sestra mé nadšení. „To, s čím si tak dojemně povídáte, je váš močový měchýř."

♥

Jak jsem propánakrále mohla vědět, že je to můj močový měchýř? Vždyť vypadal přesně jako dítě.

Tváře mě pálí, ještě když kráčíme do těhotenské poradny. Sestra mi rozzlobeně hubovala, že jsem mohla poškodit sebe i přístroj, a podařilo se nám prchnout až poté, co Luke přislíbil štědrý finanční dar do fondu na vybavení nemocnice.

Kromě toho prohlásila, že vzhledem k tomu, že jsem byla od dítěte na míle daleko, je pravděpodobnost, že bych viděla jeho pohlaví, naprosto mizivá. Chmmm.

Ale hned, jak jsem si sedla proti doktoru Braineovi, našemu porodníkovi, se mi začala vracet dobrá nálada. Tenhle lékař mě dovede tak uklidnit a vrátit mi sebedůvěru! Je to šedesátník v jemně proužkovaném obleku, s dokonalým sestřihem prošedivělých vlasů a vůní nějaké staré značky vody po holení. A rodil už tisíce dětí včetně Lukea! Tedy, mezi námi, pořád se nemůžu vyrovnat s myšlenkou, že Lukeova matka Elinor vůbec kdy rodila, ale nějak asi na svět přijít musel. A když jsme zjistili, že jsem těhotná, Luke prohlásil, že musíme ihned vypátrat, jestli doktor Braine ještě pracuje, protože je v celé zemi nejlepší.

„Chlapče milý!" třese Lukeovi srdečně rukou. „Jak se máš?"

„Ohromně." Luke se posadí vedle mě. „A jak se má David?"

Luke chodil do školy s lékařovým synem a při každém setkání se na něj vyptává.

V nastalém tichu si doktor Braine důkladně promýšlí odpověď. Je to jediná věc, která mi na něm trochu vadí. Nad sebevětší pitomostí, kterou řeknete, uvažuje tak dlouho a důkladně, jako by na tom závisel osud světa, i kdyby to člověk plácl třeba jen proto, aby řeč nestála. Při poslední schůzce jsem se ho zeptala, kde si koupil vázanku, a on o tom přemýšlel snad pět minut, pak si to ještě telefonicky ověřil u manželky a zdálo se, že to snad nebude mít konce. A to se mi ta jeho pitomá vázanka ani *nelíbila.*

„David se má také dobře," stvrdí své prohlášení nakonec kývnutím hlavy. „Také tě pozdravuje." Rozhostí se další ticho, když zkoumá zprávu z ultrazvuku. „Výtečně," prohlásí nakonec. „Všechno je, jak má být. Jak se cítíte, Rebecco?"

„Cítím se moc dobře!" odpovím. „Nesmírně se mi ulevilo, že je dítě v pořádku."

„Stále pracujete na plný úvazek, jak vidím." Doktor Braine si prohlíží mé záznamy. „Není to pro vás příliš namáhavé?"

Luke si vedle mě tlumeně odfrkne. Sprosťák jeden.

„No...," přemýšlím, jak mu to mám vysvětlit. „Nemám *vůbec* namáhavou práci."

„Becky pracuje v obchodním domě The Look," vysvětluje Luke. „Víte, v tom novém, na Oxford Street."

„Á...ha." Doktor Brain se topí v rozpacích. „*Už vím.*"

Kdykoli někde prohlásím, kde pracuju, všichni upadnou do rozpaků, nebo rychle obrátí list, nebo předstírají, že o žádném obchodním domě toho jména jaktěživo neslyšeli. Což je zcela vyloučené, protože všechny noviny už řadu týdnů o ničem jiném snad ani nepíšou. Včera se o něm *Daily World* zmínil jako o „největším propadáku maloobchodního prodeje od založení britské říše".

Jedinou výhodou toho, že je člověk zaměstnán v tak neúspěšném podniku, je, že můžu chodit na všechny kontroly a prenatální kurzy, na které chci. A to na libovolnou dobu, nikdo mě tam stejně nebude postrádat.

„To se určitě časem zlepší," snaží se mě povzbudit. „Takže, nechcete se mě ještě na něco zeptat?"

Zhluboka se nadechnu: „No tedy jednu otázku bych měla, pane doktore." Trochu váhám, jak to říct. „Když se tedy na ultrazvuku ukázalo, že je všechno v pořádku, co myslíte, neohrozilo by dítě, kdybych... jistě mi rozumíte..."

„Nemusíte mít strach," zavrtí doktor Braine chápavě hlavou. „Spousta dvojic se v časném těhotenství zdržuje pohlavního styku..."

„Neměla jsem na mysli sex!" namítnu překvapeně. „Měla jsem na mysli nákupy."

„Nákupy?" Tak tohle doktor Braine očividně nečekal.

„Ještě jsem na dítě nic nekoupila," vysvětluju. „Bála jsem se, aby to nepřineslo smůlu. Ale když všechno vypadá tak dobře, mohla bych se do toho pustit už dneska odpoledne!"

Nedokážu potlačit vzrušení v hlase. Tolik jsem se na tyhle nákupy *načekala*! A právě jsem se dočetla o novém a báječném dětském obchodu na King's Road, který se jmenuje Bambino. Takže bych si mohla vzít bona fide volné odpoledne a vyrazit!

Cítím na sobě Lukeův pohled, a když se k němu otočím, vidím, že se tváří značně překvapeně.

„Co jsi, miláčku, myslela tím, že se do toho dáš?" ptá se.

„Vždyť jsem na děťátko nekoupila ještě ani jednu věc!" bráním se. „To přece dobře víš."

„Jakože... jsi nekoupila ten župánek od Ralpha Laurena?" vypočítává mi Luke na prstech. „Ani toho houpacího koně? Ani ten růžový vílí obleček s křidélky?"

„Ale to všechno je až pro *batole*," namítnu důstojně. „Pro *miminko* jsem nekoupila ještě nic."

No vážně! Jaký může být Luke otec, když si nedokáže uvědomit takový rozdíl?

„A co si počneme, když to bude kluk?" zajímá se Luke. „To ho budeš oblékat do růžových vílích šatiček?"

Vlastně jsem v tom chtěla chodit sama. Už jsem si to vyzkoušela a klidně bych se do toho vešla! Ale to bych Lukeovi neprozradila ani za milion let.

„No poslyš, ty mě překvapuješ, Lukeu." Zvednu bradu. „To jsem si o tobě nemyslela, že máš takové předsudky."

Doktor Braine sleduje naši konverzaci s mírným zmatkem.

„Měl jsem za to, že si nepřejete znát pohlaví svého dítěte," vloží se.

„Ne, nechceme," zavrtí Luke rázně hlavou. „Chceme si to nechat jako překvapení, *není-liž pravda*, Becky?"

„Ehm... ano." Odkašlu si. „Ledaže byste, pane doktore, usoudil, že bychom to z nějakých velmi vážných lékařských důvodů vědět měli?"

Hypnotizuju ho očima, ale on můj soustředěný pohled nechápe.

„Ale vůbec ne," zasměje se vesele.

Můjtybože!

♥

V ordinaci doktora Brainea strávíme ještě dalších dvacet minut, z nichž tři připadnou na mé vyšetření a zbytek na vzpomínání obou pánů na jakýsi školní zápas v kriketu. Snažím se zdvořile naslouchat – ale přes veškerou svou dobrou výchovu nevydržím sedět na místě. Už abych byla v Bambinu!

Konečně stojíme na rušné londýnské ulici. Kolem jede žena s kočárkem Silver Cross s báječnými a nezničitelnými kolečky v retro stylu a já po něm nenápadně pokukuju. Něco takového si musím pořídit. Jenže já bych ho chtěla v zářivě růžové. To by bylo super! Lidé by mi říkali Dívka s oslnivě růžovým kočárkem. Ovšem, kdyby to byl kluk, musela bych ho nechat obarvit na světle modrý. Ne... na akvamarínový. A všichni by mi říkali...

„Mluvil jsem dnes ráno s Gilesem z té realitní agentury," vpadne mi Luke do snění.

„Vážně?" zvednu k němu nadšeně oči. „A našel něco?"

„Nenašel."

„Ach jo." Zesmutním.

Teď bydlíme v nádherném bytě ve střešní nástavbě, který Luke vlastní už spoustu let. Je to senzační byt, ale bez zahrady, všude má položený jednobarevný béžový koberec a rozhodně to není místo pro dítě. Takže jsme ho před několika týdny nabídli k prodeji a začali se poohlížet po nějakém pěkném rodinném domku.

Potíž je v tom, že na byt jsme našli kupce okamžitě. Což je – ne že bych se chtěla chlubit, to v žádném případě – naprosto a úplně důsledkem mé brilantní propagace. Po celém bytě jsem rozestavila svíčky, v koupelně uložila do ledu láhev šampaňského a všude rafinovaně trousila náznaky našeho životního stylu, kupříkladu operní programy a pozvánky na večírky společenské smetánky (ty jsem si vypůjčila od své kamarádky Suze, která k těmto vrstvám patří). A manželé Karlssonovi nám na místě udělali nabídku! A můžou platit hotově!

Což je báječné – až na to, že kde teď budeme bydlet my? Žádný z domů, které jsme viděli, se nám nelíbil a náš realitní agent pořád jenom opakuje, že trh je „vyčerpaný“ a „chudý“, a jestli bychom si raději nechtěli něco pronajmout.

Ale já si *nechci* nic pronajímat. Já chci mít hezounký nový domeček, do něhož bych mohla přinést naše dítě.

„Co když nic nenajdeme?“ podívám se na Lukea tázavě. „Co když se ocitneme na ulici? A za chvíli bude zima! A já budu ve vysokém stupni těhotenství!“

Už se vidím, jak se za zvuku vánočních koled usouženě vleču po Oxford Street.

„Miláčku, nikdo nás na ulici nevyhodí! Giles se jenom zmínil, že bychom možná měli trochu slevit z našich požadavků.“ Luke se na chvíli odmlčí. „Nejspíš tím myslel *tvé* požadavky, Becky.“

To je tak nespravedlivé! Na formuláři Hledání nemovitosti, který nám zaslali, nás přímo vybízeli: „Upřesněte, prosím, co nejpodrobněji svá přání.“ Tak jsem jim vyhověla. A teď si budou stěžovat!

„Určitě bychom měli vypustit samostatnou místnost pro boty,“ pokračuje.

„No ale…,“ když vidím, jak se tváří, zavřu pusu. Jednou jsem v *Bydlení bohatých a slavných* takovou místnost viděla a od té doby je to můj tajný sen. „No tak dobře,“ souhlasím schlíple.

„A taky bychom měli být flexibilnější ohledně oblasti.“

„Tohle si myslím taky!“ prohlásím ve chvíli, kdy se Lukeovi rozdrnčí mobil. „To je docela dobrý nápad!“

To Luke je tak posedlý Maida Vale, já ne. Je *spousta* míst, kde bych mohla bydlet.

„Luke Brandon,“ představuje se hlasem úspěšného podnikatele.

„Zdravím tě. Ano, právě jsme byli na vyšetření. Prý je všechno v pořádku.“

„To je Jess,“ prohodí ke mně. „Snažila se ti dovolat, ale máš vypnutý mobil.“

„Jess!“ zaraduju se. „Dej mi ji potom!“

Jess je má sestra. *Má* sestra. Pokaždé, když to řeknu, mě to pohladí. Celý život jsem byla jedináček – a pak jsem najednou zjistila, že kdesi žije má sestra, o níž jsem do té doby vůbec nevěděla! Musím přiznat, že do oka jsme si zpočátku příliš nepadly, ale od chvíle, kdy jsme spolu prožily na nehostinném místě bouřku a od srdce si pohovořily, staly se z nás dobré kamarádky.

Neviděla jsem ji několik měsíců, protože odjela do Guatemaly na jakýsi geologický výzkum. Ale byly jsme neustále v telefonickém kontaktu, posílaly si e-maily a ona mi poslala fotografie, kde stojí na vrcholku jakéhosi útesu. (A vůbec na sobě nemá bundičku z umělé kožešiny, kterou jsem jí koupila, ale jakousi fádní modrou větrovku. No tohle!)

„Já se teď vracím do kanceláře," říká Luke do sluchátka, „a Becky má namířeno na nákupy. Chceš s ní mluvit?"

„Pssst!" zasyčím na něj vyplašeně. Copak neví, že slovo „nákupy" se před Jess nesmí vyslovit?

S dotčeným výrazem si od něj beru telefon a přikládám ho k uchu. „Ahoj, Jess! Jak se máš?"

„Báječně!" Slyším ji z veliké dálky a přes silné praskání. „Jenom jsem chtěla vědět, jak dopadlo vyšetření."

To je od ní tak hezké, že si vzpomněla. Nejspíš právě někde visí na laně nataženém přes nějakou proláklinu nebo se drápe po téměř kolmé skalní stěně, ale nezapomene a zavolá.

„Zdá se, že je všechno v pořádku!"

„Ano, Luke mi říkal. Díky Bohu za to." V Jessině hlase slyším silnou úlevu. Vím, že má pocit viny, protože jsem tehdy v horách spadla z menšího srázu, když jsem ji šla hledat, jelikož...

No prostě, to by bylo příliš dlouhé povídání. Hlavní je, že je dítě v pořádku.

„Poslyš, Luke se zmínil, že jdeš nakupovat."

„Jenom pár nezbytností pro mimino," prohodím nenuceně. „Pár... ehm... recyklovaných plenek. Do obchodu pro šetrné hospodyňky." Vidím, jak se Luke svíjí smíchy, a rychle se k němu obrátím zády.

Vtip je v tom, že má sestra Jess nerada chodí nakupovat, nerada utrácí peníze a konzumní způsob života považuje za škodlivý a za zhoubu naší planety. A ještě k tomu je přesvědčená, že já zastávám stejný názor. Myslí si, že jsem jí dala za pravdu a že se ze mě stala šetrná hospodyňka.

Asi tak týden jsem se opravdu strašně moc snažila. Koupila jsem pytel ovesných vloček, přinesla pár kusů oblečení z charity a vařila čočkovou polévku. Problém se spořivostí je v tom, že člověka časem *začne otravovat*. Máte po krk polévky, chybí vám časopisy, které si z úsporných důvodů nekupujete, a z mýdlových hrudek slepených ze zbytečků se vám dělá zle. A pytel s ovesnými vločkami Lukeovi překážel při ukládání golfových holí, a tak jsem ho časem vyhodila a koupila místo něj cereálie Weetabix.

Ale Jess to nemůžu prozradit, protože v tu ránu by náš krásný sesterský vztah vzal zasvé.

„Četla jsi ten článek, jak si vlastnoručně vyrobit plínky pro dítě?" vykřikuje nadšeně. „A vůbec nic to není. Už jsem pro tebe začala sbírat hadříky. Až přijedu, tak se do toho spolu dáme."

„Aha. Hmmm... ano!"

Jess mě neustále bombarduje články z časopisu *Dítě za pár šestáků*. Na titulní stránce bývají hesla typu „Zařiďte si dětský pokoj za 25 liber!" a fotografie dětí oblečených do starých pytlů od mouky a já upadám do deprese, už jenom když se na to podívám. Já *nechci* své dítě ukládat ke spaní do umělohmotného koše na prádlo za tři libry. Chci pro něj hezounkou kolébku s bílými nadýchanými kraječkami.

Ve chvíli, kdy mi Jess začne nadšeně vyprávět o „dupačkách z konopí, které chrání životní prostředí", docházím k závěru, že je načase náš hovor ukončit.

„Už budu muset jít, Jess," skočím jí do řeči. „Přijedeš na máminu oslavu?"

Příští týden slaví máma šedesátiny. Na oslavu pozvala spoustu lidí, objednala kapelu a soused Martin bude mít kouzelnický výstup!

„Jistěže!" říká Jess. „Jak bych mohla nepřijít? Tak se zatím měj."

„Ahoj!"

Vypnu telefon, a když se otočím k Lukeovi, vidím, že se mu podařilo chytnout taxík. „Nechceš vysadit u nějakého obchodu pro spořivé hospodyňky?"

No jasně, ha ha.

„Bambino na King's Road, prosím," říkám taxikáři.

„Hele, nechceš tam zajít se mnou, Lukeu?“ dodám v záchvatu nadšení. „Mohli bychom si tam prohlédnout kočárky a všechno ostatní a pak si dát v nějaké útulné kavárničce čaj…“

Z Lukeova výrazu je mi jasné, že ne.

„Drahoušku, musím se vrátit do kanceláře. Mám tam nějaké jednání s Iainem. Vynahradíme si to někdy jindy, slibuju.“ Nemá cenu být zklamaná. Vím, že má Luke práce pro Arcodas až nad hlavu. Alespoň že si udělal čas na ultrazvuk. Taxík se rozjede a Luke mě jednou rukou obejme.

„Ty dneska celá záříš,“ podotkne.

„Vážně?“ usmívám se. Musím říct, že se dneska cítím opravdu dobře. Mám na sobě nové senzační džíny Earl, plátěnky na vysokém klínku a sexy top s páskem kolem krku od Isabelly Oliver, který jsem si mírně podkasala, aby tak vyniklo mé opálené a trošku vystouplé břicho.

Nikdy předtím jsem si to neuvědomila – ale těhotenství změní celého člověka. Jistě, břicho se zvětšuje – a to není tak *divné.* Ale ve srovnání s ním vypadají vaše nohy mnohem štíhlejší. Najednou máte mnohem plnější dekolt. (A musím říct, že ten se Lukeovi docela zamlouvá.)

„Co kdybychom se ještě jednou podívali na ty fotografie z ultrazvuku?“ navrhne.

Chvíli v kabelce hledám svitek lesklých fotografií a pak si je společně prohlížíme – kulatou hlavičku i profil drobounkého obličejíčku.

„Počali jsme úplně nového človíčka,“ zašeptám a nemohu odtrhnout pohled od fotografií. „Není to neuvěřitelné?“

„Já vím,“ Lukeova ruka mě k sobě silněji přitiskne. „Je to největší dobrodružství, na které jsme se kdy vydali.“

„Příroda opravdu dokáže divy,“ cítím, jak mě znovu přemáhá dojetí, a kousnu se do rtů. „Úplně mě ovládly mateřské city. Najednou se mi zdá…, že bych našemu dítěti nejraději dala úplně všechno!“

„Bambino,“ hlásí taxikář a zajíždí k chodníku. Zvednu oči od fotografií a vidím absolutně úžasné průčelí nového obchodu. S krémovou fasádou, červenobíle pruhovanými markýzami, dveřníkem v kostýmu cínového vojáčka a výlohami s nepřeberným množstvím úžasných věcí pro děti. Figuríny jsou v nádherných šatičkách, dětská postýlka má tvar cadillaku z padesátých let a opravdovské ruské kolo se otáčí jako perpetuum mobile…

„Jůůů!“ zajíknu se a sápu se po klice u dveří. „To bych ráda věděla, jestli je to ruské kolo na prodej! Čao, Lukeu, měj se…“

Už jsem vpůli cesty ke vchodu, když za sebou zaslechnu Lukeův hlas. „Počkej!“ Otočím se a z jeho obličeje vyčtu lehký nepokoj. „Becky,“ volá Luke z taxíku. „Naše dítě nemusí mít *úplně* všechno!“

Dva

Jak jsem *prokrindapána* dokázala nákupy pro miminko tak strašně dlouho odkládat?

Vyjedu do prvního patra do oddělení pro kojence. Všude tu jsou položeny přepychové koberce, reproduktory do omrzení omílají dětské říkanky a u vchodu stojí obrovská plyšová zvířátka. Prodavač v kostýmu Petra Králíčka mi podal bílý proutěný košík, a když ho tak držím a rozhlížím se, cítím, jak se mě zmocňuje neovladatelná touha všechno to vystavené zboží do něj nacpat.

Prý vás mateřství změní – a je to pravda! Poprvé v životě nemyslím na sebe. Je to projev vrcholného altruismu! Myslím výhradně na blaho svého nenarozeného dítěte.

Kouknu támhle – a jsou tam překrásné kolébky a závěsné hudební kolotoče. Otočím se na druhou stranu – a oslní mě čarovný svit pochromovaných kočárků. Přede mnou se táhne nekonečná řada vystavených drobounkých oblečků. Malinko k nim popojdu. Jenom se kouknu na ty roztomilé králičí bačkůrky. A na ty mrňavé kožené vatované bundičky... a támhleten velký úsek je celý věnovaný Baby Dioru... a támhle je, propána, junior Dolce...

No tak. Uklidni se. To chce jasný plán. Potřebuju nějaký seznam.

Vytáhnu z kabelky *Devět měsíců vašeho života*, nalistuju kapitolu osm „Co musíte svému dítěti pořídit" a začtu se do stránky

Oblečení

Nepodlehněte pokušení nakoupit příliš mnoho oblečení v nejmenších číslech. Pro snadnou údržbu doporučujeme bílou barvu. Troje jednobarevné dupačky a šest košilek úplně postačí.

Chvíli na ta slova tupě zírám. Vtip je v tom, že člověk nesmí brát žádnou knihu doslovně. Vždyť se to říká i v předmluvě: „Jistě se nebudete řídit všemi radami do písmene. Každé dítě je trochu jiné, nechte se vést svým instinktem."

A můj instinkt mi velí, abych mu koupila tu koženou vatovanou bundičku.

Přiběhnu k vystavenému zboží a přemítám nad označením velikosti: „Novorozenec", „Drobné miminko". Jak mám vědět, jestli se mi narodí drobné nebo větší miminko? Zkusmo se poplácám po břiše. Zatím tedy moc velké není, ale kdo ví, co bude dál? Možná bych měla pro jistotu koupit obě velikosti.

„Tady mají lyžařskou kombinézu Baby in Urbe!" Před obličejem se mi mihne pěstěná ruka a popadne bílou prošívanou kombinézu pověšenou na elegantním černém ramínku. „Málem jsem kvůli ní *přišla o rozum*!"

„To já taky!" vyhrknu spontánně a rychle urvu poslední kus.

„Víte, že v Harrods na ně mají pořadníky s půlroční čekací dobou?" Majitelka pěstěné ruky je blondýna ve vysokém stupni těhotenství, oblečená v džínách a elastickém tyrkysovém zavinovacím topu. „To je můj konec! Oni tu mají celý sortiment Baby in Urbe!" Začne do bílého proutěného košíku házet různé oblečky pro miminka. „A hele! Mají ty selátkovské botičky! Ty *musím* vzít dcerám!"

V životě jsem o značce Baby in Urbe neslyšela. Ani o botičkách ve tvaru selátek.

Jak jsem mohla být tak zaostalá? Jak to, že žádnou z těch značek neznám? Probírám se drobnými oblečky, ležícími přede mnou, a zmocňuje se mě panika. Vždyť ani nevím, co je *in* a co je *out*. O dětské módě nemám ponětí. A na doplnění těchto zásadních mezer mám pouhé čtyři měsíce.

Mohla bych se sice zeptat Suze, své nejstarší a nejlepší kamarádky, která má tři děti, Ernesta, Wilfrida a Klementýnku. Jenomže u nich to chodí trochu jinak. Její děti nosí šatičky po mnoha předchozích generacích, které pečlivě spravuje a látá stará služebná Suzeiny matky, a její miminka spinkají v jejich majestátním sídle ve starodávné dubové kolébce.

Shrábnu dvoje selátkovské botičky, pár dupaček Baby in Urbe, a abych nic neprošvihla, i několik dupaček od Jellie Wellies. A pak zahlédnu slaďounkou soupravičku. S duhovými knoflíčky a mrňavými ponožtičkami. Ta je přímo k sežrání! Ale co když to bude kluk?

Kdo má tuhletu nejistotu vydržet? Musí být nějaký způsob, jak na to potají přijít.

„Kolik dětí máte?" ptá se družně dívčina v tyrkysovém topu a pátrá v botičkách po označení velikosti.

„To bude mé první," dotknu se břicha.

„To je nádherné! Jako moje kamarádka Saskia." Ukáže na tmavovlasou dívku, která stojí opodál a vášnivě s kýmsi debatuje na mobilu. Je vyzáblá jako chrt, nikdo by neuvěřil, že může být těhotná. „Nedávno to zjistila. To je tak *vzrušující*!"

V téže chvíli Saskia s cvaknutím zaklapne mobil a s rozzářeným obličejem přichází k nám.

„Podařilo se mi to!" hlásí nadšeně. „Jsem u Venetie Carterové!"

„Páni! To je fantastické, Saskio!" Dívčina v tyrkysovém topu mi upustí košík plný oblečků přímo na nohu a začne Saskiu objímat. „Promiňte!" omlouvá se vesele, když jí podávám košík. „Ale není to senzační zpráva? Že je u Venetie Carterové?"

„Jste u ní také?" ptá se mě Saskia s náhlým zájmem.

Jako budoucí matka jsem tak nezkušená, že ani netuším, kdo to je.

„Nikdy jsem o ní neslyšela," přiznávám se.

„To nemyslíte *vážně*!" Dívka v tyrkysovém topu na mě vykulí oči. „Přece ta gynekoložka! U níž rodí všechny celebrity!"

U níž rodí všechny celebrity?

Začíná mě svědit kůže na tvářích. Takže existuje jakási gynekoložka, k níž chodí všechny celebrity, a já o ní vůbec nic nevím?

„No přece ta z Hollywoodu!" vysvětluje dívčina v tyrkysovém topu. „Odrodila už děti všem filmovým hvězdám. *Musela* jste o ní slyšet. A ta se teď přestěhovala do Londýna. Chodí k ní všechny supermodelky. A pro své klientky pořádá čajové dýchánky, není to senzace? Chodí tam i se svými dětmi a ty od ní dostanou taštičku plnou různých senzačních překvapení..."

Srdce se mi při těch novinkách rozbuší jako zvon. Taštička plná senzačních překvapení? A čajové dýchánky se supermodelkami? Nemůžu *uvěřit*, že mi taková věc unikla. Jak se mohlo stát, že jsem se o Venetii Carterové nedoslechla?

Ale za všechno může Luke. Ten hned rozhodl, že půjdeme za tím staromódním doktorem Brainem. A o nikom jiném jsme vůbec neuvažovali.

„A je šikovná, však víte, při porodu?" snažím se neztratit hlavu.

„Venetia? Ta je přece *super*," tvrdí Saskia, která je očividně mnohem nadšenější než její kamarádka. „Ne jako ti staromódní páprdové. Ona se s vámi doopravdy *sblíží*. Amanda, má šéfová, měla senzační holistický porod ve vodě s lotosovými květy a thajskou masáží."

Thajskou masáží? Doktor Braine se o thajské masáži nezmínil ani slůvkem.

„Pro mého manžela je moc drahá," protáhne obličej děvče v tyrkysovém topu. „Je to skrblík. Ty máš ale štěstí, Saskio."

„A jak jste se k ní dostala?" Slova se ze mě neovladatelně hrnou. „Máte její adresu? Nebo telefonní číslo?"

„Úúú." Dívčina v tyrkysovém topu a Saskia se na sebe pochybovačně podívají. „To jste si nejspíš vzpomněla příliš pozdě. Už bude mít plno."

„Můžu vám dát tohle. Zkuste jí zavolat." Saskia hrábne rukou do kabelky z Mulberry a vytáhne brožurku s elegantním, tmavomodrým reliéfním nápisem „Venetia Carterová" a siluetou miminka. Otevřu ji a první, co uvidím, je stránka plná nadšených ohlasů a pod každým je nenápadně uvedené jméno. A všechna jsou slavná! Otočím na poslední stránku a tam má svou adresu v Maida Vale.

To snad není pravda! I my bydlíme v Maida Vale. To je ale náhoda!

„Díky," zajíknu se. „Určitě jí zavolám."

Když Saskia s kamarádkou odejdou, vytáhnu mobil a rychle volám Lukeovi.

„Lukeu!" vykřiknu, jakmile se ohlásí. „Díkybohu, žes to vzal! Něco ti musím říct!"

„Becky, není ti něco?" ptá se znepokojeně. „Co se stalo?"

„Nic mi není! Ale poslyš, musíme změnit doktora! Právě jsem se dozvěděla o jedné senzační gynekoložce, která se jmenuje Venetia Carterová a která odrodila spoustu celebrit. Chodí k ní všechny slavné hvězdy a je naprosto úžasná a má ordinaci nedaleko našeho bytu! Taková úžasná náhoda!“

„Co to, prokristapána, Becky, říkáš?“ diví se Luke. „My přece žádného doktora nepotřebujeme! My už jednoho máme! A moc dobrého.“

Sedí si snad na uších?

„To já přece vím,“ odpovím mu dopáleně. „Jenomže Venetia Carterová rodí všechny filmové hvězdy! A je holistická!“

„Co myslíš tím, že je ‚holistická‘?“

Jako by to na Lukea neudělalo vůbec žádný dojem. Páni, ten ale umí být zabedněný.

„No jakože se prostě u ní úžasně rodí! Dělá thajské masáže! Právě jsem v Bambinu potkala dvě holky a ty říkaly…“

„Opravdu nechápu, v čem je ta ženská lepší než doktor Braine,“ skočí mi Luke do řeči. „Víme, že je zkušený, že pracuje dobře, a navíc je rodinný přítel…“

„Jenomže… jenomže…,“ koktám zklamaně.

„Jenomže co?“

Nevím, co říct. Nemůžu bez obalu vyklopit „jenomže doktor Braine nepořádá čajové dýchánky se supermodelkami“.

„Co kdybych se cítila líp, kdyby mě vyšetřovala žena?“ vykřiknu v náhlém vnuknutí. „Taková věc tě vůbec nenapadla, že ne?“

„Pak požádáme doktora Brainea, aby nám doporučil nějakou kolegyni,“ odpoví Luke s ledovým klidem. „Becky, doktor Braine je rodinným porodníkem už řadu let. Vážně si nemyslím, že bychom od něj měli přejít k neznámé lékařce, která právě frčí, jenom kvůli tomu, že se o ní zmínily nějaké holky.“

„Ale ona není neznámá! O to právě jde! Chodí k ní *celebrity*!“

„Nech toho, Becky.“ Luke má najednou nesmlouvavý hlas. „To není dobrý nápad. Půl těhotenství máš za sebou. Žádného doktora měnit nebudeš a basta. Mám tu Iaina. Už musím končit. Tak ahoj.“

Telefon oněmí a já na něj rozzuřeně zírám.

Jak si dovoluje mi rozkazovat, ke kterému lékaři mám chodit? A co je tak úžasného na jeho milovaném doktoru Braineovi? Zastrčím mobil a brožurku do kabelky a dopáleně házím do košíku miminkovské oblečení „Malý králíček".

Luke ničemu nerozumí. Když k ní chodí všechny filmové hvězdy, pak musí být dobrá.

A bylo by to tak *cool*! Tak úžasně *cool*!

Už se vidím, jak na nemocničním lůžku chovám své dítě a jak na vedlejší posteli leží Kate Winsletová. A na další Heidi Klumová. A jak se všechny báječně skamarádíme! A budeme si kupovat dárečky a naše děti budou až do smrti dobrými přáteli a budeme společně chodit do parku a budou nás fotografovat do časopisu *Hello*! „Kate Winsletová na procházce s kočárkem v družném rozhovoru s kamarádkou."

Případně „se svou nejlepší kamarádkou Becky".

„Promiňte, nepotřebujete ještě jeden košík?" Do snění mi vtrhne čísi hlas a vidím prodavače, který ukazuje na můj košík, v němž už mám tolik dětského oblečení, že málem padá ven. Bezmyšlenkovitě jsem nacpala do košíku všechno, co mi přišlo pod ruku.

„Jé, díky," říkám trochu omámeně. Vezmu si od něj druhý košík a zamířím k drobounkým čepičkám „Naše hvězdička" a „Naše zlatíčko". Ale vůbec se nedokážu soustředit.

Chci chodit k Venetii Carterové. Ať si o tom Luke myslí, co chce.

V záchvatu vzdoru vytáhnu znovu mobil a brožurku. Vyhledám si tichý koutek a pečlivě vyťukávám číslo.

„Dobré odpoledne, ordinace Venetie Carterové," představí se mi majestátní ženský hlas.

„Á, dobrý den," pokouším se vyladit hlas do nejroztomilejší polohy. „V prosinci budu rodit a právě jsem o Venetii Carterové slyšela takovou chválu, že se chci zeptat, jestli bych k ní nemohla chodit?"

„Je mi líto," prohlásí ženský hlas zdvořile, ale neústupně. „Slečna Carterová v současné době už žádné pacientky nepřijímá."

„Ale já jsem vážně naprosto zoufalá! A jsem přesvědčená, že potřebuju holistický porod ve vodě. A bydlím v Maida Vale a ochotně zaplatím veškerou nadstandardní péči."

„Slečna Carterová je naprosto..."

„Ještě bych chtěla dodat, že pracuju jako nákupčí oděvů pro vybranou klientelu a že bych slečně Carterové mohla nabídnout zdarma své služby." Mluvím o překot a nejsem k zastavení. „A můj manžel má PR společnost a mohl by jí taky nabídnout zdarma své služby! Ne že by něco takového potřebovala, pochopitelně," dodám chvatně. „Nemohla byste se jí přece jen zeptat? Prosím!"

Chvíli je ticho.

„Jakže se jmenujete?" zeptá se ženský hlas nakonec.

„Rebecca Brandonová," vyhrknu nedočkavě. „A můj manžel je Luke Brandon z Brandon Communications a..."

„Počkejte chvíli, prosím, paní Brandonová. Venetia...," její hlas okamžitě vystřídá svižná interpretace *Čtyř ročních období.*

Hlavně aby řekla ano... hlavně aby řekla ano...

Čekám a téměř ani nedýchám. Stojím u bílých pletených králíčků, pro štěstí si držím palce, div si je neulomím, pro každý případ svírám v dlaních všechny přívěsky a vysílám tichou modlitbu k bohovi Višnu, který se mi v minulosti velmi osvědčil.

„Paní Brandonová?"

„Ano!" všechny přívěsky mi vypadnou z dlaně. „Jsem tady!"

„Slečně Carterové se možná v nejbližších dnech nějaký termín uvolní. Dáme vám vědět."

„Tak dobře," vydechnu úlevou. „Mockrát vám děkuju!"

REGAL AIRLINES

ředitelství
Preston House
354 Kingsway Londýn WC2 4th

Paní Rebecce Brandonové
37 Maida Vale Mansions
Maida Vale
Londýn NW6 0YF

14. srpna 2003

Milá paní Brandonová,

děkujeme Vám za dopis a přiložený seznam letů, lékařskou zprávu a fotografie z ultrazvuku.

Souhlasím s Vámi, že Vaše nenarozené dítě letělo s našimi aerolinkami už mnohokrát. Bohužel ho tato skutečnost neopravňuje k získání bodů za nákup letenek, protože si žádnou nekoupilo.
Je mi líto, že jsem Vás musela zklamat, a doufám, že služeb aerolinek Regal brzy využijete.

S pozdravem,

Margaret McNairová,
vedoucí oddělení zákaznických služeb

Tři

Lukeovi jsem se o Venetii Carterové už nezmiňovala.

Zatím není totiž nic jistého. A vůbec, jestli jsem se v manželství něco naučila, pak to, že není moudré manželovi připomínat ošidná a problematická témata, zejména když má, chudáček, tolik práce s vedením filiálek v Amsterodamu a Mnichově. Celý týden byl pryč a dorazil teprve včera večer, naprosto vyčerpaný.

Navíc není změna lékaře momentálně jediný ošemetný námět, který mám na srdci. Ještě tu máme ten téměř neviditelný škrábanec na mercedesu (ale za ten vůbec nemůžu *já*, ale ten debilní patník) a dvoje botičky od Miu Miu, které by mi měl přivézt z Milána, až tam příště pojede.

Je sobota ráno a já sedím v pracovně a na laptopu si prohlížím svůj bankovní výpis. Elektronické bankovnictví jsem objevila teprve před několika měsíci – a má spoustu výhod. Funguje celý den! A navíc vám nemusejí posílat výpis poštou, takže na něj, když ho zapomenete schovat, nemůže nikdo (příkladně váš manžel) narazit.

„Becky, dostal jsem dopis od matky." Luke vchází s poštou a s hrnečkem kávy. „Pozdravuje nás."

„Tvá matka?" snažím se, aby na mně nepoznal, jak jsem se vyděsila. „Jakože *Elinor*? A co chce?"

Luke má dvě matky. Příjemnou a laskavou nevlastní matku Annabel, která bydlí s jeho otcem v Devonu a u níž jsme byli minulý měsíc na návštěvě. A ledovou královnu Elinor, svou skutečnou matku, která ho v dětství opustila, v současnosti žije v Americe a bez níž bych se klidně obešla.

„Cestuje po Evropě se svou sbírkou umění."

„A to jako proč?" ptám se rozmrzele. Před očima mi vyskočí vidina

Elinor v dostavníku se svazkem kreseb v podpaždí. Tohle se jí ovšem příliš nepodobá.

„Právě veze svou sbírku do Uffizi a pak do jakési pařížské galerie...," Luke se odmlčí. „Přece sis, Becky, nemyslela, že jela své obrazy vyvenčit nebo něco..."

„To jistě ně," ohradím se důstojně. „*Přesně* jsem věděla, co tím myslíš."

„No prostě, časem se dostane i do Londýna a chce se s námi sejít."

„Lukeu..., myslela jsem, že s ní už nemluvíš. Už jsi ji nikdy nechtěl vidět, copak si nevzpomínáš?"

„No tak, Becky," Luke mírně svraští obočí. „Mluvíš o příští babičce našeho dítěte. Nemůžeme ji zcela ignorovat."

Coby ne, chce se mi odseknout. Ale místo toho jen trochu nevrle pohodím rameny. Asi má pravdu. To dítě bude jejím jediným vnukem. A bude mít v sobě její krev.

Ježkovy voči, co když *bude po ní*? Zmocní se mě strašlivá vidina miminka ležícího v kočárku v smetanových dupačkách od Chanel, které se na mě dívá se slovy: „Jsi dnes oblečena poněkud ošuntěle, matko."

„Co si tam tak prohlížíš?" vpadne mi Luke do mých představ a já si příliš pozdě uvědomím, že jde ke mně. Přímo k mému laptopu.

„Nic!" vyhrknu. „Jenom svůj bankovní výpis..." Pokouším se z okna rychle vyskočit – ale počítač na můj povel nereaguje. Krucipísek.

„Něco se stalo?" ptá se Luke.

„Kdepak!" mírně se orosím. „Totiž... jenom to vypnu!" A vytáhnu šňůru ze zásuvky, jako bych tak vypínala počítač odjakživa – jenže monitor nezhasl. A vystavuje můj výpis celému světu na odiv.

A Luke se blíží. Opravdu nijak nestojím o to, aby to viděl.

„Pusť mě k tomu." Luke už stojí u mé židle. „Jsi na bankovních webových stránkách?"

„Ehm... v podstatě! Opravdu tě tím nechci zatěžovat..." Strkám před monitor břicho, ale Luke mi už kouká přes rameno. Chvíli ohromeně civí na výpis.

„Becky," ujišťuje se, že se nepřehlédl. „První kooperativní banka Namibie?"

„No… ano.“ Pokouším se o věcný tón. „Mám u nich takový malinkatý kontokorent.“

„V *Namibii*?“

„Poslali mi e-mail s velmi výhodnými podmínkami,“ vysvětluju trochu vzdorně. „Byla to ohromná příležitost.“

„Copak odpovídáš na *každý* e-mail, který dostaneš, Becky?“ obrací se ke mně užasle. „To máš taky všechny ty báječné náhražky viagry?“

Mohla jsem vědět, že mou novou senzační bankovní strategii nepochopí.

„Uklidni se!“ domlouvám mu. „Co na tom záleží, u které banky mám účet? Obchod se dávno zglobalizoval, to bys měl, Lukeu, vědět. Staré hranice padly. Když můžeš dostat dobrý kurz v Bangladéši, pak…“

„V Bangladéši?“

„Ach Bože. Takže… hm…, taky tam mám bankovní účet. Jenom takový docela mrňavý, ani nestojí za řeč,“ dodám rychle při pohledu na jeho výraz.

„Becky…,“ Luke má patrně menší potíže s tím, jak mé sdělení strávit. „Kolik sis těch elektronických účtů založila?“

„Tři,“ prohlásím po menší odmlce. „Tak nějak…“

Ostře se na mě zadívá. S manželi je ta potíž, že vás moc dobře znají.

„No jo, tak patnáct,“ přiznávám.

„A kolik jsi jich přečerpala?“

„No přece patnáct. *A proč ne?*“ hájím se. „Nač by si člověk zakládal u banky účet, kdyby ho nechtěl přečerpat?“

„Patnáct přečerpaných účtů?“ Luke se popadne zdrceně za hlavu. „Becky…, ty jsi zadlužená jako Třetí svět!“

„Využívám globální ekonomiky ku svému prospěchu!“ odseknu. „Čadská banka mi připsala padesátidolarový bonus už jenom za pouhé založení účtu!“

Luke je tak úzkoprsý! Proč bych neměla mít účet u patnácti bank? To je přece známá věc, že se vajíčka nemají dávat do jednoho košíku.

„Už jsi asi zapomněl, Lukeu,“ prohlásím povzneseně, „že jsem pracovala jako finanční žurnalistka. O penězích a investicích vím všechno. Čím větší riziko, tím větší zisk, však ty na to taky časem přijdeš.“

Nezdá se, že by to na Lukea udělalo bůhvíjaký dojem. „Zásady investování jsou mi celkem známy, děkuju za poučení, Becky," odpoví zdvořile.

„Hele," napadne mě. „Tak to bychom mohli založit svěřenecký fond pro naše dítě v Bangladéši. Na tom by se dalo ohromně vydělat!"

„*Nepřeskočilo* ti náhodou?" zadívá se na mě upřeně.

„A proč ne? Je to nový trh!"

„Já si to nemyslím." Luke obrátí oči v sloup. „Vlastně jsem už s Kennethem o fondu pro naše dítě mluvil a oba jsme došli k názoru, že bude nejlepší investovat peníze do různých bezpečných podílových fondů..."

„No tak moment!" zvednu ruku. „Co to má znamenat, že jsi mluvil s Kennethem? A co *můj* názor?"

Nemůžu uvěřit, že se mě vůbec nezeptali! Jako by na mně vůbec nezáleželo. Jako bych kdysi nebyla v televizi expertkou na finance a nedostávala týdně stovky dopisů, ve kterých mě lidé žádali o radu.

„Hele, Becky," povzdychne si Luke. „Kenneth je štěstím bez sebe, že nám může radit, jak vhodně investovat. Ty se tím nemusíš vůbec zatěžovat."

„Ale o to přece nejde!" zlobím se. „Lukeu, ty mi nerozumíš. Stanou se z nás *rodiče*. O důležitých věcech musíme přece rozhodovat *společně*. Nebo z našeho dítěte vyroste agresivní spratek a my se před ním budeme nakonec zamykat v pokoji a už si nikdy netroufneme na žádné další dítě ani pomyslet!"

„Cože?"

„To je pravda! Říkají to v *Supernanny*!"

Luke na mě hledí, jako by spadl z višně. Vážně by mu prospělo, kdyby se občas podíval na televizi.

„No tak dobře," prohlásí nakonec. „Můžeme se rozhodovat společně. Proč ne. Ale já peníze pro naše dítě nesvěřím žádnému funglnovému a vysoce rizikovému finančnímu trhu."

„A já je zase neuložím do nějaké fádní a staromódní banky s minimálním ziskem!" odseknu.

„Pat," zaškube Lukeovi v koutcích. „No... tak copak radí naše milá superchůva rodičům, kteří se zásadně rozcházejí v názorech na to, kde založit dítěti svěřenecký fond?“

„Tímhle se nejspíš nezabývá,“ připouštím. Pak mi náhle svitne. „Už vím. Peníze rozdělíme. Ty investuješ půlku a já taky. A uvidíme, kdo si povede líp.“ A neodpustím si menší popíchnutí: „O co, že to budu já?“

„Nic jiného bych ani nečekal.“ Luke povytáhne obočí. „Takže kdo s koho, není-liž pravda, paní Brandonová?“

„Odvážnému štěstí přeje,“ prohodím nonšalantně a Luke se hned rozesměje.

„Dobřc. Tak platí. Každý z nás investuje polovinu peněz podle vlastního výběru.“

„Platí,“ natáhnu k němu pravou ruku. Se smrtelnou vážností stvrdíme slib stiskem. Najednou se rozdrnčí telefon.

„Já to vezmu,“ nabídne se Luke a zamíří ke stolu. „Prosím? Ale to je překvapení, zdravím vás. Jak se máte?“

Strašně si přeju vyhrát! Vyberu moře senzačních investic a dítě se bude *válet v penězích*. Vložím peníze do termínovaného obchodu. Nebo do zlata. Nebo do... umění! Jenom tak kápnout na nového Damiena Hirsta, koupit nějakou tu krávu v lihu nebo něco podobného, vydražit ji s obrovským ziskem v Sotheby a všichni pak budou opěvovat mou bezprecedentní prozíravost a genialitu...

„Fakticky?“ diví se právě Luke. „Ne, vůbec se mi o tom nezmínila. Tak díky.“ Položí sluchátko a se záhadným výrazem se otáčí ke mně. „Becky, to byl Giles z realitní kanceláře. Prý jste měli před několika dny poměrně dlouhý rozhovor. O čempak přesně jste to mluvili?“

Do háje! Já věděla, že s ním musím probrat ještě jeden choulostivý problém. Měla bych si asi začít psát seznam.

„No ano, už si vzpomínám.“ Odkašlu si. „Jenom jsem Gilesovi řekla, že chceme být v našich požadavcích trochu flexibilnější.“ Urovnávám jakási lejstra na stole a vyhýbám se mu očima. „Říkal jsi přece, že bychom měli trochu rozšířit oblast našeho pátrání.“

„Trochu?“ opakuje po mně Luke s vytřeštěnýma očima. „Až do *Karibiku*? Posílá nám podrobné údaje o osmi plážových domcích a jestli prý chceme objednat letenky?“

„Ale to ty jsi přece chtěl rozšířit oblast pátrání, Lukeu!" Nejlepší obrana je útok. „To byl tvůj nápad!"

„Jenomže to jsem myslel na Kensington! A ne na nějaký zatracený Barbados!"

„A už jsi viděl, co nám na tom Barbadosu *nabízejí*?" vpadnu mu dychtivě do řeči. „Podívej na tohle!" Přistrčím si kancelářskou židli k jeho stolu, otevřu internet a vyhledám webové stránky příslušné realitní kanceláře.

Realitní stránky jsou *odjakživa* moje potěšení. Zejména když nabízejí virtuální prohlídku.

„Vidíš to?" ukazuju na obrazovku. „Pětipokojová vila s dlouhatánským bazénem, zahradou a domkem pro hosty!"

„Becky...," Luke se trochu odmlčí, jako by přemítal, jak vysvětlit zřejmou věc zaostalému dítku. „Jenže to je na Barbadosu."

Není snad tohle posedlost detailem?

„No a co?" namítnu. „Jinak to nemá chybu! Dítě by se naučilo plavat, e-maily bys mohl odesílat z domku pro hosty... a každý den běhat po pláži..."

Zmocní se mě oslnivá představa, jak se na zářivě bílé karibské pláži procházím v miniaturních bikinkách a před sebou tlačím jeden z těch tříkolkových kočárků. A do bronzova opálený Luke v polokošili vychutnává grog. Možná by se naučil surfovat a zase by si navlékl do vlasů korálky...

„Žádné korálky si do vlasů dávat nebudu," ozve se Lukeův hlas.

Málem mě z něj zamrazilo. Jak mohl proboha uhodnout...

No jo, asi takhle. Nejspíš jsem se mu o svých představách o životě v Karibiku tu a tam zmínila.

„Podívej, miláčku," přisedá ke mně. „Za takových pět, deset let bychom o něčem podobném třeba mohli uvažovat. Jestli půjde všechno podle plánu, budeme moct popustit uzdu naší fantazii. Ale v této chvíli to musí být střed Londýna."

„Tak co tedy uděláme?" zavřu naštvaně stránky karibské realitky. „Na trhu teď není *nic*. Vánoce jsou za dveřmi a my budeme na ulici bez domova, s dítětem na krku, budeme hledat nějaký kout na přespání a živit se polévkou..."

„Becky," snaží se mě zarazit zvednutýma rukama. „Žádnou polévku jíst nebudeme." Otevře si elektronickou poštu, v ní jednu přílohu a zmáčkne Tisk. Za chviličku se tiskárna rozjede.

„Co to má být?" ptám se. „Co to děláš?"

„Podívej." Luke posbírá stránky a podává mi je. „Proto Giles volal. Pro případ, že podle jeho slov ‚ještě uvažujeme o Londýně'. Právě se to objevilo v nabídce a je to kousek odtud. Delamain Road. Ale musíme sebou hodit."

Přeletím očima první stránku a snažím se co nejrychleji vstřebat základní údaje.

> Elegantní rodinný dům... ideální pro pořádání večírků... velká vstupní hala... velkolepá luxusní kuchyně...

Jůůů. Musím připustit, že tohle vůbec nevypadá špatně.

> Zahrada s hřištěm, navržená architektem..., šest pokojů... šatna s místností pro boty...

Zalapám po dechu. Celá místnost pro boty! Ale co když tím jenom chtějí říct...

„Dokonce tam mají celou místnost pro boty," zubí se na mě Luke. „Z toho byl Giles obzvláště nadšený. Nepůjdeme se na to podívat?"

Jsem nad tím domem prostě u vytržení! A nejen kvůli místnosti pro boty. Neustále jsem si pročítala všechny podrobnosti a už přímo vidím, jak tam s Lukem bydlíme. Jak se v koupelně z hladkého vápence sprchujeme dešťovou sprchou..., jak si vaříme kávu v kuchyni od Balthaupa vybavené nejmodernějšími elektrickými spotřebiči... a pak si třeba vyjdeme za dům do zahrady osázené vzrostlými keři. Nebo co jim to tam vlastně roste.

Téhož dne o něco později kráčíme stromořadím v Maida Vale a jdeme se tam podívat. V ruce držím podrobný popis, ale vlastně ho ani nepotřebuju; prakticky znám všechno nazpaměť.

„Dvacet čtyři... dvacet šest...," odpočítává Luke čísla domů, které míjíme. „Bude to na opačné straně ulice."

„Támhle to je!" jako přimrazená se zastavím s rukou napřaženou na protější stranu. „Podívej na ten majestátní vchod se sloupy a na ty dvojkřídlé dveře a na to hezounké okénko támhle nahoře! To vypadá tak božsky! Honem pojď!"

Užuž přebíhám na druhou stranu, ale Lukeovy ruce mě v poslední chvíli zachytí. „Než tam půjdeme, Becky, chci ti něco říct."

„A co jako?" Škubám se mu v rukou jako pes rozhodnutý utrhnout se z vodítka. „Co mi chceš?"

„Pokus se předstírat alespoň mírný nezájem, ano? Nechceme přece vypadat příliš nadšeně. Základním pravidlem každého obchodu je působit dojmem, jako bys chtěla každou chvíli odejít."

„Aha," přestanu sebou škubat. „Tak dobře."

Mírný nezájem. To zvládnu levou zadní!

Ale cestou přes silnici ke vstupním dveřím cítím, jak mi buší srdce. To je náš dům, já to prostě vím!

„Ty dveře úplně miluju!" vykřiknu, když mačkám na zvonek. „Jako by přímo zářily!"

„Becky..., nezapomeň na ten nezájem," připomíná mi Luke. „Nesmíš vypadat tak uneseně."

„Tak dobře," snažím se ze svých zásob vydolovat ten nejlhostejnější výraz. Dveře se rozletí.

Na černobílých mramorových dlaždicích stojí útlounká čtyřicátnice v bílých džínách od D&G, neformálním topu, který ji *natotuty* přišel na pět set liber, a s tak obrovským diamantovým prstenem, že musí mít tuhle ruku o pár čísel delší.

„Dobrý den." Ospalým chraplavým hlasem se snaží imitovat londýnský přízvuk. „Jdete se podívat na náš dům?"

„Ano!" nadšením málem nadskočím. Okamžitě si uvědomím, že jsem to kapánek přehnala. „No totiž... v podstatě." Snažím se napodobit její netečnost. „Řekli jsme si, že se tu stavíme."

„Fabia Paschaliová." Ruku má jako vlhkou vatu.

„Becky Brandonová. A to je můj manžel Luke."

„No tak pojďte dál."

Jdeme za ní a po dlaždičkách se hlasitě rozléhají naše kroky. Rozhlížím se a snažím se nelapat po dechu. Hala je tak *obromná*. A jejich široké schodiště jako by přímo vypadlo z nějakého hollywoodského filmu! Už se vidím, jak po něm sestupuju zvolna, beze spěchu a v nějaké naprosto fantastické večerní róbě a jak na mě u jeho paty s obdivem čeká Luke.

„Měli jsme tu pár přehlídek," ukazuje Fabia na schodiště. „Mramor je dovoz z Itálie a lustr pravý murano. Všechno je v ceně."

Vidím, že čeká na naši reakci.

„Moc hezké," kývne hlavou Luke. „Becky?"

Nezájem. Musím vypadat, jako že mě to mírně nudí.

„Hezké," lehce zívnu. „Můžeme vidět kuchyni?"

Kuchyně vypadá stejně neuvěřitelně. Je tam dlouhatánský barový pult, skleněný strop a všechny vymoženosti, na které si člověk vzpomene. Úporně se snažím nepadnout do mdlob, když nám Fabia předvádí kompletní vybavení. „Multifunkční elektrická trouba… sporák… tohle je otáčivý pracovní stůl s různými povrchy…"

„Není to špatné." Rukou polaskám nefritově zelenou žulu. „Máte také vestavný elektrický sushi-maker?"

„Jistě," přisvědčí takovým tónem, jako bych se jí ptala na naprosto samozřejmou věc.

Oni tu mají i vestavný elektrický sushi-maker!

Bože, na mě jdou mdloby! A zrovna tak i z terasy se zabudovanou letní kuchyní a s barbecue. A z obývacího pokoje s poličkami od Davida Linleye. Vystupujeme za Fabií do patra a já jsem napůl v mrákotách z toho, jak zoufale se snažím přemáhat absolutní nadšení.

„Tady máme šatnu…," Fabia nás vede do místnůstky lemované šatními skříněmi z ořechového dřeva. „A z této místnosti jsem si nechala udělat botník…" Otevře dveře a my vcházíme dovnitř.

Tohle určitě nepřežiju! Všude kolem jsou poličky potažené jemňoulinkým semišem a na nich stojí v jednom šiku a ve vzorném pořádku nekonečné řady bot. Christian Louboutins… Manolo Blahnik…

„To je velkolepé!" vyrazí ze mě. „A hele, máme skoro stejnou velikost, a tak – skoro jako by to bylo…" Luke po mě střelí varovným pohledem. „Jakože…, no dobrý…" Znuděně pokrčím rameny. „Myslím, že to není špatné."

„Máte děti?" Fabia mi při odchodu z botníku sjede očima k břichu.

„Budeme mít, v prosinci."

„My máme dvě děti v internátní škole." Z ramene si strhne nicorettovou náplast, na rozloučenou ji zpraží dlouhým opovržlivým pohledem a mrští s ní do odpadkového koše. Pak strčí rázně ruku do kapsy džín a vytáhne balíček Marlboro Lights. „Teď bydlí až nahoře, ale jejich dětské pokoje jsme zachovali v původním stavu, pokud byste je chtěli vidět." Zapálí si cigaretu a labužnicky vtáhne kouř.

„Dětské pokoje?" opakuje po ní Luke a podívá se přitom na mě. „Ono je jich víc?"

„Dívčí a chlapecký pokoj. Měli jsme páreček. Neměli jsme to srdce jejich pokojíčky vyklidit. Tohle je synův pokoj…" Odsune bílé dveře.

Cítím, jak mi padá brada. Je to jako v pohádce. Na stěnách se pod modrou oblohou zelenají pahorky a lesy a v nich capkají plyšoví medvídci, kteří si vyrazili na piknik. V jednom rohu stojí dětská postýlka ve tvaru hradu, v druhém na kolejích červený dřevěný vláček s vagonky tak prostornými, že se do nich pohodlně vejde i dítě.

Téměř se zalykám touhou. Chci, aby to byl chlapeček. *Tolik* si přeju mít kluka.

„A támhle je dceřin pokoj," pokračuje Fabia.

Téměř se od chlapcova pokojíku nedokážu odtrhnout, ale poslušně za ní kráčím ke druhým dveřím, a když je otevře, zatočí se mi hlava.

Nic tak krásného jsem v životě neviděla. Je to jako holčičí sen. Stěny jsou pomalovány výjevy z pohádek, na oknech visí bílé záclonky stažené obrovskými mašlemi z fialového taftu a kolébka jako pro princeznu tone v záplavě krajek richelieu.

Můjtybože! Holčičku chci!

Chci oba. Copak nemůžu mít kluka i holku?

„Tak co vy na to?" otočí se ke mně Fabia.

Na chodbě je ticho. Zalykám se touhou. Chci oba dětské pokojíčky tak strašně, jak jsem v životě snad ještě nic nechtěla. Chci celý ten dům. Chci tu bydlet a chci tu prožít naše první rodinné Vánoce, chci v té rozlehlé černobílé hale nastrojit velikánskou borovici a do krbu pověsit mrňavou punčošku...

„Není to špatné," s nadlidským úsilím vypravím ze sebe a unuděně škubnu rameny. „Podle mého."

„Takže," potáhne Fabia z cigarety, „podíváme se na zbytek."

Procházíme ostatními místnostmi a já mám pocit, jako by mi narostla křídla. Našli jsme ten pravý dům. Našli jsme ho!

„Udělej jí nabídku!" šeptám Lukeovi, když nahlížíme do místnosti s kotlem. „Řekni jí, že to chceme!"

„Klídek, Becky," shlédne na mě Luke s úsměvem. „Takhle se nevyjednává. Ještě jsme neviděli všechno."

Ale mám pocit, že se mu to také zamlouvá. Oči mu září a při návratu do haly se vyptává na sousedy.

„Takže... vám děkujeme," uzavře a potřese Fabii rukou. „Zůstaneme ve spojení prostřednictvím našeho agenta."

Jak se může tak ovládat? Proč raději nevytáhne šekovou knížku?

„Mnohokrát děkujeme," váhavě dodám a právě chci podat Fabii ruku, když v zámku vstupních dveří zarachotí klíč. Vstoupí opálený padesátník v obnošených džínách a kožené bundě s deskami na kresby v podpaždí.

„Zdravím vespolek," klouzá postupně pohledem z jednoho na druhého a očividně dumá, jestli nás má nebo nemá znát. „Jak se máte?"

„Miláčku, to jsou Brandonovi," představuje nás Fabia. „Přišli se podívat na náš dům."

„Jo tak. Přes Hamptons?" zamračí se. „Kdybych to věděl, tak jsem vám zavolal. Právě před deseti minutami jsem přijal nabídku. Prostřednictvím jiného agenta."

Jako by do mě uhodil blesk. Cože to udělal?

„Uděláme vám nabídku hned teď na místě!" vyhrknu. „Dáme vám, oč si řeknete!"

„Je mi líto. Ale už jsme se dohodli." Pokrčí rameny a svlékne si sako. „Ti Američané, kteří tu byli dnes ráno," prohodí k Fabii.

Ne. Ne! Nemůžeme přece přijít o dům našich snů!

„Lukeu, dělej něco!“ snažím se mluvit klidně. „Udělej jim nabídku! Rychle!“

„Ale vy o to přece nemáte zájem, ne?“ podivuje se Fabia. „Nevypadala jste při prohlídce nijak nadšeně.“

„My jsme ten nezájem jenom předstírali!“ lomím rukama a celá má blazeovanost je okamžitě tatam. „Lukeu, já *věděla*, že máme říct něco dřív! Jsme do tohoto domu úplně blázni! Dětské pokoje mi učarovaly! Chceme ho!“

„Velmi rádi vám nabídneme víc, než požadujete,“ postoupí Luke kupředu. „Dokážeme to zařídit velmi rychle a během zítřejšího dopoledne může náš právní zástupce kontaktovat vašeho…“ „Hele, jak já to vidím, ten barák je fuč,“ obrátí Fabiin manžel oči v sloup. „Potřebuju se něčeho napít. Hodně štěstí při dalším hledání.“ Po mramorové podlaze projde kolem nás do kuchyně a slyším ho otvírat ledničku.

„Je mi to líto,“ pokrčí Fabia rameny a doprovází nás ke vstupním dveřím.

„Ale…,“ zakuňkám bezmocně.

„Nevadí. Kdyby z té dohody náhodou sešlo, tak nám prosím dejte vědět.“ Luke se na Fabii zdvořile usměje a společně pomalu vycházíme do pozdního letního odpoledne. Listy se začínají napřimovat a paprsky zapadajícího slunce se odrážejí od protějších oken.

Přímo se vidím, jak na této ulici bydlím. Jak kráčím s kočárkem a mávám na všechny sousedy…

„Nemůžu tomu uvěřit,“ zajíknu se.

„Byl to jenom dům.“ Luke mě obejme kolem pokleslých ramen. „Najdeme si jiný.“

„Nenajdeme. Takové místo už nikdy nenajdeme. Byl to naprosto dokonalý dům!“ S rukou na bráně z tepaného kovu se zastavím. Nemůžu se jen tak vzdát. Tak snadno se odradit nenechám.

„Počkej tu,“ nařídím Lukeovi, otočím se na místě, rozběhnu se po cestičce zpátky a hbitě strčím nohu mezi dveře, ještě než je Fabia stačí zavřít.

„Poslyšte,“ zakvílím. „Prosím vás, Fabio, nám se váš dům opravdu hrozitánsky líbí. Dáme vám, oč si řeknete.“

„Jenomže můj manžel to už někomu slíbil." Fabia přede mnou trochu uskočí. „S tím se už nedá nic dělat."

„Můžete mu to rozmluvit! Co mám udělat, abych vás přesvědčila?"

„Hele," povzdychne si Fabia. „Na mně to nezáleží. Mohla byste, prosím, vytáhnout tu nohu?"

„Udělám, co budete chtít!" křičím v zoufalství. „Něco vám koupím! Pracuju v módním obchodním domě a můžu vám sehnat něco senzačního na sebe..."

Zmlknu. Fabia nemůže odtrhnout oči od nohy, kterou držím mezi dveřmi. Ale najednou má jaksi jiný pohled.

Už ji nezajímá má noha, ale mé úžasné kovbojské kozačky od Archieho Swanna, z teletiny, v obnošeném stylu a s koženými tkaničkami. Archie Swann je vycházející hvězda mezi návrháři v obuvnickém průmyslu a přesně tyhlety botičky uvedl minulý týden *Vogue* v rubrice „Co nejvíc frčí". Všimla jsem si, že je Fabia zaznamenala od první chvíle.

Zvedne ke mně oči. „Líbí se mi vaše boty," podotkne.

Chvíli nevím, co na to říct.

Nesmíš ztratit hlavu, Becky, vezmi rozum do hrsti.

„Na tyhle boty jsem čekala celý rok," prohlásím nakonec s pocitem, že v rukou držím bednu nitroglycerinu. „Ty nejsou všude k mání."

„Jsem v pořadníku v Harvey Nichols," vyhrkne Fabia.

„To je sice hezké," ohrnu nad tím nos, „ale moc platné vám to stejně nebude. Vyrobili jenom padesát párů a už jsou všechny fuč. Jsem osobní nákupčí, takže vím, o čem mluvím."

Absolutně blafuju, ale mám pocit, že to zabírá. Boty mi přímo hltá očima.

„Becky?" Po cestičce se vrací Luke. „Co se děje?"

„Lukeu!" zvednu ruku. „Zůstaň stát!" Připadám si jako Obi-Wan Kenobi, když nařizoval Lukeovi Skywalkerovi, aby se do ničeho nepletl, protože nedokáže odhadnout nesmírnou moc Síly.

Vyzuju si levou botu a nechám ji ve dveřích jako totem.

„Když přijmete naši nabídku, je vaše. A druhou dostanete po podpisu smlouvy."

„Zavolejte zítra agentovi," zalapá Fabia po dechu. „Promluvím si s manželem. Ten dům je váš."

Juchůůů! Nemůžu tomu uvěřit!

S jednou nohou obutou a druhou bosou pajdám jako o závod k Lukeovi.

„Ten dům je náš!" padnu mu kolem krku. „Podařilo se mi ho získat!"

„Co to *krucinál...*," vyvalí na mě oči. „Cos to říkala? A proč máš jenom jednu botu?"

„To víš..., prostě jsem to s ní skoulela," prohodím ležérně a po očku mrknu ke vstupním dveřím. Fabia si už vyzula zlatou lodičku a strčila nohu do holínky. Teď si ji soustředěně prohlíží ze všech stran. „Když ráno zavoláte svému agentovi, bude nejspíš ruka v rukávě."

Ani tak dlouho jsme čekat nemuseli. Neuplynuly ani dvě hodiny, a právě když jsme s Lukem jeli za mámou a tátou, ozval se mobil.

„Prosím?" ohlásil se Luke. „Ano. Skutečně?"

Dělám na něj obličeje ve snaze přimět ho, aby mi naznačil, co se děje – ale on jenom upřeně sleduje silnici a já málem vyletím z kůže. Když konečně domluví, s náznakem vítězného úsměvu se ke mně otočí. „Je to naše."

„*Sláva!*" vyjeknu nadšeně. „Já ti to říkala!"

„Stěhují se do New Yorku a chtějí to mít co nejdřív za sebou. Řekl jsem, že bychom to mohli zvládnout do prosince."

„A ještě se s děťátkem stihneme v našem nádherném domečku do Vánoc zabydlet," obejmu se rukama. „To bude super!"

„Je to vážně dobrá zpráva," celý se rozzáří. „A to všechno díky tobě."

„Prosím tě, to byla maličkost," odpovím skromně. „Prostě mám talent na přemlouvání." Vytáhnu mobil, abych oznámila dobrou zprávu Suze, ale ten se najednou sám rozdrnčí.

„Prosím?" ohlásím se rozveseleně.

„Paní Brandonová? Tady Margaret z ordinace Venetie Carterové."

„Aha!" ztuhnu a po očku sleduju Lukea. „Ehm... dobrý den."

„Jenom jsme vám chtěli oznámit, že slečna Carterová našla v diáři volné místo. Velmi ráda vás – a pokud si přejete, i vašeho manžela – přijme ve čtvrtek v patnáct hodin."

„Výborně," málem mi zaskočí. „Ehm... jistě. Budu tam! Mockrát vám děkuju!"

„Není zač. Na shledanou, paní Brandonová."

Položí sluchátko a já rozechvěle vypínám mobil. Dostala jsem se k Venetii Carterové! Seznámím se tam s různými celebritami a budu mít holistickou thajskou masáž!

Jenom musím tu zprávu nějak šetrně sdělit Lukeovi.

„Kdo to byl?" ptá se Luke a zapne rádio. Zamračí se na digitální displej a zmáčkne několik knoflíků.

„To byla... ehm...," jako by náhodou upustím telefon na zem a sehnu se pro něj, abych zakryla rozpaky.

On se s tím smíří. Má dobrou náladu kvůli tomu domu a tak... Prostě mu to vyklopím a bude to. A kdyby měl nějaké námitky, tak mu vysvětlím, že jsem dospělá žena, která si může sama vybrat, k jakému lékaři bude chodit. Takhle to udělám.

„Ehm... Lukeu." Trochu zardělá v obličeji se narovnám. „Ohledně doktora Brainea."

„Ano?" Luke přejede do vedlejšího pruhu. „Mimochodem, řekl jsem matce, že bychom ho měli s Davidem pozvat na večeři."

Na *večeři*? Ajta, začíná se to zamotávat. Musím mu to rychle vyklopit.

„Lukeu, poslouchej," počkám, až za nákladním autem zpomalí. „Trochu jsem o tom přemýšlela a pátrala."

„Pátrala" zní fakt dobře. I když se celé mé pátrání omezilo pouze na článeček o tom „Co nosí miminka v Hollywoodu", uvedený na fashionmommies.com.

„A prostě jsem došla k názoru...," polknu knedlík v krku, „že chci chodit k Venetii Carterové."

Luke si netrpělivě odfrkne. „Že s tím zase začínáš, Becky. Myslel jsem, že jsme se dohodli..."

„Zaregistrovala jsem se u ní," pospíším si. „Domluvila jsem si u ní návštěvu. Už je to hotové."

„*Cožes* udělala?" Zabrzdí u semaforu a obrátí se ke mně.

„Je to snad mé tělo," říkám na svou obranu. „Můžu si chodit, ke komu chci!"

„Becky, máme velké štěstí, že můžeme chodit k jednomu z nejuznávanějších a nejrenomovanějších porodníků v zemi, a ty tu šaškuješ s jakousi úplně neznámou ženskou…"

„Už pomilionté ti říkám, že není neznámá!" vykřiknu rozladěně. „V Hollywoodu ji zná každý! Je moderní, jde s dobou a provádí ty úžasné porody ve vodě s lotosovými květy…"

„*Lotosovými* květy? To bude jistě nějaká příšerná šarlatánka." Luke rozzuřeně dupne na plyn. „Nepřeju si, abys riskovala vlastní zdraví, ani zdraví dítěte…"

„To není žádná šarlatánka!"

Ty lotosové květy jsem raději neměla zmiňovat. Mohla jsem vědět, že pro něco takového nemá Luke vůbec smysl.

„Pohleď, miláčku…," zkusím to jinak. „Vždycky říkáš ‚lidé musí dostat šanci'."

„To rozhodně neříkám," skočí mi do řeči Luke.

„No tak bys to měl říkat," dopálím se.

Zastavíme na přechodu a před námi jede žena s opravdu senzačním a supermoderním zeleným kočárkem na vysokých kolech. Jůůů. Ten by se mi líbil! Nenápadně se snažím vypátrat značku firmy.

Je to opravdu zvláštní, dřív jsem si kočárků vůbec nevšímala. A teď z nich nespustím oči ani při hádce s manželem.

Tedy při plodné diskuzi. My se nehádáme.

„Poslyš, Lukeu," začnu znovu, když se zase rozjedeme. „V té knize o těhotenství se říká, že těhotná žena by se měla řídit svými instinkty. No a mé instinkty teď přímo řvou: ‚Choď k Venetii Carterové.' To mi radí sama Příroda!"

Luke zarytě mlčí. Ani nevím, jestli se mračí na silnici nebo tomu, co mu říkám.

„Tak se tam jednou půjdeme podívat a uvidíme," pokouším se ho udobřit. „Na jedno takové mrňavé vyšetřeníčko. A když se nám to nebude zamlouvat, už tam příště nepůjdeme."

Přijíždíme k domu mých rodičů. Nade dveřmi visí velký stříbřitý ozdobný plakát, a když zastavíme, přistane nám na kapotě heliový balonek s nápisem *Hodně štěstí k šedesátinám, Jane!*

„*A* navíc jsem nám sehnala ten dům," vytahuju eso. I když je mi jasné, že moc velkou souvislost to nemá.

Luke zaparkuje auto za dodávkou, která má na boku nápis „Oxshottské hostiny, oslavy a výročí", a konečně se ke mně otočí.

„Co mám s tebou dělat, Becky," povzdychne si. „Vyhrála jsi. Tak se na ni půjdeme podívat."

Čtyři

Prohlásit, že je máma miminkem nadšená, ani zdaleka nevystihuje celou skutečnost. Jen co vystoupíme z automobilu, už k nám pádí jako o závod. Má čerstvou foukanou a v obličeji je růžová vzrušením.

„Becky! Jak se má mé vnoučátko?"

Už se mi ani nedívá do obličeje. Teď se zajímá jen o mé břicho. „No ty jsi ale vyrostlo! Tak co, slyšíš babičku?" Ještě blíž se nakloní k břichu. „Slyšíš babičku?"

„Dobrý den, Jane," zdvořile pozdraví Luke. „Nemohli bychom jít dovnitř?"

Máma se narovná a vede nás do domu. „Pojďte dál! Polož si nohy nahoru, Becky! Dej si trochu čaje. *Grahame*!"

„Tady jsem!" Táta schází ze schodů. „Becky!" Obejme mě. „Posaďte se. Suze je i s dětmi už tady..."

„Už je tady?" vykřiknu radostí. Neviděla jsem ji celou *věčnost*. Jdu za rodiči do obývacího pokoje, kde vedle Janice, sousedky mých rodičů, sedí na pohovce Suze. Plavé vlasy má vyčesány do uzlu a právě kojí jedno z dvojčat. Janice se, aby se na ni nedívala, zkroutila do neuvěřitelné pozice.

„Bex!" rozzáří se Suze. „Páni! Ty vypadáš fantasticky!"

„Suze!" Nadšeně ji obejmu a snažím se přitom nerozmáčknout dítě. „Jak se máš? A jak se má naše malá Klementýnka?" Dám pusu na malou blonďatou hlavičku.

„To je Wilfrídek," opraví mě Suze a trošičku přitom zčervená.

Do háje. Nikdy se netrefím. A Suze se navíc strašně bojí, že Wilfrid vypadá jako holčička. (Což je fakt. Zejména když má na sobě krajkovou košilku.)

„Kde jsou ostatní?" rychle měním téma.

„Tarkie je vzal ven," pohodí Suze hlavou k oknu. Sleduju její pohled a vidím, jak její manžel Tarquin s Klementýnkou v klokánku na prsou vozí mého kmotřence Ernieho kolem stanu na trakaři.

„Ještě!" slyším oknem tlumený pokřik Ernieho. „Tati, ještě!"

„Tak budeš za pár měsíců vypadat ty," zazubím se na Lukea.

„Mmm-hmm." Nadzvedne obočí a z kapsy vytáhne BlackBerry. „Musím poslat pár e-mailů. Jestli to nevadí, tak bych šel nahoru."

Odejde z místnosti a já si přitáhnu čalouněnou židli k Suze. „Že nevíš co? Dostali jsme nabídku na naprosto *dokonalý* dům! Hele!" Vytáhnu z kabelky materiály realitní kanceláře a podám je mámě, aby je mohla obdivovat.

„Ten je ale pěkný, holčičko!" vykřikne máma. „Je to samostatný dům?"

„Tak to... zrovna není. Ale je opravdu..."

„Dá se tam parkovat ve vedlejší ulici?" nakoukne mámě přes rameno táta.

„No tak, parkovat se tam tedy nedá, ale..."

„Oni nemusejí nikde parkovat, Grahame," okřikuje ho máma. „Bydlí přece v Londýně! Tam jsou všude taxíky!"

„Jakože ani jeden Londýňan nemá auto?" posmívá se jí táta. „Jakože v celém našem hlavním městě ani jeden člověk nejezdí vlastním autem?"

„V Londýně by mě nikdo řídit nedonutil," pohodí rameny Janice. „Stačí zastavit u semaforu a už tam na vás čekají a hned vás *podříznou*."

„Oni?" rozčílí se táta. „Jací ‚oni'?"

„Mramorová podlaha. Proboha!" S protaženým obličejem zvedne máma oči od materiálů. „Co až se ten brouček bude učit chodit? Snad bys na to mohla položit koberec. Nějaký hezký vzorovaný berber, aby na něm nebyla moc vidět špína."

Vzdávám to.

„A mám ještě jednu zprávu...," zvýším hlas, abych překřičela debatu, která se vrátila do původních kolejí, „budu chodit k jinému lékaři." Pro větší efekt se odmlčím. „Budu chodit k Venetii Carterové."

„K Venetii Carterové?" Suze zvedne od Wilfrida užaslé oči. „To myslíš vážně?"

Ha. *Věděla jsem*, že Suze o ní určitě slyšela.

„Absolutně," nadmu se pýchou. „Právě jsme se dozvěděli, že se nás ujme. Není to senzační?"

„A ta doktorka Carterová, je vůbec dobrá?" Máma se rozpačitě dívá ze mě na Suze.

„Prý patří mezi první desítku porodníků." Suze odborně poplácává Wilfrídka po zádech. „Četla jsem o ní v *Harpers*. Prý je naprosto senzační!"

První desítka porodníků! Tím se dostávám do první desítky i já!

„Stará se o všechny supermodelky a filmové hvězdy," musím se jim pochlubit. „Pořádá pro ně čajové dýchánky a rozdává dárkové balíčky a tak. Nejspíš se tam se všemi setkám!"

„Ale, Becky, já měl za to, že chodíš k renomovanému lékaři." Táta zrovna nadšeně nevypadá. „Je tahle změna dobrý nápad?"

„Tati, Venetia Carterová je úplně jiná liga!" nedaří se mi potlačit netrpělivost. „Je absolutně nejlepší. Musela jsem pěkně prosit, aby mě vzala."

„Tak si na nás někdy vzpomeň, holčičko, až budeš ta celebrita!" podotkne máma.

„To víš, že jo! Nechcete se podívat na obrázky z ultrazvuku?" Zalovím v kabelce, vytáhnu svitek snímků a podám je mámě.

„No páni!" vydechne máma a zadívá se upřeně na rozmazaný obrázek. „Hele, Grahame! Naše první vnoučátko. Vypadá *přesně* jako má matka!"

„Jako tvá matka?" odsekne jí zvysoka táta a rve jí snímky z ruky. „To jsi přišla o oči nebo co?"

„Becky," vmísí se plaše Janice. „Upletla jsem ti něco pro miminko. Pár kabátků... pléd... zvířátka z Noemovy archy... od každého druhu jsem udělala pro jistotu *tři*."

„To je od tebe strašně milé, Janice," děkuju dojatě.

„To nic není, zlatíčko! Já pletu ráda. Vždycky jsem pochopitelně doufala, že by snad Tom s Lucy mohli...," povzdychne si a pokouší se vyloudit statečný a veselý úsměv. „Ale nemělo to být."

„Jak se má Tom?" ptám se opatrně.

Tom je Janicein syn. Je přibližně stejně starý jako já a před třemi lety se oženil. Měl velkolepou a ohromně nákladnou svatbu. Ale pak se to nějak zvrtlo. Jeho žena Lucy se nechala tetovat a utekla mu s mládencem, který bydlel v karavanu, a z Toma se stal podivín a na zahradě svých rodičů začal stavět altánek.

„Tom se má báječně! Většinou bydlí v tom svém altánku. Nosíme mu tam na podnosech jídlo." Janice vypadá trochu sklíčeně. „Prý teď píše nějakou knihu."

„Ale to je skvělé!" snažím se jí trochu spravit náladu. „A o čem?"

„O stavu společnosti," povzdychne si. „Nebo tak něco."

V nastalém tichu se všichni snažíme nějak se s touto informací vyrovnat.

„A v jakém stavu podle něj společnost je?" vyzvídá Suze.

„V moc dobrém, myslím, ne," špitne Janice.

„Má drahá Janice, nalij si ještě trochu čaje," poplácá ji na uklidněnou po ruce máma. „Nebo šery?"

„Tak trochu toho šery," nechá se Janice po chvíli přemluvit. „Naliju si sama."

Vykročí k baru u protější stěny a máma odloží šálek. „*Takže*, Becky," prohlásí, „přineslas všechny ty katalogy?"

„To víš, že ano!" Sáhnu do příruční tašky, kterou jsem přivezla. „Mám tu *Blooming Marvellous, General Little Trading Company, Little White Company...*"

„A já jsem přinesla *Jojo Maman Bébé*," pokračuje Suze. „A *Italian Baby Cashmere*."

„A já jsem sehnala tyhle." Máma kývne rázně bradou k objemnému štosu katalogů ve stojanu na časopisy a zároveň se k němu natáhne. „Máš *Funky Baba*?" Zamává katalogem s batoletem v klaunovském kostýmu na titulní stránce.

„Jůůů!" zajásá Suze. „Tenhle jsem neviděla!"

„Tak si ho vezmi," prohlásím. „A já si vezmu *Petit Enfant*. A ty, mami, prohlédni *Luxury Baby*."

S katalogy v klíně a s blaženým povzdechem se uvelebíme na pohovce a prohlížíme si děťátka, která se v roztomilých dupačkách rozvalují na hracích podložkách, anebo sedí v elegantních klokáncích.

Tedy já vám povím, že už jenom kvůli těmhle úžasným věcičkám stojí za to mít dítě.

„Když kápnu na něco, co by se ti mohlo líbit, ohnu roh listu," oznámí máma prakticky.

„Dobře, já taky," odpovím a nespouštím přitom oči z dětí v oblečcích napodobujících různá zvířátka. Ty oteplovačky jako polární medvídek musí naše dítě rozhodně mít. Ohnu roh listu a obrátím na druhou stranu, která se přímo hemží hezounkými lyžařskými kombinézkami. A ty malinkaté kulíšky s bambulkami!

„Lukeu, měli bychom naše dítě už od útlého mládí učit lyžovat," prohodím k manželovi, který se vrací k nám. „Prospěje to jeho vývoji."

„Lyžovat?" zarazí se Luke. „Becky, já myslel, že lyžování nenávidíš."

No tak, ne že by neměl pravdu.

Ale třeba bychom mohli jezdit do Val d'Isère nebo někam, kde se dá jenom chodit v elegantním oblečení a vůbec se nemusí lyžovat.

„Becky!" přetrhne mi máma snění. „Podívej na tuhle postýlku. Má v sobě zabudovanou kontrolu teploty, světelnou hru na uspávání a uklidňující vibrace."

„Jůůů," zajíknu se při pohledu na obrázek. „To je *úžasné*! Kolikpak asi stojí?"

„Ta nejdražší verze je za… dvanáct set liber," pátrá máma v textu.

„Dvanáct set liber?" Luke se málem udusí čajem, který právě popíjí. „Za *postýlku*? To myslíte vážně?"

„Je to nejnovější výkřik módy," upozorňuje ho Suze. „Používá Nasa technologii."

„Nasa technologii?" odfrkne si Luke skepticky. „Snad to mrně nehodláme vystřelit do vesmíru?"

„Ty pro své dítě nechceš to nejlepší, Lukeu?" ptám se vyčítavě. „Co ty na to, Janice?"

Podívám se na protější stranu pokoje, ale Janice mě neslyší. Právě si prohlíží obrázky z ultrazvuku a poťukává si kolem očí kapesníkem.

„Co ti je… Janice?"

„To víš, že chce, holčičko!" uklidňuje mě máma. „Chudák Janice," prohodí ke mně a k Suze šeptem. *„Strašně* touží po vnoučátku. Jenomže

Tom ze svého altánu ani nevyleze. A když přece jen vyleze…" Ještě víc ztlumí hlas. „U holiče nebyl celou věčnost! A je příšerně zarostlý! Říkala jsem Janice, že pokud se nehodí do gala, jaktěživo si žádné děvče nenamluví! Jenomže…," zarazí se, když se ozve zvonek u dveří. „To asi vezou jídlo. *Říkala* jsem jim, aby šli kuchyňskými dveřmi!"

„Já tam dojdu," nabídne se táta a my se zase zabereme do svých katalogů.

„Myslíte, že bych si měla pořídit sedačku a podložku do vaničky?" ukazuju na jednu stránku. „Nebo nafukovací cestovní vaničku?"

„Pořiď si tohle." Suze ukazuje na obrázek s nafukovací hrací dekou. „To je senzační. Wilfíček se z ní *ani nehne.*"

„Určitě!" přikývnu. „Ohni tam růžek!"

„Těch založených růžků začíná být trochu moc," dívá se máma zaraženě na katalog. „Možná bychom měly ohnout roh u té stránky, na které nic zajímavého není."

„Proč prostě neobjednáte celý katalog a nepošlete zpátky těch pár drobností, které nebudete chtít?" vloží se sarkasticky Luke.

Tak *tohle* je už trochu…

Aha. Dělá si legraci. Vtipálek. Právě mu to chci oplatit nějakou říznou odpovědí, když z předsíně uslyším tátův hlas.

„Jen pojď dál, Jess. Právě pijeme čaj."

Jess je tady!

„Rychle, schovejte katalogy!" zasyčím a začnu je chvatně zastrkovat pod polštáře. „Znáte přece Jess."

„Ale třeba by se taky ráda podívala, holčičko," namítá máma.

Mámě nikdy úplně nedošlo, že to Jess s tou svou šetrností myslí naprosto vážně. Máma si myslí, že ji to jednou přejde, jako když se kdysi Suze nadchla pro veganství, ale po třech týdnech naprosto kapitulovala a nacpala se sendviči se slaninou, div že nepraskla.

„To pochybuju," utrousí Suze, která u Jess pár dnů bydlela a ví dobře, jaká je. Vytrhne mámě z ruky *Funky Baba* a zastrčí ho pod Wilfridovo hopsadlo těsně předtím, než se táta s Jess objeví ve dveřích.

„Ahoj, Jess!" vítám ji radostně – ale pak se zarazím. Neviděla jsem ji pouhých pár měsíců, a jak ta zkrásněla!

Je opálená, hubená a v kargo kraťasech jí nádherně vynikají dlouhé nohy. Vlasy ostříhané nakrátko jí vyšisovalo sluníčko a zelený top báječně podtrhuje oříškové oči.

„Ahoj!" pozdraví a hodí na zem ruksak. „Dobrý den, tetičko Jane. Becky, jak se máš?"

„Bezvadně!" Nemůžu z ní spustit oči. „Vypadáš úžasně! Jsi tak opálená!"

„Hmm." Jess se na sebe s mizivým zájmem letmo koukne a pak se sehne k ruksaku. „Přinesla jsem vám pár kukuřičných sušenek. Vyrábějí je v místním družstvu v severní Guatemale."

Podá mámě primitivní lepenkovou krabici a máma ji užasle obrací v ruce.

„To je od tebe moc hezké," prohlásí nakonec a položí krabici vedle čajové konvice. „Vezmi si marcipánový dort!"

„No páni!" usedá Jess na pohovku. „Tahleta Kl...," zarazí se, když na ni za Suzeinými zády začnu neslyšně artikulovat „Wilfík".

„Cože?" podiví se Suze.

„Chtěla jsem se zeptat... kdepak máte Klementýnku?" opraví se Jess. „A nemůžu uvěřit, že je to Wilfík! Ten ale vyrostl!"

Při Suzeině odpovědi se nad šálkem čaje na Jess pousměju. Páni, kdo by si to byl pomyslel! Má sestra a má nejlepší kamarádka v přátelském rozhovoru.

Kdysi jsem už měla strach, že jsem je obě navždy a zcela ztratila. Jess po jedné ostré výměně názorů, při níž jsme se titulovaly jmény, nad nimiž se ještě dnes červenám. A Suze, protože si našla novou kamarádku Lulu, která jezdí na koni, má čtyři děti a myslí si, že spolkla všechnu moudrost světa. *Pořád* nechápu, co na ní Suze vidí. Vpodstatě je to jediná věc, na níž se neshodneme.

„Mám něco i pro tebe, Becky." Jess zapátrá v ruksaku a vytáhne chumel odporných hader. Janice se trochu otřese a s lehkým výkřikem uskočí.

„Co je to, zlato?"

„Z toho budeme s Becky vyrábět dětské pleny," oznamuje hrdě Jess.

„Dětské pleny?" opakuje máma ohromeně. „Ale zlato, ty koupíme v Boots. Prodávají tři za cenu dvou."

„Vypadají trošičku... použitě," odváží se podotknout Janice.

„Stačí je pouze vyvařit a namočit do roztoku oleje a mýdla," ujišťuje ji Jess. „Je to mnohem šetrnější k životnímu prostředí. A k dětské pleti. A dají se použít znovu. V dlouhodobém horizontu ušetříte několik liber."

„Ehm... to je skvělé," polknu a jedním prstem se dotknu hader. Jedna má po straně téměř setřený nápis Státní vězení ve Wandsworthu. Tohleto tedy rozhodně do dětské výbavy nezařadím. Ale Jess vypadá tak nadšeně, že jí nechci kazit radost.

„Taky ti pomůžu vyrobit klokánka na dítě," oznamuje. „Z Lukeových starých džín. Je to opravdu ohromně jednoduché."

„To je bezva nápad!" vykoktám. Na Lukea se přitom neodvažuju ani podívat.

„A mám ještě něco," Jess se na pohovce otočí přímo ke mně. „Nemusíš s tím hned souhlasit, jenom si to nech projít hlavou."

„Tak dobře," malinko nervózně sebou zavrtím. „Co to má být?"

„Nechtěla bys udělat přednášku?"

„Přednášku?" opakuju užasle. „A o čem?"

„Jak ses vypořádala se svou závislostí na utrácení," nakloní se ke mně Jess s očima rozzářenýma hřejivým sesterským zájmem. „Jedna kamarádka dělá poradkyni a já jsem jí vykládala o tobě a o tom, jak moc ses změnila. Prý bys mohla být báječným příkladem pro závislé v její skupině."

V pokoji okamžitě nastane hrobové ticho. Cítím, jak se mi krev hrne do obličeje.

„Tak se, Becky, nestyď," kopne mě do kotníku Suze. „Budeš slavná!"

„To já se taky přijdu podívat," hlásí se Luke. „Kdypak to bude?"

„Nemusí to být nic oficiálního," uklidňuje mě Jess, „jenom taková přátelská debata s několika lidmi o tom, jak vzdorovat konzumu. Zejména teď, když jsi těhotná." Zavrtí hlavou. „To byste nevěřili, jakou spoustu *absurdních* hloupostí nakoupí lidé svým dětem."

„Podle mě za všechno můžou ty katalogy," prohlásí Luke ponurým hlasem.

„Tak co ty na to, Becky?" naléhá Jess.

„Já opravdu...," odkašlu si a nevím, co říct. „Já vážně nevím..."

„Nemáš proč se stydět!" Jess vstane z pohovky a jde si ke mně přisednout. „Jsem na tebe opravdu pyšná, Becky. A ty bys měla být pyšná na sebe..." Najednou se divně zatváří a začne sebou vrtět. „Na čem to sedím? Co to je?" Šátrá za zády a vytáhne dva luxusní katalogy s téměř všemi růžky ohnutými.

Sakra. A ještě ke všemu padla právě na *Luxury Baby*, na jehož obálce sedí dítě v šatičkách od Ralpha Laurena v miniaturním rollsroyceu a s lahvičkou Diora v ruce.

„Na to se Becky nedívala," přispěchá mi na pomoc Suze. „Ani to není její. To je moje. To jsem přinesla já."

Vážně Suze miluju.

Jess listuje časopisem a svíjí se přitom jako při zánětu slepého střeva. „No to je otřesné. Jakože, copak tak malé dítě potřebuje nafukovací vaničku? Nebo postýlku se všemi těmi módními serepatičkami?"

„Jistě, já tě chápu." Snažím se přizpůsobit jejímu opovržlivému tónu. „Je to strašné. Nicméně já si *pár* věcí nejspíš koupím..."

„Podívej, Jess!" snaží se situaci vylepšit máma. „Becky si už vybrala pro miminko nádhernou postýlku!" Přehrabuje se v katalozích. „Kdepak jen může být? Má zabudovanou světelnou hru... a vibrace..."

Zděšením ztuhnu.

Neukazuj Jess tu postýlku za 1 200 liber.

„Už to mám!" Máma nám podává *Funky Baba*.

„To Jess vůbec nezajímá!" Snažím se jí vytrhnout katalog z ruky, ale Jess se k němu dostane dřív.

„Na které stránce to je?" vyzvídá.

„Mami?" přeruší nás čísi hlas a všichni se ohlédneme. Ve dveřích stojí zakaboněný mládenec s vlasy jako vrabčí hnízdo a několikadenním strništěm na bradě. Je vysoký a hubený, v ruce drží salátové vydání jakési knihy a bůhví, kdo to může...

Ježkovy voči. Snad ne Tom?

No nazdar! Málem jsem ho *nepoznala*. Máma s tím holením nepřeháněla, na holicí strojek určitě nesáhl bůhvíjak dlouho.

„Táta potřebuje pomoct s těmi svými čárymáry," zavrčí na Janice. „Ten králík se někde zasekl nebo co."

„Proboha!“ Janice odkládá šálek na stůl. „Měla bych jít. Tome, zlatíčko, se všemi se tady hezky pozdrav.“

„Brýtro vespolek.“ Tom přeletí společnost nasupeným pohledem.

„Suze, Beckyinu kamarádku přece znáš, že?“ snaží se ho upoutat Janice. „A setkal ses už s její sestrou Jess?“

„Ahoj, Tome!“ zavolá Suze vesele.

„Těší mě,“ řekne Jess.

Nervózně na ni pokukuju v obavách, že se do mě pustí, že dětská postýlka za tisíc liber je výrazem hluboké nemravnosti a dekadence, v níž žijeme. Ale k mému překvapení jí katalog sklouzl do klína a ona si ho přestala všímat. Okouzlenýma očima hledí na Toma.

A Tom hledí zase na ni.

Jess sklouzne očima na knihu, kterou drží Tom v ruce. „Není to *Konzumní společnost: Mýty a struktury*?“

„Ano. Vy jste to četla?“

„Tohle sice ne, ale četla jsem jinou z Baudrillardových prací, a sice *Systém předmětů*.“

„Tu mám taky!“ Tom se k ní o krok přiblíží. „Co si o ní myslíte?“

Podívejme!

„Jeho pojetí simulace a simulakra je podle mě nesmírně zajímavé.“ Jess žmoulá v ruce fazoli od Tiffanyho, kterou jsem jí kdysi dala.

Ale to ona přece vůbec nedělá! To mě podržte! Že ona se do něj zakoukala!

„Pokouším se aplikovat kolaps hyperreality na svou tezi o postmoderní kapitalistické entropii.“ Tom doprovází svůj výklad důrazným přikyvováním.

To je fantastické! Oba jsou hezcí, jiskří to mezi nimi a jsou naladěni na stejnou vlnu, i když mluví tak podivnými slovy, že jim nikdo jiný nerozumí. Jako by se nám tu, přímo v mámině obýváku, odvíjela epizoda z *The OC*!

Bleskově mrknu na Lukea, který na mě povytáhne obočí. Máma šťouchá do Suze, která se na ni kření. Všichni jsme naprosto u vytržení. No a Janice, ta je v sedmém nebi.

„Každopádně,“ Tom pokrčí rameny, „bych měl asi jít…“

Janice bleskově popadne příležitost za pačesy.

„Jess, zlato!“ vykřikne a vyskočí z pohovky jako čertík ze škatulky. „Vždyť my se ani pořádně neznáme, viďte! Nepřemluvila bych vás, abyste k nám zašla na šálek čaje? Mohli byste si tam s Tomem popovídat o všem, co vás tak zajímá.“

„Jenomže,“ Jess se tváří trochu zaskočeně. „Já jsem... sem vlastně přijela za nimi...“

„Ale s těmi se ještě užijete na té oslavě!“ Janice nekompromisně popadne Jess za opálenou ruku a vleče ji ke dveřím. „Jane, Grahame, nebude vám to proti mysli, že ne?“

„Ale to víš, že ne,“ dává jí své svolení táta.

„No tak dobře,“ Jess po očku koukne na Toma a lehce se zapýří. „Tak ahoj!“

„Ahoj!“ loučíme se sborově.

Když za nimi zapadnou dveře, s potlačovaným veselím se na sebe podíváme.

„No vida!“ prohodí máma a odnáší čajovou konvici. „Jestlipak by to nebylo hezké! Mohli bychom strhnout plot a postavit velký stan na oba trávníky!“

„Prosím tě, mami!“ obrátím oči v sloup. To je celá ona, předbíhá událostem a představuje si spoustu absurdních...

Jůůů! Mimčo by mohlo nést prstýnky!

Zatímco je Jess u sousedů, Luke si čte noviny a Tarquin koupe děti, my se Suze se nastěhujeme do mého bývalého pokoje. Pustíme rádio na plné pecky a střídavě se noříme hluboko do vany plné pěny a sedíme na jejím okraji a povídáme si jako za starých časů ve Fulhamu. Pak si Suze sedne na postel a kojí děti a já si lakuju nehty na nohou.

„To už moc dlouho nebudeš moct dělat,“ podotkne při pohledu na mě Suze.

„Proč?“ podívám se na ni vyděšeně. „Není to snad dobré pro dítě?“

„Ale jdi, ty trdlo!“ zasměje se. „Ale už se takhle neohneš!“

To je divné pomyšlení. Neumím si *představit*, že jednou budu tak baňatá. Přejedu si rukou po břiše a dítě mě na oplátku kopne.

„Jůůů!“ vykřiknu. „Teď to byl ale pořádný kopanec!“

„Jen počkej, až bude vystrkovat kolena a tak,“ prohlašuje zkušeně Suze. „To je tak divný pocit, jako by v tobě bydlel nějaký mimozemšťan.“

Z čehož je jasně vidět, proč těhotný člověk potřebuje nejlepší kamarádku. Ani v jednom ze všech moudrých spisů vám neřeknou: „Je to tak divné, jako by ve vás bydlel nějaký mimozemšťan.“

„Ahoj, miláčku.“ Ve dveřích stojí zase Tarquin. „Mám odnést Wilfíčka dolů?“

„Ano, už toho má dneska dost.“ Suzeiny ruce podávají Tarquinovi spící dítě, které se mu spokojeně uvelebí v náruči, jako by vědělo, že je tam doma.

„Líbí se ti moje nehty, Tarkie?“ zavrtím k němu prsty na nohou. Tarquin je tak bezva. Když jsme se kdysi seznámili, byl tak zvláštní a nepochopitelný, že jsem se s ním vůbec o ničem nedokázala bavit – ale kupodivu se z něj časem stal úplně normální člověk.

Podívá se mi bez zájmu na nehty. „Úžasně. No tak jdeme, kamaráde.“ Poplácá jemně Wilfíčka po zádech. „Jde se do hajan!“

„Tarkie je moc dobrý táta,“ chválím ho, když se za ním zavřou dveře.

„Ano, je opravdu skvělý,“ říká Suze láskyplně, když si přikládá Klementýnku k prsu. „Až na to, že pořád dětem pouští Wagnera. Ernie umí německy Brunhildinu árii od začátku do konce, zato anglicky neumí skoro nic.“ Svraští obočí. „Začínám mít vážně trochu obavy.“

Beru to zpátky. Tarquin je pořád zvláštní.

Vytáhnu si novou maskaru, natírám si ji na řasy a pozoruju přitom, jak se Suze legračně šklebí na Klementýnku a jak ji pusinkuje na tvářičky. Suze se k dětem chová strašně hezky.

„Myslíš, že bych mohla být dobrá matka, Suze?“ vyletí mi z úst, ještě než si stačím uvědomit, že mi to vrtá hlavou.

„Jistě!“ Suze se na mě podívá do zrcadla. „Budeš báječná matka! Budeš na děti hodná, bude s tebou legrace a budeš nejlépe oblečená matka na hřišti…“

„Ale já o dětech vůbec nic nevím. Jakože absolutně *nic*."

„Ale to já jsem taky nevěděla, copak si nevzpomínáš?" pokrčí Suze rameny. „To se brzo naučíš!"

Všichni mi pořád říkají, že se to naučím. Ale co když ne? Tři roky jsem se mořila s algebrou a stejně jsem nakonec nic neuměla.

„Co kdybys mi dala pár dobrých rad?" odložím štěteček s maskarou. „Jakože... pár věcí, které stojí za to znát."

Suze v soustředěném přemýšlení svraští čelo. „Jediné, co mě napadá, jsou takové ty základní věci," prohlásí nakonec. „Myslím to, co člověk v podstatě zná automaticky."

Neklidně se zavrtím.

„Které konkrétně?" snažím se, aby to znělo nenuceně.

„Jakože, nejspíš to všechno dávno umím..."

„No však víš," odpočítává na prstech. „Aby člověk věděl něco o první pomoci..., aby měl v pořádku lékárničku..., mohla by ses možná přihlásit na kurzy dětských masáží..." Položí si Klementýnku na rameno: „Zajímáš se o Baby Einstein?"

Páni, teď mi zasadila poslední ránu. Nemám ani *páru*, co je Baby Einstein.

„Z toho si nic nedělej," uklidňuje mě rychle Suze při pohledu na to, jak se tvářím. „Nic z toho není vlastně vůbec podstatné. Postačí, když dokážeš vyměnit plínku a přeříkat nějaké dětské říkadlo!"

Nedokážu vyměnit plínku. Natož nějaká dětská říkadla.

Bože, to je můj konec!

Ještě dvacet minut trvá, než Suze nakrmí Klementýnku a než ji předá Tarquinovi.

„Tak!" Zabouchne za ním dveře a s rozzářenýma očima se obrátí ke mně. „Konečně samy! Dej mi svůj zásnubní prsten. A ještě potřebuju kousek nitě nebo tak něco..."

„Počkej," šátrám v toaletním stolku a vytáhnu stužku, kterou byl kdysi převázaný dárek od Diora. „Stačí?"

„Mělo by," Suze váže prstýnek na stužku. „Hele, Becky, jseš si *jistá*, že to chceš doopravdy vědět?"

Zahlodá ve mně pochybnost. Možná má Luke přece jen pravdu.

Možná bychom se měli nechat překvapit. Jenomže – podle čeho mám potom uhodnout, jakou barvu kočárku?

„Chci to vědět," rozhodnu se. „Zkusíme to."

„Tak se pěkně pohodlně polož." Suze zaváže stuhu na uzel, a když se setkáme očima, vesele se zazubí. „To je ale vzrůšo!"

Suze je báječná. Já *věděla*, že to nějak dokáže zjistit. Spustí mi prstýnek nad břicho a obě na něj fascinovaně zíráme.

„Nehýbá se," zašeptám.

„Hnedlinko bude," odpoví mi šeptem Suze.

Je to tak strašidelné. Jako bych byla na seanci, na níž prstýnek vysloví jméno nějakého mrtvého, s řinčením se přibouchne okno a na podlaze se s třeskem rozletí váza.

„Už!" zasyčí Suze, když se prsten začne na stuze pohupovat. „Koukej!"

„Proboha!" vyjeknu přidušeně. „A co říká?"

„Krouží! Tak je to holka!"

Zhluboka se nadechnu. „Jseš si tím jistá?"

„Jasně! Budeš mít dceru! Blahopřeju ti!" Suzeiny ruce mě obejmou.

Tak holka. Trochu se chvěju. Budu mít dceru! Já to věděla. Pořád jsem měla holčičí vibrace.

„Becky?" Dveře se otevřou a v nich stojí máma. Od hlavy k patě se třpytí purpurovými flitry a na rtech má křiklavou rtěnku v podobném odstínu.

„Už začnou chodit hosté." Očima těká ze Suze na mně. „Všechno v pořádku, miláčku?"

„Mami, budu mít holčičku!" vyletí ze mě mimovolně. „Suze to zkoušela s prstýnkem. A ten se začal točit!"

„Holčičku!" Mámin obličej se rozzáří. „Jestli jsem si *hnedka* neříkala, že to vypadá na holčičku! Becky, děvenko moje!"

„Není to senzace?" dodá Suze. „Budete mít vnučku!"

„Hnedka vytáhnu tvůj starý domeček na panenky, Becky!" Máma se zalyká štěstím. „A tu prázdnou místnost nechám vymalovat krásně narůžovo…"

Přistoupí ke mně a prohlíží si mé břicho. „No jakpakby ne, podívej se na to břicho, holčičko. Je to holka jak vymalovaná."

„A podívejte na ten prsten!“ dožaduje se pozornosti také Suze. Spustí mi prstýnek nad břicho a zastaví ho. Nastane naprosté ticho – a pak se prsten začne pohupovat dopředu a dozadu. Chvíli užasle mlčíme.

„Neříkala jsi náhodou, že opisoval kruh?“ ptá se máma nejistě.

„Říkala! Co se to děje, Suze? Proč se houpá dopředu a dozadu?“

„Co já vím!“ Suze zamračeně civí na prsten. „Možná to nakonec bude kluk.“

Všechny upíráme oči na mé břicho, jako bychom čekaly, že se k tomu nějak vyjádří.

„Břicho máš vysoko,“ prohlásí máma nakonec. „Mohl by to být kluk.“

Před chvílí ještě říkala, že to vypadá jasně na holku. Prokristapána. Ty babské metody stojí tedy za pěkné věci!

„Ať je to, co chce, pojďte dolů, holčičky,“ prohlásí máma, když zdola zaduní úvodní akordy. „Keith z Lišky a hroznů už je tu. Namíchá vám všechny možné koktejly, které se teď pijí.“

„Hurá!“ raduje se Suze a už se natahuje pro taštičku s líčidly. „Ve vteřině budeme dole.“

Máma odejde a Suze si začne nanášet mejkap takovou rychlostí, že nestačím kulit oči.

„Pro Kristovy rány! Netrénuješ doufám na soutěž v tom, kdo se nejrychleji nalíčí?“

„Jen počkej,“ prorokuje Suze a nanáší si přitom štětečkem třpytivé stíny na víčka. „Taky se naučíš kompletně nalíčit za tři vteřiny.“ Otevře rtěnku a nanese ji na rty. „Hotovo!“ Popadne elegantní zelené saténové šaty, vklouzne do nich a pak vytáhne z kabelky sponu zdobenou drahokamy.

„Ta je ale hezká!“ zírám s obdivem na sponu.

„Díky.“ Po malém zaváhání dodá: „Tu mám od Lulu.“

„Aha.“ Najednou mi už tak hezká nepřipadá. „Takže… jak se má Lulu?“ zeptám se zdvořile a společensky, ale od srdce mi to nejde.

„Má se skvěle!“ odpoví Suze s hlavou skloněnou ve snaze zachytit do spony všechny vlasy. „Napsala knihu.“

„Knihu?“ To bych tedy do Lulu neřekla.

„Kuchařku pro malé děti."

„Vážně?" žasnu. „No, možná bych se do ní měla podívat. Je dobrá?"

„Já jsem ji ještě nečetla," odpoví Suze po chvíli. „Ale vzhledem k tomu, že má čtyři děti, musí na to být expert..."

V hlase jí zavibruje jakési napětí, které si neumím vysvětlit. Ale pak Suze zvedne hlavu – a vlasy jí tak strašně trčí na všechny strany, že obě vyprskneme smíchy.

„Počkej, já ti to udělám." Vymotám jí sponu ze zacuchaných vlasů, vykartáčuju je, znovu je vyčešu nahoru a kolem obličeje jí spustím pár volných pramínků.

„Senza." Suze mě obejme. „Díky, Bex. Dostala jsem příšernou chuť na cosmopolitan. Jde se!"

Téměř vyběhne z pokoje a já trochu rozvážněji kráčím po schodech za ní. Je mi jasné, že mým údělem jsou nealkoholické koktejly, které jsou jeden jako druhý.

Jakože, jistěže mi to nevadí. Roste ve mně nádherný človíček a tak dál. Ale stejně. Kdybych byla Pánbůh, zařídila bych to tak, aby se těhotné ženy mohly také malinko napít. Anebo že by kvůli svému zdraví aspoň občas trochu alkoholu vypít musely. Jako třeba aby vám neotékaly ruce. A také aby vám nebylo po ránu špatně. A aby člověk porodil bezbolestně...

Takže, já bych to všechno zařídila úplně jinak.

Ale i bez kapky alkoholu je to senzační oslava. O půlnoci je v plátěném stanu hlava na hlavě a všichni jsme po báječné večeři. Táta měl proslov, jaká je máma senzační manželka a matka a že bezpochyby bude stejně báječná babička. A soused Martin předvedl svou kouzelnickou šou a opravdu se mu povedla! Vyjma té části, kdy chtěl přeříznout Janice vejpůl, jenomže ta při pohledu na řetězovou pilu ztratila nervy, a když Martin scénu stupňoval a vypadal jako nějaký hororový maniak, dala se do zoufalého křiku: „Nezabíjej mě, Martine!"

Nakonec všechno dobře dopadlo. Martin si sundal masku a Janice se po panáku brandy trochu vzpamatovala.

A teď vyhrává kapela a všichni jsme na parketu. Máma s tátou září jako sluníčka, v obličeji jsou zrůžovělí, s vervou spolu křepčí a na máminých flitrech poskakují světýlka. Suze tancuje s jednou rukou kolem Tarquinova krku a v druhé drží Klementýnku, která se probudila a za nic na světě nechce jít spát. Tom a Jess postávají v zaujatém rozhovoru u parketu a tu a tam se nechají zlákat na pár taktů svérázného šoupáka. Tom má černou vázanku a báječně mu to sluší a Jess má na sobě fantastickou černou vyšívanou sukni! (Hlavu bych bývala dala za to, že je to Dries van Noten. Jenomže jak se ukázalo, stála třicet pencí a vyšívaly ji guatemalské ženy. To jsem si mohla myslet!)

A já mám na sobě nové růžové šaty s cípatým okrajem a tancuju (jak to vzhledem k mému břichu jde) s Lukem. Máma s tátou protančí kolem nás, mávají nám a já se na ně usmívám a snažím se, aby na mně nebylo znát zděšení, které se mě při pohledu na ně zmocňuje. Já vím, že je to jejich oslava a tak dál, ale mí rodiče *vážně* tancují příšerně. Máma se svíjí v bocích jako úhoř, navíc zcela mimo rytmus, a táta buší pěstí do vzduchu, jako by současně bojoval nejméně se třemi neviditelnými protivníky.

Jak to, že rodiče nedovedou tancovat? Je to nějaký všeobecně platný fyzikální zákon nebo co?

Najednou mě napadne hrozná věc. My také budeme rodiče! A za dvacet let se při pohledu na nás bude děsit *naše* dítě.

Ne. To nikdy nedovolím.

„Lukeu!“ snažím se úpěnlivě překřičet hudbu. „Musíme se naučit moderní tance, abychom jednou neuváděli do rozpaků naše dítě!“

„Já moderní tance zvládám,“ odpoví Luke. „I ty nejnovější.“

„To tedy nezvládáš!“

„Jako kluk jsem chodil do tanečních, abys věděla,“ odsekne. „Válím valčík jako Fred Astaire.“

„Valčík?“ opičím se po něm. „Takovou starožitnost! Musíme se hlavně naučit street dance. Sleduj mě.“

Udělám pár figur ve funky stylu, kroutím hlavou a rapuju jako profesionálové na videích. Luke užasle přihlíží.

„Srdíčko moje,“ zakoktá, „co to provádíš?“

„To je hip hop,“ informuju ho. „To je street dance!“

„Becky! Holčičko!“ Máma si razí cestu křepčícími hosty. „Co se stalo? Snad jsi nedostala bolesti?“

No tohle! Má rodina nemá absolutně žádnou představu, jak vypadá moderní street dance.

„Nic mi není!“ bráním se. „Prostě jen tancuju.“

Ouha. Jeden nebo tři svaly jsem si možná trochu natáhla.

„Tak pojď, ty má malá J-Lo,“ Luke mě vezme do náruče. Máma odtančí na pár slov k Janice a já se zahledím do Lukeova spokojeného obličeje. Od chvíle, kdy mu někdo zatelefonoval při kávě, blažeností přímo září.

„Co je to s tebou?“ dotírám na něj. „Dobré zprávy?“

„Právě jsme to rozjeli v Barceloně.“ Cuká nosem, což dělá vždycky, když je s životem navýsost spokojený, ale velmi se snaží to dobře ukrýt pod kamennou maskou profesionálního hráče pokru. „A s ní už máme po Evropě osm poboček. A to všechno zásluhou smlouvy s Arcodasem.“

Ani se mi nezmínil, že je to s Barcelonou na spadnutí! To je celý Luke, všechno drží do poslední chvíle pod pokličkou. Kdyby to nějak nevyšlo, nejspíš by mi to vůbec neřekl.

Osm poboček. *A* Londýn a New York. To je úžasné.

Hudba spustí ploužák a Luke mě k sobě ještě víc přitiskne. Koutkem oka vidím, jak se Jess s Tomem kradou na parket. *Do toho*, povzbuzuju v duchu Toma. *Aspoň pusu jí dej!*

„Takže se vám teď docela daří, viď?“

„Lepší by to být ani nemohlo.“ Luke se mi podívá do očí a naprosto zvážní. „Nedělám si legraci. Budeme teď třikrát větší.“

„Jůůů.“ Chvilku mi trvá, než mi to dojde. „Takže my teď budeme pracháči?“

„Možná,“ přikývne.

To je super! *Vždycky* jsem chtěla být v balíku. Postavíme si Brandon Tower!

„Mohli bychom si koupit ostrov?“ Suze vlastní jeden skotský ostrov a já se vždycky cítila v tomhle směru malinko ošizená.

„Možná,“ směje se Luke.

Užuž chci říct, že budeme potřebovat soukromé letadlo, když se ve mně začne dítě vrtět. Uchopím Lukea za ruce a položím si je na břicho.

„Zdraví nás."

„Ahoj, děťátko," šeptá mu Luke. Ještě víc mě k sobě přivine, já zavřu oči, vdechuju vůni jeho vody po holení a uvnitř těla vnímám rytmus hudby jako tlukot srdce.

Nikdy jsem nebyla tak šťastná. Tančíme líčko na líčko, naše dítě kope mezi námi nožičkami, budeme mít dům jako sen a peněz jako želez! Není to snad prima?

Becky Brandonová prověřuje svou znalost dětských říkanek

Byl malý domeček,
V tom domečku stoleček,
Na stolečku mistička,
V té mističce vodička,
V té vodičce rybička.

Kde je ta ryba?
Páni ji sežrali! (Ne!)
Kočka ji snědla?!
Kde je ta kočka?
(Kde krucinál ta kočka je?)
Do lesa zaběhla!
Kde je ten les?
Na prach shořel! (Jupííí!!!)
Kde je ten prach? (Kdo to sakra může…, a taky tam někde
měli být ti voli…)
…do háje…

Vařila myšička kašičku
Na zeleném rendlíčku,
Tomu dala, tomu dala,
Pak se nikdy neprovdala…
… ježíšmárjááá…

Pět

Takže takhle jsem se oblékla na svou první návštěvu u gynekoložky, na niž se lepí těhotné hvězdy jako vosy na med:

Vyšívaný kaftanový top ve stylu Jemimy Khan.
Mateřské džíny (ale ne takové ty s nechutnou volnou plachtou na břiše, nýbrž s decentními vsádkami ukrytými v kapsách).
Nové lila mateřské prádélko od Elle MacPherson.
Sandálky od Prady.

Vypadám vážně dobře. Alespoň doufám. Před zrcadlem si trochu popotáhnu kaftan a vlasy si přilíznu dozadu.

„Dobré ránko," brumlám. „Těbůh, Kate. Jak ti žerou rybičky, Elle? Krutibrko, to je ale náhoda! Zrovinka mám na sobě od tebe kalhotky."

Naposledy se před zrcadlem zevrubně prohlédnu, přepudruju si nos – a vezmu si kabelku.

„Už jdeš, Lukeu?" volám.

„Hmmm," Luke se sluchátkem pod bradou vystrčí hlavu ze dveří pracovny. „Vteřinku, Iaine." Položí ruku přes mikrofon. „Musím tam opravdu, Becky?"

„*Cože?*" polekaně se na něj podívám. „Jasněže musíš!"

Luke mi zevrubně pátrá v obličeji, jako by chtěl vyhodnotit skutečný stav mé nálady. „Iaine," vrátí se nakonec k telefonu, „tohle je komplikované." Zmizí v pracovně a ztlumí hlas.

Komplikované? Co tím jako myslí? Jde se ke gynekoložce a basta. Dopáleně přecházím předsíní a v duchu probírám pádné odpovědi. *Nemohl by si pro jednou Iainek trhnout? Copak se celý náš život musí točit kolem Arcodasu? To ti ani za mák nezáleží na našem miminku? Záleželo ti vůbec kdy na mně?*

No, to poslední, dejme tomu, ne.

Konečně se Luke objeví ve dveřích. Telefon je pryč a Luke si navléká sako.

„Poslyš, Becky...," začne.

To jsem mohla tušit! Nikam nejde.

„Ty jsi nikdy k Venetii Carterové nechtěl, že ne?" spustím na něj vodopád slov. „Jsi proti ní zaujatý! No tak dobře! Tak si jdi po svém a já si půjdu taky!"

„Becky..." Zvedne ruku. „Já s tebou přece půjdu!"

„No tak dobře!" zavrčím už trochu klidněji. „Tak bychom měli už vyrazit. Pěšky je to přibližně dvacet minut."

„Pojedeme autem." Vrací se do pracovny a já jdu za ním. „Iain sem právě jede z nějaké schůze. Vyzvedne nás, bleskově se poradíme v autě a já pak za tebou dorazím."

„No tak dobře," prohlásím po chvíli. „To vypadá přijatelně."

Ve skutečnosti mi je z toho nanic. Iaina Wheelera nemůžu vystát a ani trochu se mi s ním nechce sedět v jednom autě. Ale Lukeovi to říct nemůžu. Mezi mnou a Arcodasem panuje jisté napětí.

Ale *já* za to rozhodně nemůžu. Může za to Jess. Před několika měsíci, kdy jsem neměla sebemenší tušení, že jsou Lukeovým novým a významným klientem, jsem se za jejího podstatného přispění dostala do čela velkého environmentálního protestu proti jejich společnosti. Lukeovi se tehdy podařilo vše urovnat a předvést zmíněnou společnost v pozitivním světle a lidé z Arcodasu předstírají, že na to vzpomínají s humorem – ale já mám vážné pochybnosti, že mi to kdy odpustí.

„A nejsem vůbec proti ní zaujatý," dodá Luke, když si váže uzel na kravatě.

„Ale to ti povídám, Becky, že tahleta doktorka bude muset být setsakra formát, abychom k ní přešli od doktora Brainea."

„Budeš do ní úplně blázen," přesvědčuju ho trpělivě. „To vím jistě."

Sáhnu do kabelky pro mobil, abych zkontrolovala, jestli je nabitý, a pak se zarazím, protože na Lukeově stole cosi zahlédnu. Je to ústřižek z finančních stránek o novém podílovém fondu s poznámkou „fond pro dítě?" načmáranou na okraji.

Podívejme!

„Takže ty chceš vložit peníze pro dítě na zajišťovací fond, Lukeu?" ptám se nenuceně. „Zajímavé rozhodnutí."

Luke se na okamžik zarazí a pak sleduje můj pohled.

„Možná ano," odpoví stejným tónem. „Anebo je to možná vějička, na kterou má sednout slídící protivník."

„Protivník vůbec *slídit* nepotřebuje." Věnuju mu povznesený úsměv. „Ten má spoustu vlastních báječných nápadů. Kdybys náhodou potřeboval nějakou inspiraci, stačí říct. Mohla bych ti pár tipů přenechat. Tedy, za drobnou úplatu."

„Zatím není třeba," odpoví Luke zdvořile. „Jde to dobře, že? Myslím tím tvé investice."

„Výtečně, díky. Lepší to být nemůže."

„To je skvělé. Rád to slyším."

„Ano… ta minulá investice do japonského zemědělství se mi opravdu úžasně vyplatila…," plácnu se rukou přes pusu. „Jůůů! Moc mi to mluví."

„Jsi dobrá, Becky. Málem jsem ti na to naletěl," směje se mi Luke. „Nepůjdeme?"

Vyjdeme z budovy a Luke mě vede do Iainova černého mercedesu.

„Ahoj, Lukeu," mává na něj Iain z okénka. „Ahoj, Rebecco."

Iain je podsaditý čtyřicátník s nakrátko ostříhanými prokvetlými vlasy. Ošklivý ani vlastně není, ale má příšernou pleť, kterou se snaží maskovat opálením. A používá příliš vody po holení. *Co* na tom ti mužští mají?

„Díky za svezení, Iaine," říkám jako dokonale vychovaná manželka.

„Za málo," Iainovy oči sklouznou k mému vzdouvajícímu se břichu. „Nenacpala jste se moc koláčů, Rebecco?"

Ha ha.

„Asi tak něco," odpovím co nejzdvořileji.

Automobil se rozjede a Iain popíjí kávu z kelímku. „Kdypak nastane onen velký den?"

„Za sedmnáct týdnů."

„A co budete do té doby dělat? Neříkejte mi, že chodit na jógu. Má přítelkyně je jógou úplně posedlá," ani mi nedá možnost odpovědět a okamžitě se obrátí k Lukeovi. „Podle mě je to jenom snůška volovin."

No poslyšte! Zaprvé jóga není žádná snůška volovin, ale metoda, jak propojit duši s životními čakrami…, nebo jak to vlastně je. A zadruhé nepotřebuju, aby mi někdo radil, co mám dělat se svým časem.

„Když se to tak vezme, Iaine, jsem vedoucí oddělení osobních nákupů jednoho z předních londýnských obchodních domů," upozorním ho. „Takže mi mnoho času na jógu nezbývá."

„Obchodního domu?" Iain se otočí dozadu ke mně. „To je pro mě novinka. A kterého?"

Krucinál. To jsem si pěkně naběhla.

„Jednoho takového… nového," prohlížím si upřeně nehty.

„Jak se jmenuje?"

„Jmenuje se… The Look."

„The Look?" Iain se překvapením rozřehtá, až málem upustí kelímek s kávou. „Lukeu, neřekl jsi mi, že tvá žena pracuje v Looku! Není tam pro vás, Rebecco, trochu moc mrtvo?"

„Tak zlé to zase není," odpovím zdvořile.

„Že to není tak zlé? Nikdo nepamatuje větší propadák v maloobchodním prodeji! Doufám, že jste se zbavila všech akcií!" Opět se otřásá smíchy. „A s vánoční prémií moc nepočítáte, že ne?"

Ten chlap mě vážně začíná docela štvát. Něco jiného je, když na Look nadávám já, vždyť tam pracuju. Ale ostatní by měli svá slova trochu vážit.

„Já osobně si myslím, že se Look z toho brzy dostane," prohlásím ledově. „Začátek nebyl valný, to připouštím, ale jinak mu nic neschází."

„No tak hodně štěstí," přeje mi Iain s obličejem zkrabatělým potlačovaným smíchem. „Můžu vám dát radu? Každopádně bych se poohlédl po jiné práci."

Donutím se k úsměvu – a pak se obrátím k okénku, ale všechno ve mně vře. Páni, to je ale arogantní blbec. Však já mu ukážu. Look může mít ještě klidně úspěch. Potřebuje jenom... pro začátek, pravda, by docela potřeboval nějaké zákazníky.

Automobil přirazí k chodníku, livrejovaný řidič vystoupí a otvírá nám dveře.

„Díky za svezení, Iaine," loučím se zdvořile. „Lukeu, setkáme se uvnitř."

„Hmmm," přikývne Luke a při otevírání aktovky se zamračí. „Budu tam cobydup. Takže Iaine, co se ti nelíbilo na tomhle návrhu?"

Když mi řidič pomáhá vystoupit z vozu, jsou už oba pánové zavrtaní v lejstrech.

„Trefíte tam?" Řidič ukazuje na roh. „Fencastle Street je sice kousek odtud, ale autem tam nesmím."

„Nebojte se, já už tam dojdu. Jenom jsem si zapomněla uvnitř kabelku..." Nakloním se ještě do auta, kde právě mluví Iain.

„Když se, Lukeu, rozhodnu, že to tak bude, tak to tak doprdele taky bude." Jeho nevychovaný projev mě zaskočí a pozoruju, že i Luke sebou trhl.

To je neuvěřitelné. Co si ten chlap o sobě vlastně myslí? Jenom proto, že je v branži velké zvíře, si může otvírat hubu, na koho chce? Mám chuť nasednout zpátky do auta a pěkně od plic mu vyložit zase svůj názor.

Ale nejsem si jistá, jak by se to líbilo Lukeovi.

„Tak se tu měj, miláčku," stisknu mu ruku a vezmu si kabelku. „A pospěš si."

Přišla jsem trochu moc brzy, a tak využiju volného času a přetřu si rty rtěnkou a rychle si projedu vlasy hřebenem. Pak zahnu za roh a už jsem ve Fencastle Street. Přibližně dvacet metrů přede mnou je velká impozantní budova se štukovými ozdobami a s nápisem „Holistické porodnické centrum, Venetia Carterová" vyrytým do okenní tabulky. A na protějším chodníku se tísní dav fotografů s fotoaparáty namířenými ke dveřím.

Zarazím se a srdce se mi o poznání víc rozbuší. Jsou to paparazziové. A dělají jednu fotku za druhou. Kdo to – koho to...

Prokrindapána. To je ta nová partnerka Jamese Bonda! A vykračuje si k budově v džínách, růžovém Juicy topu bez ramínek a se znatelným bříškem. Slyším povykovat fotografy: „Kuk, pusinko!" a „Kdypak se ráčej rozsypat?"

To je suprový!

S předstíraným nezájmem vyrazím po chodníku jako střela a dojdu ke dveřím současně s ní. Za zády nám cvakají o sto šest fotoaparáty. Budu ve všech bulvárech s Bondovou slečnou!

„Nazdar," prohodím k ní nedbale polohlasem, když mačká na bzučák. „Já jsem Becky. Taky jsem v tom. Máte moc hezký top!"

Zpraží mě pohledem jako naprostou nulu a potom beze slova otevře dveře.

No, tahle tedy na moc velké kamarádění nevypadá. Ale nevadí, ostatní budou určitě lepší. Kráčím za ní po dlaždičkách elegantní halou do velké místnosti se sametovými křesílky v barvě lila a s recepcí, kde na velkém stole hoří svíčka od Jo Maloneové.

Jdu Bondově partnerce v patách a cestou si bleskově prohlížím místnost. Dvě děvčata v džínách, *nejspíš* supermodelky, čtou *OK!* a vzájemně si tam ukazují nějaké fotografie. Ve vysokém stupni těhotenství a v šatech od Missoniho tam sedí uslzená dívčina, manžel ji drží za ruku a nervózně říká: „Zlatíčko, klidně můžeme říkat našemu děťátku Aspen, já jsem jen nepochopil, že to myslíš vážně!"

Aspen.

Aspen Brandon.

Lord Aspen Brandon, Earl of London.

Hmm. Tak nevím.

Bondova slečna se v recepci ohlásí a jde si sednout do kouta.

„Prosím?" otočí se ke mně recepční.

Nasadím zářivý úsměv: „Přišla jsem k Venetii Carterové. Paní Rebecca Brandonová."

„Posaďte se, paní Brandonová. Slečna Carterová si vás za okamžik zavolá." Recepční se na mě usměje a podá mi brožovanou knížečku. „Tady máte pár základních informací. A posložte si bylinkovým čajem."

„Díky!" Vezmu si leták a posadím se naproti supermodelkám. Hovor podkresluje jemná flétna, na saténem potažených nástěnkách jsou přišpendleny fotografie matek s novorozenci. Panuje tu poklidná a nádherná atmosféra. To je úplně něco jiného než ta fádní a nemoderní čekárna doktora Brainea s umělohmotnými židlemi, příšerným kobercem a plakáty o kyselině listové.

Luke bude koukat, až sem přijde. Já *věděla*, že jsem se rozhodla správně! Blaženě si listuju brožurkou a tu a tam zaznamenám nějaký titulek. *Porod ve vodě... porod s reflexní masáží... porod v hypnóze...*

Možná bych si dala ten porod v hypnóze. I když pánbůhví, co to vlastně znamená.

Právě si prohlížím fotografii dívky ležící s miminem v jakési obří bublinkové lázni, když na mě recepční zavolá.

„Paní Brandonová? Venetia vás očekává."

„Aha!" Odložím brožurku a podívám se úzkostně na hodinky. „Ale můj manžel tu bohužel ještě není. Měl by přijít každou chvílí..."

„Žádný strach," usměje se recepční. „Pošlu ho za vámi hned, jak dorazí. Pojďte, prosím, se mnou."

Kráčím za recepční chodbou vyloženou kobercem. Stěny jsou pokryty podepsanými fotografiemi roztomilých a pohledných slavných matek sedících se svými novorozeňátky v posteli a já si ve snaze ani jednu nepropást málem ukroutím hlavu. Musím už vážně přemýšlet o tom, co si obléknu na porod. Třeba by mi Venetia Carterová mohla něco poradit.

Dojdeme ke smetanovým dveřím, a než obě vstoupíme, recepční na ně dvakrát zaťuká. „Venetie, to je paní Brandonová."

„Paní Brandonová!" S napřaženou rukou ke mně kráčí oslnivá rusovláska s nádhernými vlasy. „Vítejte v Centru holistického porodu!"

„Dobrý den!" zářivě se na ni usmívám. „Říkejte mi Becky."

Jůůů. Venetia Carterová vypadá jako filmová hvězda! Je mnohem mladší, než jsem čekala, a také štíhlejší. Má na sobě slušivý kalhotový kostýmek od Armaniho, dokonale vyžehlenou bílou halenku a vlasy sepnuté v týlu vkusnou želvovinovou sponou.

„Velmi ráda vás vidím, Becky." Má melodický hlas, který zní jako stříbrné zvonky dobré víly ze severní země. „Posaďte se a trochu si popovídáme."

Když si sedám, všimnu si, že má na nohou klasické plátěnky od

Chanel. A na krku na stříbrném řetízku překrásný náhrdelník ze žlutých topasů.

„Chci vám poděkovat za to, že jste mě přijala v tak pokročilém těhotenství," říkám, když jí podávám své lékařské záznamy. „Opravdu si toho velmi vážím. A strašně se mi líbí vaše boty!"

„Děkuju," usměje se. „Tak se na to podíváme. Jste těhotná třiadvacet týdnů... prvorodička..." Pěstěným prstem klouzá po záznamu doktora Brainea. „Máte nějaké problémy s těhotenstvím? Nějaký důvod, proč jste odešla od předchozího lékaře?"

„Jenom jsem u něj postrádala trochu holističtější postoj," dychtivě se k ní nakloním. „Přečetla jsem si vaši brožuru a vaše terapie mě přímo uchvátila."

„Terapie?" světlehnědé obočí se vyklene.

„Myslím tím vaše porodní metody," opravím se rychle.

„No tak dobře." Venetia vytáhne ze zásuvky krémovou složku a na přední stranu napíše „Rebecca Brandonová". „Na to, jaký druh porodu si vyberete, máme ještě spoustu času. Ale nejdřív mi prozraďte něco o sobě. Jste vdaná, je to tak?"

„Ano," přikývnu.

„A váš manžel dnes přijde? Zřejmě pan Brandon, správně?"

„Už tu měl být," mlasknu omluvně jazykem. „Má venku v autě nějakou naléhavou obchodní schůzku. Ale brzy se dostaví."

„To nic." Zvedne hlavu, zasměje se a odhalí naprosto dokonalé a zářivě bílé zuby. „Váš manžel je určitě velmi rád, že budete mít děťátko."

„To opravdu je!" Právě jí chci vyprávět o tom, jak jsme spolu byli na našem prvním ultrazvuku, když se dveře otevřou.

„Je tu pan Brandon," hlásí recepční a dovnitř vejde Luke se slovy: „Strašně moc se omlouvám, já vím, že jdu pozdě..."

„Tak *už* je tady!" říkám. „Lukeu, seznam se se slečnou Carterovou."

„Prosím! Říkejte mi tak jako všichni Venetie...," zasměje se.

„Venetie?" Luke se zarazí a civí na Venetii Carterovou, jako by nevěřil svým očím. „*Venetie?* Jsi to ty?"

Venetii Carterové údivem poklesne brada.

Na chvíli oběma dojde řeč.

„Studovali jsme spolu na Cambridgi," prohodí Luke ke mně. „Je to už řada let. Ale...," promne si čelo. „Venetia *Carterová*. Ty ses vdala?"

„Změnila jsem si jenom příjmení," prohlásí Venetia s bolestným úsměvem. „To snad chápeš."

„Jak jste se jmenovala předtím?" ptám se zdvořile, ale jako by mě ani jeden neslyšel.

„Kolik je to let?" Zdá se, že se Luke nemůže z toho setkání vzpamatovat.

„Strašně moc. Ani se tomu nechce věřit." Projede si rukou vlasy, které se úslužně vrací do dokonalých rudých vln. „Vídáš se ještě s někým ze staré party? Třeba s Jonathanem? Nebo Matthewem?"

„Ztratili jsme kontakt," pokrčí Luke rameny. „A co ty?"

„Když jsem byla ve Státech, tak jenom poskrovnu. Ale když jsem teď v Londýně, tak se s pár lidmi vídáme poměrně často..."

Přeruší ji pípání v kapse. Vytáhne pager a vypne ho. „Promiň, ale musím si zavolat. Zajdu si vedle."

Po jejím odchodu se podívám na Lukea. Je celý rozzářený jako dítě na Štědrý večer.

„Takže ty Venetii znáš?" ptám se. „No to je ohromné!"

„Viď?" zakroutí údivem hlavou. „Patřila k partě, s níž jsem se stýkal v Cambridgi. To se ještě jmenovala Venetia Grimeová.*"

„*Grimeová?*" bezděky se zahihňám.

„Moc vhodné jméno pro lékaře to není," zasměje se na mě. „Ani se nedivím, že si ho změnila."

„A znal jsi ji dobře?"

„Byli jsme na stejné fakultě," kývne Luke. „Byla strašně chytrá. Mimořádný talent. Odjakživa mi bylo jasné, že se ve světě neztratí..." Zarazí se, protože se dveře otevřou a Venetia se vrací.

„Strašně moc se omlouvám!" Dojde k nám, posadí se na stůl a dlouhé nohy v kalhotách od Armaniho přehodí nenuceně přes sebe. „Kde jsme to byli?"

* grime = špína. Pozn. překl.

„Právě jsem říkala Lukeovi, jaká je to náhoda!" prohodím. „Že vy dva se už vlastně znáte."

„Není to zvláštní?" zasměje se stříbrným smíchem. „Z tolika set pacientek, které jsem měla, nebyla ještě ani jedna provdána za mého bývalého přítele!"

Úsměv na rtech mi mírně ztuhne.

Bývalý přítel?

„Zrovna jsem se pokoušela, Lukeu, vzpomenout, jak dlouho jsme spolu chodili," dodá. „Asi tak rok?"

Oni spolu chodili *rok*?

„Já už si nevzpomínám," prohodí Luke nenuceně. „Je to tak dávno."

No moment. Počkat. Že by mi něco uniklo?

Venetia Carterová s Lukem v Cambridgi chodila? Ale... nikdy se o ní slovem nezmínil. Jaktěživo jsem tohle jméno neslyšela.

Jakože... ne že by na tom nějak *záleželo* nebo tak něco. Proč by na tom mělo záležet? Nejsem z těch, které jsou posedlé bývalými manželovými přítelkyněmi. Žárlivost se mé povaze přímo příčí. Nejspíš se o tom ani nezmíním.

Nebo jen tak mimochodem.

„Poslyš, miláčku, nevzpomínám si, že by ses o Venetii někdy zmínil," nadhodím s příjemným úsměvem. „Není to zvláštní?"

„Žádný strach, Becky." Venetia se ke mně důvěrně nakloní a řekne: „Já moc dobře vím, že jsem nikdy nebyla Lukeovou životní láskou."

V nitru se mi rozlévá hřejivý proud radosti. „Tak dobře," podotknu skromně. „No tak..."

„To byla Sacha de Bonneville," dodá ihned poté.

Cože? *Cože?*

Lukeova životní láska není krucinál žádná Sacha de Bonneville! To jsem já! Jeho *žena*!

„Totiž, kromě vás, Becky!" vykřikne s omluvnou a rozpustilou zvonkohrou. „To jsem mluvila o starých časech. Když jsme byli na škole. Ale teď," Venetia pohodí zářivými vlasy a chopí se pera a složky, „zpátky k porodu!"

„Ano," uklidním se. „Takže, mně by se líbilo rodit ve vodě s lotosovými květy..."

„... mimochodem, měl bys někdy večer zajít, Lukeu," přeruší mě Venetia. „Setkat se s pár lidmi ze staré party."

„Moc rád!" přisvědčí Luke. „Rádi přijdeme, viď, Becky?"

„Ano," řeknu po chvíli. „Je to skvělý nápad."

„Omlouvám se, že jsem vás přerušila, Becky." Venetia se na mě obrátí s úsměvem. „Pokračujte. Říkala jste porod ve vodě?"

Sedíme tam dalších dvacet pět minut a mluvíme o vitaminech, krevním obraze a podobných věcech. Ale abych pravdu řekla, myslím na to jenom napůl.

Sice se snažím soustředit, ale hlavou se mi míhají představy, které mě trošičku rozptylují. Jako Lukea a Venetie v uniformě cambridgeských studentů ve vášnivém objetí na pramici. (Je to skutečně pramice? Nebo gondola? No prostě taková ta kocábka s bidlem.)

A pak ho vidím, jak jí prsty pročesává dlouhé rudé vlasy a šeptá přitom: „Venetie, má neskonalá lásko."

Taková hloupost. *Vsadím se*, že jí nikdy má neskonalá lásko neřekl.

Sázím... takových tisíc liber.

„Becky?"

„Promiňte!" Vracím se do skutečnosti a vidím, že setkání je u konce. Luke s Venetií už stojí a čekají na mě.

„Připravíte si tedy návrh, jak byste chtěla rodit, Becky?" připomíná mi Venetia, když otevírá dveře.

„Určitě!"

„Nemusí to být nijak detailní!" usmívá se. „Jenom bych chtěla vědět, jak si to přibližně představujete. A tobě, Lukeu, zavolám. Pár lidí z bývalé party tě určitě rádo uvidí."

„Tak už se těším!" S rozzářeným obličejem ji líbá na obě tváře. Pak se dveře zavřou a my odcházíme chodbou.

Moc ráda bych věděla, co si Luke myslí.

A abych pravdu řekla, *sama nevím*, co si myslet.

„Páni," vyhrkne Luke nakonec. „To bylo úžasné. Neuvěřitelné."

„Ehm... to teda jo!"

„Becky." Luke se náhle zastaví. „Musím se ti omluvit. Měla jsi pravdu a já se mýlil." Zavrtí hlavou. „Promiň, že jsem se tomu tolik bránil. Měla jsi pravdu, byl jsem zaujatý a hloupý. A ty ses rozhodla naprosto správně."

„Dobře," několikrát přikývnu. „Takže... myslíš, že bychom měli k Venetii chodit?"

„Jistěže!" překvapeně se zasměje. „Ty snad ne? Copak to nebylo tvé velké přání?"

„Ehm... ano," říkám a letáček o Možnostech, jak ulevit porodním bolestem skládám do stále menších čtverečků. „To jistě bylo."

„Dušinko. Miláčku," Luke má najednou starostlivý výraz. „Jestli tě nějak zneklidňuje můj bývalý vztah s Venetií, musím tě ubezpečit..."

„Co by mě mělo zneklidňovat?" přeruším ho vesele. „Nebuď hloupý! Mě to neznekliďňuje, *ani trošku.*"

No, možná mě to kapánek přece jen polekalo. Ale copak to můžu Lukeovi říct?

„Sláva, ještě jste tady!" Venetiina stříbrná zvonkohra nás dostihne ještě na chodbě, a když se ohlédnu, vidím, jak za námi běží se složkou v ruce. „Musíte si vzít svůj uvítací dárkový balíček, Becky! Máme tam pro vás připravenou hromadu zajímavých věcí. A chtěla jsem se zmínit ještě o jedné věci..."

„Venetie," vpadne jí Luke do řeči. „Chci mluvit na rovinu. Právě jsme hovořili o skutečnosti..., že jsme kdysi spolu chodili. A tak se mi zdá, že to Becky není moc příjemné." Vezme mě za ruku a já mu ji vděčně stisknu.

Venetia si lehce odfoukne.

„To je mi jasné," přikývne. „Becky, *naprosto* vás chápu. Pokud vám to není příjemné, pak byste určitě měla chodit jinam. Já se neurazím!" Přátelsky se na mě usměje. „Můžu k tomu říct jediné..., jsem profesionálka. Pokud se rozhodnete u mě zůstat, budu se vám snažit co nejvíc porod ulehčit. Ale jestli by vám to mělo dělat těžkou hlavu...," mrkne na mě, „tak mám přítele!"

„V žádném případě! Nemám proč mít *sebemenší* strach!“ připojím se k jejím rozverným rolničkám.

Ona má přítele! Tak je to v suchu!

Nechápu, jak jsem v tom mohla vidět něco jiného. Bože, snad mě těhotenství nepřipravilo o zdravý rozum!

„Takže,“ Venetia Carterová uzavírá debatu, „teď vy dva jděte domů, pěkně si to promyslete, mé číslo máte…“

„Já si nemusím nic promýšlet,“ rozzářím se nadšeně. „Hlavně mi ukažte, kde máte ty uvítací balíčky!“

KENNETH PRENDERGAST
Prendergast de Witt Connell
finanční poradenství
Forward House
394 High Holborn Londýn WCIV 7EX

Paní R. Brandonové
37 Maida Vale Mansions
Maida Vale
Londýn NW6 0YF

24. srpna 2003

Milá paní Brandonová,

děkuji Vám za dopis. Jsem si vědom, že s Vaším manželem soutěžíte, čí investice bude lepší. Ujišťuji Vás, že mu Vaši strategii ani neprozradím, ani ji „neprodám jako nějaký ruský špion".

Na Váš dotaz odpovídám, že investici do zlata považuji za velmi moudrou. Zlato si v posledních letech vedlo dobře a podle mého názoru si tak povede i nadále.

S pozdravem,

Kenneth Prendergast
odborník na rodinné investice

Šest

Bože, práce je vážně skličující záležitost!

Druhý den po naší návštěvě u Venetie Carterové sedím za stolem v recepci oddělení osobních nákupů. Jasmine, má kolegyně, leží schoulená na pohovce. Naše kniha schůzek je bílá jak padlý sníh, telefon němý a nikde se jako obvykle nehne ani myš. Rozhlížím se kolem. Ani jeden zákazník. Jediný pohyb na celém patře představuje Len z bezpečnostní služby, který je na své obvyklé obchůzce. A i on vypadá, že toho má jako všichni ostatní plné zuby.

Když *pomyslím*, jaké to bylo v New Yorku v Barneys, všude živo a plno hovoru a lidé si kupovali šaty za tisíce dolarů. Tento týden jsem prodala jedny síťované punčochy a pršiplášť. Tohle místo je jako zakleté. A to jsme otevřeli před pouhými deseti týdny.

The Look financuje velký pracháč Giorgio Laszlo. Měl to být senzační módní obchodní dům pro širokou veřejnost, který by mohl trochu lézt do zelí i Selfridges a Harvey Nichols. Ale od samého začátku jde všechno nějak šejdrem. A všichni si z nás utahují.

Nejdříve vyhořel sklad, a tak se otevření muselo odložit. Pak spadlo ze stropu osvětlení přímo na kosmetičku, která právě předváděla líčení, a způsobilo jí otřes mozku. Pak bůhvíjak vzniklo podezření, že se tu šíří legionela, a tak nás na pět dnů poslali domů. Byl to, jak se ukázalo, falešný poplach, ale hodně nás poškodil. Všechny noviny se předháněly v historkách, že je Look prokletý, a v kreslených vtipech s hromadami umírajících zákazníků, na něž padají kusy budovy. (Byly vážně docela legrační, ale to se tady nesmí říkat.)

A když jsme pak znovu otevřeli, neukázala se tu ani noha. Jako by si všichni mysleli, že máme ještě zavřeno nebo že tu zuří nějaká infekce nebo něco podobného. *Daily World*, který nemůže přijít Giorgiovi

Laszlovi na jméno, sem neustále posílá nějaké zakuklené fotografy, kteří fotografují liduprázdné prostory, a publikuje je s komentáři typu ANI NOHA! Nebo JAK DLOUHO SE JEŠTĚ TAKOVÁ PAKÁRNA UDRŽÍ? Šušká se, že jestli se rychle něco převratného nestane, tak brzy přijdeme na buben.

S hlubokým povzdechem otočí Jasmine stránku a pustí se do čtení horoskopů. To je další problém: stěží udržíte motivaci svých podřízených, když není do čeho píchnout. (Jasmine je má podřízená.) Než jsem na toto místo nastoupila, přečetla jsem si jednu z Lukeových knih o řízení, abych získala pár nápadů, jak být dobrým šéfem – a odtud vím, že „je velmi důležité chválit svůj tým, i když se zrovna nedaří".

Takže jsem už pochválila Jasmině účes, boty a kabelku. A na rovinu, už mi toho k chválení příliš mnoho nezbývá.

„Hrozně se mi líbí... tvé obočí, Jasmine!" prohodím vesele. „Kdepak sis ho nechala udělat?"

Jasmine se na mě podívá, jako bych po ní chtěla, aby spolkla velrybí mládě. „A to ti just neřeknu!"

„Proč ne?"

„To je mé tajemství. Já ti to řeknu, ty tam hned poběžíš a budeš vypadat stejně jako já."

Jasmine je kost a kůže, na hlavě má světlý melír, nos má jako knoflík a jedno oko modré a druhé zelené. Méně se mi ani podobat nemůže.

„Já nechci vypadat jako ty!" namítnu mírně. „Jenom si chci nechat udělat pěkně obočí! No tak mi to prozraď!"

„Tůůůdle," zavrtí hlavou. „To tak ještě."

Začínám dostávat vztek.

„Když ses mě ptala, do kterého kadeřnictví chodím, tak jsem ti to řekla," připomenu jí. „Dala jsem ti vizitku, poradila nejlepší kadeřnici a zařídila desetiprocentní slevu na první stříhání. Pamatuješ?"

Jasmine hodí ramenem. „To šlo o vlasy."

„A teď jde o obočí! Na tom *zdaleka* tak nezáleží!"

„To si myslíš ty."

Prokristapána. Mám chuť jí říct, že mi je úplně jedno, kam s tím svým pitomým obočím chodí (což už není pravda, protože teď mě to vážně začalo zajímat), ale zaslechnu čísi kroky. Těžké a rázné jako někoho z vedení.

Jasmine bleskově zastrčí časopis *Heat* pod hromadu svetrů a já předstírám, že aranžuju šátek na figuríně. Za okamžik se vynoří Eric Wilmot, marketingový vedoucí, se dvěma mládenci v elegantním obleku, které jsem tu ještě neviděla.

„A tady máme naše oddělení osobních nákupů," vysvětluje oběma mužům s předstíranou bodrostí. „Rebecca dříve pracovala v New Yorku v Barneys! Rebecco, to jsou Clive a Graham z First Results Consulting. Přišli nám trochu poradit." Nasadí si mírně křečovitý úsměv.

Erika povýšili na vedoucího teprve minulý týden, když předchozí vedoucí podal výpověď. Ani trochu nevypadá jako člověk, kterého by nová funkce těšila.

„Bůhví jak dlouho sem nepáchla ani noha," utrousí Jasmine rozmrzele. „Je tu živo asi jako v márnici."

„Hmmm." Úsměv Erikovi trochu ztuhne.

„Ale i v márnici jsou aspoň mrtvoly," stěžuje si Jasmine. „Tady ale chcíp obrovskej bernardýn…"

„Situace je nám dostatečně známa, díky, Jasmine," zarazí ji Eric příkře. „Tady spíš potřebujeme dobrou radu."

„Jakpak sem přilákáme lidi?" obrátí se jeden z poradců s otázkou na figurínu. „Tady je každá rada drahá."

„Jak je sem přimět pravidelně chodit?" hloubá druhý bezútěšně.

No nazdar. Jestli k tomu, aby se člověk stal poradcem, stačí obléknout si prima ohoz a klást evidentní otázky, tak to můžu dělat z fleku.

„Jaképak jsou přednosti tohoto obchodního domu?" dí opět první.

„Vůbec žádné," dojde mi trpělivost. „Dostali jsme stejné staré hadry, jako mají všichni kolem. A navíc tu můžete chytit nějakou speciální chorobu nebo pořádnou bouli do hlavy. Potřebujeme nějaký trhák!"

Všichni tři na mě vyvalí oči.

„Naším největším problémem očividně je pocit nebezpečí, který je s tímto místem spojován," zachmuří se první poradce. „Musíme toto negativní povědomí překonat a vybudovat zdravý a pozitivní image…"

Nepochopil ani slovo.

„Ale na tom čerta záleží!“ přeruším ho. „Když budeme mít něco unikátního, o co lidé doopravdy *stojí*, pak se sem pohrnou i přes všechna možná nebezpečí. Jako když jsem bydlela v New Yorku, šla jsem na výprodej do budovy určené k demolici. Všude visely cedule NEVSTUPOVAT, NEBEZPEČÍ ÚRAZU, ale já jsem tam stejně vlezla, protože jsem se doslechla, že tam mají Jimmyho Choose s osmdesátiprocentní slevou!“

„A měli ho?“ jako by se do Jasmine vlil nový život.

„Ne,“ prohlásím smutně. „Někdo mi ho už vyfoukl. Ale padla jsem tam na suprový trenčkot od Gucciho za pouhých sedmdesát dolarů!“

„Vy jste šla do budovy, která hrozila zřícením,“ Eric na mě valí nevěřícně oči, „pro pár škrpálů?“

Něco mi říká, že tenhle hoch na svém místě moc dlouho nevydrží.

„No jasně. A se mnou tam bylo nejméně sto dalších holek. Kdybychom měli v Looku něco senzačního, co jinde nemají, byly by tu všechny natotata! I kdyby se na ně měla zřítit komplet celá střecha! Kupříkladu velké snížení cen u nějaké značky, která právě frčí.“

Zabývám se tímhle nápadem už nějakou chvíli. Dokonce jsem se ho snažila minulý týden naočkovat Brianně, hlavní nákupčí. Ta párkrát kývla hlavou a pak mě požádala, jestli bych jí nepřinesla ty flitrové šatičky od Dolce v osmičce, protože jde večer na premiéru a ty červené od Versaceho jí přece jen příliš obtahují pozadí. Co jsem si od toho vlastně slibovala?

Jen Bůh ví, jak se tahleta Brianna dostala na své místo. Vlastně to víme všichni. Prostě je provdaná za Giorgia Laszloa a je to bývalá modelka. Při slavnostním otevření v tiskovém prohlášení tvrdila, že ji na toto místo dokonale kvalifikuje „hluboká znalost světa módy a racionální přístup“.

Zapomněla ovšem dodat, že má rozum měsíčního kotěte.

„Slevy… značka…,“ první poradce si horlivě zapisuje do bloku. „Probereme to s Briannou. Ta bude mít správné konexe.“

„Mám pocit, že je právě na dovolené,“ prohlásí Eric. „S panem Laszloem.“

„No tak až přijede. Trochu si s tou myšlenkou mezitím pohrajeme.“ Poradce s klapnutím zavře blok. „Pojďme dál.“

Všichni odcházejí a já čekám, až mi zmizí z dohledu, a pak si frustrovaně odfouknu.

„Copak?" ptá se Jasmine, která se zase sesula na pohovku a někomu píše na mobilu textovou zprávu.

„Ti to tak vytrhnou! Brianna se vrátí až za několik týdnů, a i tak je to beznadějný případ. Budou jenom schůzovat, mlít pantem... a mezitím ten podnik přijde na buben."

„Co se staráš?" pokrčí Jasmine lhostejně rameny.

Jak může tak klidně přihlížet, že se firma hroutí, *se založenýma rukama*?

„Starám se proto, že... vždyť tu přece dělám! A klidně by to mohlo fungovat!"

„Nebuď labuť, Becky. Žádný módní návrhář tomuhle podniku nikdy nic extra nenabídne!"

„Brianna by mohla obvolat všechny své bývalé kámoše," namítám. „Jakože, předváděla přece pro Calvina Kleina, Versaceho... Toma Forda..., některého by jistě dokázala přemluvit. Páni, kdybych tak já znala nějakého slavného návrháře...," uprostřed věty zůstanu stát s otevřenou pusou.

No tohle! Jak to, že mě to už dávno nenapadlo!

„Co se děje?" Jasmine se na mě dívá s mírným zájmem.

„Já totiž vlastně jednoho znám," říkám. „Dannyho Kovitze! Toho bychom možná dokázali přemluvit."

„Ty *znáš* Dannyho Kovitze?" ptá se Jasmine s očividnou nedůvěrou. „Jakožes do něj kdysi dávno omylem vrazila?"

„Ba ne, já ho znám dobře! V New Yorku bydlel v našem domě o patro výš. A navrhoval mi svatební šaty," nedá mi to, abych se trochu nevytáhla.

Není bezva mít slavného kamaráda? Znala jsem Dannyho dávno předtím, než se proslavil. Vlastně jsem mu pomohla prorazit. A teď je z něj miláček světové módy. Uváděli ho ve *Vogue* a jeho šaty se nosí na předávání Oscarů a tak. Minulý měsíc vyprávěl ve *Women Wear Daily* o své nové kolekci, která prý vychází z jeho interpretace úpadku současné civilizace.

Nevěřila jsem mu ani slovo. Stoprocentně to dával dohromady na poslední chvíli za pomoci hromady špendlíků a moře černé kávy.

Ale i tak. Výjimečný styl Dannyho Kovitze by byl báječnou propagací. Že mě to nenapadlo dřív!

„Jestli opravdu znáš Dannyho Kovitze, tak mu zavolej," provokuje mě Jasmine. „Hned teď."

Takže ona mi *nevěří?*

„Dobře, proč ne!" vytáhnu mobil, najdu Dannyho číslo a volám.

Pravda je, že jsem s Dannym už dlouho nemluvila. Ale i tak, v New Yorku jsme prožili kus společného života a na to se nezapomíná. Chvíli čekám – ale dočkám se jenom pípání. Možná ztratil telefon, nebo si změnil číslo nebo tak něco.

„Že by to nefungovalo?" povytáhne Jasmine své bezvadné obočí.

„Nefunguje mu mobil," odpovím s ledovým klidem. „Zavolám mu do kanceláře."

Vytočím informace o mezinárodních číslech, získám číslo na Dannyho firmu a volám. V New Yorku je právě kolem půl desáté, takže příliš nečekám, že by byl Danny už vzhůru, leda snad že ještě nešel spát. Ale můžu mu tam nechat vzkaz.

„Danny Kovitz Enterprises," odpoví mužský hlas. „Přejete si?"

„Zdravím!" řeknu. „Tady je Becky Brandonová, rozená Bloomwoodová. Ráda bych mluvila s Dannym Kovitzem."

„Nepokládejte prosím," odpoví hlas zdvořile. Chvíli mi do ušních bubínků buší jakási rapová hudba – pak se ozve veselý ženský hlas:

„Vítejte ve fanklubu Dannyho Kovitze! Chcete-li se stát řádnou členkou, stiskněte prosím jedničku..."

Ach jo. Zruším hovor, vytočím znovu stejné číslo a snažím se nevšímat si Jasminina výrazu.

„Danny Kovitz Enterprises. Přejete si?"

„Dobrý den, jsem Dannyho stará a velmi dobrá kamarádka," řeknu rychle. „Prosím spojte mě s jeho osobním asistentem."

Do uší mi znovu zabuší rap a pak se ohlásí jakási žena: „Soukromá kancelář Dannyho Kovitze, u telefonu Carol. Přejete si?"

„Dobrý den, Carol!" zdravím co nejpříjemněji. „Jsem dobrá Dannyho kamarádka a snažila jsem se mu dovolat přes mobil, ale ten nějak nefunguje. Mohla byste mě s ním prosím spojit? Nebo aspoň nechat zprávu?"

„Jak se jmenujete?" ptá se Carol skepticky.

„Becky Brandonová. Za svobodna Bloomwoodová."

„A bude vědět, čeho se to týká?"

„Ano! Dobře se známe!"

„Dobře, já to panu Kovitzovi vyřídím..."

Najednou slyším slabě v pozadí známý hlas: „Jestli nedostanu dietní kolu, *tak bude po mně*!"

To je Danny!

„On je tam, že mám pravdu?" vykřiknu. „Já ho slyším! Mohla byste mi ho prosím dát? Nezdržím ho dlouho, opravdu..."

„Pan Kovitz je... na schůzi," lže Carol, jak když tiskne. „Určitě mu vyřídím, že jste volala, slečno Broomová. Děkuju za váš zájem." A zavěsí.

Rozzuřeně vypnu telefon. Ta mu tak něco vyřídí! Vždyť si nezapsala ani mé číslo!

„Jářku," podotkne Jasmine, která celou tu anabázi sleduje. „Hodně blízcí přátelé?"

„Hodně," odseknu vztekle.

No tak. Mysli. Musí být nějaký způsob, jak se k němu probít. *Musí* to nějak...

Počkat.

Popadnu znovu telefon a vytáčím informace. „Dobrý den," říkám telefonistce. „Příjmení Kovitz, adresa je Apple Bay House, Fairview Road, Foxton, Connecticut. Mohla byste mě prosím přímo spojit..."

Za chviličku slyším: „Haló?"

„Dobrý den, paní Kovitzová!" říkám co nejroztomileji. „Tady je Becky. Becky Bloomwoodová. Pamatujete si na mě?"

Mám Dannyho mámu ráda. Báječně jsme si popovídaly o starých časech, ona se mě vyptávala na mimino a já na její zahrady, které získaly nějakou cenu, a nakonec se paní Kovitzová účastně rozhořčila nad tím, jak se mnou zacházel Dannyho personál, zejména když jsem jí předtím zcela nenápadně připomněla, že jsem to byla já, kdo prosadil Dannyho práci v Barneys, a pak mi slíbila, že Dannymu řekne, aby mě zavolal.

A přesně za dvě minuty po skončení našeho rozhovoru se můj mobil rozdrnčel.

„Ahoj, Becky! Máma říkala, že jsi volala!"

„*Danny!*" neodolám vítězoslavnému pohledu na Jasmine. „Proboha! To je doba, co jsme spolu nemluvili! Jak se máš?"

„Mám se výtečně! Akorát že mě máma právě děsně *setřela*. Ta mi dala!" Danny je očividně trochu vyvedený z míry. „Jakože ‚Nezapomínej na staré přátele, mladíku'. A já na ni: ‚O čem to mluvíš?' A ona na to…"

„Tví podřízení mě nechtěli s tebou spojit," vysvětluju. „Považovali mě buď za tvou fanynku nebo rovnou cvoka, který je tebou posedlý, nebo tak něco."

„No, nebyla bys první." Danny to říká s jistou hrdostí. „Takové pronásledovatele mám v tuto chvíli dva a oba se jmenují Joshua. Není to psina?"

„Jůůů!" Sice se trochu za to stydím, ale jsem tím naprosto oslněna. „No… a co právě teď děláš?"

„Teď mě čeká nová kolekce," lehkost, s níž mu slova kloužou ze rtů, mluví o dlouhé praxi. „Pracuju na reinterpretaci vibrací z Dálného východu. No a právě teď jsem ve fázi koncepce. Shromažďuju různé vlivy a tak."

Tak tohle na mě neplatí. „Shromažďovat vlivy" u něj znamená „vyrazit si na dovolenou a rozvalit se někde na pláži".

„Právě jsem si říkala," prohodím rychle, „jestli bys mi neprokázal obrovskou laskavost? Nemohl bys udělat pár věcí pro obchodní dům, ve kterém tady v Londýně pracuju? Anebo alespoň jeden exkluzivní kousek?"

„Aha," slyším, jak otvírá plechovku. „Jistě. Kdy?"

Ha! Já *věděla,* že řekne ano.

„Totiž… brzy!" Držím si přitom palce. „Během několika příštích týdnů! Mohl bys přijet do Londýna na návštěvu. Vyrazíme si trochu z kopýtka!"

„No já nevím, Becky...," odmlčí se, aby se mohl napít, a já si ho představuju, jak se v nějaké moderní kanceláři v SoHo rozvaluje na židli ve svých oblíbených odrbaných džínách. „Už jsem si naplánoval, že pojedu na ten Dálný východ..."

„Onehdy jsem zahlédla na ulici Judea Lawa," dodám absolutně bez postranního úmyslu. „Bydlí prakticky za rohem."

Nastane ticho.

„Ale říkám si, že bych to možná mohl odložit," ozve se Danny nakonec. „Vždyť přes Londýn se do Thajska taky dá dojet, že jo?"

Sláva! Všichni si mě tu tak POVAŽUJÍ!

Až do večera Jasmine téměř ani nešpitne, jenom na mě vrhá ohromené pohledy. A Eric byl z, podle jeho slov, „významných kroků, které jsem učinila v daném projektu" naprosto paf.

Ještě kdyby k nám přišlo pár zákazníků, tak by se mi tu nakonec docela líbilo. Ale zase na druhou stranu mi skutečnost, že tu nikdo nebyl, umožnila přečíst si nové číslo časopisu *Těhotenství.*

„Hele, zvoní ti v kabelce mobil," upozorňuje mě Jasmine, která se vrací z recepce. „Vlastně ti tam drnčí od samého rána."

„Tak ti děkuju za upozornění!" říkám sarkasticky. Utíkám ke stolu, vytáhnu mobil a nastavím na příjem.

„Becky!" slyším mámin vzrušený hlas. „No konečně! Tak holčičko, jaká byla ta slavná gynekoložka, bez níž se ty tvé celebrity neobejdou? Už se nemůžeme dočkat! Janice sem každou chvíli nakoukne...!"

„Aha. Počkej chvilku..." Zavřu dveře, posadím se na židli a snažím se uspořádat myšlenky. „Takže... bylo to úžasné! Představ si, že jsem v čekárně potkala herečku, která hraje Bondovu přítelkyni!"

„Bondovu přítelkyni!" máma zatají dech. „Janice, slyšelas to? Becky v čekárně potkala tu herečku, která hraje Bondovu přítelkyni!"

„Je to tam moc hezké a budu mít holistický porod ve vodě a dali mi báječný balíček na uvítanou plný lázeňských poukazů..."

„No to je skvělé!" raduje se máma. „A je prima, že? Ta doktorka!"

„Moc milá." Chvíli se odmlčím a pak nenuceně dodám. „Je to bývalá Lukeova přítelkyně. To je ale náhoda, že?"

„Bývalá přítelkyně?“ opakuje máma poněkud ostřejším hlasem. „A jak to vlastně myslíš?“

„Však víš! Prostě holka, s kterou kdysi dávno chodil. V Cambridgi.“

Telefon na chvíli ztichne.

„Je hezká?“ zajímá se máma.

Co to ta máma zase má?

„Je moc hezká. Ale podle mě na tom vůbec nesejde.“

„Jistěže ne, holčičko.“ V telefonu se ozývají jakési vzdálené zvuky. To máma určitě něco šeptá Janice. „A víš, proč se s Lukem rozešli?“ vyhrkne najednou.

„To nevím.“

„Ty ses ho na to nezeptala?“

„Mami,“ snažím se zachovat klid. „My si s Lukem v manželství naprosto důvěřujeme. Já ho nehodlám *vyslýchat*, jasné?“

Co bych podle ní měla dělat? Předložit Lukeovi k vyplnění dotazník? Tedy, je pravda, že u táty nakonec vyšlo najevo, že měl o něco barvitější minulost, než jsme všichni předpokládali (aférka s vlakovou průvodčí, utajené dítě, mroží knír). Ale Luke takový není, na to bych dala krk.

„A vůbec, je to už celá řada let,“ dodám vzdorněji, než jsem měla v úmyslu. „A navíc s někým chodí.“

„Já teda nevím, Becky, holčičko,“ říká máma řezavým hlasem. „Víš určitě, že je to dobrý nápad? Těhotenství může být pro muže… *ošidné* období. Neměla by ses raději vrátit k tomu doktorovi?“

Tak to se mě malinko dotkne. Co si ta máma vůbec myslí? Že si nedokážu udržet manžela?

„Teď chodíme k Venetii Carterové,“ postavím si hlavu. „Tak jsme se na tom dohodli.“

„No jak chceš, holčičko, když myslíš. Co říkáš, Janice?“ Na druhém konci drátu se zase ozývá nějaké šuškání. „Janice chce vědět, jestli to nebyla Halle Berry, koho jsi potkala?“

„Ne, to byla ta nová. Ta nová blondýna na in-linech. Už musím končit, mami. Mám tu nový hovor. Že všechny moc pozdravuju. Ahoj!“ Skončím hovor a za vteřinu se mi mobil znovu rozdrnčí.

„Bex! Sháním tě celý den! Tak jaké to bylo?“ zazvoní mi do ucha Suzein hlas. „Tak povídej. Budeš mít thajský porod ve vodě?“

„Možná ano!“ bezděky se rozesměju. „Poslyš, Suze, to byla nádhera! Dají ti tam reflexní masáž a viděla jsem tam herečku, která hrála poslední Bondovu přítelkyni, a všude byli paparazziové a vyfotili nás spolu! Budeme v *Hello*!“

„No to je senzace!“ vypískne Suze. „Páni, jak já ti závidím. Já chci ještě jedno mimino a budu ho rodit tam!“

„Přímo v centru se nerodí,“ opravím ji. „Tam se chodí jenom na vyšetření, ale mají smlouvu s Cavendishovou nemocnicí.“

„S Cavendishovou nemocnicí? Kde mají ta dvojlůžka a nóbl jídelníček?“

„Ano,“ nedokážu potlačit samolibý úsměv.

„Ty máš ale *štěstí*, Bex! A jaká ta Venetia Carterová vlastně je?“

„Je senzační! Je poměrně mladá a bezva a má spoustu opravdu zajímavých nápadů ohledně porodu a...,“ teď jsem trochu na vážkách. „A kdysi dávno chodila s Lukem. Není to úžasné?“

„S kýmže... chodila?“ ptá se Suze, jako by nevěřila vlastnímu sluchu.

„Je to Lukeova bejvalka. Chodili spolu v Cambridgi.“

„Tebe bude rodit Lukeova *bejvalka*?“

Nejdřív máma, teď zase Suze. Co je všechny popadlo?

„Jo!“ říkám trochu nejistě. „No a co? Už to dávno skončilo a trvalo to jen chvíli. A už teď chodí s někým jiným. Co je na tom?“

„Vypadá to tak trochu... *divně*, nemyslíš?“

„Na tom není nic divného! Jsme už snad dospělí, ne? Jsme vyzrálí profesionálové. Jakože, dokážeme se přece přenést přes bůhvíjak staré a bezvýznamné aférky, ne?“

„Jenže do tebe bude... však víš! Sahat!“

Fakt je, že mě to už také napadlo. Ale pak jsem si řekla, bude to horší, než kdyby do mě sahal doktor Braine? Abych pravdu řekla, nějak se mi daří celý porod si nepřipouštět. Tak napůl doufám, že než přijde má chvíle, objeví něco, co to odrodí místo mě.

„V tomhle jsem úplně paranoidní!“ svěřuje se Suze. „Jednou jsem se potkala s Tarkieho bejvalkou...“

„Tarquin už s někým předtím chodil?“ vyhrknu překvapeně a hned mi dojde, jak nevychovaně to vyznělo.

„S Flissy Menkinovou. Ze somersetských Menkinových.“

„Rozumím,“ podotknu, jako bych věděla, o koho jde.

„Věděla jsem, že má přijít na jednu loňskou svatbu, a tak jsem se na to prakticky celý týden připravovala. A to jsem byla oblečená!“

„No tak dobře, tak si provedu pečlivou depilaci jako pod bikinky,“ vtipkuju lehkomyslně. „A možná mi udělají císařský řez. Jde přece o to, že je jedním z nejlepších porodníků v této zemi! Na podobné věci si snad mohla za tu dobu zvyknout, nemyslíš?“

„No, kdo ví,“ říká Suze pochybovačně. „Ale přesto. Bex, být tebou, neriskovala bych. Raději se vrať ke svému doktorovi.“

„Jenže mě riskovat baví,“ mám chuť si přímo dupnout. „A Lukeovi zcela důvěřuju,“ přisadím si ještě.

„No to se ví!“ dodá Suze spěšně. „To je jasné. No a... dal kopačky on jí nebo ona jemu?“

„To já nevím,“ přiznám se.

„On ti to *neřekl*?“

„Já se ho neptala! Co na tom záleží?“ Suze mě už těmi svými otázkami začíná otravovat. „Hele, víš že jsem dostala v uvítacím balíčku Crème de la Mer a poukaz do Champneys?“

„Jůůů!“ zavýskne Suze. „A pro dvě osoby?“

Nechci se nechat od Suze ani od mámy vystrašit. Co ty o tom vědí? Máme s Lukem absolutně stabilní vztah a naprosto si věříme. Budeme mít spolu *dítě*. Mě nemůže ohrozit absolutně nic.

Cestou domů jsem si večer zašla podívat na dětské prádlo do Hollis Franklin. Hollis Franklin je úžasný obchod s pečetí Royal Warrant a nejspíš tam chodí nakupovat přímo sama královna! Strávila jsem tam blaženou hodinku prohlížením látek různé kvality, a než jsem dorazila domů, bylo sedm pryč. Luke je v kuchyni, popíjí pivo a sleduje zprávy.

„Ahoj!“ pokládám na zem nákupní tašky. „Koupila jsem v Hollis Franklin pro miminko pár prostěradel!“ Vytáhnu prostěradélko do kolébky, které má v každém rohu vyšitou korunku. „Není k sežrání?“

„Moc hezké," prohlašuje Luke a prohlíží si ho. Pak si všimne cenovky a zbledne. „Kristepane! To jsi zaplatila za dětské prostěradlo?"

„Tahle jsou nejlepší," vysvětluju mu. „Mají čtyři sta nitek v útku!"

„Copak mimino *musí mít* čtyři sta nitek v útku? Uvědomuješ si, že na ta prostěradla bude blinkat?"

„Na prostěradla od Hollis Franklin mé dítě *nikdy* blinkat nebude!" prohlásím dotčeně. „Mé dítě bude vědět, co se sluší a patří." Poplácám se po břiše. „Že jo, broučínku?"

Luke obrátí oči v sloup. „No když říkáš." Odloží prostěradlo pro dítě. „A co máš v těch velkých taškách?"

„Podobná prostěradla pro nás. Povlaky na pokrývky přijdou zvlášť a na polštáře, jakmile je dostanou...," zarazím se při pohledu na jeho vytřeštěné oči. „Lukeu, budeme mít kolébku v ložnici. Musíme přece spolu ladit!"

„Ladit?"

„No to si piš!"

„Becky, já opravdu..." Luke se zarazí a zadívá se na obrazovku. „Počkej, to je Malcolm." Zesílí zvuk a já využiju příležitosti a hodím prostěradla od Hollis Franklin za dveře, kde na ně Luke třeba zapomene.

Malcolm Lloyd je prezident společnosti Arcodas a právě se ho v ekonomickém okénku vyptávají na jeho zájem o jakousi leteckou společnost. Luke s pivem v ruce pozorně naslouchá.

„Měl by přestat škubat rukou," připojím se k Lukeovi ve sledování pořadu. „Vypadá to opravdu divně. Měl by jít na nějaké školení, jak vystupovat na veřejnosti."

„Tam už byl," prohodí Luke.

„Tak se tedy moc nevytáhli. Měli byste ho poslat jinam." Sundám si kabátek, hodím ho na židli a masíruju si bolavá ramena.

„Pojď sem, miláčku," zavolá na mě Luke, který si toho všimne. „Já tě promasíruju."

Přistrčím si židli k němu, posadím se naproti a Luke mi začne masírovat napjaté svaly.

„Lukeu, na něco jsem si teď vzpomněla," prohodím při pohledu na Malcolma. „To s tebou Iain vždycky tak mluví?"

Lukeovy prsty se zastaví. „Jak se mnou mluví?"

„No, jako včera v autě. Byl tak nepříjemný!"

„To je jeho styl. Arcodas má svou speciální pracovní kulturu."

„Ale je to hnusné!"

„No tak si na to prostě budeme muset zvyknout," prohlásí Luke trochu defenzivně a nepřístupně. „Teď jsme na jednom písečku s velkými zvířaty. Všichni si prostě musí...," zarazí se.

„Musí co?" otočím hlavu, abych mu viděla do obličeje.

Luke se odmlčí. „Nic," řekne za chvilku, „já... jenom přemýšlím nahlas. Necháme toho." Políbí mě zlehka na temeno. „Ramínkům to pomohlo?"

„Je to mnohem lepší. Díky."

Vstanu, naleju si do sklenice pomerančovobrusinkový džus a přepnu televizi na *Simpsonovy*. Luke si vezme *Evening Standard* a začne jím listovat. Navzájem si posíláme mísu s olivami.

Není to čiré blaho? Příjemný, klidný večer doma. Jenom my dva, společně odpočíváme ve svém vztahu, který nic nenaruší. A bůhvíjaké staré lásky ani nic podobného nás vůbec nestraší.

A já jsem dokonce tak uvolněná, že se možná o nich *zmíním*. Jenom tak, letmo. Abych prostě ukázala, že mě to vůbec netíží.

„Hele... to ses včera musel cítit trochu divně," prohodím nenuceně. „Když jsi po tak dlouhé době narazil na Venetii."

„No to jo," přikývne Luke nepřítomně.

„Proč jste se vlastně rozešli?" ptám se, jako by o nic nešlo. „Čistě ze zájmu."

„Co já vím," pokrčí Luke rameny. „Už je to strašně dávno."

Vidíte? Odehrálo se to už tak dávno, že si nemůže vzpomenout. Někdy v druhohorách. Doopravdy mě nezajímá, kdo koho poslal k vodě. Klidně můžeme změnit téma. Kupříkladu na současné milenky.

„Měls ji rád?" slyším se říkat.

„*Rád?*" Luke se krátce zasměje. „Byli jsme studenti."

Čekám, že svou odpověď trochu rozvine, ale on jenom otočí stránku a zahloubá se nad nějakým námětem.

Copak je to nějaká odpověď? „Byli jsme studenti“ mi fakt nic neříká.

Otevřu pusu, abych se zeptala, co tím jako myslel, ale po krátké úvaze ji zase zavřu. To by se člověk zbláznil! Do včerejška jsem ani netušila, že nějaká Venetia Carterová existuje – ale máminy a Suzeiny poznámky mi nasadily pořádného brouka do hlavy. *Samo sebou se rozumí*, že tu ženskou nikdy nemiloval.

Už se na ten jejich vztah přestanu vyptávat. A už na to ani nebudu myslet. Hotovo, vyřízeno.

STRUČNÝ DOTAZNÍK PRO LUKEA BRANDONA

1. Jak byste popsal vztah mezi Vámi a Venetií Carterovou, s níž jste kdysi chodil?

a) vášnivý milostný (jako mezi Julií a Romeem)

b) nuda jako v rodinné hrobce

c) když nic lepšího nebylo

d) jela po mně jako metař po bagu

2. Nejvíc se vám líbí dívčí jména začínající na

a) R

b) B

c) V

d) žádná

3. Byl jste někdy zamilovaný? Případně kolikrát?

a) jedině a pouze do vlastní ženy, protože jenom ona Vám ukázala, co je to opravdová láska

b) do té čůzy Saši, která Vás jednoduše uhnala

c) do své studentské lásky Venetie, s níž jste sice krátce chodil, ale nikdy jste se o ní nezmínil, takže jak byste krucinál mohl být do ní zamilovaný?

d) to bych ani nespočítal

4. Jak se vám líbí dlouhé zrzavé vlasy?

a) je to protivně křiklavá barva

b) pořád lítají sem a tam

(prosím odeslat)

KENNETH PRENDERGAST
Prendergast de Witt Connell
finanční poradenství
Forward House
394 High Holborn Londýn WCIV 7EX

Paní R. Brandonové
37 Maida Vale Mansions
Maida Vale
Londýn NW6 0YF

23. srpna 2003

Milá paní Brandonová,

děkuji Vám za dopis.

Obávám se, že jste si výraz „investovat do zlata" vyložila mylně. Naléhavě Vám doporučuji, abyste přestala uvažovat o zakoupení „přívěsku ve tvaru hvězdice z Tiffanyho katalogu, a snad i prstýnku", nýbrž zakoupila zlatý prut prostřednictvím doporučeného zprostředkovatele.

Prosím, neváhejte se na mě i nadále obracet s dalšími dotazy.

S pozdravem,
Kenneth Prendergast
odborník na rodinné investice

Sedm

Dávat Lukeovi nějaký dotazník rozhodně nehodlám. Stejně jsem ho vyhodila do odpadkového koše, a to hned z několika důvodů, zejména protože:

1. Nejsme malé děti a naprosto a zcela si důvěřujeme, takže vzájemný výslech na téma, jakou barvu vlasů máte rádi, není opravdu namístě.
2. Do smrti by si neudělal čas na jeho vyplnění (zejména pokud jde o bod „v rozsahu pěti set slov popište vlastnosti své manželky, které nejvíce obdivujete").
3. Mám na starosti *mnohem* důležitější věci. Jdeme dnes se Suze na velký veletrh v Earl's Court na téma Vše pro dítě, kde bude přibližně pět set stánků plus dárky zdarma, módní přehlídka pro matku a dítě a největší výstava kočárků pod jednou střechou v Evropě!

Už když vycházím z metra, ke vchodům se valí davy lidí. Tolik sportovních kočárků jsem za celý život neviděla, a to jsme se ještě ani nedostaly dovnitř!

„Bex!"

Otočím se a vidím Suze ve fantastických limetkově zelených šatech bez ramínek, jak drží rukojeť kočárku pro dvojčata. Wilfrid s Klementýnkou vypadají v roztomilých pruhovaných kloboučcích báječně.

„Ahoj!" Utíkám k ní a nadšeně ji obejmu. „Není to senzace?"

„Mám tady pro všechny lístky...," Suze se přehrabuje v kabelce. „Plus poukaz na jogurtový nápoj s ovocem pro každou..."

„Dneska si vzal Ernieho Tarquin?"

„Ne, hlídá ho máma. Mají senzační plán," dodá Suze zasněně. „Naučí ho, jak oškubat a vyvrhnout bažanta."

Nejen Tarquin. Celá Suzeina rodina je mírně potrhlá.

U vchodu na veletrh zalapám po dechu. Je to *obrovský* prostor. Všude jsou gigantické fotografie dětí, stánky hýřící barvami a hostesky s náručí plnou propagačních materiálů. Z reproduktorů vyhrává hudba ze *Lvího krále* a klaun na chůdách žongluje s umělohmotnými banány.

„Poslyš," ptá se Suze hlasem praktické ženy, když si stoupneme do fronty, „udělala sis seznam?"

„Jaký seznam?" odpovím roztržitě. Nemůžu odtrhnout oči od všech těch kočárků, přebalovacích tašek a dětských oblečků. Několik lidí se při pohledu na modrooké Suzeiny děti sedící vedle sebe usměje a já se pyšně rozzářím.

„Seznam toho, co ti ještě pro dítě schází," vysvětluje Suze trpělivě. „Co ještě nemáš?" Zapátrá v obálce s lístky. „Tady to máme. Seznam věcí pro novorozence. Máš kupříkladu sterilizátor?"

„Ehm... ne." Upírám zrak na ostře červené golfové hole s nádhernou puntíkovanou střechou. Ty by se úžasně vyjímaly na procházce po King's Road.

„Nebo polštář na kojení?"

„Ne."

„Pořídíš si elektrickou odsávačku?"

„Jé." Trochu se od ní odtáhnu. „To fakt musím? Hele, támhle mají malinkaté kovbojské botičky!"

„Bex...," Suze čeká, až se k ní obrátím. „Je ti jasné, že mít dítě neznamená jenom nakupovat mu šatičky? Máš nějakou... realistickou představu?"

„Mám dokonale realistickou představu!" Už mě začíná trochu štvát. „A všechno na tom seznamu si seženu. Budu nejlépe připravená matka na světě. Tak jdeme na to!"

Proplétáme se mezi jednotlivými stánky a já si můžu hlavu ukroutit. Tolik vymožeností... šatiček... a nádherných hraček jsem v životě neviděla...

„Budeš potřebovat sedačku do auta," hučí do mě Suze. „Autosedačku a cyklosedačku..."

„No jasně," přikyvuju nepřítomně. Abych byla upřímná, dětské sedačky do auta mě zase tolik neberou.

„A podívej, tady zrovna mají sterilizátor i ohřívač na láhve," upozorňuje mě Suze. Zastaví se u stánku firmy Avent a bere si letáček. „Mají mikrovlnný systém... elektrický..., i kdybys nakrásně kojila, musíš odstříkávat..."

Ale já mám oči jenom pro stánek Disco Baby. „Hele, Suze!" skočím jí do řeči. „Mají tu dětské návleky na nohy!"

„Ano," přikývne. „Chceš sterilizátor na čtyři lahvičky, nebo na šest, nebo..."

„A chřestítka ve tvaru třpytivých koulí! No tak se, Suze, *podívej*!"

„Páni," rozesměje se Suze. „Tohle *musím* dvojčatům koupit." Odloží letáčky Aventu, uchopí rukojeť kočárku a tlačí ho k dalšímu stánku. Mají tam miniaturní „diskotrička" pro holčičky i chlapečky a roztomilé baseballové čepičky.

„Hrozně bych si přála vědět, co to *bude*," toužebně pohladím růžovou sukničku u stánku.

„Nezkusila jsi tu starou čínskou metodu?" ptá se Suze.

„Zkusila a podle ní budu mít kluka."

„Kluka!" rozzáří se Suze.

„Ale pak jsem našla webové stránky ‚Analyzujte svou nejhlubší touhu' a podle nich budu mít holku." Nešťastně si povzdechnu. „Prostě bych to chtěla *vědět*."

Suze se na mě soucitně podívá a pak mi podá jakýsi klobouček. „Tak kup tohle. Je to unisex."

Koupím klobouček, senzační pletené bačkůrky a miniaturní župánek Groove Baby. U vedlejšího stánku koupím dětskou plážovou osušku, minislunečník a závěsný kolotoč s medvídkem Pú a jeho kamarády s dálkovou ovládačkou. Začínám mít plné ruce balíčků, zatímco Suze strká veškerý nákup do kočárku. Kočárky jsou na nákupy tak šikovné! Dřív jsem si toho vůbec nevšimla.

A to tu máme strávit celý den.

„Suze, potřebuju kočárek," rozhodnu se najednou.

„To je mi jasné," přikývne souhlasně. „Stánek s kočárky Pram City je támhle za sekcí C. Asi budeš chtít kompletní cestovní soupravu, a možná i lehké golfky pro případ, že si někam vyrazíš..."

Uháním ke stánku a poslouchám ji napůl ucha. Vchod je ozdoben vlajkoslávou a balonky, a když vstoupím dovnitř, vidím nekonečnou řadu kočárků vyrovnaných vedle sebe jako pochromovaný živý plot.

„Dobrý den!" pozdravím muže v zeleném saku s logem Pram City. „Potřebuju hned teď kočárek."

„Jistěže!" obličej se mu roztáhne v blaženém úsměvu. „Běžně ho dodáváme do čtyř týdnů..."

„Ne, já ho potřebuju *hned*," přeruším ho. „Chci s ním odjet. Je mi jedno, s jakým."

„Jo tak," úsměv mu zvadne. „Jenomže tyhlety kočárky jsou bohužel jenom výstavní exponáty."

„Pěkně prosím!" usměju se na něj co nejpůvabněji. „Musí tu být přece nějaký kočárek, který byste mi mohl prodat rovnou. Jediný kočárek... Nějaký starý a otrhaný, který vám už k ničemu není!"

„Ehm... no tak dobře," zadívá se mi nervózně na břicho. „Tak já... se podívám, co se dá dělat."

Někam odběhne a já se snažím zorientovat, jaké kočárky zrovna frčí... Suze se právě rozplývá nad posledním módním výkřikem golfek, vystaveném samostatně na pódiu, a po mé pravici pohupuje těhotná žena s manželem supermoderním kočárkem potaženým černou kůží se zabudovaným držákem na kojeneckou láhev.

„Já *věděla*, že se ti bude líbit." Žena přímo září radostí.

„To víš, že se mi líbí." Muž ji políbí zezadu na krk a pohladí ji po břiše. „Tak ho hned objednáme."

Najednou mě píchne u srdce. Také si chci vybírat kočárek s Lukem. Také chci přijít v manželské dvojici, projet se s kočárkem kousek na zkoušku a dostat od Lukea takovou pusu.

Jakože, je mi jasné, že je teď zavalen prací. Já vím, že z něj nikdy nebude moderní tatínek, který má všechny značky plínek v malíčku, a určitě nebude prožívat falešné těhotenství. Ale stejně. Nechce se mi být na *všechno* sama.

A ten černý kožený by se mi také zamlouval. A bude mít dozajista i držák na BlackBerry.

„Hele, Bex!" Suze jednou rukou tlačí kočárek s dvojčaty a druhou supermoderní golfky. „Co říkáš, že by se mi hodil nový kočárek?"

„Ehm...," podívám se na dvojčata. „Není ten tvůj úplně nový?"

„To ano, ale s tímhle se mi tak snadno jezdí! A je neuvěřitelně praktický! Nejspíš si ho vezmu. Já si tak nějak myslím, že člověk snad ani nemůže mít příliš mnoho kočárků, co říkáš?"

V očích má nezkrotnou touhu. Odkdy je Suze tak posedlá kočárky?

„Moje řeč," souhlasím. „Možná bych si ho mohla taky objednat!"

„To je nápad!" raduje se Suze. „A půjdeme krásně do páru! Zkus se s ním projet!" Přistrčí kočárek ke mně a já s ním chvíli popojíždím. Musím říct, že je vážně senzační.

„Já miluju čalouněná držadla," slastně svírám měkkou látku.

„Já taky! A mají nádherně řešená kolečka!"

Takhle jsme kdysi spolu chodívaly do obchodů. Páni, koho by napadlo, že se do kočárků zblázním stejně jako do šatů.

„Madam?" vrací se prodavač. „Prosím. Tenhle vám můžu prodat na místě. Sedmdesát liber."

Před sebou tlačí fádně šedivý a bůhvíjak starý kočárek s růžovým krajkovým polštářkem a pokrývkou. Suze se na mě vyděšeně podívá.

„Přece své dítě nepoložíš do takového křápu, Bex!"

„Ale to není pro *dítě*," vysvětluju. „To je na nákupy!" Hodím do něj všechny své balíčky a sevřu držadlo. „To je úleva!"

Zaplatím, odtáhnu Suze od posledního výkřiku ve světě golfových holí a kolem řady různých stánků míříme k občerstvení. Cestou koupím ještě brouzdaliště, krabici kostek a obrovského medvěda a všechno to naházím do kočárku. A ještě mi tam zbyla spousta místa! Řeknu vám, že jsem si takový kočárek měla koupit už *dávno.*

„Dojdu nám pro kávu," nabízí se Suze, když přijíždíme ke kavárně.

„Vcukuletu se vrátím," prohodím roztržitě. Zahlédla jsem stánek s překrásnými houpacími koníky v retro stylu. Chtěla bych ho koupit jak pro své dítě, tak i pro všechny Suzeiny děti.

Ale je tu nepříjemně dlouhá fronta. Snažím se do ní co nejšikovněji zařadit i s kočárkem a s povzdechem se opřu o držadlo. Už jsem docela unavená. Přede mnou stojí stará paní v tmavočerveném pršiplášti. Otočí se, a když vidí, jak se opírám o kočárek, vyděsí se.

„Pusťte tu mladou paní dopředu!“ vykřikne a poplácá ženu před sebou po zádech. „Je tu s kočárem a *zase je v tom*! A podívejte, jak se, chudinka, sotva drží na nohou!“

„Jé!“ leknu se. Všichni přede mnou ustupují jako před nějakou princeznou a paní v pršiplášti mě pohybem ruky vybízí, abych s kočárkem projela na začátek fronty. „Ehm…, ale já vůbec nemám žádné…“

„Jenom jeďte, jenom jeďte! A kolikpak tomu vašemu drobečkovi je?“ Stará paní se pokouší nahlédnout do kočárku. „Vždyť ho ani kvůli všem těm vašim serepatičkám nevidím!“

„No totiž… abych tak řekla…“

Prodavač mě povzbudivým máváním zve, abych šla k němu. Všichni čekají, že pojedu dopředu.

Páni, to je situace! Já vím, že bych měla říct pravdu. To je mi jasné. Jenomže ta fronta je tak dlouhatánská a Suze čeká… a vůbec, je v tom takový rozdíl, jestli v kočárku nějaké dítě je nebo není?

„Je to chlapeček, nebo holčička?“ dotírá stará paní.

„Je to… holčička!“ slyším svůj hlas. „Ale právě spinká,“ dodám rychle. „Dejte mi prosím čtyři houpací koně.“

„I toto, chudinka malinkatá,“ rozplývá se stará paní. „A jakpak se jmenuje?“

Honem! Nějaké jméno!

„Tallula,“ vyhrknu první jméno, které mě napadne. „Totiž… Phoebe. Tallula-Phoebe.“ Podávám prodavači peníze, beru si koníky a nějak se mi je podaří naložit do kočárku. „Mockrát vám děkuju!“

„A ty, Tallulo-Phoebe, musíš být hodná,“ kvoká do kočárku paní v pršiplášti. „Nesmíš zlobit maminku ani nové miminko.“

„Určitě bude hodná!“ slibuju za ni vesele. „Ráda jsem vás poznala! A mockrát vám děkuju!“ Ujíždím s kočárkem pryč a celá se uvnitř svíjím smíchem. Zahnu za roh a ihned zahlédnu Suze. V kavárně u pultu si povídá s dívkou s melírem, která tam stojí se sportovním kočárkem, v němž sedí ve stejných tričkách tři děti připoutané bezpečnostními řemínky.

„Haló, Bex!“ volá Suze. „Co si dáš?“

„Jestli mají kapučíno bez kofeinu a čokoládový muffin!“ volám na ni. „A *musím* ti říct, co se mi právě přihodilo…,“ zarazím se, když se dívka s melírem otočí.

No nazdar.

Je to Lulu.

Lulu, Suzeina protivná kamarádka. Vesele zamávám, ale srdce mi ztěžkne jako kámen. Co tu dělá? Bez ní tu bylo tak dobře.

Obě zamíří ke mně a jako papírové dráčky na pláži za sebou táhnou děti. V růžových manšestrových kalhotách, bílé blůzce a perlových náušnicích vypadá Lulu jako reklama na katalog vzorných a milujících matek.

Nic mi neříkejte, já dobře vím, že to ode mě vůbec není hezké, ale prostě si nemůžu pomoct. Od první chvíle, co jsme se potkaly, nade mnou Lulu jenom kvůli tomu, že jsem neměla děti, ohrnovala nos a lezla mi příšerně na nervy. (Bůhvíproč se jí nelíbilo, že jsem si před hordou rozjívených dětí svlékla podprsenku. Jenomže já jsem je potřebovala nějak uklidnit a už jsem si opravdu nevěděla rady. A neběhala jsem tam před nimi nahatá nebo tak něco.)

„Lulu!“ přinutím se k úsměvu. „Jak se máte? Netušila jsem, že tu dneska budete!“

„Ani já sama jsem to nevěděla!“ Má tak řezavý a exaltovaný hlas, až sebou trhnu. „Ale na poslední chvíli mě pozvali na akci na podporu prodeje mé poslední kuchařky pro děti.“

„Ano, Suze se zmínila. Gratuluju vám!“

„I já vám gratuluju!“ Lulu se mi podívá na břicho. „Brzy už budeme mít společné téma! Děti!“

Od první chvíle, co se známe, se ke mně Lulu chová nadřazeně. A teď, když budu mít dítě, se z nás najednou stanou kamarádky?

„To bude super!“ odpovím mile a Suze se na mě překvapeně podívá.

„V té mé kuchařce mám i část o stravování těhotných…,“ Lulu vytáhne z tašky knihu, na jejíž lesklé obálce stojí ve své kuchyni s plnou náručí zeleniny. „Musím vám jednu poslat.“

„Máte tam něco pro mlsné jazýčky?“ napiju se kapučína. „Pár receptů na nealkoholické koktejly by mi přišlo vhod.“

„Pojmenovala jsem ji ‚Myslete na své dítě‘.“ Pobouřeně svraští obočí. „Je otřesné, čím se některé ženy v těhotenství živí. Kořením... cukrem...“

„Á vida,“ s čokoládovým muffinem napůl cesty do úst chvíli zaváhám, ale pak si vydatně ukousnu a hlasitě mlasknu.

Zahlédnu, jak se Suze potají uculuje.

„Nedalo by si některé z vašich dětí?“ dodám a lámu vdoleček na kousky.

„Mé děti čokoládu nejedí!“ prohlásí Lulu s tak otřeseným výrazem, jako bych jejím dětem nabízela marjánku. „Vzala jsem jim sušené banánové lupínky.“

„Lulu, drahoušku!“ Nad naším stolem se naklání děvče se sluchátky na uších. „Mohla byste na to rozhlasové interview? A pak bych si vás se všemi dětmi ráda vyfotila.“

„Jistěže,“ Lulu vycení v úsměvu dásně a v tu chvíli vypadá trochu jako kůň. „Cosmo, Ivo, Ludo, jdeme.“

„Go, go, koníčci, go, go!“ brumlám si.

„Tak se zatím měj!“ volá za nimi Suze s trochu křečovitým úsměvem. Najednou se zastydím. Lulu je Suzeina kamarádka a mohla jsem se trochu víc snažit. Budu na ni milá, rozhodnu se. Za každou cenu.

„Takže... to bylo hezké, že jsme se tady potkaly s Lulu,“ snažím se vpravit do hlasu trochu nadšení. „Určitě bychom se měly sejít na kus řeči. Možná ještě dneska, dáme si čaj nebo něco takového.“

„Mně se moc nechce,“ odpoví Suze tak otráveně, že se na ni udiveně podívám. Suze hledí upřeně do svého kapučína a najednou si vzpomenu, jak zareagovala, když jsem se u mámy o Lulu zmínila. Na napětí v jejím obličeji.

„Snad jste se s Lulu nepohádaly?“ ptám se opatrně.

„To zrovna ne.“ Suze se zarytě dívá na druhou stranu. „Totiž... strašně moc mi pomohla. Udělala toho pro mě a pro děti hodně...“

Potíž se Suze je v tom, že o nikom nechce říct nic špatného. Takže když ji někdo naštve, tak nejdříve odříká menší tirádu o jeho úžasných vlastnostech.

„Ale...," naléhám na ni.

„Ale když ona je tak k zbláznění dokonalá!" Suze zvedne hlavu a tváře jí přímo hoří. „Cítím se vedle ní jako úplná husa. Zejména když spolu někam jdeme. Pokaždé má s sebou pro děti nějaké domácí rizoto nebo něco podobného. A její děti nikdy nezlobí a jsou tak strašně chytré..."

„Tvoje děti jsou taky chytré!" namítnu rozhořčeně.

„Luliny děti čtou Harryho Pottera!" špitne Suze se zoufalstvím v hlase. „A Ernie ještě ani moc nemluví, natož aby četl. Tedy kromě několika německých vět z Wagnera. A Lulu se mě neustále vyptává, jestli jsem mu hrála v těhotenství Mozarta a jestli bych mu třeba nechtěla pořídit někoho na doučování a já si připadám tak strašně neschopná..."

Cítím, jak mě přemáhá zlost. Jak si může někdo *dovolit* chovat se k Suze tak, že si připadá neschopná?

„Jsi báječná matka, Suze!" rozhořčím se. „A Lulu je obyčejná kráva. Mně to bylo jasné na první pohled. Nesmíš ji poslouchat. A na ty její debilní kuchařky se vykašli!" Obejmu Suze kolem ramen a pevně ji k sobě přitisknu. „Jestli jsi ty neschopná, jaká jsem potom já? Vždyť já se nezmůžu ani na jednu dětskou říkanku!"

„Dobré odpoledne!" zaburácí za námi znenadání Lulin hlas zesílený mikrofonem a obě se otočíme. Lulu sedí před několika diváky na vyvýšeném pódiu proti ženě v růžovém kostýmku. Na klíně drží dvě děti a za zády má velké plakáty s reklamou na svou knihu s připsaným upozorněním, že ZDE LZE ZAKOUPIT PODEPSANÉ VÝTISKY.

„Spousta rodičů je jenom *líná* na to dávat dětem správnou výživu," praví s bolestným úsměvem. „Podle mých zkušeností všem dětem velmi chutná avokádo, mořský ďas nebo dobrá domácí polenta."

Se Suze se na sebe podíváme.

„Musím nakrmit dvojčata," zašeptá Suze. „Půjdu do koutku pro matky s malými dětmi."

„Nakrm je tady," namítám. „Mají tu vysoké židle..."

Zavrtí hlavou. „To nejde, když je Lulu na dohled. Já mám s sebou jenom pár dětských výživ. A rozhodně *nemám zájem*, aby mě při tom přistihla.“

„Nechceš trochu pomoct?“ nabízím se.

„Ne, nedělej si starosti.“ Zadívá se na můj kočárek, vrchovatě naložený houpacími koníky, nafukovacím brouzdalištěm a medvídkem. „Co kdyby ses, Bex, podívala ke stánkům ještě jednou, a tentokrát se víc zajímala o základní potřeby? Víš, o takové věci, které to dítě bude skutečně *potřebovat*!“

„Tak dobře,“ přikývnu. „Máš pravdu.“

Ve snaze uniknout Lulinu pronikavému hlasu se co nejrychleji rozjedu uličkou.

„Televize má na děti *příšerný* vliv,“ tvrdí Lulu právě. „A znovu musím zopakovat, že je to ze strany rodičů pouhý nezájem. Mé děti se dívají na programy, které je stimulují, vzdělávají...“

Káča pitomá. Snažím se ji nevnímat, na plánku výstaviště hledám potřebné stánky, ale najednou mě praští do očí obrovský nápis. PŘÍRUČNÍ LÉKÁRNIČKA Ł40. Tohle *jistě* budeme potřebovat.

S blaženým pocitem vrcholné dospělosti a zodpovědnosti zaparkuju kočárek stranou a začnu si prohlížet jednotlivé soupravy. Všechny jsou v krásných krabicích rozdělených přihrádkami. Náplasti... smotky obvazů... a nádherné růžové nůžtičky. Jak to, že jsem si ještě žádnou lékárničku nekoupila? Vždyť jsou tak úžasné!

Zamířím k pokladně, kde posmutněle sedí muž v bílém plášti. Začne markovat můj nákup a já mezitím listuju katalogem s nabídkou zdravotnického materiálu pro profesionály. Není tam nic zajímavého, jenom samé elastické obvazy a prodej paracetamolu ve velkém a...

No tohle! Stetoskop. *Odjakživa* toužím po stetoskopu.

„Kolikpak stojí takový stetoskop?“ prohodím.

„Stetoskop?“ Muž se na mě podezíravě zadívá. „Copak jste lékařka?“

No tohle! Copak smějí mít stetoskop jenom lékaři?

„To sice ne,“ přiznám se neochotně. „Ale to snad nevadí, ne?“

„Všechno, co je v katalogu, se dá objednat on-line.“ Rozmrzele pokrčí rameny. „Jestli chcete vyhodit 150 liber. To není žádná hračka.“

„To já dobře vím!“ odpovím důstojně. „Jsem hluboce přesvědčená, že každý rodič by měl doma stetoskop mít, protože nikdy nevíte, co se může stát. A taky srdeční defibrilátor,“ dodám rychle, když otočím list. „A...“

Uprostřed věty mi dojde řeč. Právě se dívám na fotografii smějící se těhotné ženy s rukama položenýma na břiše.

Souprava na určování pohlaví dítěte
V soukromí svého domova si udělejte jednoduchý test.
Přesné výsledky a dokonalá anonymita.

Srdce mi zaplesá. Mohla bych si to zjistit sama! Aniž bych musela na další sono. A Luke by se to nemusel vůbec dozvědět.

„Ehm... tohle se dá taky koupit na internetu?“ přeskočí mi maličko hlas.

„To mám tady na stánku.“ Sáhne do jakési zásuvky a vytáhne velkou bílou krabici.

„Jé,“ trochu mi vyschne v ústech. „Tak já si to vezmu. Díky.“ Podávám muži kreditní kartu, kterou projede čtecím zařízením.

„Jakpak se má naše Tallulička-Phoebička?“ ozve se za mými zády ženský hlas. Už zase ta ženská v tmavočerveném pršiplášti. V náruči drží houpacího koníka a přes ještě větší hromadu nákupů nakukuje do kočárku, který jsem zaparkovala vedle pyramidy příručních lékárniček. „To je ale hodná panenka, že? Jak je pěkně zticha!“

Trochu se vyplaším.

„Ona totiž... spinká,“ snažím se ji nějak odradit. „Měli bychom ji nechat...“

„Jenom se na ni kouknu! Ráda bych věděla, jak vůbec pod takovou hromadou nákupů může spát. *Viď*, Tallulo-Phoebe?“ žvatlá paní a odhrne všechny mé nákupy na stranu.

„Prosím vás, nechte ji!“ Vyrazím ke kočárku. „Je strašně citlivá... nesnáší cizí lidi...“

„Je pryč!“ vyjekne ta ženská a bledá jako stěna se vyděšeně vztyčí. „Dítě zmizelo! Zbyla po něm jenom malá přikrývka!“

To mi tak ještě scházelo!

„Ehm…" Krev se mi hrne do tváří. „Ono totiž…"

„Slečno, ta vaše kreditka neplatí," říká právě prodavač.

„To je nesmysl!" obrátím se na okamžik k němu. „Dostala jsem ji teprve minulý týden…"

„Unesli tu dítě!"

K mému zděšení vyřítí se paní v pršiplášti od stánku s krajkovou pokrývkou v ruce jako nějaký vyšetřovatel. „Malá Tallula-Phoebe zmizela! Unesli tu dítě!"

„Slyšeli jste to?" vyjekne zděšeně jakási blondýnka. „Unesli tu nějaké dítě! Zavolejte někdo policii!"

„To není pravda!" volám. „To je jenom… velké nedorozumění…" Ale nikdo mě neslyší.

„Spinkala tam v tom kočárku!" brebentí paní v pršiplášti na každého, kdo má zájem naslouchat. „A zůstala po ní jenom tahle přikrývka! Lidi jsou tak hnusní!"

„Unesli tu nějaké dítě!"

„Prostě ho vytáhli z kočárku!"

Slyším, jak se zpráva jako blesk šíří davem. Rodiče s vyděšenými výkřiky tisknou děti do náruče. S hrůzou vidím, jak ke mně míří dvojice místních strážníků a jak cestou cosi hlásí do krátkovlnných vysílaček.

„To už má v tuhle chvíli dávno obarvené vlasy a jiné šatičky," křičí hystericky blondýnka. „Ta už je někde napůl cesty do Thajska!"

„Madam, jakmile jsme dostali tuto zprávu, okamžitě jsme nechali uzavřít všechny východy z tržiště," oznamuje mi strážník věcným hlasem. „Než se vaše dítě najde, neproklouzne tudy ani myš."

Ach Bože, budu to muset uvést na pravou míru. Budu jim muset říct, že jde o falešný poplach. Ano. Prostě se přiznám, že jsem si Tallulu-Phoebe vymyslela, abych mohla předběhnout frontu, a všichni to pochopí…

Nepochopí. Zmlátí mě.

„Už to prošlo. Máte pin?" ozve se muž u pokladny, který celý poprask naprosto ignoruje. Jako robot vyplním pin a on mi podá tašku.

„Unesli jí dítě… a ona si tu *nakupuje*?" vykřikuje blondýna.

„Můžete mi dát podrobný popis dítěte, madam?" ptá se mě jeden ze strážníků. „Už jsme informovali policii a ještě musíme dát popis všem letištím..."

Ach Bože, já už nebudu nikdy lhát. Ani trošku!

„Já... totiž...," láme se mi hlas. „Asi bych vám měla... něco vysvětlit."

„Ano?" Oba strážníci se na mě zadívají s očekáváním.

„Bex?" Najednou zaslechnu Suzein hlas. „Co se tu děje?" Zvednu hlavu a už vidím, jak jednou rukou tlačí před sebou golfové hole pro dvojčata a v druhé drží Klementýnku.

Děkuju Ti, Pane Bože, děkuju, děkuju...

„*Tady* jste!" vykřiknu a s úlevou v hlase vytrhnu Klementýnku ze Suzeiny náruče. „Pojď sem, Tallulo-Phoebe!"

Sevřu pevně Klementýnku v náruči, aby si nikdo nevšiml, jak se holčička zoufale dere zpátky k Suze.

„To je to unesené dítě?" strážníci si pozorně prohlíží Klementýnku.

„Unesené dítě?" třeští na nás Suze oči. Otočí se a všimne si davu, který se tu shromáždil. „Ježíši, Bex, co se tu...?"

„Úplně mi vypadlo z hlavy, žes vzala Tallulu-Phoebe na oběd!" vysvětluju přeskakujícím hlasem. „Já jsem tak pitomá! A všichni si tady mysleli, že ji někdo unesl!" drmolím a očima se jí snažím naznačit, co se stalo.

Vidím, jak Suze pracuje mozek na plné obrátky. Nejlepší na Suze je, že mě tak důkladně zná.

„*Tallulu-Phoebe?*" řekne nakonec překvapeně a já na ni zahanbeně pokrčím trochu rameny.

„Tallula-Phoebe se už našla!" Žena v pršiplášti rozhlašuje radostnou zvěst lidem v okolí. „Už jsme ji našli!"

„Znáte tu ženu?" Strážník si měří Suze zúženýma očima.

„To je má kamarádka," prohlásím rychle, aby ještě Suze nezatkli za únos vlastního dítěte. „Ale teď už bychom měly asi jít..." Nacpu Klementýnku do kočárku mezi nákupní tašky a hodlám vzít rychle nohy na ramena.

„Mama!" Klementýnka natahuje ručičky k Suze. „Mama!"

„Propána!“ Suze se rozzáří oči jako světla majáku. „Slyšelas? Řekla mama! To je ale *šikovná holčička*!“

„Takže my už jdeme,“ prohodím chvatně ke strážníkům. „Mockrát vám děkuju za pomoc, hlídáte opravdu báječně…“

„Počkat,“ jeden ze strážníků se podezíravě zachmuří. „Proč to dítě volá ‚mama‘ na tuhle paní?“

„Protože… se jmenuje Mamie,“ v tu chvíli mě nenapadne nic lepšího. „Tallula-Phoebe je chytrá holčička, to je tvá teta Mamie! Teta Mama! A teď už půjdeme domů…“

Cestou k východu se nedokážu podívat Suze do očí. Z amplionu slyšíme moderátora: „A holčička Tallula-Phoebe se nakonec *našla*, je úplně v pořádku, a navíc…“

„Nechtěla bys mi konečně vysvětlit, co se to stalo, Bex?“ zeptá se Suze nakonec, aniž se na mě podívá.

„Ehm,“ odkašlu si. „Snad ani ne. Co kdybychom šly místo toho na čaj?“

Osm

Zbytek dne jsme strávily společně a bylo to báječné. Naložily jsme všechny nákupy do Suzeina obrovského rangeroveru a Suze nás odvezla na čaj do jedné cukrárny na King's Road, kde mají pro děti všelijaké zmrzlinové poháry a podobně. (Odedneška budu mít na stole *vždycky* připravené pastelky.) Pak jsme si zajely do obchodního domu Steinberg & Tolkien, kde jsem si koupila klasický kardigan a Suze večerní kabelku, a pak už byl čas na večeři, a tak jsme šly do Pizza on the Park, kde se rozcvičovala jakási džezová kapela, která dovolila dvojčatům zabušit si pěstičkami do bubnů.

A nakonec jsme spící děti přenesly do rangeroveru a Suze mě odvezla domů. Asi tak kolem desáté jsme projely kolem vrátnice a zaparkovaly před vchodem do domu. Zavolala jsem mobilem Lukeovi, aby nám přišel pomoct s nákupy.

„Páni," žasne Luke při pohledu na hromadu balíčků. „Tak už to je všechno? Už máš výbavičku kompletní?"

„Hm...," najednou mi dojde, že jsem zapomněla na ten sterilizátor. I na polštářek pro kojení a na dětský krém proti opruzeninám. Ale co na tom. Mám ještě patnáct týdnů. Taková spousta času.

Luke klopýtá do bytu ověšený brouzdalištěm, houpacími koníky a asi tak šesti nákupními taškami a já zatím popadnu krabici se soupravou na určení pohlaví dítěte a zastrčím ji rychle do zásuvky se spodním prádlem. Musím počkat, až Luke nebude doma.

Suze si zašla do koupelny přebalit jedno z dvojčat, a když vycházím z ložnice, vleče právě po chodbě dvě autosedačky.

„Nedáš si sklenku vína?" ptá se Luke.

„Měla bych radši jít," odmítne smutně. „Ale dala bych si sklenku vody, kdyby vám to nevadilo."

Zamíříme do kuchyně, kde tiše zní z cédéčka písně Niny Simone. Na stole stojí otevřená láhev vína a dvě nalité sklenky.

„Já nebudu pít," prohodím.

„To nebylo pro tebe," vysvětlí Luke a nalévá do čisté sklenky vodu z lednice. „Před chvílí se tu zastavila Venetia."

Překvapeně se zarazím. Venetia byla tady?

„Ještě bylo třeba vyplnit nějaký dotazník," pokračuje Luke. „A tak sem cestou domů zašla."

„No vida," řeknu po chvíli. „To je od ní... velmi hezké."

„Před chvílí odešla." Luke podává Suze sklenici. „Minuly jste se s ní o pár minut."

Moment. Už je po desáté. Znamená to snad, že tu byla celý *večer*?

Tedy, ne že by mi to nějak vadilo. Co bych proti tomu mohla vlastně namítat? Venetia je prostě Lukeova známá. Jeho stará, krásná a platonická láska.

Cítím, jak mě Suze provrtává očima, a tak raději rychle uhnu očima.

„Bex, mohla bys mi, než odejdu, ukázat, co všechno jsi pro miminko koupila?" požádá mě nepřirozeně vysokým hlasem. „Tak pojď."

Prakticky mě vystrká na chodbu a do pokoje pro hosty, kterému zatím říkáme dětský, i když než se dítě narodí, budeme už dávno bydlet jinde.

„*Co se děje?*" Suze zavře dveře a nervózně se ke mně otočí.

„Co by se dělo?" ledabyle pohodím rameny a předstírám, že nevím, o čem mluví.

„Je to normální? ‚Zaskočit si' ke svému bývalému do bytu a zůstat tu celý večer?"

„Coby ne. Proč by si nemohli trochu popovídat o starých časech?"

„Ale jenom sami dva? A u *vína*?" Suze to slovo vyplivne jako nějaký baptistický kazatel, který v životě nepozřel kapku alkoholu.

„Vždyť to jsou přátelé, Suze!" namítám. „Staří... velmi dobří... přátelé... a nic jiného v tom není."

V místnosti se rozhostí ticho.

„No tak dobře, Bex," zvedne Suze nakonec odevzdaně ruce. „Jestli máš takovou jistotu!"

„Mám! Naprostou, úplnou, stoprocentní...,“ poslední slova se mi trochu zaseknou v krku a začnu si pohrávat s ohřívací lahví od Christiana Diora. Jako člověk s obsedantně kompulzivní poruchou donekonečna otvírám a zavírám víčko. Suze přejde k proutěnému koši s hračkami a dlouze a podrobně zkoumá vlněnou ovečku. Chvíli mlčíme.

„Teda aspoň...,“ špitnu nakonec.

„Cože?“

Několikrát polknu, jak se bráním si tuto myšlenku připustit. „Tedy,“ vypravím ze sebe nakonec ve snaze mluvit věcným tónem. „Co kdybych si... ovšem pouze hypoteticky... tak úplně jistá nebyla?“

Suze zvedne hlavu a podívá se mi do očí. „Je hezká?“ ptá se stejně věcně.

„Kdyby jen! Je senzační. Má lesklé zrzavé vlasy, nádherné zelené oči a ramena jako filmová hvězda...“

„Bestie,“ ucedí Suze automaticky.

„A je moc chytrá a senzačně se obléká a Luke ji má moc rád...“ S každým dalším slovem se hlouběji propadám do nejistoty.

„Luke tě *miluje*!“ skočí mi do řeči Suze. „Uvědom si, Bex, že jsi jeho žena. Vybral si tebe a ji pustil k vodě.“

To mi trochu zvedne náladu. Představa, že ji „pustil k vodě“, se mi ohromně zamlouvá.

„Jenomže tím není řečeno, že na něj nemá políčeno.“ Suze začne přecházet po pokoji a zamyšleně si klepe vlněnou ovečkou o dlaň. „Existuje několik možností. Zaprvé: je to fakt jenom jeho kamarádka a všechny obavy jsou naprosto zbytečné.“

„Ano,“ přikývnu soustředěně.

„Zadruhé: dnes večer sem přišla omrknout situaci. Zatřetí: jede po něm. Začtvrté...“ Zarazí se.

„Co je začtvrté?“ děsím se předem.

„Tohle nebude ten případ,“ uklidňuje mě rychle Suze. „Podle mě to bude ta dvojka. Přišla si očíhnout terén. Jak to u vás vypadá.“

„No a... co mám teď dělat?“

„Musíš jí dát najevo, že ti to došlo.“ Suze povytáhne významně obočí. „Jako žena ženě.“

Jako žena ženě? Mluví jako hrdinky z nějakého stařičkého kriminálního filmu, které chodily v takové té dlouhé úzké sukni a elegantně kouřily cigaretu ve špičce.

„Kdy za ní máte znovu jít?" ptá se.

„Tento pátek. Půjdeme tam na kontrolu."

„Tak dobře," říká Suze rozhodně. „Jdi tam, Bex, a dej jí jasně na srozuměnou, že si ho nenecháš vzít!"

„A jak jí mám dát na srozuměnou, že si ho nenechám vzít?" koktám vyjeveně. „Jak se to dělá?" Jaktěživo jsem nemusela nikomu dávat na srozuměnou, že si něco nenechám vzít. Vyjma snad tehdy těch kozaček při výprodeji v Barneys.

„Vysílej k ní drobné diskrétní signály," radí mi Suze hlasem zkušené ženy. „Jako že Luke patří k tobě. Polož mu ruku kolem ramen..., prohoď pár slov o tom, jak skvěle si žijete..., prostě v zárodku udus všechny naděje, které si případně dělá. A hlavně se musíš hodit do gala. Ale zase to nesmí být moc nápadné."

Diskrétní signály. Báječný společný život. Hodit se do gala. To by snad šlo.

„Co mimochodem říká Luke na dítě?" zeptá se Suze nápadně nenuceným tónem. „Hodně se těší?"

„Ano, alespoň myslím. Proč?"

„Ale nic," pokrčí rameny. „Jenomže jsem onehdy četla v jednom takovém časopise článek o mužích, kteří se nedokážou vyrovnat s myšlenkou, že se stanou otcem, a aby si to nějak vynahradili, vrhají se často do různých vztahů."

„Často?" vyděsím se. „Co znamená to ‚často'?"

„No... asi tak polovina..."

„*Polovina?*"

„Chtěla jsem říct... přibližně desetina," opravuje se Suze rychle. „Já už ani nevím, co tam přesně psali. A určitě to není Lukeův případ. Ale stejně by možná nebylo na škodu prohodit s ním pár slov o otcovství. Psalo se tam, že někteří muži vidí na dítěti jenom ty nepříjemné stránky, takže se jim musí předvést něco pozitivního."

„Dobře." Kývám hlavou a snažím se pořádně vstřebat všechny informace. „Dobře, já to teda zkusím. A Suze...," rozpačitě se odmlčím. „Děkuju ti, žes mi neřekla ‚Já ti to říkala!' Od začátku jsi mi radila, abych od Venetie Carterové rychle odešla a... možná jsi měla pravdu."

„Nikdy bych ti neřekla ‚Já ti to říkala!'" zhrozí se Suze.

„Já vím, ale spousta lidí ano."

„Ale říkat by se to nemělo! A vůbec, možná jsi, Bex, měla pravdu. Možná že Venetia Carterová vůbec po Lukeovi nejede a my jenom slyšíme trávu růst." Položí vlněnou ovečku do košíku a poplácá ji po hlavičce. „Ale stejně bych pro každý případ dala jasně najevo, komu Luke patří."

„Tak to se neboj." Důrazně kývnu hlavou. „To jí stoprocentně dám."

Suze má jistě pravdu. Musím Venetii důrazně naznačit, *aby dala pracky od mého muže.* Pochopitelně jako pravá dáma.

V pátek kráčím do poradny v tom nejlepším, co mám a co je „neokázale senzační". Mám na sobě „Seven maternity jeans" (v sepraném vzhledu), červený strečový sexy top a nové lodičky na jehlách od Moschina. Ty sice vypadají trochu okázale, ale zase to vyrovnává sepraný vzhled džín. Při našem příchodu čekárna zeje prázdnotou a po celebritách ani slechu, ale vzhledem k tomu, jak jsem nabuzená, mi to vůbec nevadí.

„Becky?" Luke se mi podívá na ruku, kterou pevně svírám jeho. „Není ti nic? Vypadáš trochu nervózně."

„No... to víš," podotknu. „Poslední dobou mně pár věcí trochu začalo vrtat hlavou."

„To chápu." Účastně přikývne. „Nechceš se s nimi svěřit Venetii?"

Hmmm. To mám v podstatě v úmyslu.

Posadíme se na polstrované židle, já si vyberu ke čtení jakýsi časopis a Luke s hlasitým šustěním otevře *FT.* Právě se chci začíst do Horoskopu vašeho dítěte, ale vtom si vzpomenu na včerejší Suzeina slova. Měla bych si s Lukem promluvit o tom, jaké je být otcem. Teď je na to nejvhodnější doba.

„Takže... je to senzační, viď?" odložím časopis. „Že budeme rodiči."

„Hmmm..." Luke přikývne a obrátí stránku.

Moc nadšeně to tedy neznělo. Ježíši, co když se v hloubi duše děsí plínek a hledá útěchu v náruči jiné ženy? Musím mu nastínit *pozitivní* stránky rodičovství, přesně jak mi Suze říkala. Něco opravdu příjemného, nač by se člověk mohl těšit…

„Hele, Lukeu," dostanu skvělý nápad. „Co když to dítě vyhraje na olympiádě zlatou medaili!"

„Cože?" Luke zvedne hlavu od novin.

„Na olympiádě přece! Představ si, že naše dítě vyhraje v něčem zlatou medaili. A my budeme jeho rodiče!" Pátrám po jeho reakci. „Nebude to skvělé? To budeme pyšní!"

Jsem svým nápadem naprosto uchvácena. Přímo se vidím, jak někdy kolem roku 2030 na nějakém stadionu odpovídám na otázky Sue Barkerové, jak hrdě hlásám, že jsem už od chvíle, kdy mi rostlo v děloze, věděla, že mé dítě dosáhne něčeho velkého.

Luke vypadá lehce pobaveně.

„Becky…, něco mi uniklo? Proč si myslíš, že naše dítě vyhraje na olympiádě zlato?"

„A proč ne? To se klidně může stát! Musíš našemu dítěti *věřit*, Lukeu!"

„Aha. No proč ne." Luke přikývne a odloží noviny. „A který sport máš na mysli?"

„Skok do dálky," prohlásím po chvilce přemýšlení. „Nebo možná trojskok, protože ten není tak populární a získat zlatou tam nebude tak těžké."

„Nebo zápas," navrhuje Luke.

„*Zápas?*" podívám se na něj rozhořčeně. „Naše dítě zápasit nebude! Vždyť by si mohlo ublížit!"

„Ale co když je jeho osudem stát se nejslavnějším zápasníkem na celém světě?" povytáhne na mě Luke obočí. Na chvíli mě tím úplně vyvede z konceptu.

„Není," usoudím nakonec. „Jsem jeho matka, a tak to musím vědět."

„Manželé Brandonovi?" zavolá na nás recepční a oba k ní otočíme hlavu. „Venetia vás očekává, jděte prosím dál."

Najednou se mě zmocní nervozita. Tak už je to tady. To vytyčování jasných mezí.

„Pojď, miláčku!“ obejmu Lukea pevně kolem ramen a tak se vychýlím z osy, že za ním proklopýtám celou cestu chodbou.

„Ahoj!“ Venetia vyběhne z pracovny, aby nás uvítala. Má na sobě černé kalhoty a růžovou halenku bez rukávů pevně přepásanou senzačním černým páskem z krokodýlí kůže. Oba nás políbí na obě tváře a její Allure od Chanel nás jemně zašimrá pod nosem. „Ráda vás opět vidím!“

„Já vás také ráda vidím, Venetie,“ povytáhnu sarkasticky obočí ve stylu „jestli si, holka, děláš zálusk na mého manžela, tak na to hleď rychle zapomenout“.

„Výborně. Tak pojďte dál…,“ zve nás do pracovny.

Teď vážně nevím, jestli si povšimla mého povytaženého obočí. Možná bych měla trochu přitvrdit.

S Lukem se posadíme na židli a Venetia na stůl a pohupuje před námi lodičkami od Yvese Saint Laurenta. Řeknu vám, že na lékařku má fakt senzační šatník. A nejen na lékařku.

„Takže, Becky.“ Otevře zápisník a chvíli v něm cosi studuje. „Především, už máme výsledky krevního obrazu. Všechny hodnoty jsou v normě…, jenom bychom si možná měli trochu ohlídat hemoglobin. Jak se cítíte?“

„Vážně si nemůžu stěžovat,“ chytím se příležitosti. „Jsem šťastná, máme se s manželem rádi…, čekáme dítě a mám skvělé manželství…, ještě jsme si Lukem nebyli tak blízcí.“ Popadnu Lukea za ruku. „Souhlasíš, miláčku? Že jsme si teď velmi blízcí? Duševně, citově a… a… sexuálně!“

Tak. A tady to máš!

„No… ano,“ přisvědčí Luke trochu zkoprněle. „Určitě.“

„To ráda slyším, Becky,“ odpoví Venetia a zvláštně se na mě podívá. „Ačkoli jsem se především zajímala o váš fyzický stav. Žádné mdloby, zvracení, něco v tom smyslu?“

„Ehm…, ani ne, děkuju,“ odpovím. „Nic mi není.“

„No tak dobře, tak se sem položte a podíváme se na vás.“ Ukáže mi na gauč a já se na něj poslušně natáhnu. „Položte se na záda, udělejte si maximální pohodlí a… nevidím tu malinkatou strii?“ zašvitoří vesele, když si vyhrnu top.

„Strii?“ Vyděšeně se chytím bočního držadla a snažím se rychle posadit. „To není možné! Každý večer se mažu speciálním olejíčkem a každé ráno tělovým mlékem a…“

„Jejda, já se spletla!“ vykřikne omluvně Venetia. „To je jen otlak od vašeho trička.“

„Uf.“ V posttraumatickém šoku se zhroutím a Venetia mi začne prohlížet břicho. „I když se strie pochopitelně můžou objevit na poslední chvíli,“ prohodí zlehka. „Takže je ještě pořád můžete mít. Posledních pár týdnů může být těhotenství skutečně hodně nepříjemné. Už jsem zažila pár pacientek, které se mi vevalily do ordinace a zoufale si přály, aby to už měly za sebou…“

Vevalily?

„Já se rozhodně nikam valit nebudu,“ uchichtnu se.

„Obávám se, že budete,“ usměje se na mě vědoucně. „Příroda vám tak prostě připomene, že máte zpomalit. Považuju za poctivé upozornit pacientky, které tu jsou poprvé, na to, co je v těhotenství skutečně čeká. Není to jenom procházka růžovým sadem, to víte!“

„Nepochybně,“ přidá se Luke. „My si toho velmi vážíme, že, Becky?“

„Nesmírně,“ zabrumlám, když mi Venetia navléká na ruku manžetu tonometru.

To tak! Já si toho vůbec nevážím. A aby bylo jasné: já se nehodlám *nikdy a nikam* valit.

„Krevní tlak je trošku vyšší…“ Trochu se na obrazovku zamračí. „Musíte se šetřit, Becky. Každý den si odpočinout nebo alespoň ulevit nohám. Udržet si dobrou náladu, ničím se nevzrušovat…“

Ničím se nevzrušovat? A jak to proboha mám udělat, když mi tu dělá přednášku o striích a o tom, jak se budu valit?

„A teď si poslechneme…“ Natře mi na břicho trochu gelu, vytáhne doppler a já se trochu uvolním. Tuhle chvilku na každém vyšetření miluju. Ležím na zádech a přes nejasný šum poslouchám, jak dítěti tluče srdce „žuch, žuch, žuch“.

„Vypadá to moc dobře.“ Venetia odejde ke stolu a cosi si píše do poznámek. „Jé, Lukeu, teď jsem si vzpomněla, mluvila jsem onehdy s Matthewem a strašně rád by se s námi sešel. A našla jsem ten článek od Jeremyho, o němž jsme mluvili…"

Sáhne do zásuvky a vytáhne stařičký *New Yorker*. „Od Cambridge urazil velký kus cesty. Četl jsi jeho knihu o Maovi?"

„Ještě ne," říká Luke cestou k jejímu stolu pro noviny. „Jestli budu mít čas, tak si to přečtu, děkuju."

„Musíš mít strašně moc práce," rozplývá se účastí Venetia. Naleje z chladicího boxu sklenici vody a nabídne ji Lukeovi. „Jak si vedou tvé nové filiálky?"

„Dobře," přikývne Luke. „Má to sice ještě nějaké mouchy, pochopitelně…"

„To je tak úžasné, že jsi mezi své klienty získal Arcodas." S inteligentně zachmuřeným výrazem se opře o stůl. „Je to *jistě* krok správným směrem, rozložit finance do více oblastí. A Arcodas jsou fenomenálně expanzivní; četla jsem o nich článek v *FT*. Iain Wheeler na mě udělal ohromný dojem."

Ehm… no tohle!

Úplně na mě zapomněli a nechali mě tu ležet na zádech jako nějakého brouka. Hlasitě si odkašlu a Luke se otočí.

„Promiň, zlatíčko! Není ti něco?" Spěchá ke mně a podává mi ruku.

„Promiňte, Becky!" omlouvá se Venetia. „Dám vám trochu vody. Vypadáte lehce dehydrovaná. Je strašně důležité dodržovat pitný režim. Měla byste vypít minimálně osm sklenic vody denně. Prosím."

„Díky!" usměju se na ni, vezmu si sklenici vody a posadím se, ale hlavu mám plnou temného podezření. Venetia si s Lukem nějak náramně rozumí. Až příliš. A navíc se snažila vyvolat dojem, že mám strie. A svou bujnou hřívou švihá neustále ze strany na stranu, jako by natáčela reklamu na vlasové přípravky. Tohle asi nebude klasické lékařské chování, že?

„Takže!" Venetia sedí opět za stolem a cosi píše do mých záznamů. „Máte nějaké otázky? Trápí vás nějaký problém?"

Podívám se na Lukea, ale ten právě vytahuje z kapsy mobil. Zaslechnu jeho slabé bzučení.

„Omluvte mě," řekne. „Půjdu na chvíli ven. Pokračujte beze mě." Vstane a vyjde z místnosti a zavře za sebou dveře.

Takže jsme tu samy. Proti sobě. Napětí v místnosti by se dalo krájet. Nebo možná… jsem napjatá jenom já.

„Becky?" Venetia předvádí v úsměvu dokonalý chrup. „Chtěla byste se ještě na něco zeptat?"

„Už ani ne," odpovím zdvořile. „Jak jsem řekla, všechno je v pořádku. Daří se mi dobře…, Lukeovi také…, náš vztah by nemohl být lepší. Víte, že je tohle dítě líbánkové?" neodolám.

„Ano, o vašich báječných líbánkách vím všechno!" vykřikne Venetia. „Prý jste v Itálii zajeli také do Ferrary!"

„Ano," usměju se nostalgicky. „Bylo to tak romantické. Báječné vzpomínky na naše líbánky nás budou navždy spojovat."

„Když jsem byla ve Ferraře s Lukem já, nemohli jsme se vynadívat na ty *proslulé* fresky. Určitě se vám o tom zmínil." Zabodne se do mě doširoka otevřenýma a nevinnýma očima.

Já jsem ve Ferraře žádné fresky neviděla. Celé odpoledne jsme se nehnuli ze zahradní restaurace, popíjeli prosecco a cpali se naprosto božským jídlem. O tom, že tam někdy byl s Venetií, nepadlo jediné slovo. Ale tohle ze mě ta potvora *nikdy* nedostane.

„No, my jsme k těm freskám vůbec nešli," prohlížím si soustředěně nehty. „Luke se mi o nich pochopitelně zmínil. Ale říkal, že neví, co na nich lidi vidí."

„Opravdu?" Zdá se, že to Venetií otřáslo.

„No jistě," podívám se jí klidně do očí. „To vážně říkal."

„Ale… nadělal tam spoustu snímků," nedůvěřivě se zasměje. „A mluvili jsme o nich spoustu hodin!"

„My jsme o nich mluvili celou noc!" odpálkuju ji. „Zejména o tom, že jsou velmi přeceňované."

Nenuceně si pohrávám se snubním prstenem a snažím se natočit diamant tak, aby co nejvíc odrážel světlo.

Já jsem jeho žena. Já vím nejlíp, co si myslí o freskách.

Venetia otevře pusu – ale pak ji zase se zmateným výrazem zavře.

„Velmi se omlouvám!" Luke vchází dovnitř, zasouvá mobil do kapsy a Venetia se k němu okamžitě vrhne.

„Lukeu, pamatuješ se na ty fresky…"

„Au!“ chytnu se za břicho. „Jauvej.“

„Becky! Miláčku!“ Luke ke mně vyplašeně utíká. „Co ti je?“

„Jenom mě tady trochu píchlo.“ Statečně se na něj usměju. „To určitě není nic vážného.“ Vrhnu triumfální pohled na Venetii, která se mračí, jako by nechápala, co se děje.

„Měla jste ty bolesti už předtím?“ ptá se suše. „Mohla byste mi je popsat?“

„Už je to pryč,“ mávnu bezstarostně rukou. „Asi to nebylo nic významného.“

„Kdyby se vám ty bolesti opakovaly, musíte mi to oznámit,“ říká. „A nezapomeňte odpočívat. Ten vyšší tlak asi nic neznamená, ale musíme sledovat, jestli se nezvyšuje. Mluvil s vámi předešlý lékař o preeclampsii?“

„Mluvil,“ Luke se na mě podívá a já přikývnu.

„Dobře. Tak si na to dávejte pozor. Můžete mi volat kdykoli. Ale ještě než půjdete...,“ Venetia bere stolní kalendář do ruky. „*Musíme* se domluvit, kdy se všichni sejdeme. Desátého..., nebo dvanáctého? Tedy pochopitelně, pokud nebudu mít nějaký porod!“

„Dvanáctého?“ Luke se dívá na BlackBerry a souhlasně přikývne. „Vyhovuje ti to, Becky?“

„Jistěže!“ přisvědčím mile. „Přijdeme.“

„Báječně. Obvolám ještě ostatní. Je to skvělé sejít se po tolika letech.“ Venetia si povzdychne a odloží pero. „Abych pravdu řekla, začínat znovu v Londýně není žádný med. Mí staří přátelé se rozprchli a mají svůj vlastní život. Navíc nemám vždycky čas a Justin jezdí pochopitelně často do zahraničí.“ Úsměv jí trochu pohasne.

„Justin je Venetiin přítel,“ vysvětluje mi Luke.

Přítel. Málem jsem na jeho existenci zapomněla.

„Aha,“ prohodím společensky. „A co dělá?“

„Je finančník.“ Venetia vezme zarámovanou fotografii s jakýmsi nudně vyhlížejícím člověkem v obleku a při pohledu na ni se rozzáří. „Má neuvěřitelnou motivaci a nadšení, trochu jako Luke. Občas mám pocit, že když pracuje na nějaké smlouvě, tak na mě zapomíná. Ale co můžu dělat, když ho miluju.“

„*Skutečně?*" podivím se. Pak mi dojde, jak to mohlo vyznít. „Totiž... ehm... to je skvělé!"

„Kvůli němu jsem vlastně přijela do Londýna." Nespouští oči z fotografie. „Setkala jsem se s ním na jednom večírku v LA a prostě jsem se zamilovala po uši."

„A to jste se jen kvůli němu přestěhovala až sem?" ptám se.

„To dělá s lidmi láska, že? Ztratíte rozum a děláte divné věci." Venetia se na mě podívá s rozzářenýma očima. „Jestli mě má práce, Becky, něčemu naučila, pak tomu, že láska je nejdůležitější věcí na světě. Lidská láska. Vidím ji pokaždé, když vkládám nemluvně do matčiny náruče..., pokaždé, když vidím, jak na obrazovce tluče osmitýdenní srdíčko, a vidím obličej jeho rodičů..., pokaždé, když se sem žena vrací podruhé či potřetí. Tyto děti se rodí z lásky. A něco vám řeknu. Na ničem jiném nezáleží."

Páni! To byl projev!

Ta vůbec nejede po Lukeovi. Je zamilovaná do toho svého bambuly! Abych pravdu řekla, ten její proslov mě málem rozbrečel.

„Máte svatou pravdu," přisvědčím chraptivě a chytím Lukea za ruku. „Na této bláznivé a splašené planetě, které říkáme... svět, má jedinou cenu láska."

Nejsem si jistá, jestli mi všichni správně rozuměli, ale co na tom. Ve Venetii jsem se naprosto zmýlila. Není to žádná nymfomanka, nýbrž laskavá a vroucí lidská bytost překypující citem.

„Pevně doufám, že bude mít Justin dvanáctého volno." Venetia vrátí fotografii s láskyplným poplácáním na místo. „Strašně ráda bych vás seznámila."

„Už se na to moc těším!" říkám s upřímnou radostí.

„Tak se zatím měj, Ven," políbí ji Luke. „A mockrát ti děkujeme."

„Na shledanou, Becky." Venetia se na mě hřejivě usměje jako na starou známou. „Jé, málem jsem zapomněla. Nevím, jestli vás to bude zajímat – ale včera mi volala novinářka z *Vogue*. Připravují velkou reportáž o budoucích londýnských matkách a chtěli po mně nějaká jména. Myslela jsem na vás."

„*Vogue?*" jako bych vrostla do země.

„Asi vás to nebude zajímat a já to pochopím. Musela byste se nechat fotografovat v dětském pokoji, poskytnout rozhovor, nechat se učesat a nalíčit..., navlékali by vás do značkových mateřských šatů..." Pokrčí přezíravě rameny. „Ani nevím, jestli by vás to bavilo..."

Téměř padám do mdlob. Jestli by mě to bavilo? Jestli by mě bavilo nechat se nalíčit, obléknout si značkové těhotenské oblečení a nechat se vyfotografovat pro *Vogue*?

„Já myslím, že ano," odpoví za mě Luke a pobaveně se na mě podívá.

„No tak prima!" Venetia se dotkne jeho ruky. „Nechte to na mně. Já to zařídím."

Rebecca Brandonová
37 Maida Vale Mansions
Maida Vale
Londýn NW6 0YF

31. srpna 2003

Milá Fabio,

chci Vám říct, jak velmi se nám líbí Váš úžasný a nádherný dům. Je jako Kate Moss mezi domy!* Je tak nádherný, že by si zasloužil, aby ho vyfotografovali do Vogue, nemyslíte?

A tak Vás chci požádat o malou laskavost. Náhodou budu dělat rozhovor pro Vogue a chtěla jsem se zeptat, jestli by mě mohli, ovšem s Vaším dovolením, vyfotografovat ve Vašem domě.

Také jsem Vás chtěla požádat, jestli bych si k Vám nemohla vzít nějaké osobní věci a prohlásit, že tam s Lukem už bydlíme. Vždyť než to číslo vyjde, bude to už koneckonců pravda…, takže na tom není vůbec nic špatného!

Kdybych Vám mohla na oplátku něčím prospět, kupříkladu tím, že bych Vám sehnala nějaké módní zboží, udělám to velmi ráda!

Se srdečnými pozdravy,

Becky Brandonová

*pochopitelně ne svou velikostí

33 Delamain Road
Maida Vale
Londýn NW6 1TY

1/9/03
Od: Fabia Paschaliová
Komu: Rebecca Brandonová

Becky:

1. Kabelku Chloe Silverado, světle hnědou
2. Purpurový kaftanový top s korálky od Matthewa Williamsona, vel. 8
3. Zelené lodičky od Ollyho Bricknella, vel. 8

Fabia

Od: Paní L. Hargreavesové,
školní knihovnice

Dívčí škola Oxshott
Marlin Road
Oxshott
Surrey KT22 0JG

3. září 2003

Milá Becky,

velmi mě potěšilo, že jsem o Tobě po tolika letech uslyšela, a musím Tě ujistit, že si na Tebe živě vzpomínám. Kdo by také zapomněl na děvče, které v roce 1989 spustilo módní šílenství s „přátelskými kabelkami"?

Jsem potěšená zprávou, že se objevíš ve *Vogue* – a jak říkáš, je to pro mě překvapení. I když Tě na druhou stranu musím ujistit, že si učitelé po celou tu dobu, co jsme Tě neviděli, ve sborovně neustále neříkali: „Vsadím se, že se Becky Bloomwoodová nikdy do *Vogue* nedostane."

Já si to číslo určitě koupím, ale mám hluboké pochybnosti, že naše paní ředitelka vyhoví Tvému návrhu a koupí všem žačkám po výtisku na památku.

Se srdečnými pozdravy,

Lorna Hargreavesová,
knihovnice

P. S. Jestlipak ještě máš tu knihu *Na páté Maloryho věži*? Už na ní visí pěkně mastná pokuta.

Devět

Já budu ve *Vogue*! Minulý týden mi zavolala Martha, to je ta novinářka, která píše článek o „supermámách", a dlouho a báječně jsme si popovídaly.

No, tu a tam jsem si malinko něco přibarvila. Jako jak denně cvičím. A že jím ke snídani čerstvě rozmačkané maliny a svému nenarozenému dítěti píšu básničky. (Vždycky můžu odněkud pár veršíků opsat.) Kromě toho jsem řekla, že už bydlíme v domě na Delamain Road, protože to zní o trochu lépe, než když člověk řekne, že bydlí v bytě.

Stejně se tam už brzy nastěhujeme, takže je už skoro jako náš. A tu holku ohromně zaujala má poznámka o pokojíčku pro chlapce a pro holčičku. Prý by to mohl být zlatý hřeb celého natáčení. Zlatý hřeb!

„Becky!"

Do mých myšlenek pronikne čísi hlas a vidím, jak ke mně z druhého konce přichází Eric. Rychle schovám svou korespondenci pod katalog MaxMary a přeletím pohledem oddělení, jestli se tam neukrývá nějaká koupěchtivá zákaznice. Ale není tam ani noha. Za těch posledních pár dnů se situace nijak nezlepšila.

A ke všemu nás postihla ještě další katastrofa. Někdo z marketingu se rozhodl, že zahájí program „oslovit ulici", a najal pár studentů, kteří měli v kavárnách upozorňovat návštěvníky na náš obchodní dům a rozdávat jim letáčky. Což by nemusel být tak špatný nápad, kdyby se letáčky nedostaly k bandě zlodějíčků, kteří sem chodili tak dlouho, dokud nevykradli celou kosmetiku BeneFit. Sice je chytili, ale přesto. *Daily World* si na nás v článku pod názvem „Zoufalý The Look oslovuje i kapsáře" pořádně smlsl.

Všechny prostory tu vypadají ještě opuštěněji než dřív a jako by už to nestačilo, pět lidí podalo tento týden výpověď. Jaký div, že Eric vypadá tak podrážděně.

„Kde je Jasmine?“ rozhlíží se po recepci našeho oddělení.

„Šla... do skladu,“ vymýšlím si.

Ve skutečnosti je Jasmine tady na patře v některé ze zkušebních kabinek a spí jako zabitá. Vypracovala si novou filozofii, že když není v práci do čeho píchnout, může svou pracovní dobu klidně využít ke spaní a po nocích někde vesele řádit. Zatím jí to celkem bez nějakých problémů vychází.

„No, stejně jsem chtěl mluvit s vámi,“ říká podrážděně. „Právě jsem procházel smlouvu s Dannym Kovitzem. Ten váš kámoš je ale náročný. Jezdí jenom první třídou, vyžaduje apartmá v Claridge's, pro potřeby svého personálu limuzínu a konzumaci San Pellegrina bez omezení, ale pozor! – předtím, než ho dostane, jím musí někdo zamíchat, aby z něj ‚vyšuměly bublinky‘...“

Přidušeně se uchechtnu. To je typický Danny.

„Je to slavný a významný návrhář,“ připomenu Erikovi. „Talentovaní lidé mají spoustu divných nápadů.“

„‚Po celou dobu trvání pracovního procesu,‘“ předčítá Eric nahlas, „‚si pan Kovitz přeje misku o průměru minimálně 25 centimetrů plnou tvrdých bonbonů s želé náplní. Vyjma zelených.‘ Co to sakra má znamenat?“ V zoufalství mává papírem. „Co po nás chce? Aby u něj někdo celou dobu seděl, vybíral zelené bonbony a vyhazoval je?“

Jůůů. Já se po zelených želé bonbonech můžu utlouct.

„Zrovna mně by to vůbec nevadilo,“ prohodím.

„No co se dá dělat,“ povzdychne si Eric. „Můžu k tomu dodat jedině to, že doufám, že se všechny ty peníze a starosti, co s ním máme, jednou vyplatí.“

„Určitě!“ snažím se ho uklidnit, ale potají své prohlášení zaklepu pro jistotu na dřevo, abych to nezakřikla. „Danny je nejvyhledávanější návrhář široko daleko! A přinese sem senzační nápady, které budou všichni napodobovat. A všichni se sem pohrnou, uvidíte!“

Vážně, *vážně* doufám, že se nemýlím.

Když se odtud Eric odkolébá, přemýšlím, jestli nemám Dannymu zavolat a nějak z něj vypáčit, jestli ho už něco napadlo. Ale než dojdu k nějakému rozhodnutí, mobil mi sám zazvoní.

„Prosím?"

„Nazdárek," ozve se Lukeův hlas. „To jsem já."

„Jé, ahoj," usadím se pohodlně na židli s představou, že si s ním popovídám. „Hele, právě jsem se doslechla o Dannyho smlouvě. To bys nevěřil, co všechno..."

„Becky, já to dneska odpoledne asi nestihnu."

„Cože?" Úsměv mi mrzne na rtech.

Dnes odpoledne máme první hodinu předporodního kurzu. Takového, kam chodí i vaši partneři a kde se učíte dýchat a uzavíráte přátelství na celý život. A Luke slíbil, že tam se mnou půjde. *Slíbil to.*

„Promiň," říká jaksi roztržitě. „Já vím, že jsem ti slíbil, že tam půjdu, ale došlo k takové... pracovní krizi."

„Ke krizi?" vylekaně se narovnám.

„Vlastně to není krize," opravuje se okamžitě. „Prostě se jenom... stalo něco, co není moc dobré. To se spraví. Jenom prostě takový zádrhel."

„Co se stalo?"

„Jenom taková... menší vnitropodniková přestřelka. Nechce se mi o tom mluvit. Ale to dnešní odpoledne je mi skutečně líto. Chtěl jsem tam jít." Mluví úplně zničeně. Nemá cenu se s ním hádat.

„No tak dobře," v duchu si povzdechnu. „Já to zvládnu sama."

„Nemohl by jít s tebou někdo jiný? Kupříkladu Suze?"

To je nápad! Vždyť jsem nakonec byla u Suzeina porodu. A jsme vážně dobré kamarádky. A bylo by hezké někoho s sebou mít.

„Uvidíme," prohlásím. „A dneska večer můžeš?"

Dnes večer jdeme někam s Venetií, jejím přítelem a starými Lukeovými kamarády z Cambridge. Docela jsem se na to těšila, dokonce jsem se speciálně kvůli tomu objednala u kadeřnice.

„No, doufám. Dám ti vědět."

„Dobře. Tak ahoj."

Už málem vytáčím Suzeino číslo, když si vzpomenu, že dnes odpoledne jde s Erniem do nějakého nového kroužku pro děti. Ta na mě nebude mít čas. Opřu se o opěradlo a usilovně přemýšlím. Vždyť bych tam mohla klidně jít sama. Přece se nezaleknu pár těhotných ženských!

Anebo…

Vytáhnu znovu mobil a navolím číslo.

„Ahoj, mami," vyhrknu, jen co dostanu spojení. „Copak děláš dnes odpoledne?"

Předporodní kurz se koná v jednom islingtonském domě a jmenuje se „Volba, energie, otevřená mysl", což považuju za zdařilý název. Já tedy *zcela určitě* otevřenou mysl mám. Cestou tam vidím, jak ve volvu přijíždí máma a po přibližně osmi pokusech, menším nedorozumění s místní popelnicí a poté, co z jednoho náklaďáku vystoupí řidič, aby ji navigoval, se jí podaří zaparkovat.

„Ahoj, mami!" volám na ni, když konečně trochu roztřeseně vystoupí z auta. Má na sobě elegantní bílé kalhoty, tmavomodrý blejzr a kožené mokasíny nablýskané jako zrcadlo.

„Becky!" Obličej se jí rozzáří. „Vypadáš nádherně, holčičko. Tak vylez, Janice!" Zabouchá na okno automobilu. „Vzala jsem s sebou Janice. Nevadí ti to, že ne?"

„Ehm… ne," podivím se trochu. „To víš, že ne."

„Neměla co na práci, a tak jsme si řekly, že bychom mohly potom zaskočit do Liberty's, jestli tam nemají nějaké hezké dekorační látky do dětského pokoje. Táta ho vymaloval nažluto, ale zatím nevíme, jaké tam dáme záclony…" Podívá se mi na břicho. „Nic nového ohledně toho, jestli to bude chlapeček nebo holčička?"

V duchu zaletím ke krabici se soupravou na určení pohlaví dítěte, kterou jsem si koupila před čtrnácti dny. Už jsem ji několikrát vytáhla, ale pak vždycky ztratím nervy a zase ji vrátím do zásuvky. Nejspíš potřebuju jako morální podporu Suze.

„Zatím nic," říkám. „Ještě ne."

Dveře u spolujezdce se otevřou a hrabe se z nich Janice s chomáčem pletení.

„Ahoj, Becky, holčičko!" zdraví mě zadýchaně. „Zapneš si autoalarm, Jane?"

„Zavři dveře a *potom* ho zapnu," diriguje ji máma. „Musíš jimi pořádně bouchnout."

Vidím, jak kousek před námi zvoní u jedněch dveří těhotná dívka. Musí to být tam!

„Právě jsem si přečetla zprávu od Toma," oznamuje Janice a snaží se přitom nacpat pletení současně s mobilem do proutěného košíku. „Sejdu se s ním později. Nemluví o ničem jiném než o Jess! Jess tohleto a Jess támhleto..."

„Jess?" vykulím na ni oči. „A Tom?"

„No pročpak ne!" celá se rozzáří. „Moc jim to spolu sluší. Nechci si dělat příliš velké naděje, ovšem..."

„Poslyš, Jane," domlouvá jí máma, „ne abys na ty děti nějak tlačila."

Jess a Tom spolu chodí? A ona se mi slůvkem nezmínila? *Jak mi to mohla udělat!* Hned druhý den ráno po oslavě jsem vyzvídala, jak to mezi ní a Tomem vypadá, ale ona upadla do strašlivých rozpaků a okamžitě obrátila list. Z toho jsem usoudila, že to nevyšlo.

Nemůžu si pomoct, ale cítím se malinko dotčená. Sestru má snad člověk kvůli tomu, aby měl komu zavolat a svěřit se, s kým právě chodí. Ne aby před ním všechno tutlal.

„Takže... si Jess s Tomem rozumějí?" sonduju.

„Ohromně," přikyvuje Janice energicky. „Opravdu moc dobře. A ráda bych řekla, že Jess je opravdu senzační holka. Okamžitě jsme si padly do noty!"

„Vážně?" snažím se, aby na mně nebylo příliš znát překvapení – ale právě teď mě opravdu nenapadá ani jedna věc, kterou by měly společnou.

„No jistě! Jako bychom se znaly odjakživa. S Martinem jsme se rozhodli, že zatím nebudeme plánovat náš každoroční výlet lodí, pro případ, že bychom pořádali..." Zarazí se a nakonec plaše špitne: „Svatbu."

Svatbu?

Ježkovy voči! Musím si promluvit s Jess. A to hned!

„Tak jsme tady," říká máma, když dorazíme ke dveřím s nápisem „PROSÍM, PŘEZUJTE SE".

„A co se vlastně na takových předporodních kurzech dělá?" ptá se Janice a zouvá si sandály od Kurta Geigera.

„Učí se tam dýchat a tak," odpovím neurčitě. „Je to taková příprava na porod."

„Teď je to úplně jiné, než to bylo za nás, Janice," vloží se máma. „Teď mají předporodní trénery!"

„Trénery? Jako v tenisu?" Janice očividně tahle představa pobaví. Pak se zatváří soucitně a silně mi stiskne rameno. „Chuděro malá! Nemáš tušení, co tě čeká!"

„No tak," koktám vyděšeně. „Co kdybychom... ehm... šly dovnitř?"

Kurz se koná v místnosti, která připomíná obyčejnou školní třídu. Na zemi jsou do kruhu rozloženy velké polštáře, na nichž už posedává několik těhotných žen se svými rozpačitými manžely.

„Ahoj." Přistupuje k nám štíhlá žena v cvičebním úboru. „Jmenuju se Noura a budu vás připravovat na porod," představuje se polohlasem. „Vítám vás."

„Dobrý den, Nouro!" zářivě se na ni usměju a potřesu jí rukou. „Jmenuju se Becky Brandonová. To je má máma... a tohle Janice."

„Aha," kývne Noura vědoucně hlavou a potřese Janice rukou. „Ráda vás vidím, Janice. Vy jste Beckyina... partnerka? Za chvíli sem přijde další homosexuální dvojice, takže se nemusíte cítit..."

No tě péro! Ona si myslí...

„My nejsme lesbičky!" přeruším ji rychle a snažím se nevyprsknout při pohledu na Janicein vyjevený pohled. „Janice je prostě jenom naše sousedka. A s mámou potom půjdou na nákupy."

„Aha." Noura vypadá trochu zklamaně. „No tak vás všechny tři vítám. Posaďte se u nás."

„My s Janice si dáme trochu kafe," oznamuje máma a ubírá se k postrannímu stolku. „A ty se posaď, holčičko."

„Takže, Becky," obrátí se ke mně Noura, když se opatrně sesunu na polštář, „právě se tu vzájemně trochu představujeme. Laetitia nám zrovna říkala, že bude rodit doma. Kde budete rodit vy?"

„U Venetie Carterové v Cavendishově nemocnici," snažím se mluvit skromně a nevypadat přitom ani trochu nafoukaně.

„Jůůů," vyhrkne dívčina v růžových šatech. „To jako u té, co u ní rodí všechny celebrity?"

„Ano. Jsme poměrně blízké přítelkyně." A ješitnost mě ponouká k poznámce: „Dnes večer jdeme spolu na večeři."

„A už jste uvažovala o tom, jaký porod si vyberete?" ptá se Noura.

„Budu mít porod ve vodě s lotosovými květy a thajskou masáží," prohlásím sebevědomě.

„Dobře!" Noura si cosi poznamenává do seznamu. „Takže pokud půjde všechno dobře, budete mít aktivní porod?"

„Ehm...," ve svých představách se líně převaluju v příjemně teplé vodě, do ouška mi hraje hudba, kolem mě se vznáší lotosové květy a v ruce držím nějaký prímovní koktejl. „Tedy pokud jde o mě, tak bych si představovala nějaký naprosto neaktivní porod."

„Vy chcete... neaktivní porod?" Zdá se, že jsem Nouru malinko vyvedla z míry.

„Ano," přikývnu. „V ideálním případě."

„A budete požadovat něco proti bolesti?"

„Mám takový speciální kámen, který používali při porodu staří Maorové," vytahuju se. „A ještě jsem dělala jógu. To mi snad bude stačit."

„Totiž," jako by Noura chtěla něco dodat. „Dobře," řekne nakonec. „Tak. Před sebou máte dotazník s otázkami o vašich představách o porodu a já bych chtěla, abyste ho všechny vyplnily. A o vašich názorech pak budeme diskutovat."

Ze všech stran se rozlehne mumlání, jak se ženy šeptem radí se svými partnery.

„Ráda bych také znala názor Beckyiny matky a Janice," dodá Noura, když se máma s Janice připojí ke skupině. „Máme vzácnou příležitost poslechnout si názory starších žen, které mají porod a mateřství za sebou a mohou nám sdělit vlastní zkušenosti."

„S radostí, drahoušku! Bude nám potěšením." Máma vytáhne balíček mátových bonbonů POLO. „Můžu vám nabídnout?"

Vytáhnu tužku – ale pak ji zase schovám. Musím poslat bleskovou esemesku Jess a zjistit, co se děje. Vytáhnu mobil, vyhledám její číslo a vyťukám zprávu.

OMG Jess!!! Chodíš vážně s Tomem????

Pak to vymažu. Moc na ni tlačím. Vyděsí ji to a vůbec mi neodpoví.

Čau, Jess. Jaxe máš? Bex

To je lepší. Stisknu Send a vrátím se ke svým představám o porodu. Celá stránka je vyplněná otázkami s prázdným místem na odpovědi.

1. Až dostanete bolesti, co pro vás bude nejdůležitější?

Chvíli si mořím hlavu a pak napíšu: „Abych dobře vypadala."

2. Jak budete překonávat bolesti v časném stadiu? (Kupř. teplou koupelí, pozicí na všech čtyřech.)

Už téměř píšu, že „nakupováním", když zapípá mobil. Textová zpráva od Jess!

Prima, díky.

To je celá Jess. Dvě a totálně nicneříkající slova. Okamžitě odepíšu:

Vídáš se s Tomem??

„Odložte dotazníky," zatleská Noura rukama. „Přestaňte prosím psát..."

Úúúž? Á jé, je to jako ve škole při písemce. Odevzdám dotazník mezi posledními a zastrčím ho doprostřed hromádky, aby na něj Noura pokud možno nenarazila. Jenomže ona si prohlíží všechny a pokyvuje přitom hlavou. Pak se zarazí.

„Becky, napsala jste, že při započetí bolestí bude pro vás nejdůležitější, abyste ‚dobře vypadala'." Podívá se mi do očí: „To má být vtip?"

Co tak všichni na mě civí? Jasněže to není vtip.

„Když vypadáte dobře, tak se také dobře cítíte! Je to přírodní analgetikum. Všechny bychom si měly zajít do nějakého salonu a nechat se nalíčit, učesat…“

Všichni v místnosti se na mě buď mračí nebo se mi pochechtávají, kromě děvčete v senzačním růžovém topu, které souhlasně přikyvuje.

„To se tam spolu sejdem!“ volá na mě. „Určitě mi to pomůže víc než lezení po čtyřech.“

„Nebo jít na nákupy,“ dodám. „To vás zbaví ranních nevolností, takže…“

„Nakupování vás zbaví *ranních nevolností*?“ skočí mi do řeči Noura. „To myslíte vážně?“

„Když se mi v prvních týdnech udělalo špatně, zašla jsem si do Harrods a koupila nějakou maličkost, abych na to přestala myslet,“ vysvětluju. „A mně to fakt zabíralo.“

„Já jsem si zase něco koupila na internetu,“ přikyvuje souhlasně dívka v růžovém.

„Možná byste to mohla přidat k seznamu léčivých prostředků,“ nabízím Nouře ochotně. „Hned za zázvorový čaj.“

Noura otevře ústa – a pak je zase zavře. Obrátí se k další návštěvnici, která se hlásí, a mně v té chvíli pípne mobil s další textovkou.

Trochu.

Trochu? A co to znamená? Rychle odepíšu:

Janice vás už vidí před oltářem!

Zmáčknu Send. Ha. To jí snad rozváže jazyk.

„Tak dobře. Jdeme dál.“ Noura stojí opět uprostřed místnosti. „Z vašich odpovědí je jasné, že většina z vás má z bolestí a z toho, jak se s nimi vypořádá, strach.“ Rozhlédne se po skupině. „První, co vám řeknu, je: Nebojte se. *Zvládnete to.* Všechny.“

Místností se rozlehne nervózní chichotání.

„Ano, kontrakce jsou někdy silné,“ pokračuje Noura, „ale vaše tělo je stvořeno tak, aby se s nimi dokázalo vyrovnat. A hlavně si musíte zapamatovat, že to jsou *pozitivní* bolesti. Určitě se mnou budete obě souhlasit." Pohlédne na mámu a Janice, která vytáhla pletení a hbitě cvaká jehlicemi.

„*Pozitivní?*" Janice se na ni otřeseně zadívá. „Holka zlatá, to je hluboký omyl! Já jsem se bolestí málem zbláznila. Čtyřiadvacet hodin v příšerném letním vedru. To bych nepřála ani jedné z těchto chudinek."

„A navíc nám tehdy na utišení bolesti nedávali vůbec nic," vloží se máma. „Já bych jim radila, aby se nacpaly klidně vším, co jim přijde pod ruku."

„Ale existují na to přirozené, instinktivní metody," vloží se Noura rychle. „Určitě jste zjistily, že se vám, když změníte polohu, nebo se postavíte na všechny čtyři, uleví?"

Máma a Janice se na sebe pochybovačně podívají.

„To bych se tedy moc divila," odpoví máma ochotně.

„Ani koupel v teplé vodě?" Nouře tuhne úsměv na rtech.

„Koupel?" máma se vesele zasměje. „Holka zlatá, když se svíjíte v křečích a je vám na umření, jak vám může pomoct vana teplé vody?"

Z toho, jak Noura zhluboka dýchá a jak zatíná ruce v pěst, odhaduju, že se debata neubírá očekávaným směrem.

„Ale stojí to za to, co říkáte? Bolest je jenom malá cena ve srovnání s tím, že přivedete na svět nový život!"

„Jářku...," máma se na mě zamyšleně zadívá. „Pochopitelně jsem byla ráda, že mám svou malou Becky. Ale ukočírovala jsem to s manželem jenom na to jedno dítě. Vlastně my obě, viď, Janice?"

„Nikdy víc," otřese se Janice, jako by na ni sáhla smrt. „Ani za milion."

Rozhlédnu se místností a vidím, jak obličeje všech holek tuhnou hrůzou. A že muži na tom nejsou o moc lépe.

„Dobře!" zavolá Noura a s vypětím sil se snaží udržet příjemný tón. „No tak vám děkujeme za vaše... inspirativní slova."

„Rádo se stalo!" zamává na ni Janice vesele jehlicemi.

„Teď si dáme pár dechových cvičení," pokračuje Noura, „které vám, ať už tomu věříte nebo ne, při prvních kontrakcích *skutečně* pomůžou.

Posaďte se prosím vzpřímeně a procvičíme si mělké dýchání. Vdech... výdech... správně..."

Právě nacvičuju mělké dýchání, když na mě můj mobil znovu pípne.

Cože????

Ha! Potlačím zahihňání a odepisuju:

Je to láska???

Za chvilku mi mobil přinese odpověď.

Máme pár problémů.

Proboha. Doufám, že je Jess v pořádku. Nechtěla jsem ji provokovat.

Mělce dýchat a současně psát textovou zprávu se mi nedaří. Takže vzdám mělké dýchání a píšu:

Jaké problémy? Proč jsi mi nic neřekla?

„S kým si to píšeš, holčičko?" ptá se Janice, která také přestala cvičit dýchání a studuje předlohu k pletení.

„Hm... s jednou kamarádkou," odpovím nenuceně a mám tu další zprávu. Zřejmě i Jess nechala toho, co právě dělala.

Nechtěla jsem tě obtěžovat, je to trapné.

No tohle! Jak si Jess může myslet, že by mě mohla obtěžovat! Já o její životní lásce *chci* vědět všechno! „Jsi má sestra!!!" začínám psát, když Noura tlesknutím žádá o pozornost.

„Všichni se uvolníme. Teď si vyzkoušíme jednoduché cvičení, které vás uklidní. Váš partner vám zkroutí ruku, jako když jsme si jako děti dělali ‚ohníček'. A vy se pokusíte *prodýchat* bolestí. Soustřeďte se, uvolněte se... Pánové, nebojte se trochu přitlačit! Becky, já to budu dělat s vámi, pokud vám to nevadí," dodá a jde ke mně.

Žaludek mi nervózně poskočí. O takových věcech, jako je „ohníček", nerada slyším. I když je to zřejmě místní hit. Ale nemůžu se z toho vyvléknout, protože se všichni na mě koukají.

„No tak dobře," bázlivě k ní natáhnu ruku.

„Porodní bolesti budou určitě mnohem horší, ale jenom abyste si udělaly nějakou představu..."

Popadne mě za předloktí. „Teď *dýchejte...*"

„Auvajs!" zaúpím, když mi zničehonic zkroutí ruku. „Au, to hrozně *bolí*!"

„Dýchejte, Becky," přikazuje mi Noura. „Uvolněte se."

„Vždyť dýchám! Auauauau!"

„Bolest teď sílí...," Noura ignoruje můj řev. „Představte si, že se kontrakce stupňují..."

Kroutí mi ruku stále silněji a já funím jako o závod.

„A teď klesají..., mizí." Pustí mi ruku a usměje se na mě. „Vidíte, Becky? Vidíte, jak jste to i přes veškerý svůj strach překonala?"

„Uf," téměř lapám po dechu.

„Myslíte, že jste se zde něco naučila?" ptá se mě s významným pohledem. „Něco, co vám umožní nový pohled na váš strach?"

„Nepochybně," přikývnu rozhodně. „Naučila jsem se tu, že si *určitě* řeknu o epidural."

„Nech si dát celkovou anestezii, holčičko," přikyvuje máma. „Nebo si nech udělat pěkného císaře."

„*Celkovou anestezii* jí nedají," podívá se na ni Noura otřeseně. „To se při porodu nedělá!"

„Becky bude rodit na špičkovém pracovišti!" odsekne jí máma. „A dají jí to, co bude chtít. Hele, holčičko, být tebou, dala bych si thajskou masáž a porod ve vodě *předtím*, než ti začnou porodní bolesti, a pak epidural a po něm aromaterapii..."

„Tady jde o *porod*!" vyjekne Noura a chytí se za hlavu. „Tady se rodí dítě, tady si nevybíráte z hotelové nabídky pokojových služeb!"

Rozhostí se šokované ticho.

„Promiňte," pokračuje už klidněji. „Já... nevím, co mě to popadlo. Dáme si krátkou přestávku. Napijte se mezitím něčeho."

Vyrazí ze dveří a místností se rozlehne změť hlasů.

„Jářku!" povytáhne máma obočí. „Snad to jejich mělké dýchání aspoň někomu pomůže. Nepůjdeme do Liberty's, Janice?"

„Jenom dokončím řadu," zarachotí Janice horečně jehlicemi. „Tak! Hotovo. Jdeš taky, Becky?"

„Nevím," nemůžu se rozhodnout. „Možná tu zůstanu do konce."

„Podle mě ta Noura plácá samé nesmysly!" špitne mi máma spiklenecky do ucha. „*My* ti řekneme všechno, co budeš potřebovat. A můžeš mi pomoct s výběrem nové kabelky!"

„Tak jo," vstanu. „Jdeme!"

Než s mámou a Janice všechno nakoupíme a než mě holička učeše, je po šesté. Po návratu domů najdu Lukea v pracovně. Sedí tam při zhasnutém světle a ve tmě.

„Lukeu?" odložím nákupní tašky na zem. „Není ti něco?"

Když uslyší můj hlas, trhne sebou a zvedne hlavu. Udiveně si ho prohlížím. Vypadá napjatě a mezi obočím má hlubokou vrásku.

„Nic mi není," prohlásí nakonec. „Všechno je v pořádku."

Mně to tak rozhodně nepřipadá. Vejdu do pracovny, opřu se proti němu o stůl a zadívám se mu do obličeje.

„O jakou krizi to dnes v práci šlo?"

„Ale to vůbec žádná *krize* nebyla," nuceně se usměje. „To mi jen tak vyletělo z úst. Byla to prostě jenom... nepříjemnost. Nic vážného. Už se to vyřešilo."

„Ale..."

„A jak se máš ty?" Pohladí mě po ruce. „Jaký byl kurz?"

„No," vracím se v myšlenkách zpět. „Ehm... dobrý. Ale o moc jsi nepřišel. Pak jsme šly s mámou a Janice na nákupy. Byly jsme v Liberty's a Browns..."

„Nepřehnalas to náhodou?" Starostlivě si mě prohlíží. „Odpočinula sis také? Nezapomeň na to, co říkala Venetia o tvém krevním tlaku."

„Ale mně nic není!" mávnu bezstarostně rukou. „Nikdy mi nebylo líp!"

„No," Luke se podívá na hodinky. „Za chvíli bychom měli jít. Dám si krátkou sprchu a zavolám taxi." Mluví docela vesele, ale když vstává, všimnu si jeho napjatých ramenou.

„Lukeu...," nechci se vzdát. „Opravdu se nic neděje?"

„Becky, nedělej si starosti." Vezme mi ruce do svých. „Všechno je v pořádku. U nás se každý den odehraje celá řada menších krizí. Tak už to v mé práci chodí, však víš. Prostě je vyřešíme a jdeme dál. Možná jsem jenom trochu přetažený. Mám teď vážně hodně práce."

„No tak dobře," uklidním se. „Tak se jdi osprchovat."

Luke jde do koupelny a já postavím nákupní tašky do haly. Musím říct, že po odpoledni stráveném s mámou a Janice toho mám docela dost. Možná si dám po Lukeovi také sprchu. Namydlím se revitalizačním rozmarýnovým gelem a udělám pár cviků z jógy na povzbuzení.

Nebo bych si mohla dát tyčinku KitKat. Jdu do kuchyně a právě otvírám krabici, když zazvoní zvonek. To přece nemůže být ještě taxi.

„Prosím?" ohlásím se do domovního telefonu.

„Ahoj, Becky!" uslyším přes praskání. „Tady Jess."

Jess?

Užasle jí otevírám tlačítkem dveře. Co tu Jess dělá? Vůbec jsem netušila, že je v Londýně.

„Za čtvrt hodiny přijede taxi," strčí do kuchyňských dveří hlavu Luke omotaný do ručníku.

„Měl bys na sebe rychle něco hodit," říkám. „Jde k nám Jess a už je ve výtahu."

„Jess?" zarazí se Luke. „Copak k nám měla přijít?"

„Neměla." Zaslechnu, jak zvonek u dveří tiše cinknul, a rozhihňám se. „Běž se rychle obléknout!"

Utíkám otevřít a ve dveřích stojí Jess v džínách, sportovních botách a upnuté hnědé vestičce, což jako retro styl ze sedmdesátých let nevypadá vůbec špatně.

„Ahoj!" Obejme mě. „Jak se máš, Becky? Byla jsem tu za svým lektorem a napadlo mě, že bych se mohla zastavit. Zkoušela jsem se ti dovolat, ale bylo pořád obsazeno. Neruším?"

Vypadá trochu nervózně. No tohle! Jako by čekala, že řeknu: „To víš, že překážíš. A ven!"

„To víš, že ne!" Také ji srdečně obejmu. „Jsem strašně ráda, že tě vidím! Pojď dál!"

„Koupila jsem něco pro mimino." Vytáhne z batohu hnědé dupačky s béžovým nápisem „Budu se chovat ekologicky" na náprsence.

„Ehm… to je skvělé!" otáčím je v prstech. „Díky!"

„Je to z přírodního konopí," oznamuje Jess. „Ještě stále chceš pořídit výbavičku z přírodního konopí?"

Cože? O jakém konopí to…

Už vím! Myslím, že jsem něco takového prohlásila na mámině oslavě, hlavně proto, aby mi už dala pokoj s tím, jak škodlivé je bělení bavlny.

„No… částečně z konopí a částečně i z jiného materiálu," řeknu nakonec. „Kvůli… ehm… biodiverzitě."

„Tak dobře," přikývne Jess. „A ještě jsem ti chtěla říct, že vím o někom, kdo by ti půjčil přebalovací stůl. Existuje spolek studentek, které si vzájemně půjčují výbavu pro miminka, i hračky. Přinesla jsem ti jejich číslo."

„Děkuju!" rychle kopnu do dveří dětského pokoje, aby si nevšimla nového přebalovacího stolu ve tvaru cirkusového stanu se zabudovaným loutkovým divadýlkem, který mi včera přišel z Funky Baba. „Budu… si to pamatovat. Pojď si dát něco k pití."

„Už sis vyrobila ty pleny?" Jess jde za mnou do kuchyně.

Už zase ty pleny. Nemůžu jí říct, že jsem všechny ty hadry, které mi nechala u mámy, vyházela.

„Ehm… ještě ne," rozhlížím se, „ale udělala jsem něco jiného." Z police vezmu jednu utěrku a uvážu jí na konci uzel. „Tohle je doma vyrobená ekologická hračka," prohlásím nenuceně a otočím se k Jess. „Říká se jí Uzlíček."

„To je senzační," prohlíží si Jess můj výrobek. „Tak jednoduchý nápad. Mnohem lepší než ty nesmysly z továren."

„A ještě chci… pomalovat tuhle lžičku netoxickými přírodními barvami." Jessina pochvala mi dodala odvahy, a tak ze zásuvky vytahuju dřevěnou lžičku. „Namaluju na to obličej a bude z toho panáček."

Páni, tohle ekologicko-recyklační blbnutí mi vážně jde! Možná bych mohla vydávat vlastní časopis!

„Teď si ale dáme něco k pití!" Naleju Jess sklenku vína a ztěžka se posadím naproti ní. „Tak co se děje? Nevěřila jsem vlastním uším, když mi Janice řekla, že chodíš s Tomem!"

„No ano," přiznává Jess, „promiň. Měla jsem ti to říct. Ale když ono je to tak...," zarazí se.

„Jak?" ptám se nedočkavě.

Jess zírá do sklenky a nepije.

„Když ono to nemá cenu," vyhrkne nakonec.

„Proč ne?"

Jess zase mlčí. Jestlipak si už někdy s někým povídala o tom, s kým chodí?

„No tak," povzbuzuju ji. „Co mi řekneš, nikomu nepovím. Chci říct..., *líbí se ti*, ne?"

„Líbí se mi, ale...," vydechne. „Když ono je to tak..."

„Becky?" Luke strčí hlavu do dveří. „Ahoj, Jess. Nechci vás rušit, ale budeme muset brzy jít..."

„Ty něco máš," zarazí se Jess. „Nebudu tě zdržovat."

„Ne!" Položím jí ruku na rameno. Když sem za mnou přijde a chce mou radu, *nepošlu* ji přece pryč. Přesně o tom jsem snila, když jsem ji poprvé uviděla. Dvě sestry, které se navštěvují a probírají mládence...

„Lukeu," rozhodnu se najednou. „Co kdybys šel napřed a já bych za tebou do té restaurace přijela později."

„No když chceš," políbí mě Luke. „Rád jsem tě zase viděl, Jess!"

Vyjde z kuchyně, a když zaslechnu bouchnutí vstupních dveří, otevřu minibalíček Pringles. „Takže. Máš ho ráda..."

„Je báječný," Jess si hladí mozol na prstu. „Je chytrý a zajímavý, má zdravé názory... a je hezký. To je asi vidět na první pohled."

„To jistě!" prohlásím po menší pauze.

Abych pravdu řekla, takhle jsem Toma nikdy neviděla. (I když byli Janice s Martinem přesvědčeni, že jsem do něj byla celý život beznadějně zamilovaná.) Ale každý to vidí jinak.

„No a v čem je tedy problém?" opíšu prsty kruh, abych ji popohnala.

„Strašně na mě *tlačí*. Volá mi asi tak desetkrát za den, posílá mi pohledy pokryté polibky…," Jess se na mě podívá s tak znechuceným výrazem, že bezděky chudáka Toma trochu polituju. „Minulý týden si chtěl nechat vytetovat na předloktí mé jméno. Zatelefonoval mi, co dělá, ale já jsem se tak rozzuřila, že skončil u J."

„On má na ruce vytetované J?" neubráním se zahihňání.

„Téměř u lokte," obrátí oči v sloup. „Vypadá jak kašpar."

„Možná jenom chtěl udělat něco frajerského," nadhodím. „Víš, Lucy chtěla, aby se nechal tetovat, ale on tehdy nechtěl. Asi si myslel, že tím na tebe udělá dojem."

„Tak to se spletl. A pokud jde o Janice…," projede si Jess nakrátko otříhané vlasy prsty. „Volá mi prakticky každý den pod jakoukoliv záminkou. Mám už představu, co by mi měl dát Tom na Vánoce? Nechtěla bych s nimi jet do Francie na víkend spojený s degustací vína? Mám už toho vážně plné zuby. A tak myslím, že to skončím."

Hledím na ni zdrceně. Takže to *skončí*? Ale komu potom mé miminko ponese prstýnky?

„Nemůžeš to přece vzdát kvůli pár maličkostem!" protestuju. „Jakože, vyjma toho tetování si rozumíte? Pohádali jste se vůbec?"

„Onehdy na ostří nože," přikývne Jess.

„A kvůli čemu?"

„Kvůli sociální politice."

Jasně, to je nezvratný důkaz. Že jsou pro sebe přímo stvořeni!

„Promluv si s Tomem, Jess," vyhrknu spontánně. „Určitě to nějak zvládneš. Jenom kvůli tetování…"

„Nešlo jenom o to." Jess si rukama obejme kolena. „Je v tom… ještě něco jiného."

„A co?"

Něco mě napadne a zalapám po dechu. Je taky těhotná. To musí být ono! Bože, to je prima! Porodíme současně, mé dítě dostane bratránka nebo sestřenici, budou si hrát společně na trávě a nafotíme spoustu senzačních fotek…

„Dostala jsem nabídku na dvouletý výzkumný projekt v Chile," Jessin hlas zcela rozmetá mé růžové sny.

„Do Chile?“ Úlekem mi klesne brada. „Ale to je… hrozitánsky daleko.“

„Přes deset tisíc kilometrů,“ upřesní Jess.

„A ty… tam pojedeš?“

„Ještě nevím. Ale je to fantastická příležitost. Jsou tam teď lidé, s nimiž jsem vždycky chtěla pracovat.“

„Aha,“ zamyslím se krátce. „No tak… bys tam měla jet.“

Musím pro ni chtít to nejlepší. Jde o Jessin život. Ale přesto je mi trochu smutno. Jak je to dlouho, co jsme se poznaly, a už pojede na druhý konec světa.

„Už jsem se skoro rozhodla, že pojedu.“ Zvedne hlavu a já se jí zadívám do oříškově hnědých očí s malinkými flíčky. Jessiny oči se mi odjakživa líbily.

Třeba bude mít moje dítě zrovna tak hezké oči.

„Musíš mi posílat moře fotografií mé neteřinky nebo synovečka,“ jako by Jess četla mé myšlenky. „Abych je viděla vyrůstat.“

„To víš! Každý týden!“ Kousnu se do rtu a snažím se se vším nějak vyrovnat. „No a co… bude s Tomem?“

„Ještě jsem mu to neřekla.“ Svěsí ramena. „Ale bude to pro nás znamenat konec.“

„Nemusí! Můžeš mít přece vztah na dálku. Máme tu elektronickou poštu…“

„Celé *dva roky*?“

„No…,“ nevím, co bych na to řekla. Možná má pravdu. Seznámili se teprve před několika týdny. A dva roky je pěkně dlouhá doba.

„Nemůžu se vzdát takové příležitosti pro nějakého… *mužského*,“ říká, jako by se hádala sama se sebou. Možná si je daleko méně jistá, než si vůbec připouští. Možná je přese všechno opravdu do Toma zamilovaná.

A jak ji znám, je práce celý Jessin život. Nemůže to právě teď vzdát.

„Musíš do toho Chile jet,“ usoudím. „Je to pro tebe senzační příležitost. A s Tomem to prostě nějak dopadne.“

Po Pringles se jenom zaprášilo, a tak vstanu a jdu ke kuchyňské skříňce. Otevřu dvířka a nerozhodně zírám na poličky. „Lupínky nám už došly..., oříšky bych asi neměla..., máme tu ještě nějaké staré krekery Ritz..."

„Totiž, já jsem donesla trochu popcornu," špitne mírně zrůžovělá Jess. „S karamelovou příchutí."

„Cože jsi donesla?" nevěřím svým uším.

„Mám ho v batohu."

Jess mi přinesla karamelový popcorn? Tak... neekologickou věc? A venkoncem nezdravou? A nevyrobenou z tradičně pěstovaných brambor?

Užasle přihlížím, jak sahá do batohu pro balíček. Zároveň jí vypadne v celofánu zabalené lesklé DVD a rozpačitá Jess ho spěšně strká zpátky.

To se mi musí zdát!

„Co to je?" skočím po tom. „*Dva v tom?* Copak se ti takové filmy proboha líbí?"

Jess se topí v rozpacích.

„Já myslela, že by se to mohlo líbit tobě," vyhrkne nakonec. „Zejména teď."

„Tys ten film přinesla, abychom se na něj podívaly společně?" ptám se nevěřícně – a ona po chvíli přikývne.

„Prostě mě napadlo..." Odkašle si. „Kdybys měla náhodou čas..."

Přemůže mě neuvěřitelné dojetí. Na našem prvním společném večeru jsem jí chtěla pustit *Pretty Woman*, a to mi věřte, že jsem moc velký úspěch neměla. A teď tu sedíme s popcornem a filmem s Hughem Grantem. A povídáme si o Jessině příteli. Přesně, jak jsem si představovala, že by to vypadalo, kdybych měla sestru.

„Ale ty máš něco domluveno," zastrkuje Jess DVD do batohu. „Už bys měla asi jít..."

Najednou cítím, jak moc ji mám ráda – a nikam se mi nechce. Proč bych se měla bůhvíjak dlouho trmácet do nějaké narvané hospody a vést nicneříkající řeči se snobskými absolventy Cambridge, které jsem v životě neviděla, když můžu trávit čas s vlastní sestrou? S tím Venetiiným zázrakem se můžu seznámit jindy. Luke mi to snad odpustí.

„Nikam nejdu,“ rozhoduju se a trhnutím otevřu popcorn. „Zůstaneme doma a budeme se bavit.“

Strávily jsme senzační večer. Díváme se na *Dva v tom* (Jess současně hraje sudoku puzzles, ale to nevadí, protože já si čtu časopis *Hello!*) a voláme Suze, co si myslí o Tomovi, a pak si objednáme pizzu. A Jess se ani slůvkem nezmíní, že bychom si mohly upéct vlastní za pouhých třicet pencí.

Odchází kolem jedenácté, protože si myslí, že už musím být děsně unavená, a já si jdu lehnout a přemýšlím, kde tak dlouho vězí Luke. Musí se tam báječně bavit.

Když mi nakonec na obličej dopadne proužek světla z otvíraných dveří, vytrhne mě nejspíš z polospánku, protože bych přísahala, že mi královna právě předávala Oscara.

„Ahoj,“ mumlám ospale. „Kolik je?“

„Chvíli po jedné,“ šeptá Luke. „Promiň, že jsem tě probudil.“

„To nic,“ sahám po lampičce a rozsvítím. „Tak jaké to bylo?“

„Bylo to skvělé!“ Tolik nadšení v Lukeově hlase jsem nečekala. Promnu si rozespalé oči a zaostřím na něj. Tak nadšený a živý obličej jsem u něj neviděla řadu týdnů, ne-li měsíců. „Už jsem zapomněl, kolik společného jsem měl se svými starými přáteli,“ svěřuje se. „Mluvili jsme o věcech, na které jsem léta nemyslel. O politicích…, o umění… Matthew, s nímž jsem se tehdy také přátelil, vede teď galerii. Pozval nás na výstavu. Měli bychom se tam zajít podívat!“

„Páni!“ bezděky se musím usmát, jak dychtivě vypadá. „To je úžasné!“

„Bylo skvělé odpoutat se na chvíli od práce,“ zamyšleně vrtí hlavou. „Měl bych to dělat častěji. Získám tak určitý nadhled. Trochu si odpočinu.“ Začne si rozepínat košili. „Tak co, jaké to bylo s Jess?“

„Bylo to senzační! Dívaly jsme se na film a baštily pizzu. A musím ti říct pár novinek…,“ najednou zívnu. „Možná až zítra.“ Uvelebím se na polštáři a sleduju Lukea, jak se svléká. „Tak jaký byl ten Venetiin úžasný přítel? Je tak nudný patron, jak vypadá na fotografiích?“

„Ten tam nebyl,“ říká Luke.

Přestanu se zavrtávat do polštáře a otočím k němu překvapeně hlavu. Venetiin přítel tam nebyl? A já měla za to, že seznámení s nepřekonatelným finančníkem Justinem bude zlatým hřebem večera!

„Nepovídej. A pročpak?"

„Oni se rozešli," Luke věší kalhoty na věšák.

„Oni se *rozešli*?" Okamžitě se posadím. „Ale... vždyť nám vykládala, jak Justina strašně miluje. Já myslela, že za ním jela na druhý konec světa a že jsou nejšťastnější dvojicí v celém vesmíru."

„Taky že byli," pokrčí Luke rameny. „Před třemi dny to skončilo. Byla z toho celá pryč."

„Aha," řeknu po chvíli. „Už chápu."

Najednou dostal celý večer úplně jiný rám.

Nešlo o to představit Lukea Venetiinu dlouholetému příteli. Šlo o Lukeovo rameno, na němž se čerstvě osiřelá Venetia potřebovala vyplakat.

„Takže... to skončila Venetia?" ptám se jakoby nic. „Nebo on?"

„Ani nevím, kdo z nich to ukončil," říká Luke cestou do koupelny. „Každopádně se Justin vrátil ke své ženě."

„Ke své *ženě*?" Hlas mi vyletí nahoru jako raketa. „K jaké své ženě?"

„Venetia si myslela, že je jejich manželství pouhou formalitou," Luke pustí vodu, která jeho slova téměř přehluší. „Byla to pro chudinku romantickou Ven strašná rána. Vždycky se zamiluje do nějakého ženáče a oheň je na střeše."

Snažím se zachovat klid. Dýchat mělce. Nevyletět.

„O jakém ohni na střeše mluvíš?" ptám se nenuceně.

„Co já vím." Luke vymačkává zubní pastu na kartáček. „Rozvodová řízení..., skandál s primářem v nemocnici, kde pracovala... V LA zase nějaké soudní zákazy..." Zamračí se na tubu. „Už nám skoro došla pasta."

Rozvodová řízení? Soudní zákazy? Skandály?

Vyschlo mi v puse. Zavírám a otevírám ústa jako zlatá rybka. Všechny instinkty v mém těle jsou v nejvyšší pohotovosti.

Jede po Lukeovi.

Dívám se na Lukea, který si čistí zuby, Venetiinýma očima. Má na sobě jenom kalhoty od pyžama, od léta je dosud opálený a svaly na ramenou se mu při čištění zubů jemně vlní. Můjtybože. *Můj ty Bože!* Nabeton po něm jede. Vypadá dobře, vlastní mnohamilionový podnik a kdysi před lety spolu chodili. Možná byl její první láskou a ona už od té doby nikomu své srdce tak úplně nedala.

Možná byla i *jeho* první láskou.

V žaludku cítím jakési divné prázdno. Což je zvláštní vzhledem k tomu, kolik jsem toho před chvílí spořádala.

„Takže!" Snažím se naladit sebejistý a bezstarostný tón. „Mám si snad dělat starosti?"

Luke si opláchne obličej vodou. „Kvůli čemu jako?"

„No kvůli tomu...," vůbec mi to nechce z úst. Co mu tím naznačuju, jako že mu nevěřím? Zkusím to tedy jinak. „Možná se teď začne rozhlížet, jestli není v jejím okolí nějaký volný muž. Trochu by jí to zpříjemnilo život!" Malinko se zasměju, ale když se Luke otočí, vypadá zamračeně.

„Venetia udělala pár... pošetilých kroků. Ale nebyl v tom záměr ani zlý úmysl. Je prostě jen beznadějná romantička."

On ji brání. To jsem tedy vážně nečekala.

Z kapsy se mu najednou ozve pípnutí. Luke vychází z koupelny, otírá si obličej a vytáhne mobil.

„Je to textová zpráva od Venetie," přečte si ji a zasměje se. „Podívej. Je to fotografie z dnešního večera."

Vezmu si od něj mobil a dívám se na displej. Je na něm Venetia v dlouhých džínách, v koženém saku a ve vysokých sexy kozačkách. Se sebejistým úsměvem objímá Lukea, jako by byl jejím vlastnictvím.

Predátorka, bleskne mi hlavou.

Ale tady svou kořist nedostane. To si počká! Za ta léta jsme toho s Lukem hodně prožili a bůhví odkud přivandrovalá doktorka v sexy kozačkách, která se před Lukem neustále předvádí a pohazuje vlasy sem a tam, na to nestačí. Tím jsem si jistá na sto deset procent.

Mezinárodní úřad ombudsmana pro bankovnictví
Percival House, 16.–18. patro,
Commercial Road, Londýn EC1 4 UL

Paní R. Brandonové
37 Maida Vale Mansions
Maida Vale
Londýn NW6 0YF

10. září 2003

Milá paní Brandonová,

s lítostí Vám sděluji, že Vaši žádost o povolení založit internetovou banku pod názvem „Beckyina banka" náš výbor zamítl.

K tomuto rozhodnutí ho vedla řada důvodů, zejména Vaše prohlášení, že na vedení internetové banky „potřebujete jenom počítač a mít kam dát tu hromadu prachů".

Přeji Vám úspěch ve Vašem dalším podnikání s výhradou, že to nebude bankovnictví.

S pozdravem,

John Franklin
výbor pro internetové podnikání

Deset

Na těch *110* procent se nejspíš nezmůžu. Možná jen na sto.

Nebo řekněme... na devadesát pět.

Za těch pár týdnů, které uplynuly od chvíle, kdy byl Luke na večírku s Venetií, se má sebedůvěra trochu rozviklala. Ne že by rovnou k něčemu *došlo*. Na první pohled se zdá, že jsme s Lukem šťastni jako předtím a že se nic nestalo. Jenom prostě...

No tak dobře. Tady máte mé důkazy:

1. Luke v jednom kuse dostává textové zprávy, pořád se jim směje a odepisuje na ně. A já dobře vím, že jsou od ní. A nikdy mi je neukáže.

2. Byl s ní ještě třikrát. *Beze mě*. Jednou jsme už byli domluveni, že půjdeme na návštěvu k Suze, ale on že prý by si na okamžik zaskočil za několika přáteli, a z těch „přátel" se nakonec vyklubala Venetia. Pak byl ještě na nějaké úžasné a nepřekonatelné večeři i s jejich bývalým učitelem a partnerům vstup zakázán. A jednou na obědě, že prý šla náhodou „kolem jeho kanceláře". Já jí dám „náhodou"! Že by na někoho přišly porodní bolesti na místě, kde jsou samé úřady?

No a tehdy jsme se malinko chytli, já jsem poznamenala (jakoby v žertu): „Jůůů, ty ale trávíš tolik času s Venetií, možná až příliš?" Na což Luke odpověděl, že se teď cítí deprimovaná a že si potřebuje popovídat se starým přítelem. Na což jsem namítla: „To já se taky cítím deprimovaná, když se chodíš bavit beze mě!" A Luke na to, že setkání s bývalými spolužáky z vysoké školy je pro něj zlatým hřebem tohoto roku a že se tam báječně uvolní a že bych to pochopila, kdybych šla s ním. Tak jsem řekla: „Já bych tam ráda šla, ale to bys mě musel *pozvat*." A on na to, že mě *přece* zval, a já na to...

No prostě. Pár věcí mezi námi proletělo.

To jsou všechny důkazy, které mám. Ani vlastně nevím, proč jim říkám důkazy, ne že bych si myslela, že se něco skutečně děje. Jakože... to je naprosto směšné, absurdní! Mluvíme tu přece o Lukeovi. *O mém manželovi.*

„Nevěřím, že se něco děje, Bex," potřásá Suze hlavou a promíchává si jogurtový nápoj s malinami a meruňkami. Dnes dopoledne za mnou přišla, abychom provedly ten test na určení pohlaví dítěte, ale zatím jenom mluvíme o Lukeovi. Naštěstí jsou všechny děti v obýváku, pojídají sendviče a naprosto fascinovaně sledují *Teletubies.* (Což jim Suze dovolila až poté, co jsem se zapřisáhla, že to do nejdelší smrti neprozradím Lulu.)

„Já tomu taky nevěřím!" rozhodím rukama. „Ale pořád se scházejí, ona mu v jednom kuse posílá esemesky a já vůbec netuším, o čem si pořád povídají..."

„Dala jsi jí najevo, že je to tvůj manžel?" zakousne se Suze do čokoládového koláčku. „Když jsi byla u ní naposled?"

„Důrazně! Ale jí to bylo fuk."

„Hmmm." Suze se na chvíli zamyslí. „Co kdybys přešla k jinému lékaři?"

„Taky mě to napadlo, ale podle mě to k ničemu není. Už přece s Lukem spojení navázala, že? Té by nejspíš udělalo radost, kdybych jí zmizela z očí."

„A co na to Luke?"

„Myslí si o ní, že je chudinka opuštěná a bezbranná, když se rozešla s tím svým přítelem. Chová se k ní jako k oběti tragického neštěstí. A pořád ji hájí. Onehdy jsem se o ní zmínila jako o Cruelle de Venetia a to jsi měla vidět, jak vyletěl."

„Cruella de Venetia!" Suze vyprskne čokoládové drobečky na stůl. „To bylo fakt dobré!"

„Ani bych neřekla! Skončilo to hádkou! Stala se... součástí našeho života, i když se s ní vůbec nevidím."

„Copak ty k ní nechodíš na prohlídky?" ptá se Suze překvapeně.

„Už několik týdnů ne. Při posledních dvou kontrolách právě někoho rodila a mě prohlíželi její kolegové."

„Vyhýbá se ti." Suze vědoucně kývne hlavou a podmračeně srká brčkem nápoj. „Já vím, Bex, že je to hrozná věc…, ale co kdyby sis přečetla Lukeovy esemesky?“

„Už se stalo,“ přiznám se.

„No a?“ vyhrkne Suze nedočkavě.

„Je to latinsky.“

„Latinsky?“

„Oba měli na vejšce latinu,“ stěžuju si. „Je to jejich ‚píseček‘. Pro mě je to španělská vesnice. Ale jednu esemesku jsem si opsala.“ Sáhnu do kapsy a rozbalím útržek papíru. „Tady.“

Obě němě hledíme na napsaná slova:

Fac me laetam: mecum hodie bibe!

„Kruci, to se mi ale vůbec nelíbí,“ prohlásí Suze nakonec.

„Ani mně.“

Ještě chvíli ta slova mlčky pozorujeme, pak si Suze povzdychne a papírek mi vrátí. „Strašně nerada to říkám, Bex…, ale měla by ses mít na pozoru. Možná bys měla nějak zasáhnout. Když ona může trávit spoustu času s Lukem, tak ty můžeš taky. Jak je to dávno, co jste spolu dělali něco romantického, jenom ve dvou?“

„Bůhví. Už si ani nevzpomínám.“

„No vidíš!“ Suze bouchne vítězoslavně do stolu. „Tak jdi za ním do kanceláře a pozvi ho taky na oběd. Jako překvapení. Určitě bude rád.“

To není tak špatný nápad. Luke pořád tak pracuje, že jsem ho nikdy nechtěla v kanceláři obtěžovat. Ale když může Venetia, proč bych nemohla také já?

„Dobře, tak já to zkusím,“ hned dostanu lepší náladu. „A dám ti vědět, jak to dopadlo. Díky, Suze.“ Dopiju jogurtový nápoj a furiantsky bouchnu sklenicí o stůl. „To je ono.“

„No tak dobře.“ Suze se mi podívá do očí. „Jsi připravena?“

„Jsem,“ všude mě najednou začne tak divně brnět. „Dáme se do toho!“

Vytáhnu soupravu na určování pohlaví dítěte a třesoucí se rukou i igelitový balíček. Za pár minut to budu vědět. Je to téměř stejně napínavé jako sám porod!

V hloubi duše si myslím, že je to chlapeček. Nebo možná holčička.

„Hele, Bex, počkej," zarazí mě Suze najednou. „Jak obelstíš Lukea?"

„Jak to myslíš?"

„No při porodu! Dokážeš ho přesvědčit, žes to předtím nevěděla?"

Přestanu otevírat igelitový pytlík. Tohle mě nenapadlo.

„Prostě budu překvapení předstírat," usoudím nakonec. „Umím hrát jako filmová hvězda. Hele." Zatvářím se co možná nejpřekvapeněji. „Je to... kluk!"

Suze protáhne obličej. „Teda, Bex, to byla hrůza!"

„Ještě jsem si to pořádně nenacvičila," bráním se. „Zkusím to znovu." Chvíli se soustředím a pak zalapám po dechu: „Je to holka!"

Suze se otřese a kroutí hlavou. „Naprosté fiasko! Bex, musíš do své postavy *proniknout*. Na to potřebuješ Metodu."

Achich ouvej! A je to tady. Suze chodila před vysokou jeden semestr na hereckou konzervatoř, takže se prakticky považuje za Judi Denchovou. (Nebyla to žádná opravdovská akademie múzických umění jako třeba Královská akademie. Byla to soukromá škola, kterou jí platil tatínek a kde se po odpoledních učily studentky vařit. Ale o tom nemluvíme.)

„Vstaň," zavelí rázně. „Udělej pár cviků na uvolnění..." Kroutí hlavou kolem dokola a protřepává si ruce. Neochotně to dělám po ní. „A teď, jakou máš motivaci!"

„Oblbnout Lukea," odpovídám poslušně.

„Ale ne! Myslím tvou *vnitřní* motivaci. Tvou vlastní povahu." Na chvíli Suze zavře oči, jako by vyvolávala duchy. „Poprvé v životě se staneš matkou. Poprvé uvidíš své dítě. Jsi strašně ráda..., ale překvapená..., čekala jsi úplně jiné pohlaví... V životě jsi tak překvapená nebyla. Musíš se do toho opravdu *vžít*..."

„Je to... chlapeček!" přitisknu si ruce na prsa. Suze na mě třepe rukama.

„Víc, Bex! Ještě jednou a více citu!"

„Je to kluk! Panebože, je to KLUK!!!" Můj hlas duní kuchyní tak silně, až ze stolu spadne lžička.

„Vida, to už bylo slušné!" Zdá se, že jsem na Suze udělala docela dojem.

„Vážně?“ lapám po dechu.

„Ano! Určitě ho oblbneš! Tak se dáme do toho testu.“

Dojdu ke dřezu pro trochu vody a Suze otevře krabici a vytáhne z ní injekční stříkačku.

„Jé, hele,“ zavolá vesele. „Dostaneš včeličku!“

„Injekce!“ polekám se.

„‚Krevní test je rychlý a snadný,‘“ předčítá Suze nahlas z přiloženého letáčku. „‚Stačí požádat lékaře, sestru nebo jiného vyškoleného člověka, aby vám z žíly odebral lahvičku krve.‘“ „Tady máme jehlu,“ dodá a vytáhne umělohmotnou krabičku. „Já tu budu za toho vyškoleného člověka.“

„Dobře,“ přikývnu a snažím se nedat najevo pochybnosti. „Poslyš, Suze... už jsi někdy někomu dávala injekci?“

„Že se ptáš!“ nafoukne se. „Jedné ovci. Tak dělej!“ Nasadí jehlu do stříkačky. „Vyhrň si rukáv!“

Jedné ovci?

„Hele, a co se pak dělá s tou krví?“ snažím se získat čas.

„Ta se pak pošle do laboratoře,“ bere si Suze letáček. „‚Vaše výsledky vám pošleme anonymně v nenápadném dopise. Můžete je očekávat do...,‘“ otočí stránku, „‚přibližně do deseti až dvanácti týdnů.‘“

Cože?

„Do deseti až dvanácti týdnů?“ vytrhnu jí letáček. „K čemu mi pak budou? To už budu vědět *na vlastní oči*!“ Listuju stránkami a snažím se najít nabídku nějaké expresní služby, ale nic tam není. Nakonec to vzdám a sesunu se zklamaně na barovou židli. „Dvanáct týdnů. To pak nemá vůbec smysl!“

Suze si s povzdechem sedne vedle mě. „Bex, ty sis o tom testu, než sis ho koupila, nic nezjistila? Jako jak se dělá?“

„No..., moc ne,“ přiznávám. „Myslela jsem si, že to bude něco podobného jako těhotenský test. Modrá čárka a růžová čárka.“

Zatracené pitomé testy. Navíc mě to stálo čtyřicet babek. Taková zlodějna. Jakože, copak si myslí, že jsou těhotné ženské *tak* posedlé touhou vědět, jestli budou mít holčičku nebo chlapečka? Vždyť se to propánaboha za pár měsíců i tak dozvědí. A navíc je to stejně jedno. Pokud to bude zdravé, pak vážně, jestli je to kluk nebo holka...

„Co kdybychom ještě jednou udělaly ten pokus s prstýnkem?" přeruší Suze mé filozofování. „Třeba nám něco napoví?"

„To je nápad!" zaraduju se. „Ano, tak jo."

Zkoušku s prstenem provedeme pětkrát a vyjde nám 3:2, že to bude kluk. Sestavíme tedy dlouhý seznam chlapeckých jmen a Suze se mě pokouší přesvědčit, aby se jmenoval Tarquin Wilfrid Susan. Uf. Tak to asi ne.

Pak zavolala všechny děti, nacpala je tobolkami s rybím tukem (aby neutralizovala devastující vliv televize na jejich duševní i fyzické zdraví) a odešla a já se teď cítím mnohem lépe. Má pravdu, potřebujeme s Lukem společně trávit trochu víc času. A navíc mě napadlo něco mnohem lepšího, než ho obyčejně vytáhnout na oběd. On má už totiž všech těch obchodních obědů až po krk. Tak na to půjdu jinak. Připravím opravdovou *romantiku.*

A tak hned druhý den volám z práce do Food Hall a objednám piknikový koš plný Lukeových oblíbených lahůdek. Mluvila jsem už s Mel, jeho sekretářkou, a tak vím, že kolem oběda nemá žádnou schůzku. (Neřekla jsem, proč se jí ptám, protože Mel neudrží jazyk za zuby.) Mám v plánu ho překvapit a udělat si v jeho kanceláři piknikový oběd a bude to tak mile intimní a příjemné! Dokonce jsem objednala i láhev šampaňského, kostkovaný ubrus a z Homewares „piknikový" svícen, abych navodila tu správnou atmosféru.

V poledne jedu příjemně naladěná do Lukeovy kanceláře. Jak je to dávno, co jsme udělali něco tak spontánního! Navíc jsem v Brandon Communications nebyla několik týdnů a už se na všechny těším. Poté, co získali Arcodas, byli všichni tak nadšení a nabití energií. Arcodas Group je opravdu velká společnost a úplně jiná než všichni finanční klienti, s nimiž obvykle jednají, a pro všechny to bylo prozatím největší sousto. (Vím to proto, že jsem Lukeovi pomáhala s jeho motivačními projevy.)

No ale co je život bez nových dobrodružství a nových snů? Brandon Communications je nejlepší firma ve svém oboru, každým rokem silnější a dynamičtější a všechno, čeho se dotkne, se jí daří. Všichni společně dokážou zvládnout každý úkol, se vším si poradí. Jako tým. Jako *rodina.* (Tenhle kousek jsem psala já.)

Už před jednou jsem v budově a kráčím mramorovou vstupní halou ke Karen, recepční. Právě celá zrůžovělá vzrušeně a tlumeným hlasem debatuje s kolegyní Dawn. Doufám, že se nic nestalo.

„Není to správné," slyším její rezervovaný hlas, když se blížím k recepci. „Prostě to není správné. Takhle by se neměl chovat nikdo, šéf nešéf. Já vím, že jsem staromódní..."

„Nejsi," skočí jí do řeči Dawn. „Člověk se prostě musí chovat k bližním s úctou."

„S úctou," přikývně Karen důrazně. „Jakpak se asi cítí ta chuděrka..."

„Neviděla ji? Poté co...," Dawn se významně odmlčí.

Karen zavrtí hlavou. „Nikdo s ní nemluvil."

Trochu znepokojeně poslouchám jejich rozhovor. O kom to mluví? Kdo je ta „ona"?

„Dobrý den!" zavolám a obě nadskočí.

„Becky! Prokristapána!" Při pohledu na mě Karen podivně znervózní. „Co tu – ohlásila jste se na dnešek?" Začne se přehrabovat papíry na stole. „Máme to v návštěvní knize, Dawn?"

V návštěvní knize? Odkdy se musím před návštěvou vlastního manžela ohlásit?

„Chtěla jsem jenom Lukea trochu překvapit. Kolem oběda nic nemá, to jsem si už ověřila. Tak jsem si myslela, že bychom si mohli udělat v jeho kanceláři takový příjemný piknik," ukážu bradou na košík, který držím v ruce.

Čekala jsem, že řeknou „Ale to je skvělý nápad!" Místo toho zneklidní.

„Takhle to tedy je!" prohlásí Karen nakonec. „Dobře. Podíváme se..., jestli..." Stiskne několik tlačítek na spojovacím panelu. „Ahoj, Mel! Tady je Karen z recepce. Mám tu Becky. Becky Brandonovou. Přišla sem... Lukea překvapit." Pak dlouho nic neříká, jenom napjatě poslouchá. „Ano, ano. Udělám." Podívá se na mě s úsměvem. „Posaďte se, Becky. Někdo za vámi hned přijde."

Mám se posadit? A někdo sem za mnou přijde? Co se to s nimi krucinál *děje*?

„Co kdybych šla přímo za Lukem?" navrhnu.

„My totiž… nevíme přesně, kde Luke je." Karen přede mnou uhýbá očima. „Možná by bylo lepší, kdybyste…" Odkašle si. „Adam tu bude v okamžení."

Nevěřím vlastním uším. Adam Farr je šéfem tiskového oddělení. Volají ho ke všem situacím, s nimiž si nevědí rady. Podle Lukea se Adam umí vykroutit ze všeho.

Takže z mé návštěvy se také musí nějak vykroutit? A proč vlastně? Co se děje?

„Posaďte se přece, Becky!" pobízí mě Karen vlídně – ale já stojím jako přibitá.

„Bezděky jsem zaslechla část toho, o čem jste si povídaly, než jsem přišla," prohodím nenuceně. „Stalo se snad něco?"

„Co by se mělo stát!" odpoví Karen příliš rychle, jako by na mou otázku přímo čekala. „Mluvili jsme o… jednom filmu, který byl včera v televizi. Že jo, Dawn?"

Dawn souhlasně přikyvuje, ale nervózně uhýbá očima.

„No a co vy?" ptá se Karen. „Daří se vám dobře, viďte, Becky?"

„Už to nebude dlouho trvat, že?" přidá se Dawn.

Snažím se vymyslet nějakou přirozenou přátelskou odpověď – ale co na to říct? Když vím, že celý rozhovor je neupřímný. Ale v tu chvíli se otevřou dveře od výtahu a z nich vyjde Adam Farr.

„Rebecco!" zastrkuje si BlackBerry do kapsy a zamíří na mě svůj profesionální úsměv. „To vás rád vidím!"

Možná je ten mládenec nejšikovnější manipulátor z celé firmy, ale mě neoblafne.

„Dobrý den, Adame," pozdravím ho trochu odměřeně. „Je tu někde Luke?"

„Právě dokončuje jakési jednání," odpoví Adam hladce. „Vyjedeme nahoru a dáme si kávičku, všichni budou určitě nadšení, že jste k nám přišla…"

„Jaké jednání?" skočím mu do řeči a přísahala bych, že sebou Adam mírně trhl.

„Nějaké finance," prohlásí po nepatrném zaváhání. „Nuda jak v márnici, to vám povím. Tak půjdeme?"

Adam mě vede do výtahu a chvíli jedeme v naprostém tichu. Teď, když stojím těsně u něj, vidím pod jeho profesionální slupkou jasné známky napětí. Pod očima má stíny a neustále o sebe rytmicky ťuká konečky prstů.

„Takže... jak se máte?" ptám se. „S tou expanzí a tím vším musíte být skutečně v jednom kole."

„Máte naprostou pravdu," kývne.

„A práce na těch různých projektech Arcodasu vás baví?"

Neodpoví. Vidím, jak bříška jeho prstů do sebe narážejí stále rychleji a ostřeji.

„Ovšem," přitaká nakonec a znovu přikývne. Dveře výtahu se otevřou a Adam mě vede ven.

Na výtah tam čeká několik zaměstnanců a já obličejům, které znám, říkám s úsměvem „Dobrý den" – ale na mě se neusměje žádný. Každopádně ne od srdce. Všichni při pohledu na mě vypadají zaraženě, několikrát se na mě v předstíraném úsměvu blesknou zuby a několik lidí odpoví „Dobrý den, Becky" a pak zaraženě sklopí oči. Ani jinak se mnou nikdo neprohodí ani slovo. Ani se mě nezeptají na dítě.

Proč se všichni chovají tak *divně*? Za vodním filtrem dokonce vidím dvě děvčata, která spolu tlumeně hovoří, a když myslí, že se na ně nedívám, vrhají po mně divné pohledy.

Začne se mi svírat žaludek. Ach Bože! Byla jsem skutečně tak strašně naivní? Co to vlastně vědí? Co viděli? Najednou přímo před očima vidím, jak si Luke chodbou vede Venetii do kanceláře a všem vydává příkaz: „Alespoň hodinu nás nerušte..."

„Becky!" při pronikavém Lukeově hlasu sebou trhnu. „Není ti něco? Co tu děláš?" Rychle ke mně rázuje chodbou po jednom boku se svým zástupcem Garym, po druhém s nějakým neznámým člověkem a se šikem dalších lidí v závěsu. Všichni vypadají nesmírně rozrušeně.

„Nic mi není!" volám na něj nejveselejším hlasem, jakého jsem v této chvíli schopná. „Jenom mě tak napadlo..., že bychom si mohli u tebe v kanceláři udělat takový menší piknik."

Když s tím musím takhle vyrukovat před celým jeho personálem, zní to opravdu hodně bláznivě. Připadám si s tím proutěným košíkem jako nějaká Pollyanna. Na držadle košíku je dokonce růžová pruhovaná mašlička, kterou jsem zapomněla odvázat.

„Becky, já mám nějaké jednání," kroutí odmítavě Luke hlavou. „Promiň."

„Ale Mel mi říkala, že na tuto dobu nemáš nic sjednaného!" vykřiknu trochu ostřeji, než jsem měla v úmyslu. „Podle ní máš mít volno!"

Gary a ostatní se po sobě podívají a kamsi se vytratí a já tu zůstanu s Lukem sama. Tváře mě pálí hanbou. Proč se musím cítit trapně jako nějaký obtížný hmyz jenom proto, že jsem zašla za svým manželem?

„Co se děje, Lukeu?" vyletí ze mě bez rozmyslu. „Všichni se na mě tak divně dívají. A poslal jsi za mnou Adama, aby mě ‚zpracoval'. Něco se stalo, já to vím!"

„Becky, nikdo tě nechtěl *zpracovat*," snaží se mě Luke uklidnit. „A nikdo se na tebe nedívá divně."

„Ale ano, dívají! Je to jako v *Invazi zlodějů těl*! Nikdo se na mě ani *neusmál*! Všichni vypadají tak napjatě a vystresovaně..."

„Mají prostě práce nad hlavu, to je tím." I přes veškerou snahu vyvolat zdání pohody vypadá Luke strašně vyčerpaně. „Máme zrovna strašnou spoustu práce. Já taky. Už vážně musím jít." Políbí mě. „Uděláme si ten piknik doma, ano? Adam ti zavolá auto."

A než se vzpamatuju, zmizí mi ve výtahu a nechá mě tam stát s košíkem a s hlavou plnou znepokojivých myšlenek.

Jednání. O čempak tam asi bude jednat? Jak to, že o tom Mel nic nevěděla?

Už ho přímo vidím, jak uhání do nějaké restaurace, kde na něj čeká u stolu Venetia se sklenkou vína, s níž nenuceně pohupuje před číšníky, kteří na ni obdivně vyvalují oči. Pak vstane, políbí se s Lukem a on se omlouvá: „Promiň, že jsem se zpozdil, ale vrazila tam má stará..."

Ne. Nech toho. *Nech toho,* Becky.

Jenomže mi to nejde. Myšlenky mi víří v hlavě stále rychleji a zuřivěji jako sněhová bouře. Obědvají spolu každý den. A všichni Lukeovi zaměstnanci o tom vědí. Proto vypadaly Karen s Dawn tak rozpačitě, právě to přede mnou chtěly utajit...

Druhý výtah vyčkává s otevřenými dveřmi a já do nich impulzivně vstoupím. Sjedu do přízemí a co nejrychleji proběhnu vstupní halou, nevšímám si toho, že na mě Karen s Dawn volají, a vyběhnu ven právě včas, abych viděla, jak Lukea odváží firemní řidič v mercedesu. Horečně mávám na taxi, nastoupím a hodím košík na sedadlo.

„Kampak, beruško?“ ptá se taxikář.

Zabouchnu dveře a nakloním se dopředu.

„Vidíte ten mercedes před námi?“ polknu nasucho. „Jeďte za ním.“

To snad nemůže být pravda. Sleduju Lukea po londýnských ulicích. Když jedeme za mercedesem Fleet Street, nemůžu se zbavit představy, že hraju v nějakém filmu. Dokonce se kouknu za sebe zadním okénkem, jestli nás nepronásledují nějací padouši.

„Váš šamstr, pravda?“ zeptá se najednou taxikář s výrazným jiholondýnským akcentem.

„Manžel.“

„Vždyť to říkám. Má jinou, co?“

V prsou mě sevře strašlivá bolest. Jak to ví? Vypadám snad jako podváděná manželka?

„Já nevím,“ odpovím. „Možná ano. To právě chci zjistit.“

Opřu se dozadu a pozoruju hlouček turistů, který za průvodkyní přechází ulici. Ten můj taxikář nejspíš pozná lidi, kteří sledují své partnery, aby je přistihli in flagranti, na první pohled. Možná nikoho jiného ani nevozí! Impulzivně se nakloním dopředu.

„Co byste řekl, mám se mu ukázat? Co tak lidé obvykle v takovém případě dělají?“

„Jak kdy.“ Uvízneme v zácpě a taxikář se ke mně otočí. Obličej má protáhlý jako psí čenich a oči tmavé a smutné. „Záleží na tom, jestli si chcete udržet otevřený a poctivý vztah.“

„Jasněže jo!“ vykřiknu.

„Je vám přáno. Ovšem když mu dáte najevo, že to víte, můžete ho vehnat do náruče té druhé buchty.“

„Aha,“ zarazím se. „No… a jaká je ta druhá možnost?“

„Přivřít nad tím oko a po zbytek života předstírat, že o ničem nevíte.“

Ani jedna za moc nestojí. Teď pomalu drncáme po Oxford Street, popojíždíme v tlačenici autobusů a chodců. Natahuju krk a snažím se zahlédnout Lukeův mercedes – a najednou vidím, jak zahýbá do boční ulice.

„Támhle! Už ho vidím! Jel tam!"

„... sem ho taky zblejskl."

Taxikář šikovně přejede do vedlejšího pruhu a za chviličku zahýbáme do stejné ulice. Mercedes už dojel na konec a zahýbá za roh.

Začínají se mi potit dlaně. Když jsem před chvílí chytala taxík, připadalo mi to ještě jako hra. Ale teď jde do tuhého. Jednou prostě mercedes zastaví, Luke vystoupí a... a co pak udělám já?

Kličkujeme v Soho úzkými uličkami. Je slunný, ale velmi chladný podzimní den, pár odvážlivců sedí před kavárnami v předzahrádkách a ruce si zahřívá o šálek kávy. Zničehonic taxikář prudce zabrzdí za dodávkou.

„Zastavují."

Bez dechu sleduju, jak mercedes přiráží k protějšímu chodníku. Řidič otevírá Lukeovi dveře a ten vystoupí a naším směrem se ani neohlédne. Nahlíží do jakéhosi papírku – pak zamíří k ošklivým nahnědo natřeným dveřím. Zazvoní a za chvilku ho bzučák pouští dovnitř.

Oči mi zabloudí na ošumělou ceduli, pověšenou pod oknem v prvním patře: VOLNÉ POKOJE.

Volné pokoje? Luke si najal nějaký pokoj?

Jako by mi něco sevřelo hrudník. Něco se děje. Tam nahoře je Venetia. Čeká na něj v černém negližé lemovaném černou labutěnkou.

Ale proč proboha v Soho a navíc v takovém šupáckém pokoji? Proč ne ve Four Seasons?

Protože nás přece jen zahlédl. A jel sem, protože tu vůbec nic není. To by bylo vysvětlení...

„Drahoušku?" Přes mlhu vidím, že se mnou taxikář mluví.

Zmůžu se jen na: „Ano?"

„Chcete tu sedět a čekat?"

„Ne!" Popadnu piknikový košík a deru se ze dveří. „Mockrát vám děkuju. Já... už půjdu sama. Děkuju."

„Momentíček." Vyskočí z auta a podá mi ruku, aby mi pomohl vystoupit. Hrábnu do kabelky a bez počítání mu podám hrst peněz. Taxikář si povzdychne, odloupne několik bankovek a zbytek mi vrátí.

„Vy s takovými věcmi nemáte moc zkušeností, viďte?"

„Moc ne," přiznávám.

„Trocha pomoci vám tedy přijde vhod..." Sáhne do kapsy a vytáhne šedivou obchodní navštívenku. „Můj bratr Lou. Dělá v jednom kuse pro rozvodové právníky. Třeba by se vám časem mohl nějaký hodit nebo tak něco. A dejte na sebe pozor, i na své děťátko."

„Ano. Děkuju." Téměř jako ve snách zastrčím vizitku do kapsy.

„Mnoho štěstí, srdíčko." Taxikář nasedne do auta, celou dobu kroutí hlavou a pak odjede.

Stojím před barákem s nápisem VOLNÉ POKOJE. Mohla bych zazvonit a zjistit, o co jde.

Raději ne. Co kdyby mi otevřela ona?

Najednou se mi podlamují kolena a potřebuju si někam sednout. V přízemí domu je tiskárna, a tak mě nohy samy nesou dovnitř k židli, na kterou se sesunu. Co si jenom počnu? Co?

„Haló vy tam!" trhnu sebou, a když se otočím, spatřím veselého muže v pruhované košili s krátkým rukávem. „Chcete si u nás nechat něco natisknout? Máme zvláštní slevu na obchodní navštívenky. Pergamen, laminovaný, s povrchovou strukturou..."

„Hm... díky." Kývnu jenom proto, aby mi dal pokoj.

„Tak prosím!" Muž mi podává knihu vzorků a já jí začnu poslepu listovat. Možná bych měla vstát a... vtrhnout tam. Ale co když je skutečně najdu spolu?

Jako v horečce obracím listy stále rychleji. Nemůžu uvěřit, že je to pravda. Nemůžu uvěřit, že tu sedím kdesi v Soho a přemýšlím, jestli je manžel nahoře s nějakou jinou.

„Tady máme objednávku. Stačí ji vyplnit a..." Muž se vrací s podložkou na psaní a propisovačkou, kterou mi strčí do ruky. Automaticky si vše od něj vezmu a do horní řádky píšu „Bloomwoodová, inc."

„A v čem podnikáte?" brebentí na mě družně.

„Ehm... prodávám dvojitá skla."

„Dvojitá skla?" Muž se hluboce zamyslí. „Tak to bych byl pro pěknou laminovanou bílou kartičku s obrubou. S adresou tady a s firemním mottem tam... máte nějaké motto?"

„‚Zasklívá se... zasklívá se v Londýně, Paříži i v Dubaji,'" jakoby z dálky slyším svůj hlas.

Téměř ani nevnímám, co říkám. Slova mi plynou automaticky z úst.

„Vážně i v Dubaji?" Zdá se, že to na muže udělalo dojem. „Páni, a já myslel, že tam snad ani okna nepotřebují!"

„Ale potřebují," kývám hlavou. „Tam jich mají vůbec nejvíc na světě."

„Tak to je pro mě *novinka*," říká muž se zájmem a já najednou ztuhnu.

Zaslechnu jakýsi šramot, něco jako kroky. Někdo schází ze schodů.

Luke. Kdo jiný.

Ale... to sebou museli opravdu hodit!

„Ehm... mockrát vám děkuju! Ještě si to promyslím..." Vrazím podložku muži do ruky a vyběhnu z prodejny ven. Přede mnou se pomalu otevírají hnědě natřené dveře a já se rychle schovám za stromek. Celé tělo mám ztuhlé hrůzou. Krev mi duní v uších. Uklidni se. Ať se tam stalo, co chtělo, ať tam s ním byl, kdo chtěl...

Dveře se rozletí – a vyjde z nich Luke s dvojicí mužů v obleku.

„Probereme si to u oběda," říká právě. „Podle mého názoru by několik klientů takový postoj uvítalo."

Není tam s Venetií. *On tam vůbec není s žádnou zatracenou Venetií!*

Mám chuť se přímo na chodníku roztančit. Zaplavuje mě úleva. *Jak* jsem ho mohla z něčeho takového podezírat? Jsem zralá na cvokhaus! Jsem husa! Pomažu domů a odteďka mu budu naprosto a úplně a ve všem...

„Slečno Bloomwoodová?"

Chlap z tiskárny vyběhl ven a s očima zastíněnýma rukou se dívá přímo na mě. Ale sakra. Ten strom není asi tak dobrý úkryt, jak jsem si původně myslela. Přinejmenším mi zpoza něj čouhá břicho.

„Becky?" Luke se otočí na podpatku a zkoprní. „Jsi to ty?"

Všichni tři na mě civí a já cítím, jak se mi tváře vybarvují do odstínu červené řepy. „Ehm... dobrý den!" zavolám vesele.

„Udělal jsem vám jednu firemní vizitku na ukázku. Nechcete se podívat?" utíká tiskař za mnou.

„Díky!" vezmu si ji od něj. „Já se ještě ozvu."

„Becky, co tu propána děláš?" Luke kráčí ke stromu.
„Co by…, vyřizuju si nějaké věci! To je ale náhodička!"
„Jak jsem řekl, slečno Bloomwoodová, doporučoval bych vám laminovanou úpravu." Ten zatracený tiskař jede jako kolovrátek. „Ale je to o něco dražší, tak jsem vám přinesl pár návrhů…"
„Děkuju! Ale potkala jsem tu svého manžela, takže… ještě se k vám vrátím."
„Aha!" Tiskař vycení na Lukea v úsměvu všechny zuby. „Je mi upřímným potěšením. Pán také podniká ve dvojitých sklech?"
„Ne, on ne." Snažím se tiskaře zoufale zastavit. „Mockrát vám děkuju. Na shledanou!"
K mé obrovské úlevě zmizí konečně tiskař za dveřmi a nastane trapné ticho.
„Dvojitá skla?" zeptá se Luke nakonec.
„On si mě… asi s někým spletl," zastrčím vizitku do kabelky. „No ale co tu děláte vy?"
„Přijel jsem za odborníky, kteří by měli vyškolit naše lidi tak, aby uměli jednat s médii." Luke vypadá stále překvapeně. „Dovol mi, abych ti představil Nigela a Richarda. Má žena Becky."
„Velmi rád vás poznávám, Becky," popadne mě za ruku Nigel. „Právě vy jste, jak jsem slyšel, rozpoznala potřebu naučit lidi komunikovat s médii. Luke nám vyprávěl, že jste vůbec nebyla nadšená tím, jak vystupuje jeho klient."
„Ale jděte!" zaraduju se. To jsem vážně netušila, že si Luke vzal mou radu k srdci, natož že o ní vypráví ostatním.
„Omlouváme se, že pracujeme v tak skromném prostředí," vloží se druhý muž. „Právě jsme se nastěhovali."
„To vůbec nevadí!" trochu příliš ostře se zasměju. „Ale já už stejně musím jít, šla jsem jenom kolem…"
„Tak hezké odpoledne," políbí mě Luke.
„Díky." Na chvíli ho vezmu za ruku. „Možná bychom mohli ten piknik uspořádat za chvíli?"
Luke zamžiká očima. „Ne, promiň. Dnes večer se vrátím asi hodně pozdě. Budu na večeři s novým klientem."

„Aha," nepodaří se mi zakrýt zklamání. Ale obchod je obchod. „No tak nevadí. Kdo je ten klient?"

„Venetia."

Úsměv mi zmrzne na rtech. „*Venetia?*"

„Venetia Carterová," vysvětluje Luke ostatním dvěma pánům. „Víte, ta gynekoložka, za níž chodí všechny celebrity. Její stará PR agentura zřejmě za moc nestála."

Venetia si najímá Brandon Communications? To nemůže být pravda!

„A s kým na tu večeři jdeš?"

„Jenom s ní," pokrčí Luke rameny. „Ze starého přátelství si ji vezmu na starost sám."

Nemůžu si pomoct. Zmocňuje se mě staré známé a stejně silné podezření.

„Takže... veškerou péči o ni převezmeš osobně?" Otřu si orosený horní ret.

„Tak to u nás chodí, Becky." Luke povytáhne obočí, jako by nechápal, o čem je řeč. „Budu ji od tebe pozdravovat, ano?"

„Nezapomeň!" s vypětím sil se usměju.

Luke s oběma muži odejde a já se za ním bezmocně dívám a srdce mi buší jako zvon.

Možná jsem to dneska nevzala za správný konec, ale není pochyb. Venetia se snaží Lukea ulovit. V hloubi srdce to vím stejně bezpečně, jako že jsem si ten nový oranžový top na eBay neměla kupovat.

Venetia vyrazila na lov mého manžela. A já jí to musím zarazit.

Prendergast de Witt Connell
finanční poradenství

SHRNUTÍ INVESTIC

KLIENT: „MIMINKO BRANDON"

SHRNUTÍ KE DNI 24. ŘÍJNA 2003

Fond A: „Lukeovo portfolio"

Investiční podíly k výše zmíněnému datu:

Wetherby's Gilt Fund 20 %
Somerset Eurepean Growth Fund 20 %
Start Right Accumulator Fund 30 %

Zůstatek dosud neinvestován

Fond B: „Beckyino portfolio"

Investiční podíly k výše zmíněnému datu:

Zlato (náhrdelník a prsten od Tiffanyho) 10 %
Měď (náramek) 5 %
Akcie First Mutual Bank v Bangladéši 10 %
Akcie fabbesthandbagsonline.com 10 %
Klasický kabát od Diora 5 %
Láhev šampaňského 5 %
Podíl na závodním koni „Baby Go For It" 5 %
Sluneční brýle „bývalý majetek Grace Kellyové" 1 %

Zůstatek dosud neinvestován

Jedenáct

Promluvím si s Lukem, to je jisté. Zachovám se jako dospělý a vyzrálý člověk a postavím se tomu přímo a čelem. S tímto nezlomným předsevzetím sedím ten večer v posteli a čekám, až se vrátí domů. Půlnoc už dávno odbila, když se dveře otevřou a ke mně zavane pach kouře, alkoholu a… ach Bože. Allure.

Uklidni se. Neblázni. To, že voní Allurem, nemusí ještě nic znamenat.

„Ahoj! Jaká byla večeře?" Snažím zvolit pokud možno přátelský a optimistický tón, abych nevypadala jako nějaká fňukna z *EastEnders*.

„Suprová," Luke si svléká sako. „Venetia je tak chytrá. Tak jí to pálí."

„No to mě… nepřekvapuje." Pod přikrývkou, aby to neviděl, pevně sepnu ruce. „A o čem jste hovořili? Kromě práce."

„To já už nevím," Luke si sundává kravatu. „O umění… knihách…"

„Vždyť ty nic nečteš!" vyletí mi bezděky z pusy. Ale je to pravda. Nečte nic vyjma knih typu „Jak řídit svou skvělou a nepřekonatelnou firmu".

„No možná ne," sjede mě otráveným pohledem. „Ale kdysi jsem četl."

Co tím jako chce říct? Jakože než se seznámil se mnou? Jakože je to má vina, že už nečte?

„A o čem jste ještě mluvili?" nevzdávám se.

„Ale Becky, já si už vážně nepamatuju."

Pípne mu mobil a hlásí textovou zprávu, kterou si ochotně přečte. Zasměje se, napíše odpověď a dál se svléká. Dívám se na něj a přepadá mě úžas a zlost. Jak to může dělat? Přímo *před mýma očima*?

„Bylo to latinsky?" vyhrknu nerozvážně.

„Cože?" Luke se otočí ke mně a škubáním se snaží vysvobodit ruce z rukávů.

„Jednou jsem náhodou zahlédla…," teď nevím, jak dál. Pak se

zamyslím. Už mě vážně nebaví předstírat. Zhluboka se nadechnu a podívám se Lukeovi přímo do očí. „Posílá ti esemesky v latině, že jo? To je vaše tajná řeč?"

„Co říkáš?" Luke se zamračí a o několik kroků ke mně popojde. „Ty mi čteš esemesky?"

„Jsem tvoje manželka! Copak ti píše, Lukeu?" Hlas mi bolestí stoupá. „O latinských knihách? Nebo... o něčem jiném?"

„Co to povídáš?" Luke očividně neví, o čem je řeč.

„Ty víš, že po tobě jede, že jo?"

„Co?" Luke se krátce zasměje. „Becky, já vím, že máš bujnou fantazii, ale tohle..." Svlékne si košili a strčí ji do koše na špinavé prádlo.

Jak může mít tak dlouhé vedení? A to má pověst chytrého člověka.

„Snaží se tě ulovit!" Rozčíleně se předkloním. „Copak to nevidíš? Je to klasická zlodějka manželů! O to se právě..."

„Nesnaží se mě ulovit!" skočí mi Luke do řeči. „Musím, Becky, říct, že nestačím zírat. Nikdy by mě nenapadlo, že máš tak majetnické sklony. Snad můžu mít nějaké vlastní přátele, prokristapána. Jenom proto, že je to náhodou ženská..."

„Ale *tím* to vůbec není!" odseknu mu.

Je to tím, že spolu kdysi chodili, a taky tím, že má dlouhé zrzavé vlasy, kterými švihá sem a zase tam... Ale to mu vyprávět nebudu.

„Jde o to...," nevím, jak dál. „Jde o to..., že jsme *manželé,* Lukeu. Měli bychom mít všechno společné. Neměli bychom se izolovat. Já jsem otevřená kniha! Klidně se můžeš do mého mobilu podívat!" Udělám rozmáchlé gesto. „Podívej se mi do zásuvek! Nemám před tebou žádné tajnosti! No tak, podívej se!"

„Becky, už je pozdě," Luke si promne obličej rukama. „Nemohli bychom v tom pokračovat zítra?"

Rozhořčeně se na něj zadívám. Co tím jako chce říct? Copak tu hrajeme Monopoly? Vedeme tu zásadní debatu o našem manželství.

„No tak! Jdi se podívat!"

„Když chceš." Luke zvedne odevzdaně ruku a vydá se k mé komodě.

„Já tam před tebou nic neskrývám! Můžeš se podívat kam libo, všechno klidně prohrabej...," zprudka se narovnám.

Do háje! Ta krabice na předpovídání pohlaví dítěte. Je v horní zásuvce vlevo.

„Ehm… vyjma tamté zásuvky," vyhrknu. „Do levé horní zásuvky mi nelez."

Luke se zarazí. „Tam do té zásuvky nesmím?"

„Ne. Je tam… překvapení. Ani do té igelitky od Harrods, která je na židli," dodám ještě. Nechci, aby viděl, co si plácám na pleť, abych ji měla pěkně hydratovanou. Mě samotnou málem klepla pepka, když jsem viděla ty ceny.

„Ještě někam nesmím?" zajímá se Luke.

„Hmmm… ještě na pár míst ve skříni. Pár dárků k tvým narozeninám," dodám vzdorně.

V ložnici se rozhostí ticho. Ráda bych věděla, co si Luke myslí. Nakonec se otočí a tváří se jaksi divně.

„Takže naše manželství je naprosto a zcela upřímná, otevřená kniha, vyjma támhleté zásuvky, nákupní tašky od Harrods a zadní části tvé skříně?"

Cítím, jak se má pozice obhájkyně mravních zásad trošku rozviklala.

„Vtip je v tom…," řeknu nakonec, „vtip je v tom, že já jsem nebyla celou noc pryč s bůhvíkým a nedělala jsem bůhvíco!"

Ach Bože! Už mluvím jako ta fňukna z *EastEnders.*

„Becky," povzdychne si Luke a posadí se na postel. „Venetia není ‚bůhvíkdo'. Je to můj klient. A kamarádka. A chtěla by být i tvá."

Otočím se k němu zády a skládám povlak na přikrývce do malého vějířku.

„Vůbec nechápu, o co ti jde. To přece ty jsi především chtěla chodit k Venetii!"

„No jo, jenže…"

Nemůžu mu narovinu říct: Jenže to jsem ještě nevěděla, že po cizím manželovi dokáže vyjet jako namydlený blesk.

„Za několik týdnů bude rodit naše dítě! Měla by ses s ní snažit trochu sblížit! A nebýt vůči ní tak naježená!"

Nechci, aby mi rodila dítě.

„A co se toho týče…," Luke vstane z postele, „Venetia mě požádala, abychom k ní přišli zítra na kontrolu. Už tě dlouho neviděla a dělá jí to trochu starosti. Slíbil jsem, že tam oba přijdeme. Souhlasíš?" Zamíří do koupelny.

„No jo," zabručím mrzutě a sesunu se s hlubokým povzdechem na polštář. V hlavě mi víří zmatené otázky. Co když jsem to vážně přehnala, co když *jsem* paranoidní? Co když po Lukeovi vůbec nejede?

A navíc je v podstatě nejlepší porodník na světě. Tak dobře. Vynasnažím se s ní spřátelit.

Když v pátek přicházíme k Holistickému centru, už tam číhají paparazziové a hned vidím proč. Bondova partnerka a nová tvář Lancôme pózují spolu na schodech, obě v senzačních bokových kalhotách a přiléhavých topech, které maximálně zvýrazňují jejich prťavá bříška.

„Becky, zpomal!" volá na mě Luke, když nabírám tempo, abych je doběhla. Ale než se mi to podaří, jsou obě už dávno za dveřmi. Chvíli zapózuju na schodech v naději, že i na mě některý objektiv zamíří, ale je to marné. Všichni fotografové naopak odcházejí, což považuju za poněkud nevychované. Člověk by řekl, že mi už z čiré zdvořilosti mohli udělat alespoň jednu fotku.

Uvnitř už stojí Bondova partnerka u recepce a slyším, jak se jí recepční ptá: „A dostala jste pozvánku na čaj v Savoyi? Máme pro vás poslat auto?"

„Děkuju, není třeba." Bondova partnerka pohodí hlavou k nové tváři Lancôme a prohlásí: „Pojedeme tam společně s Lulou."

Srdce se mi na chvíli zastaví. Čaj v Savoyi? V životě jsem nedostala pozvánku na čaj do Savoye. A teď na mě možná už jedna čeká! S netrpělivým úsměvem se hrnu k recepční a rukou už tápu po diáři, abych si poznamenala datum. Ale recepční mi žádnou pozvánku nedává.

„Posaďte se, paní Brandonová," usměje se na mě. „Venetia za vámi hned přijde."

„Ehm… a to je všechno?" Přešlapuju na místě. „Nic tu… pro mě není? Nezapomněla jste na něco?"

„Leda na vzorek moči, který jste měla přinést," usměje se recepční. „Na nic jiného."

Tak o *tomhle* jsem tedy nemluvila. Ještě pár vteřin pro každý případ počkám – a pak se odšourám k židličkám a snažím se spolknout zklamání. Nepozvala mě. Všechny celebrity budou popíjet čaj, vyprávět si o svém těhotenství a vzájemně se zpovídat, odkud mají šaty na premiérová představení, a já budu dřepět sama doma.

„Becky?" Luke se na mě pozorně zadívá. „Stalo se něco?"

„Nic," cítím, jak se mi chvěje spodní ret. „Akorát že mě nepozvala na ten čajový dýchánek. Všechny jdou do Savoye. Všechny! Jenom já ne!"

„Becky, vždyť o tom dýchánku vůbec nic *nevíš*. Určitě... totiž...," Luke se zjevně v rozpacích zarazí. „Hele, i kdyby tě nepozvala, tak co na tom záleží? K lékaři přece nechodíš kvůli čajovým dýchánkům."

Otevřu ústa – a pak je zase zavřu.

„Becky!" Zazvoní hlas jako rolničky. „Lukeu!"

Ach Bože! To je ona.

Několik týdnů jsem ji neviděla. V mých představách dostala malinko jiný vzhled. Trochu povyrostla, vlasy se jí prodloužily do čarodějnické délky, zelené oči se jí blýskaly jako sedmihlavé sani a místo zubů jí narostly... tesáky. Ale ve skutečnosti je pořád štíhlá, pohledná, ve slušivém černém roláku a zasypává mě úsměvy jako svou nejlepší kamarádku.

„Moc ráda vás vidím!" Políbí mě na obě tváře. „Tolik se omlouvám, že jsem vás tak *ostudně* zanedbávala." A přitom se dívá na Lukea tak, jako by oni dva spolu vedli rozhovor, který nikdo jiný neslyší.

Nebo mě zas chytá paranoia?

„Tak pojďte dál!" vede nás do ordinace, kde se všichni posadíme. „Takže, Becky," Venetia otevírá mé záznamy. „Jak se cítíte?"

„Dobře," odpovím. „Díky."

„Cítíte pohyby?"

„Ano, pořád." Položím si ruku na břicho, ale dítě, jak se dalo čekat, si právě na chvíli zdřímlo.

„No tak se na to podíváme," pokyne mi na pohovku a zatímco se na ni ukládám, myje si ruce.

„Že prý tu pořádáte jakýsi čajový dáchánek, Ven?" nadhodí Luke. „To je z propagačního hlediska moc dobrý nápad." Užasle se na něj zadívám a on na mě mrkne.

Občas je Luke prostě *k sežrání.*

„No ano," přisvědčí Venetia trochu zaskočeně. „To je pravda. To je pro pacientky v pokročilejším stadiu těhotenství než vy, Becky. Ale pochopitelně, hned na ten další jste v pořadí!"

Ta *lhářka*! V žádném pořadí stoprocentně nejsem.

Když mi sáhne na břicho, nedokážu se uvolnit. Dívám se na její ruce, štíhlé a bílé, s masivním diamantem na prostředníčku. Od koho to asi má?

„Dítě má správnou velikost. Hlavičku má pod vašimi žebry..." Venetia se při zkoumání dítěte mračí. „Kdyby v této pozici zůstalo a nepřetočilo se, pak bychom probrali eventuality, které se nám při porodu nabízejí, ale na to je ještě brzo." Nahlédne do zápisníku. „Jste teprve ve dvaatřicátém týdnu. Ještě se může stokrát otočit. Teď si poslechneme jeho srdíčko..." Vytáhne doppler, nanese mi na břicho gel a rozetře ho. Za chvilku se celou místností rozléhá „buch, buch, buch".

„Srdce mu tluče hezky silně." Chvíli všichni v místnosti nasloucháme pravidelnému a trochu tlumenému tlukotu. Jsme tím zvukem přímo fascinováni – a dítě přitom ani netuší, že ho posloucháme.

„To je tvé dítě," podívá se Venetia Lukeovi přímo do očí. „Zvláštní, že?" Nakloní se k němu a narovná mu vázanku – a mě popadne zlost. Co si to dovoluje? Tohle je *naše* chvíle. Navíc narovnávat vázanku smí pouze manželka.

„Strašně mě, Venetie, mrzelo," podotknu zdvořile, když konečně odloží doppler, „že jste se rozešla se svým přítelem. To je ale smůla."

„No ano," rozhodí Venetia rukama. „Některé věci nám nejsou souzeny." Sladce se na mě usměje. „No a co vaše zdraví, Becky? Nevolnosti, bolesti? Návaly horka? Hemoroidy?"

Nevěřím svým uším. *Schválně* vyjmenovává nejtrapnější potíže.

„Děkuju za optání," odpovím rázně, „ale mně skutečně nic neschází."

„Pak můžete mluvit o štěstí." Znovu nás gestem vyzve, abychom se posadili. „Ke konci těhotenství patrně budete cítit v celém těle nepříjemný tlak. Možná se objeví akné..., křečové žíly..., sex bude obtížný, ne-li nepříjemný..."

No tohle! Je to fakt kráva.

„V tomto ohledu nemáme skutečně žádné problémy,“ vezmu Lukea za ruku a stisknu mu ji. „*Souhlasíš*, drahý?“

„Co není, může být.“ Venetia má příjemný úsměv na obličeji jako přilepený. „Řada našich pacientek ztrácí po porodu na dlouhou dobu libido. A pochopitelně se stává, že mužům připadá v tomto stavu žena jaksi… *neatraktivní*…“

Neatraktivní? Jakože já jsem neatraktivní?

Natáhne mi manžetu tonometru na ruku a při měření se trochu zamračí. „Tlak vám trochu stoupá, Becky.“

Aby ne! Mrknu po očku na Lukea, ale ten se očividně vznáší v blahé nevědomosti.

„Miláčku, onehdy večer ses zmínila, že tě bolí noha,“ připomene mi.

„Bolela vás noha?“ Venetia se na mě znepokojeně podívá.

„Ale to nic nebylo,“ snažím se to rychle zamluvit. „Jenom takové píchnutí.“

Minulý týden jsem v práci celý den chodila v botičkách od Manola na deseticentimetrových podpatcích. Což možná nebyl ten nejrozumnější nápad, protože jsem se pak doma téměř nemohla postavit na nohy a musela jsem Lukea poprosit, aby mi namasíroval lýtka.

„I tak by sis to měla nechat vyšetřit,“ stiskne mi Luke ruku. „Opatrnosti není nikdy nazbyt.“

„Určitě!“ Venetia vstává ze židle. „Podíváme se na to, ano, Becky? Vylezte si ještě na pohovku.“

Záblesk v jejích očích se mi ani trochu *nelíbí.* Neochotně si svlékám lycrové punčocháče a lezu na pohovku.

„Hmmm.“ Vezme si do ruky jednu mou nohu, prohlíží si ji a prohmatává. „Zdá se mi, že tu cítím počínající křečové žíly!“

Zděšeně se zadívám na hladkou kůži. Ta si ale vymýšlí. Ani stopy po nějaké žíle.

„Já tam tedy nic nevidím,“ snažím se zachovat klid.

„Na první pohled je nemusíte vůbec vidět, ale já je dokážu nahmatat už v zárodku,“ poplácává mě Venetia po ramenou. „Doporučovala bych vám, Becky, abyste začala nosit gumové punčocháče.“ Vytáhne ze stolu balíček a z něj vypadnou dlouhé síťované ponožky. „Navlékněte si je.“

„No tohle nosit nebudu!“ zhrozím se. Nemůžu se jich ani dotknout, natož abych je nosila. Je to nejhnusnější věc, jakou jsem kdy viděla.

„Becky, miláčku,“ Luke se nakloní dopředu. „Když Venetia říká, že bys je nosit měla...“

„Mně křečové žíly rozhodně nehrozí!“ vyjeknu pronikavě. „To tenkrát bylo kvůli těm *botám*, Lukeu, pamatuješ?“

„Vida,“ vloží se Venetia, „možná jste uhodila hřebíček na hlavičku. Ukažte mi, jaké nosíte boty.“

Prohlíží si mé nové platformy na klínovém podpatku a smutně potřásá hlavou.

„To nejsou vhodné boty v těhotenství. Vyzkoušejte si tyhle.“ Zašátrá ve spodní zásuvce u stolu a vytáhne neforemné hnědé gumové sandály. „To jsou ortopedické boty. Ráda bych věděla, co na ně říkáte.“

Konsternovaně na ně zírám. „Místo gumových punčoch?“

„To ne!“ zasměje se. „Punčochy byste měla nosit také. Jenom pro jistotu.“

Mrcha. *Mrcha.*

„Nazuj si je, miláčku,“ kývá na mě Luke povzbudivě. „Venetia to myslí s tebou dobře.“

To si piš, že ne! chce se mi zaječet. *Copak nevidíš, co dělá?*

Ale to nemůžu. Jsem v pasti. Oba se na mě dívají.

Budu se muset podřídit.

Neochotně si natahuju první gumovou punčochu a pak druhou a dělá se mi přitom špatně od žaludku.

„Vytáhněte si je až nahoru!“ přikazuje mi Venetia. „Až na stehna.“ Sundám platformy a nazuju si nechutné pantofle. Pak vytáhnu svou novou velkou tašku od Marca Jacobse (jemňoulince žlutou a prostě nádhernou) a strčím je dovnitř.

„To je vaše kabelka?“ namíří na ni Venetia s planoucíma očima prst a ve mně strašně hrkne. Kabelku ne. Prosím, kabelku ne.

„Pro těhotnou ženu je *strašně těžká*!“ Zachmuřeně ji potěžká. „Chápete, co by to mohlo udělat s vaší páteří? Poslyš, Lukeu, rok jsem úzce spolupracovala s jednou fyzioterapeutkou,“ dodá. „Kolik ta viděla poškozených páteří jenom od toho, že lidé tahali nesmyslně těžké tašky!“

„Velké kabelky jsou teď v módě," namítám.

„V módě!" Venetia nás obšťastní záplavou stříbrných rolniček. „Móda je mor na zdraví. Tohle mi doporučuje má fyzioterapeutka." Otevře skříň a vytáhne z ní plátěnou khaki ledvinku. „Je to pro záda mnohem ergonomičtější. A navíc si ji můžete zastrčit pod tričko."

„To je úžasné!" raduje se Luke, vezme si od Venetie mou kabelku od Marca Jacobse a položí ji na podlahu, kam na ni nemůžu dosáhnout. „Ty jsi tak hodná, Venetie."

Hodná? Vůbec mu nedošlo, co se tu děje. Vůbec.

„No tak, Becky!" Venetia si se mnou hraje jako kočka s polomrtvou myší a své mučení si jaksepatří vychutnává. „Zkuste si ji, jak vám bude sedět."

Chvějící se rukou si připevním ledvinku kolem pasu, sepnu sponu a přetáhnu přes ni tričko. Přitom se natočím dozadu a zahlédnu se ve velkém zrcadle připevněném na zadní straně dveří.

Je mi do breku. Vypadám jako groteskní strašidlo. Nohy mám jako dvě bílé hrbolaté klády. A v pantoflích si připadám jako babička. K hrbolu vpředu mi přibyl i hrbol vzadu.

„Moc vám to sluší, Becky!" Venetia usedne na psací stůl, natahuje dlouhé ručky sem a tam a v téměř jogistických pózách vystavuje na odiv své mrštné tělo. „Z té naší schůzky mám, Lukeu, senzační pocit. Opravdu mě zaujalo to, co jsi říkal o web links..."

Sklíčeně se šourám k židli a čekám, až spolu proberou Venetiin podnikatelský profil. Jenomže pak hned přešli k jejímu propagačnímu letáku a možnostem, jak ho vylepšit.

„Promiňte, Becky!" ťukne se Venetia do čela, jako by jí teprve teď došlo, že tu jsem. „To musí být pro vás strašná nuda. Podívejte, vyšetření máte hotové, takže jestli tu nechcete jen tak naprázdno sedět..."

„Nejdeš dnes se Suze a Jess na oběd?" podívá se na mě Luke. „Tak utíkej! Já tu s Venetií jen zrekapituluju pár věcí."

Stojím jako přibitá. Nechce se mi ho tu s ní nechávat samotného, všechny instinkty mi kážou zůstat. Ale kdybych to řekla, pomyslí si, že jsem strašně majetnická a podezíravá a zase se kvůli tomu pohádáme.

„No tak dobře," svolím s těžkým srdcem. „Já půjdu."

„Vezměte si z ní, co potřebujete," ukáže mi Venetia na mou kabelku. „A ne abych se doslechla, že ji zase nosíte!" Zahrozí na mě prstíkem.

Mám chuť ji *zastřelit.* Ale hádat se nemá cenu. Luke by stál při ní. Mlčky si vezmu peněženku, mobil, klíče a pár základních líčidel a všechno nacpu do khaki ledvinky.

„Ahoj, miláčku," Luke mě políbí. „Zavolám později."

„Ahoj. Na shledanou, Venetie." Nemůžu se na ni ani podívat. Zavřu za sebou a jdu do haly.

U recepce stojí blondýnka s nejmrňavějším bříškem, jaké jsem kdy viděla, a v euforii vykřikuje: „Mohla jsem se radostí zbláznit, že můžu chodit k Venetii!"

Jen počkej, pomyslím si vztekle. Ono tě to přejde, až z tebe udělá přímo před tvým manželem maškaru.

Už jsem téměř u dveří, když si najednou na něco vzpomenu. Dnes ráno jsem vzala Lukeův mobil, když byl v koupelně. *Vůbec ne* proto, že bych byla majetnická nebo podezíravá, ale proto...

Ale tak dobře, napadlo mě, že by to mohla být Venetia. Ale nebyla, byl to John z Brandon Communications a já jsem ani Lukeovi neřekla, že mu volal. Možná bych to měla napravit.

Vracím se zase do čekárny a snažím se nevšímat si udivených pohledů blondýnky a jejího manžela. Ty zatracené punčochy mi hned za dveřmi ordinace začaly sjíždět z nohou.

Šourám se chodbou za ženou v modré sesterské uniformě, která se zastaví před Venetiinými dveřmi, dvakrát zaklepe a pak otevře.

„Jé, promiňte!" zaslechnu její hlas. „Nechtěla jsem vyrušovat..."

Vyrušovat od čeho? *Od čeho je vyrušila?*

Srdce se mi rozbuší jako zvon a já se rozběhnu chodbou a ještě než sestra zavře dveře, podaří se mi nahlédnout do místnosti.

A vidím je. Sedí spolu u stolu, tlumeně si něco povídají a smějí se přitom. Venetia má jednu ruku kolem Lukeových ramenou a druhou v jeho dlani. Vypadají šťastně, spokojeně a důvěrně.

Vypadají jako milenci.

♥

Ani nevím, jak jsem se dostala do restaurace, kde jsem se měla setkat se Suze a Jess. Kráčím jako robot, jako zombie. Kdykoli si na to vzpomenu, je mi na zvracení.

Drželi se za ruce. *Drželi se za ruce.*

„Bex!"

Bůhvíjak se mi podařilo projít skleněnými dveřmi a teď stojím jako ve snách uprostřed místnosti mezi lidmi, kteří se baví a povídají si, a mezi číšníky s podnosy, kteří se mi v letu vyhýbají. „Bex! Není ti něco?" Suze mi běží naproti. Oči jí sklouznou k mým punčochám a zděšeně se zeptá: „Co to máš proboha na sobě? Stalo se něco? Bex... proč nic neříkáš?"

„Já... Stalo. Potřebuju se posadit." Škobrtám do rohu ke stolu, u něhož už sedí Jess.

„Co se stalo?" lekne se Jess při pohledu na mě. Rychle mi odsouvá židli a pomáhá mi sednout. „Co ti je? Něco s dítětem?"

„Viděla jsem je," vykoktám.

„Koho?"

„Lukea s Venetií. Spolu."

„Spolu?" Suze si rukou zakryje ústa. „Spolu a co... dělali?"

„Seděli u stolu a povídali si." Slova se mi příčí v krku i ústech. „Ona ho objímala kolem ramen a on ji držel za ruku." Podívám se na ně, co na to říkají, ale Suze i Jess očividně čekají, co bude dál.

„A oni se přitom... líbali?" troufne si po chvíli Suze.

„Nelíbali se, oni se přitom *smáli*. Vypadali strašně šťastní. Prostě jsem musela... jít pryč." Zhluboka se napiju vody. Suze a Jess se na sebe podívají.

„A... kvůli tomu sis natáhla ty punčochy?" vyptává se opatrně Suze.

„Ne! Kvůli tomu ne!" Postavím zuřivě sklenici na stůl a cítím, jak se mi vrací ten hnusný pocit ponížení. „To Venetia! Sebrala mi boty, kabelku a přinutila mě navléknout si tyhle hrůzy přímo před Lukem!"

Suze zalapá po dechu: „To je ale *potvora*!"

„A nesmím je sundávat." Do očí se mi tlačí slzy. „Mám je už napořád!"

„Ale jdi! Já ti z nich pomůžu!" Suze odloží skleničku a skloní se k jedné punčoše. Jess ji zachmuřeně pozoruje.

„Becky…, a víš určitě, že to není kvůli tvému zdraví?"
„Vím! Prostě mě chtěla ztrapnit! Že prý móda škodí zdraví!"
Zdá se, že to Jess nepřesvědčilo. „Móda *skutečně* zdraví škodí."
„Móda rozhodně zdraví neškodí!" vybuchnu. „Naopak, zdraví *prospívá*! Nutí tě… udržovat si váhu a nehrbit se, aby ti sako lépe sedělo," vypočítávám na prstech, „… a trochu se o sebe zajímat a předejít tak depresím a sklíčenosti. A vysoké podpatky jsou báječné cvičení lýtkových svalů…"
„Napij se trochu vína, Bex," konejší mě Suze a postrčí přede mě svou sklenku. „Troška vína tvému dítěti neublíží. A možná tě to… trochu uklidní."
„Díky," říkám vděčně.
„Můj porodník mi řekl, že si můžu dát sklenku každý večer," dodá Suze. „On je totiž Francouz."
Napiju se a pak ještě jednou a srdce se mi pozvolna uklidňuje. Měla bych rodit dítě ve Francii. Nebo kdekoli, kde není Venetia Carterová. Nebo bych se mohla vůbec na nemocnici vykašlat a porodit dítě v nějakém obchodě, jak jsem si vždycky přála. Aspoň bych se cítila příjemně a spokojeně. A třeba by mi pak dali nějaké oblečení zdarma!
„Nevím, co mám dělat." Postavím sklenku vína na stůl a dívám se utrápeně z jedné na druhou. „Už jsem se pokusila s Lukem promluvit. Že prý o nic nejde a že prý jsou jenom přátelé. Ale mně to tak nepřipadalo."
„A jak přesně držel její ruku?" Suze vraští zaujatě obočí. „Nemohlo to být skutečně jenom z přátelství? Nepatří Venetia třeba k těm lidem, kteří pořád na člověka sahají?"
„No…," vzpomínám, jak mě vzala za ramena a rukou sjela po paži dolů. „Trochu asi jo," připustím nakonec.
„Možná jde jenom o to! Možná se jenom ráda ostatních dotýká!"
„A žádný jiný důkaz nemáš?" ptá se Jess.
„Zatím ne," pohrávám si s ubrouskem, podloženým pod krajíčky chleba, a zvažuju, jestli jim to mám říct. „Onehdy jsem ho sledovala."
„Cože jsi *dělala*?" otevře pusu Suze. „A *viděl* tě?"
„No jo, viděl. Předstírala jsem, že tam nakupuju."

„Bex…," Suze si vjede rukou do vlasů. „A co když se doopravdy nic neděje? Že jsi je viděla držet se za ruce nemusí ještě nic znamenat. Přece nechceš zničit vzájemnou důvěru."

„No tak co mám dělat?" Dívám se rozpačitě z jedné na druhou. „Co mám dělat?"

„Nic," odpoví mi Suze energicky. „Bex, já *vím*, že tě Luke miluje. A ničeho skutečně kompromitujícího se nedopustil, že ne? Něco jiného by bylo, kdyby tě obelhával nebo kdybys je viděla se líbat…"

„Souhlasím," přikyvuje rozhodně Jess. „Podle mě sis to jenom špatně vyložila, Becky."

„Jenomže…," namotávám si ubrousek na prst a nevím, co bych řekla. Schází mi správná slova, mám prostě jenom takové tušení. Nejsou to jenom esemesky nebo večeře. Dokonce ani to, jak jsem je dneska viděla. Je to něco v *ní*. Něco v jejích očích. Je prostě predátor.

Jenomže když jim to řeknu, odbudou mě, že si to vymýšlím.

„Dobře," svolím nakonec. „Nic tedy nepodniknu."

„Tak si objednáme," rozhodne se Suze a přistrčí mi jídelní lístek.

„Mají tady menu," upozorňuje nás Jess a položí na jídelníček popsanou stránku. „Když si nevybereme ty jejich předražené neuvěřitelnosti s lanýži, ušetříme spoustu peněz."

Okamžitě dostanu chuť jí odseknout, že bez lanýžů nevydržím ani minutu a že na ceně mi nezáleží. Ale problém je v tom, že s ní trochu souhlasím. Jaktěživo jsem si neporučila lanýže za několik tisíc liber.

Ale to si nemyslete, že se začínám Jess podobat.

„A musíte mi pomoct vymyslet, jak se zbavit Lulu," dodá Suze a nabízí nám košíček s chlebem.

„Jejda." To mě trochu rozveselí. „Copak se stalo?"

„Nabídli jí, aby vystupovala v jednom televizním programu," vysvětluje Suze znechuceně. „Takové ty makeover show, kde by jako chodila na návštěvu k naprosto neschopným matkám a poučovala je, jak mají zdravě vařit pro děti. A ona mě požádala, jestli by nemohla zajít na první návštěvu k nám!"

„To tedy přehnala!"

„A už dokonce nahlásila mé jméno jejich produkční!" Suze rozhořčením stoupne hlas. „Zatelefonovali mi a ověřovali si, jestli je pravda, že mé děti ještě nejedly nic jiného než jídlo z konzervy a že ani jedno dosud nemluví!“

„Co si to *dovoluje*?“ mažu si máslo na dalamánek. Není lepšího léku na vlastní problémy než příležitost někoho pořádně ztrhat.

Všechny tři si báječně rozumíme, a když dojíme, cítím se mnohem lépe. Shodneme se, že je Lulu absolutně nemožná (Jess Lulu nikdy neviděla, ale zná ji z mého výstižného vyprávění). A pak Jess předloží vlastní problém. Zmínila se Tomovi o Chile a moc dobře to nedopadlo.

„Nejdřív si myslel, že si dělám legraci,“ drobí chleba na molekuly. „Pak ho napadlo, že tak zkouším jeho lásku. A požádal mě o ruku.“

„On tě požádal o ruku?“ vzrušeně vypísknu.

„No, a já mu řekla, aby se nechoval trapně,“ odpoví Jess. „Takže teď... spolu nemluvíme.“ Říká to klidně a věcně, ale já vidím v jejích očích smutek. „Tak to prostě je.“ Zhluboka se napije vína, což se jí *vůbec* nepodobá. Podívám se na Suze a ta se na mě znepokojeně zamračí.

„Jess, a ty víš *na sto procent*, že do toho Chile chceš jet?“ ptám se opatrně.

„Ano,“ přikývne. „Musím tam jet. Musím to udělat. V životě už nikdy takovou příležitost nedostanu.“

„A Tom tam může koneckonců za tebou přijet na návštěvu,“ podotkne Suze.

„No jistě. Jenomže to by nesměl skákat podle toho, jak píská jeho matinka!“ potřese Jess dopáleně hlavou. „Janice je typická hysterka. Zavaluje mě informacemi, které našla na internetu, že je to neklidná a nebezpečná země prolezlá nemocemi a nášlapnými minami.“

„Vážně?“ vyděsím se.

„Ale to víš, že ne!“ rozhořčí se Jess. „To je naprostý nesmysl.“ Napije se vína. „Min je tam jenom pár a cholera jen občas.“

Pár nášlapných min? *Cholera?*

„Musíš si tam dávat moc velký pozor, Jess,“ vyhrknu impulzivně a chytnu ji za ruku. „Nechtěli bychom, aby se ti něco stalo.“

„Ano, dávej na sebe pozor,“ přidá se Suze.

„Nebojte se," Jess zrůžoví na krku. „Nic se mi nestane. Díky. No prostě..." Číšník nám přinese kávu a Jess rozpačitě odtáhne ruku. „Máš moc hezkou... sponu, Becky."

Očividně chce změnit téma.

„Děkuju," láskyplně sponu pohladím. „Není senzační? Je to Miu Miu. A navíc patří do portfolia svěřeneckého fondu našeho dítěte."

Nastane ticho, a když zvednu oči, Suze a Jess na mě užasle zírají.

„Jak může být spona od Miu Miu součástí portfolia svěřeneckého fondu?" ptá se Suze nechápavě.

„Protože je to ‚starožitnost budoucnosti'!" doprovodím své prohlášení teatrálním gestem.

„Co to je ‚starožitnost budoucnosti'?" ptá se Suze užasle.

Ha. To koukáte, jaký mám náskok!

„To je nový senzační způsob, jak investovat," vysvětluju. „Je to hračka! Prostě si něco koupíte, schováte si od toho obal a pak to za padesát let vydražíte a vyděláte jmění!"

„Tak takhle je to," říká Suze a hned ví, která bije. „A copak ještě sis koupila?"

„Ehm...," přemýšlím. „Jenom pár maličkostí od Miu Miu. Pak několik figurek Harryho Pottera a princeznovských barbín..., jo a jeden takový senzační náramek z Topshopu..."

„Becky, náramek z Topshopu není žádná *investice*," upozorňuje mě opatrně Jess.

Ona vážně nepochopila podstatu.

„*Teď* nejspíš ne," vysvětluju jí trpělivě. „Ale jednou bude. Určitě se dostane do *Antiques Roadshow*, uvidíte!"

„A co máš proti bankám, Bex?" ptá se Suze nervózně.

„Prostě nehodlám jako každý druhý vkládat peníze pro dítě do nějaké přiblblé banky!" odpovím. „Já jsem na finance odborník, nezapomeň, Suze. Já se tím živím."

„Bejvávalo!"

„Je to jako jezdit na kole," urazím se. Sice na kole moc jezdit neumím, ale to nemusí nikdo vědět.

„Takže takhle jsi investovala všechny peníze?" ptá se Jess.

„Kdepak. Ještě mi jich spousta zbývá.“ Napiju se kávy a pak zaostřím na abstraktní olejomalbu na plátně na protější stěně. Je na ní takový velký modrý čtverec a visí na ní cenovka 195 liber. „Hele, koukejte!“ zadívám se mlsně na obraz. „Co myslíte, neměla bych…“

„Ne!“ odpoví sborově Jess a Suze, ještě než stačím dokončit větu.

No tohle! Vždyť ani nevěděly, co jim chci říct!

Domů přijdu až večer a byt je pustý, temný a po Lukeovi ani nejmenší stopy. *Je s ní.*

Ne. Není. Dej už s tím pokoj. Udělám si sendvič, vyzuju se a schoulím na sofa s dálkovým ovládačem. Surfuju po kanálech a hledám *Birth Stories*, na které jsem si vytvořila závislost (jenom najít ten správný čudlík), a zvoní telefon.

„Ahoj,“ zdraví mě Luke jaksi udýchaně. „Becky, chtěl jsem ti jenom připomenout, že jsem na Finance Awards. Vrátím se pozdě.“

„Aha.“ Už si vlastně vzpomínám, o Finance Awards jsem věděla. Luke mě tam dokonce zval, ale mně se nechtělo strávit večer s nudnými a obstarožními finančníky. „Dobře. Tak se měj, poslyš, Lukeu…“

S bušícím srdcem se zarazím. Nevím, co bych měla říct, natož jak.

„Už musím jít.“ Mých nesnází si Luke vůbec *nevšiml.* „Tak ahoj.“

„Lukeu…,“ zkouším to na druhý pokus – ale telefon je už němý.

Chvíli civím do prázdna a hlavou mi probíhá dokonalý rozhovor, v němž se mě Luke zeptá, co se děje, a já na to „Vůbec nic“ a on „Ale ano, něco se děje“, a který končí jeho ujištěním, že miluje jenom mě, mě, mě, a prohlášením, že Venetia je perfidní rachomejtle – a co kdybychom si zítra vyrazili do Paříže?

Z televizní obrazovky na mě vyvřískne jakýsi program a vytrhne mě z mého snění. Shodou náhod jsem se dostala až na konec nabídky k málo známým televizním kanálům zaměřeným na podnikání a finance. Snažím se rozpomenout, jaké číslo má Living Channel, ale vtom zaostřím na korpulentního chlápka ve smokingu. Toho přece znám. Je to Alan Proctor z Foreland Investments. A ta holka vedle něj je Jill z *Portfolio Management*. Co se to propánakrále…

To mě podržte! Oni ten Finance Awards dávají nakonec v televizi!

Sice na naprosto okrajovém kanále – ale i tak! Narovnám se na pohovce a soustředím se na obrazovku. Možná tam uvidím Lukea!

„… vysíláme živě z Grosvenor House letošní Finance Awards…," říká právě moderátor. „Letos jsme přešli do nových prostor vzhledem ke stále většímu počtu…"

Jenom tak z legrace vezmu mobil a vytočím Lukeovo číslo. Kamera bloudí sálem a já si pozorně prohlížím všechny pány s černým motýlkem, kteří sedí u stolu. Támhle se Philip, můj bývalý editor z *Successful Saving*, žíznivě napájí vínem. A támhle ta holka z Lloyd's, která chodila na tiskové konference v jednom a tomtéž zeleném kostýmku…

„Ahoj, Becky," ozve se Luke jaksi úsečně. „Něco se stalo?"

„Ahoj," prohlásím. „Říkám si, co se tak zrovna děje na Finance Awards!"

Čekám, až kamera najede na Lukea. Abych mu mohla říct: „Hele, já tě zrovna vidím!"

„Pořád totéž, pořád totéž," prohlásí Luke po chvíli. „Narvaný dorchesterský sál… příšerní lidé…"

Dorchesterský sál?

Zaskočeně civím na telefon. Pak mě začne střídavě polévat horko a zima a rukou div nerozmáčknu sluchátko. Žádný šum v pozadí neslyším. Ten vůbec není v žádném nacpaném sále!

Lže.

„Becky? Jsi tam?"

„Já… hm… ano." Úlekem je mi na zvracení. „A s kým tam sedíš?"

„Sedím tu s… Mel. Už bych měl končit, srdíčko."

„No tak konči," říkám otupěle. „Ahoj."

Právě v tu chvíli najela kamera na Mel. Sedí mezi dvěma urostlými společníky. U celého stolu není jediná prázdná židle.

Luke mi lhal. Je někde jinde. S někým jiným.

Zářivá světla a hluk při udílení cen mi drásají nervy, a tak televizi vypnu. Chvíli jen tak sedím a civím do zdi – a pak omámeně uchopím sluchátko a vytáčím mámino číslo. S někým musím mluvit.

„Prosím?" Jen co uslyším její známý a konejšivý hlas, chce se mi brečet.

„Mami, tady je Becky."

„Becky! Jak se vede, holčičko? Co naše děťátko? Kope hodně?"

„Děťátku je hej," automaticky si sáhnu na břicho. „Ale já mám... problém."

„A o jaký problém jde?" ptá se máma zneklidněně. „Nejde doufám zase o ty lidi z Mastercard?"

„Ne! Je to... osobní."

„Osobní?"

„Já.... je to...," kousnu se do rtů a bleskne mi hlavou, že jsem si měla nejdřív promyslet, co jí řeknu. Mámě se s tím nemůžu svěřit. Zejména když mě varovala, že se něco takového může stát.

Možná bych se jí mohla zeptat na radu nějakou oklikou. Jako když lidé píšou do časopisů, že se to stalo jejich známému, a přitom to byli oni, koho nachytali v manželčině spodním prádle.

„Jde o... kolegyni z práce," trochu se mi třese hlas. „Myslím, že má v úmyslu... přejít do jiného oddělení. Mluvila s nimi za mými zády, chodí s nimi na oběd a právě jsem zjistila, že mi lže..." Slzy mi tečou po tvářích. „Máš na to nějakou radu?"

„To víš, že mám!" zasměje se máma. „Holčičko, je to jenom kolegyně! A ty přicházejí a odcházejí. Během pár týdnů na ni zapomeneš a zvykneš si na někoho jiného!"

„No jo," řeknu po chvíli.

Abych pravdu řekla, tohle mi tedy moc nepomohlo.

„Poslyš," zeptá se máma. „Koupilas už ten koš na pleny? Protože jeden senzační jsem viděla u Johna Lewise..."

„Vtip je v tom, mami...," zkouším to ještě jednou. „Vtip je v tom, že já mám tu svou kolegyni skutečně *ráda*. A jestli se stýká s těmi lidmi za mými zády..."

„Holčičko, o koho jde?" zneklidní máma. „Už jsem o ní někdy slyšela?"

„Prostě jsme si... tak nějak padly do oka. Byla s ní legrace a... dělaly jsme si velké plány... a víš, zdálo se, že nám to doopravdy spolu jde. Cítila jsem se s ní skutečně dobře..." V krku mi naroste velký knedlík. „Prostě si to bez ní neumím představit."

„Ale vždyť o ni nepřijdeš!" směje se mi máma. „I když přejde do jiného oddělení, můžete si spolu příležitostně zajít na kafe..."

„Příležitostně na kafe?" Z hlasu mi najednou vyšlehne bolest. „Nač mi bude příležitostné kafe?"

Při představě, že se s Lukem příležitostně setkáme u kávy, zatímco Venetia bude opodál ťukat netrpělivě nehty do stolu, se mi začnou valit slzy po tvářích.

„Becky?" vyleká se máma. „Holčičko? Co se to s tebou děje?"

„Ale nic," posmrkávám a mnu si obličej. „Jenom mě to trochu... vyvedlo z míry."

„Je to děvče pro tebe *skutečně* tak důležité?" Máma zřejmě neví, co si má o tom myslet. Slyším, jak táta v pozadí říká: „Něco se stalo?", a pak šustot, jak máma zakrývá sluchátko.

„To je Becky," slyším ji tlumeně. „Nejspíš ji asi trápí hormony, chudinku..."

No tohle! Mě žádné hormony netrápí. Mě trápí, že si můj manžel našel *jinou.*

„Poslyš, Becky," vrací se máma k telefonu. „A už sis s tou kamarádkou o tom promluvila? Požádalas ji o jasnou odpověď, jestli chce z tvého oddělení odejít? A víš vůbec nabeton, že máš správné informace?"

Mlčím a snažím se představit, jak se na to Lukea dnes večer, až přijde domů, otevřeně zeptám. Co udělám, když na mě začne řvát a bude předstírat, že na té slavnosti byl? A co když mi třeba řekne, že Venetii miluje a že mě kvůli ní opouští?

Z obou možností se mi dělá špatně.

„To není tak snadné," řeknu nakonec.

„Tobě se, Becky," povzdechne si máma, „do řešení problémů nikdy moc nechtělo, viď?"

„Ne," šoupám nohou po koberci. „Moc ne."

„Jenomže teď už jsi velká holka, miláčku," domlouvá mi laskavě máma. „A své problémy musíš nějak rozseknout. A jistě dobře víš, jak na to."

„Máš pravdu," zhluboka si povzdechnu a cítím, jak mi z těla vyprchává napětí. „Díky, mami."

„Opatruj se, holčičko. Nesmíš se kvůli všemu hned rozčilovat. Táta tě moc pozdravuje."

„Tak se měj, mami. Ahoj. A díky.“

S novým odhodláním vypínám telefon. Z toho je vidět, že máma ví všechno nejlíp. Přivedla mě k tomu, abych se konečně celé záležitosti postavila čelem. Už přesně vím, co udělám.

Najmu si soukromého detektiva.

Fakulta klasických studií
Oxfordská univerzita
Oxford
OX1 6TH

Paní R. Brandonové
37 Maida Vale Mansions
Maida Vale
Londýn NW6 0YF

3. listopadu 2003

Milá paní Brandonová,

děkuji Vám za telefonickou zprávu, kterou se mi má sekretářka pokusila co nejlépe vysvětlit.

Mrzí mě, že je Vám manžel podle Vašich slov patrně „nevěrný v latině“. Chápu, že Vás to jistě zneklidňuje, a s radostí Vám přeložím všechny esemesky, které nám pošlete. Doufám, že to přispěje k vyjasnění situace.

S pozdravem

Edmund Fortescue
profesor klasických studií

Denny and George
44 Floral Street
Covent Garden
Londýn W1

Paní R. Brandonové
37 Maida Vale Mansions
Maida Vale
Londýn NW6 0YF

4. listopadu 2003

Milá Rebecco,

děkujeme Vám za dopis. Je nám líto, že jste se rozešla se svým porodníkem.

Upřímně nás potěšilo, že jste u nás prožila tolik hezkých chvil a že cítíte, že jsme „perfektním místem, kde přivést dítě na svět". Nicméně máme obavy, že se nám nepodaří přeměnit náš obchod na dočasnou porodní jednotku, i když se jedná o tak starou a váženou zákaznici.

Vážíme si Vaší nabídky pojmenovat své dítě „Denny George Brandon", nicméně to bohužel naše rozhodnutí neovlivní.

Přejeme Vám lehký a rychlý porod.

Se srdečnými pozdravy,

Francesca Goodmanová
Ředitelka obchodního domu

REGAL AIRLINES

ředitelství
Preston House
354 Kingsway Londýn WC2 4th

Paní Rebecce Brandonové
37 Maida Vale Mansions
Maida Vale
Londýn NW6 0YF

4. listopadu 2003

Milá paní Brandonová,

děkuji Vám za dopis.

Zřejmě jste obětí hlubokého nedorozumění. Kdyby se Vám narodilo dítě během letu na palubě letadla Regal flight, nebylo by mu v žádném případě uděleno povolení na celoživotní bezplatné létání první třídou u naší společnosti. Ani Vy byste neobdržela povolení doprovázet své dítě „jako jeho opatrovník".

Naše letušky rozhodně „neasistovaly při porodu neuvěřitelné spousty dětí" a ráda bych upozornila na zásadu naší společnosti, která nedovoluje ženám po 36. týdnu těhotenství vstup na palubu.

Doufám, že s námi zase brzy poletíte.

Se srdečnými pozdravy,

Margaret McNairová,
vedoucí oddělení zákaznických služeb

KENNETH PRENDERGAST
Prendergast de Witt Connell
finanční poradenství
Forward House
394 High Holborn Londýn WCIV 7EX

Paní R. Brandonové
37 Maida Vale Mansions
Maida Vale
Londýn NW6 0YF

5. listopadu 2003

Milá paní Brandonová,

děkuji Vám za dopis.

Velmi mě znepokojila zpráva o Vašem „novém geniálním plánu". Důrazně Vám radím neinvestovat zbytek peněz pro své dítě do takzvaných Starožitností budoucnosti a vracím polaroid limitované série bikinek z Topshopu, který nehodlám komentovat. Podobné nákupy rozhodně nejsou žádná „tutovka", a určitě se nedá zbohatnout „už jenom tím, že toho člověk nakoupí dostatečné množství".

Mým vroucím přáním je upoutat Vaši pozornost na o něco konvenčnější investice, kupříkladu dluhopisy a firemní akcie.

S pozdravem,

Kenneth Prendergast
odborník na rodinné investice

Dvanáct

Vážně nechápu, proč jsem to neudělala už dávno. Jak správně říkala máma, potřebuju přesné informace. Stačí odpověď na jednoduchou otázku: Spí Luke s Venetií? Ano nebo ne.

A pokud *ano*...

Při tom pomyšlení se mi sevře žaludek a chvíli mělce dýchám. Nádech. Výdech. Nádech. Výdech. Ignorovat bolest. Budu to řešit, až to přijde.

Stojím ve stanici metra West Ruislip a pátrám v malém A-Z průvodci londýnskými ulicemi. Nikdy bych neřekla, že West Ruislip je místo, kde lze najít soukromé očko. (Jenomže já jsem si tak trochu představovala, že to bude vypadat jako centrum Chicaga ve čtyřicátých letech minulého století.)

Odbočím z hlavní ulice a cestou pozoruju vlastní odraz ve výkladních skříních. Dnes ráno jsem se nemohla rozhodnout, co si vzít na sebe. Nakonec jsem si oblékla jednoduché černé šaty s potiskem, klasické boty a na nos si nasadila obrovské černé brýle proti slunci. I když ty sluneční brýle nebyly asi nejlepší nápad. Kdyby mě v nich někdo viděl, nejspíš by si neřekl „Támhle kráčí jakási záhadná žena v černých brýlích", nýbrž „Podívejte, támhle si to hasí Becky v černých brýlích za soukromým očkem".

Z nervozity trochu zrychlím krok. Ještě jsem se pořádně nevzpamatovala z toho, že jsem se k tomu nakonec odhodlala. A šlo to jako po másle. Jako když se objednáváte na pedikúru. Zavolala jsem na číslo, které mi dal taxikář – ale dotyčný detektiv se právě chystal na Costa del Sol. (Nikoli aby sledoval nějakého šejdíře, nýbrž aby si o víkendu zahrál golf.) Tak jsem se podívala na internet – a ukázalo se, že soukromých detektivů jsou prostě mraky! Nakonec jsem se rozhodla pro

Davea Sharpnesse, soukromého detektiva se specializací na problémy v manželství, domluvili jsme si schůzku, a tak jsem teď tady. Ve West Ruislip.

Zahnu do postranní uličky a jsem na místě. Chvíli si dům prohlížím. Vůbec nevypadá podle mých představ. Totiž jako oprýskaná barabizna v úzké uličce s osamělou žárovkou v okně a omítkou kolem dveří eventuálně prošpikovanou děrami od kulek. Je to udržovaná několikapatrová budova se žaluziemi a malým trávníčkem před vchodem s instrukcí PROSÍM UDRŽUJTE ČISTOTU!

Proč ne! Soukromé očko nemusí být rovnou hned čuně, že? Zastrčím A-Z do kabelky, zamířím ke vchodu a zatlačím do skleněných dveří. Za přepážkou je do paperbacku zahloubaná jakási bledule s ledabyle přičísnutými vlasy v barvě temně fialového baklažánu. Koukne na mě a najednou mě od hlavy k patě polije hanba. Takových, jako jsem já, tu jistě viděla víc než dost.

„Jdu za Davem Sharpnessem," snažím se držet hlavu zpříma.

„Samo, milunko," bezvýrazným pohledem mi sjede k břichu. „Posaďte se."

Usednu na hnědou plastovou židli a ze stolku si vezmu *Reader's Digest.* Za chvilku se otevřou dveře a z nich se vyhrne muž mezi padesátkou a šedesátkou. S modrýma očima, rozježenými bílými vlasy, opálenou pletí a mohutným podbradkem.

„Dave Sharpness," prohlásí se sípáním zasloužilého kuřáka. „Pojďte dál, pojďte dál."

Jdu za ním do malé kanceláře s mahagonovým stolem a se žaluziemi v oknech. Stojí tu knihovna nadítá knihami, patrně pojednávajícími o právu, a kartotéka se složkami nadepsanými různými jmény. Na stole zahlédnu jednu s nápisem Brandonová a trochu se leknu. Tak tomuhle říkají diskrétnost? Co kdyby Luke z obchodních důvodů zašel do West Ruislip, prošel kolem okna a zahlédl tam moje jméno?

„Takže, paní Brandonová," chraplavě mě osloví Dave Sharpness a pokouší se vtěsnat za stůl, „nejdřív bych se rád představil. Než jsem se stal soukromým detektivem, třicet let jsem prodával automobily. Sám jsem utrpěl několik bolestných zkušeností, takže dobře vím, jaké trauma právě prožíváte." Nakloní se ke mně a podbradek se mu přitom zatřese. „Ujišťuju vás, že jsem odhodlaný na sto a *padesát* procent získat pro vás výsledky."

„Dobře. Výborně," polknu. „Hm... chtěla jsem vás požádat, jestli byste nemohl mou složku dát někam, kde by na ni nebylo vidět. Aby ji každý na první pohled na té polici nezahlédl."

„Ale to jsou atrapy, paní Brandonová," mávne Dave Sharpness rukou k polici. „Nemějte obavy. Vaše složka bude uložena ve vysoce bezpečném systému pro naše klienty."

„Aha, tak dobře," malinko se uklidním. „Vysoce bezpečný systém" na mě dělá docela dobrý dojem. Jako nějaký podzemní kryt se zakódovanými zámky, před nímž se protíná hustá síť infračervených laserových paprsků. „Aha... a jak ten systém vlastně vypadá?"

„Je to kartotéka v zadní části kanceláře." Lesklý obličej si otře kapesníkem. „Wendy, vedoucí naší administrativy, ji každý večer pečlivě uzamyká. A teď přejdeme k věci." Přitáhne si objemný notes. „Začneme od začátku. Máte obavy o svého muže. Myslíte si, že vás podvádí."

Najednou mám strašnou chuť na celé kolo vykřiknout: „Ne! Luke by mě nikdy nepodvedl!", vyskočit a zmizet odtud jako čoud.

Jenomže tím bych trochu nabourala původní plán, kvůli němuž jsem sem přišla.

„Já... nevím," říkám neochotně. „Možná. Jsme manželé už rok a všechno vypadalo báječně. Ale je tu ta... ženská. Venetia Carterová. Kdysi dávno spolu chodili a ona teď přijela do Londýna. Hodně se s ní vídá, ke mně se chová odměřeně a chladně, pořád si posílají *zašifrované* esemesky a včera večer...," nemůžu se pořádně nadechnout, a tak to zkrátím. „Prostě chci zjistit, co se děje."

„No to se vám ani nedivím," přikyvuje Dave Sharpness a čmárá si cosi do notesu. „Proč byste se měla dál trápit nejistotou?"

„Přesně," říkám.

„Chcete znát odpověď. Vaše instinkty vám napovídají, že se něco děje, ale vy nevíte přesně co."

„No právě!" Bože, jak ten mi rozumí!

„Potřebujete mít v ruce důkaz nevěry, čili fotografii."

„Já... totiž...," tím mě trochu zaskočil. Na fotografování jsem nepomyslela. Chtěla jsem jenom dostat jednoznačnou odpověď.

„Nebo video," podívá se na mě Dave Sharpness tázavě. „Veškeré důkazy vám můžeme též nahrát na DVD."

„*DVD?*" opakuju po něm šokovaně jako ozvěna. Možná jsem si to zas až tak dobře nepromyslela. Opravdu chci najmout někoho, kdo se bude za Lukem plížit s videokamerou? Co když na to přijde?

„Co kdybyste mi jenom *řekl*, jestli mi nevěrný je, nebo není?" nadhodím zkusmo. „Bez fotografování a videa?"

Dave Sharpness povytáhne obočí. „Paní Brandonová, věřte mi, že když na něco přijdeme, budete to chtít vidět na vlastní oči."

„Chcete říct... *pokud* na něco přijdete. Možná jsem to jenom špatně pochopila! Možná je všechno v naprostém..." Při pohledu na jeho výraz mi dojde řeč.

„První pravidlo vyšetřování manželských problémů," usměje se truchlivě Dave Sharpness, „zní, že dámy se málokdy mýlí. Ženská intuice, víme?"

Je to odborník. Měl by tomu rozumět.

„Takže vy si myslíte...," olíznu si najednou suché rty. „Vy si doopravdy myslíte..."

„Já si nemyslím nic," mávne Dave Sharpness trochu alibisticky rukou. „Já zjišťuju. Pokud laškuje s nějakou dámou, eventuálně se dvěma, nebo s celým ženským spolkem, pak to s mými operativci zjistíme a dodáme vám veškeré důkazy, které budete potřebovat."

„S celým ženským spolkem rozhodně nelaškuje!" zhrozím se. „Tím jsem si jistá! Jenom s tou jednou, s Venetií Carterovou...," zarazím se, když Dave Sharpness vztyčí káravě ukazováček.

„To už laskavě nechte na nás, ano? A teď potřebuju maximální množství informací, které jste mi schopná poskytnout. Všechny ženy, které zná – včetně jeho i vašich přátel. Kam všude chodí, všechny jeho zvyky. Rád odvádím svědomitou práci, paní Brandonová. Pořídím kompletní záznam o životě vašeho manžela včetně základních informací o všech významných dámách i pánech, s nimiž váš manžel přijde do styku. Na konci mého vyšetřování nebude nic, co byste o něm nevěděla."

„Podívejte,“ snažím se zachovat klid. „Já o Lukeovi vím všechno od *a* až po *zet*. Vyjma té jediné věci. Vždyť je to můj *muž*.“

„Kdybych tak měl libru za každou ženu, která mi tohle řekla,“ zasměje se Dave Sharpness chraplavě. „Tady mi všechno vypíšete do nejmenších podrobností. A my uděláme ten zbytek.“

Vytáhne čistý zápisník. Vezmu si ho od něj a při otáčení stránek mírně zneklidním.

„Budete chtít ode mě jeho... fotografii?“

„O tu se postaráme sami. Vy nám řeknete všechno o té ženě. Hlavně nic nevynechejte. Přátele..., kolegy..., máte sestru?“

„No..., ano,“ přisvědčím zaraženě. „Ale s tou by *nikdy*... jakože, ani za milion let...“

Dave Sharpness vrtí nadřazeně a pobaveně hlavou.

„To byste se kolikrát divila, paní Brandonová. Podle mých zkušeností, když už muž má nějaké tajemství, pak není nikdy samo.“

Podá mi propisovačku. „Nebojte se. Brzy vám podáme zprávu.“

Nahoru na stránku napíšu „Venetia Carterová“ a pak se zarazím.

Co to *dělám*?

„Když já nemůžu.“ Položím tužku na stůl. „Promiňte mi to. Najednou se cítím tak divně. Jako že bych to neměla dělat. Šmírovat vlastního manžela!“ Odstrčím židli a vstanu. „Neměla jsem sem chodit. Tady nemám co dělat!“

„Nemusíte se rozhodnout dnes,“ prohlásí nevzrušeně Dave Sharpness a přitáhne si krabičku s karamelami. „Ale řeknu vám, že všichni zákazníci, kteří podlehnou svému lepšímu já, se z devadesáti procent do týdne vrací. A mají zájem o totéž vyšetřování, akorát že ztratí týden. Být v tak pokročilém těhotenství...,“ podívá se mi významně na břicho, „příliš bych neotálel.“

„Víte,“ pomalu se sesouvám zpátky na židli, „když já jsem si to takhle nepředstavovala.“

„Slovo ‚šmírovat‘ tu neužíváme,“ dodá a pokrčí přitom baňatý nos. „Nikoho nijak netěší představa, že člověka, kterého má rád, nechává šmírovat. Raději používáme termín ‚pozorování na dálku‘.“

„Pozorování na dálku.“ To fakt zní lépe.

Otáčím v prstech porodní kámen a hlavou mi víří změť myšlenek. Možná na tom něco je. Kdybych teď odešla, do týdne bych byla zpátky. Možná bych se měla na tu tečkovanou čáru podepsat rovnou.

„Ale co když vás můj manžel objeví?" podívám se na něj. „Co když je čistý jako lilium a co když zjistí, že jsem na něj najala detektiva? V životě mi už pak neuvěří..."

„Dovolte, madam, abych vás uklidnil." Dave Sharpness pozvedne velebně pravici. „Všichni mí operativci pracují s maximální opatrností a diskrétností. Buď je váš manžel nevinný, a pak mu to nijak neublíží. Nebo nevinný není, a pak obdržíte důkaz, který budete potřebovat ke všem následujícím krokům. Mám-li být, paní Brandonová, zcela upřímný, na tomhle rozhodně nemůžete prodělat."

„Jste si tedy zcela jistý, že vás neuvidí?" ptám se pro jistotu ještě jednou.

„Žádný strach," Dave Sharpness se opět přidušeně uchechtne. „Paní Brandonová, já jsem profesionál."

Řeknu vám, že jsem nečekala, že najmout si soukromého detektiva mi dá takovou fušku. Než jsem napsala všechny informace, které po mě Dave Sharpness požadoval, bylo čtyřicet minut pryč. Pokaždé když jsem se mu snažila vysvětlit, že mě zajímá jen a pouze skutečnost, zda Luke chodí za Venetií, zvedl důstojně pravici se slovy: „Dejte na mě, paní Brandonová, když se nám něco podaří zjistit, budete ráda, že to víte."

„Hotovo," oddechnu si a přistrčím mu blok s popsanou stránkou. „Na nikoho jiného si už nevzpomenu."

„Výborně." Dave Sharpness nehtem přejíždí vypsaná jména. „Takže se do toho pustíme okamžitě. A pro vaši informaci, u vašeho manžela začneme takzvaným hloubkovým průzkumem."

„No tak jo," trochu se rozklepu. „A co to znamená?"

„Jeden z mých nejšikovnějších operativců bude po dobu čtrnácti dnů vašeho manžela všude sledovat jako stín a po tomto období se znovu sejdeme. Získáme-li mezitím nějakou informaci, zprostředkuju vám ji osobně. A požádal bych vás o zálohu..."

„No jistě," sahám po kabelce. „Pochopitelně."

„A jako pro novou zákaznici...," zašátrá v zásuvce a vytáhne letáček, „máme pro vás zvláštní nabídku."

Zvláštní nabídku? Copak si vážně myslí, že mě zajímají nějaké jeho debilní zvláštní nabídky? Mé *manželství* je možná v troskách. Vážně mě tou zvláštní nabídkou trochu urazil.

„Ale platí to jenom dnes," nevzdává se Dave Sharpness a podává mi letáček. „Za jednu cenu dostanete jeden a půl násobek služeb. Je to unikátní nabídka pro nové zákazníky. Byla by škoda toho nevyužít."

Nastane ticho. Malinko rozmrzele si musím přiznat, že mě to trošku chytlo.

„Co tím jako míníte?" pohodím zdráhavě rameny. „Jakože mi k tomu přihodíte ještě půlku detektiva?"

„Vy jste ale šprýmařka!" Dave Sharpness se svíjí smíchy. „To ne, ale když si k tomu objednáte ještě jedno vyšetřování, naúčtujeme vám jenom poloviční cenu. A nemusíte sem chodit dvakrát. Obě vyšetřování dovedeme do zdárného konce současně."

„Ale já už nepotřebuju vědět nic dalšího."

„Jste si tím vážně jistá?" Dave Sharpness na mě povytáhne obočí. „Dobře si to rozmyslete, paní Brandonová. Žádná, byť sebemenší záhadička, které byste chtěla přijít na kloub? Neztratila jste kupříkladu na někoho spojení? Má nabídka platí jenom dneska. Jestli jí nevyužijete, budete litovat." Podává mi letáček. „Podívejte se, jaké služby vám nabízíme..."

Už otevírám pusu, abych mu řekla, že mi s tím má dát – a hned ji zase zavřu.

Možná bych si to mohla nezávazně promyslet. Jakože, je to tak výhodné. Co když existuje ještě něco, co bych chtěla vědět? Očima přejíždím hesla na letáčku. Mohli by mi zjistit, kde bydlí nějaký můj bývalý spolužák, vyhledat auto UPS satelitem, nebo se prostě dozvědět něco víc o kamarádovi či sousedovi...

Páni. Už to mám!

Tedy, nemohla bych odpřisáhnout, že tu záležitost s obočím Dave Sharpness pochopil úplně správně. Ale snažila jsem se mu to vysvětlit co nejnázorněji, vše jsem mu podrobně namalovala a nakonec ho to přece jen zaujalo. Že prý jestli se mu nepodaří najít, kde si Jasmine nechává upravit obočí, tak mu titul Regionálního prodejce automobilů z roku 1989 (jihozápad) dali omylem. Sice nechápu, co to má společného s prací soukromého očka – ale to je jedno. Toho vyšetřování se ujme. Obou.

A je to. Jenomže teď zase mám strašné výčitky svědomí.

Čím blíže jsem k domovu, tím je má vina těžší – až není téměř k unesení. Utíkám do obchodu na konci naší ulice a kupuju Lukeovi kytici a pár čokoládek a na poslední chvíli tam přihodím miniaturní lahvičku s whiskou.

Na našem místě na parkovišti stojí jeho auto, takže už musí být doma. Cestou ve výtahu přemýšlím, co mu řeknu. Třeba že jsem byla celé odpoledne v práci.

Raději ne. Mohl tam z nějakého důvodu zavolat a dozvědět se, že jsem si na celé odpoledne vzala volno.

Tak mu řeknu, že jsem byla nakupovat. Na opačném konci města, než je West Ruislip.

No ale co když mě tam někdo zahlédl? Co když nějaký Lukeův zaměstnanec bydlí ve West Ruislip, pracuje doma a zavolal Lukeovi: „Že nevíš, koho jsem teď právě viděl? Tvou ženu!"

Tak tedy přiznám, že jsem byla ve West Ruislip. Ale kvůli... něčemu jinému. Kvůli hypnoterapeutce. Sláva! To je ono!

A to už stojím před našimi dveřmi, a když odemykám, srdce se mi úzkostí rozbuší.

„Ahoj!" do haly přiběhne Luke s obrovskou kyticí a já úžasem jenom otevřu pusu. *Oba* jsme si koupili kytici?

Proboha. On to ví!

Ne. Neblázni. Jak by se to mohl dozvědět? A proč by kvůli tomu kupoval kytku?

Zdá se, že i Lukea to trochu zaskočilo. „To jsem koupil pro tebe," prohlásí po chvíli.

„Aha," řeknu stísněně. „A... tohle jsem koupila zase já pro tebe."

Rozpačitě si vyměníme kytky a já dám Lukeovi ještě ty čokoládky a miniaturní whisku.

„Půjdeme...," Luke kývne ke kuchyni a já se jdu posadit na pohovku k malému stolečku. Pozdně odpolední slunce nám pálí do oken téměř jako v létě.

Luke si ke mně přisedne a napije se z láhve piva, kterou má na stole. „Jenom jsem se ti, Becky, chtěl omluvit." Mne si obočí, jako by si chtěl uspořádat myšlenky. „Já vím, že jsem tě poslední dobou zanedbával. Byl to takový divný čas. Ale... myslím si, že jsem se už toho, co mi dělalo starosti, zbavil."

Podívá se na mě a já mám pocit, že vím, o čem mluví. Je to mezi řádky! Nemohlo by to být jasnější. *To, co mi dělalo starosti.* To musí být ona. Venetia za ním přišla a on ji odmítl. To se mi právě snaží říct! Dal jí kopačky!

A já na něj najímám soukromé detektivy, jako bych mu nevěřila. Jako bych ho nemilovala.

„Lukeu, já se ti taky musím omluvit!" vykřiknu v návalu výčitek. „Strašně moc."

„A kvůli čemu?" podiví se Luke.

„Kvůli... ehm...." Ne abys mu to vyklopila, Becky! „Kvůli tomu..., že jsem zapomněla nakoupit pečivo. Vždycky mám kvůli tomu špatný pocit."

„Pojď sem," rozesměje se Luke a přitáhne mě k sobě, aby mě políbil. Chvíli tak sedíme a sluníčko nám pálí do tváří. Dítě se ve mně čile vrtí a oba se díváme, jak mi na břiše nadskakují šaty. Je to fakt praštěné, jak předpovídala Suze. Ale také napínavé.

„Tak," říká Luke s rukou na mém břiše, „kdypak se vydáme koupit kočárek?"

„Brzy!" s úlevou se k němu přitisknu. Luke mě miluje. Zase je svět krásný. Jestli jsem to *nevěděla*!

Komu:	Daveovi Sharpnessovi
Od:	Rebecca Brandonová
Předmět:	Luke Brandon

Milý pane Sharpnessi,
chci jenom potvrdit zprávu, kterou jsem Vám nechala na záznamníku. Chci ODVOLAT sledování mého manžela. Opakuju: ODVOLEJTE TO. Žádnou milenku určitě nemá.

Časem se Vám ozvu ohledně zálohy, kterou jsem Vám vyplatila.

S pozdravem
Rebecca Brandonová

FAKULTA KLASICKÝCH STUDIÍ
OXFORDSKÁ UNIVERZITA
OXFORD
OX1 6TH

Paní R. Brandonové
37 Maida Vale Mansions
Maida Vale
Londýn NW6 0YF

11. listopadu 2003

Milá paní Brandonová,

s radostí Vám přikládám překlady latinských textů, které jste mi poslala, a doufám, že Vám přinesou klid. Jsou totiž zcela neškodné. Kupříkladu „sum suci plena“ znamená „jsem temperamentní“, nikoli to, co jste předpokládala vy.

Kromě toho jste si podle mého názoru dělala zbytečné obavy z frází jako „licitum dic“, „fac me“ a slova „sex“, které v latině znamená „šest“.

Jestli Vám budu moct i nadále nějak prospět, s důvěrou se na mě obraťte. Co takhle pár hodin latiny?

Se srdečnými pozdravy

Edmund Fortescue,
profesor klasických studií

Třináct

Celý svět najednou vypadá úplně jinak, když vám manžel nezahýbá.

Náhle je telefonní rozhovor jenom telefonním rozhovorem. A textová zpráva jenom textovou zprávou. A pozdní příchod není důvod k hádce. Když se ještě navíc ukáže, že „fac me" vůbec *neznamená*… to, co jsem si původně myslela.

K tomu můžu jenom dodat, že díkybohu, že jsem to očko odvolala. Dokonce jsem spálila veškerou dokumentaci a stvrzenky, aby se toho Luke v žádném případě nemohl domáknout. (A když pak spustil požární alarm, musela jsem si rychle vymyslet vadnou kulmu.)

Luke je v současnosti mnohem uvolněnější, a dokonce se o ní čtrnáct dní ani nezmínil. Vyjma toho, když mu přišla pozvánka na setkání bývalých spolužáků z Cambridge a on nenuceně prohodil: „Vida, Ven mi o tom říkala." Jde o taneční zábavu pro smetánku v londýnském Guildhallu a já chci vypadat stejně báječně a oslnivě jako Catherine Zeta-Jonesová na Oscarech. Včera jsem si koupila *přenádherné* šatičky z temně modrého hedvábí, přiléhavé a sexy, a teď ještě k tomu potřebuju nějaké vhodné lodičky. (Ať se třeba Venetia těmi svými strašpytlovskými výstrahami udusí.)

Všechno je teď nádherné. Příští týden podepíšeme smlouvu na náš nový dům a včera večer jsme si povídali o tom, že u příležitosti našeho nastěhování a křtu uspořádáme obrovskou a velkolepou párty. A opravdu senzační novinka je, že dnes přijede Danny!

Přiletí hned ráno a jede rovnou do Looku, aby tam slavnostně oznámil spolupráci s obchodním domem a seznámil se s nezbytnými lidmi.

Když tam v půl desáté přijíždím, všude už panuje shon a napětí. V přízemí, kde se bude konat banket, stojí už stůl se skleničkami na šampaňské a na připraveném velkém plátně se bude promítat záznam poslední Dannyho přehlídky. Na tiskovou konferenci se dostavilo několik novinářů a všude se hemží pracovníci PR oddělení a rozdávají informativní balíčky.

„Rebecco," přibíhá ke mně Eric, než si stačím svléknout kabát. „Na slovíčko. Nevíte něco o tom modelu?"

Tohle je jediná vada na kráse. Danny přislíbil, že nám nejpozději do minulého týdne pošle nějaký návrh na ukázku. Jenomže zatím nic nepřišlo. Před několika dny jsem s ním o tom mluvila a on říkal, že ho už má z velké části hotový, že jenom potřebuje závěrečnou inspiraci. Což u něj může znamenat cokoliv. Nejspíš že ještě vůbec nezačal. O tomhle jsem se tedy před Erikem rozhodně nezmiňovala.

„Už to je ve finálním stadiu," tvrdím co možná nejpřesvědčivěji.

„Už jste ho viděla?"

„Samozřejmě!" zkřížím prsty za zády.

„A co to bude?" svraští obočí. „Bude to top? Šaty? Nebo co?"

„Je to... něco tak strašně...," mávnu neurčitě rukou. „Takové... že to musí člověk vidět na vlastní oči. Až to bude hotové."

Eric moc přesvědčeně nevypadá.

„Váš přítel pan Kovitz nám předložil *další* žádost," oznamuje mi. „Dva lístky do Euro Disneye." Zamračí se. „Co tam prokristapána bude dělat?"

Nejraději bych Dannyho uškrtila. Copak si nemůže ty lístky koupit sám?

„Hledat inspiraci!" dostanu spásný nápad. „Patrně bude vycházet ze satirického hodnocení... moderní kultury."

Erika jsem očividně příliš nepřesvědčila.

„Rebecco, ten váš plán je mnohem dražší, než jsem čekal," říká unaveně. „Kdybychom ty peníze investovali do konvenčního marketingu, přineslo by nám to větší užitek."

„To bude dobré, slibuju!"

„A co když ne?"

Najednou cítím hrozné zklamání. Proč musí být tak negativní? „No tak potom... dám výpověď!" slíbím s okázalým a rozmáchlým gestem. „Stačí? Spokojen?"

„Vezmu vás za slovo, Rebecco," kaboní se Eric.

„No tak prosím!" sebejistě se mu dívám do očí, dokud se neobrátí a neodejde.

Sakra. Právě jsem mu nabídla výpověď. Co mě to doháje popadlo? Právě uvažuju o tom, že se za ním rozběhnu a zavolám: „Ha, ha, jenom jsem žertovala!", ale zazvoní mi mobil.

„Prosím?"

„Dobrý den, Becky. Tady Buffy."

Potichounku si povzdechnu. Buffy je Dannyho asistentka a volala mi doslova a do písmene každý večer kvůli sebemenší hlouposti.

„Dobrý den, Buffy!" přinutím se k veselému tónu. „Co pro vás můžu udělat?"

„Chtěla jsem jen zkontrolovat, jestli je v hotelovém pokoji pana Kovitze všechno tak, jak si přál. 27 °C, televize naladěná na MTV a přímo u postele tři plechovky Dr Peppera?"

„Ano, všechno jsem tak objednala." Najednou mě něco napadne. „Buffy, kolik hodin je v New Yorku?"

„Čtyři ráno," odpoví vesele a já na mobil vykulím oči.

„Vy jste vstávala ve čtyři jenom proto, abyste si ověřila, že bude mít Danny v pokoji tři plechovky Dr Peppera?"

„Ale to nevadí!" cvrliká Buffy vesele. „To už prostě k práci v módním průmyslu patří!"

„Už je tady!" ozve se od dveří. „Danny Kovitz je už tu!"

„Buffy, už musím jít," skončím rychle hovor. Cestou ke dveřím zahlédnu venku stát limuzínu a pocítím vzrušení. To je úžasné, jak významným člověkem se Danny stal!

Pak se dveře rozletí – a už tu je! Jako vždy kost a kůže ve starých džínách a překrásném černém saku s jedním rukávem ze sypkoviny. Kudrnaté vlasy má rozježené a vypadá unaveně, ale když mě uvidí, oči se mu rozzáří a rozběhne se ke mně.

„Becky! Ach Bože, no to se podívejme!" Obejme mě. „Vypadáš *báječně*!"

„No to se podívejme!" opakuju po něm. „Naše velevzácná celebrita!"

„Ale jdi, copak já jsem za celebritu…" Tento pokus o skromnost nevydrží Dannymu ani dvě vteřiny. „No… tak dobře. Jsem celebrita. Není to šílené?“

Bezděky se rozhihňám. „To je tvůj doprovod?“ kývnu hlavou k ženě se sluchátky na hlavě, která jde za ním společně s plešatým hromotlukem, který vypadá na bodyguarda.

„To je má asistentka Carla.“

„Já myslela, že tvá asistentka je Buffy.“

„To je má druhá asistentka,“ upřesňuje Danny. „A tohle je Stan, můj bodyguard.“

„Ty potřebuješ bodyguarda?“ žasnu. Že bych Dannyho proslulost podcenila?

„No tak, ne že bych ho přímo *potřeboval*…,“ připouští Danny. „Ale myslel jsem si, že to bude dobře vypadat. Hele, objednala jsi mi do pokoje Dr Peppera?“

„Tři plechovky.“ Vidím přicházet Erika, a tak Dannyho rychle odvádím ke stolu se šampaňským. „No… a jak to vypadá s modelem,“ prohodím jako by nic. „Jakože, tlačí na mě šéf…“

Na Dannyho obličeji se objeví zaskočený výraz, který důvěrně znám. „Pracuju na tom, jasný?“ prohlásí. „Můj tým by pár nápadů měl, ale mně se moc nelíbí. Musím se vcítit do atmosféry tohohle domu… do vibrací Londýna…, možná načerpám nějakou inspiraci z ostatních evropských měst…“

Ostatních evropských *měst*?

„No dobře. A jak dlouho… to podle tebe potrvá? Přibližně?“

„Dovolte, abych se představil,“ přeruší nás Eric, kterému se podaří nás vypátrat. „Eric Wilmot. Marketingový šéf obchodního domu The Look. Vítejte v Británii.“ Se zasmušilým úsměvem potřese Dannymu rukou. „Je nám ctí spolupracovat s tak talentovaným a mladým návrhářem na báječném módním projektu.“

Tuhle větu má od začátku do konce ze zprávy pro tisk. Vím to, protože jsem ji psala.

„Danny mi právě říkal, že jen maličko schází k tomu, aby model dokončil!“ říkám Erikovi a modlím se, aby Danny držel jazyk za zuby. „Není to senzační? I když zatím tedy ještě přesně neví, kdy…“

„Pane Kovitzi?“ Plaše se k nám blíží asi tak dvacetiletá dívčina v zelených kozačkách a v kabátu z látky připomínající fólii. „Já jsem z *Fashion Student Gazette*. Jenom jsem vám přišla říct, že jsem vaše *obrovská* fanynka. V našem ročníku v Central Saint Martin's vám fandíme všichni. Mohla bych vám položit několik otázek ohledně vaší inspirace?“

Ha. Vidíš? Kouknu se vítězoslavně na Erika, ale na jeho zakaboněném výrazu se tím nic nezměnilo.

Je to tak vzrušující účastnit se velkého módního projektu ve velkém obchodním domě! A to i tehdy, když je zmíněný obchodní dům zcela bez zákazníků a drží se nad vodou jenom zázrakem.

Všichni řeční, i já. Brianna vysvětluje, o co jde, a děkuje všem novinářům za to, že přišli. Eric opakuje, jak je nadšený, že může spolupracovat s Dannym. Já vykládám, že Dannyho znám od chvíle, kdy ho začali prodávat v Barneys (vynechám podružné detaily typu, že se všechna jeho trička rozpadala ve švech a že mi kvůli němu málem dali padáka). Danny tvrdí, že je možností působit v Looku jako externista nadšený a že bezpečně ví, že se v Londýně během šesti měsíců nikam jinam chodit nakupovat nebude.

Na konci jsou všichni ve skvělé náladě. Všichni vyjma Erika.

„Působit jako externista?“ vybafne na mě, jen co mě zastihne samotnou. „Co to jeho externí působení jako znamená? Snad od nás nečeká, že ho budeme takhle obskakovat celý všivý rok?“

„Ne!“ uklidňuju ho. „To jistě ne!“

Možná bych si měla s Dannym trochu promluvit.

A když je šampaňské do poslední kapky vypito, novináři se vypaří jako pára nad hrncem. Brianna i Eric se odeberou do kanceláře a já s Dannym osamím. Nebo přesněji s Dannym a jeho suitou.

„Co kdybychom si zašli na oběd?“ navrhnu.

„Jasně!“ odpoví Danny a podívá se na Carlu, která okamžitě začne drnčet do sluchátek: „Travisi? Tady Carla. Mohl bys pro nás přijet?“

Jůůů! Pojedeme tam limuzínou!

„Nedaleko je opravdu příjemná hospůdka…,“ začnu, ale Carla mě přeruší.

„Buffy zamluvila místa ve třech restauracích, které doporučuje Zagat. V japonské, francouzské a ta třetí byla myslím italská…“

„A co marocká?“ ptá se Danny, když nám řidič otevírá dveře.

„Tak já Buffy ještě zavolám,“ nemrkne Carla okem. Když všichni nasedneme, volá: „Buffy, tady Carla. Mohla bys, prosím tě, zatím ponechat ty původní rezervace a najít na oběd nějakou marockou restauraci? Říkám *marockou*,“ slabikuje. „Londýn, západ, jedna. Díky, kočičko.“

„Dal bych si latte,“ vzpomene si najednou Danny. „Mokka latte.“

Carla nehne brvou a znovu mluví do telefonu.

„Haló, Travisi, tady Carla, mohl bys prosím tě zajet ke Starbucks. Ke *Starbucks*.“

O třicet vteřin později přijíždí limuzína ke Starbucks. Carla otevře dveře.

„Jenom mokka latte?“ ptá se.

„Hmmm,“ přikyvuje Danny a líně se protáhne.

„Nechceš něco, Stane?“ strčí Carla do bodyguarda, který rozvalený na sedadle poslouchá iPod.

„Co?“ otevře oči. „Vida, Starbucks. Dones mi kapučíno. S bohatou pěnou.“

Dveře automobilu se zabouchnou a já se vyjeveně otočím k Dannymu. To kolem něj jeho doprovod takhle skáče celý den?

„Danny…“

„Hmmm…?“ Danny ke mně zvedne oči od *Cosmo Girl*, kterou listuje. „Hele, není ti tady trochu zima? Mně teda je.“ Vezme telefon a: „Carlo, v autě je trochu zima. Dobře, díky.“

A je to.

„Danny, to je příšerné!“ zaječím. „To se nemůžeš domluvit s řidičem sám? Nebo si donést kafe?“

Danny očividně nechápe, o čem mluvím.

„No… to bych mohl,“ říká. „Asi jo.“ Zvoní mu telefon. „Ano, se skořicí. Ale to je smůla.“ Položí ruku přes mikrofon a říká: „Buffy nemůže najít marockou restauraci. Nevadila by libanonská?“

„Danny…,“ cítím se jako na jiné planetě. „Zrovna támhle je skutečně moc dobrá restaurace. Nemohli bychom si tam zajít? Jenom my dva, bez ostatních?"

„Aha," zdá se, že to Dannymu pomalu dochází. „No... jasně. Tak jdeme."

Vystupujeme z auta právě ve chvíli, kdy nám Carla přináší podnos s kávou.

„Stalo se něco?" prohlíží si nás znepokojeně.

„Jdeme se naobědvat," oznamuju. „Jenom Danny a já. Támhle." Ukážu prstem na restauraci U Anny.

„Dobře," Carla kývá hlavou, div si ji neulomí, jako že chápe situaci. „Skvělé! Hned vám zarezervuju místo..." K mému vrcholnému údivu sahá opět po telefonu. „Ahoj, Buffy, mohla bys prosím tě rezervovat stůl v restauraci U Anny, hned ti to vyhláskuju..."

Buffy je v *New Yorku*. A my tři metry před vchodem. Copak všem přeskočilo?

„Jste opravdu moc hodná, ale to vážně není třeba!" říkám Carle. „Ahoj!" Popadnu Dannyho za ruku a táhnu ho ke vchodu.

Je pravda, že chvíli musíme na stůl čekat. Ale co nejvíc vystrčím břicho a dělám smutné oči na vrchního – a za pár minut sedíme u rohového stolu a namáčíme si chleba do lahodného olivového oleje. To tedy byla úleva! Už jsem se bála, že budu muset zavolat Buffy a přiznat porážku.

„Jsem moc rád, že jsem tu," říká Danny, když mu číšník nalévá víno. „Na tebe, Becky!"

„Na tebe, Danny," přiťuknu mu sklenicí vody. „A na tvůj báječný model pro Look!" Úmyslně se chvíli odmlčím, aby to neznělo příliš nedočkavě. „Chtěl jsi mi předtím říct, kdy ho podle svého názoru budeš moct předvést?"

„Vážně?" podiví se Danny. „Hele, nechtěla bys se mnou jet příští týden do Paříže? Je tam *nejlepší* gay scéna..."

„Moc ráda!" přikývnu. „Vtip je, Danny, v tom, že my... to, abych tak řekla..., potřebujeme docela... rychle."

„Rychle?" Danny na mě vytřeští oči, jako bych mu provedla něco opravdu ošklivého. „Co myslíš tím rychle?"

„Hele, to ty dobře víš! Opravdu co nejdřív. Pokoušíme se ten obchod nějak zachránit, takže čím dřív, tím líp…“ Danny na mě upře vyčítavý pohled a mně dojde řeč.

„Můžu pracovat ‚rychle‘,“ procedí zhnuseně skrz zuby. „Klidně ti během pěti minut vyplivnu pár sračkových nápadů. Nebo můžu vytvořit něco *významného*. Jenže to chce *čas*. To je prostě tvořivost, promiň, že jsem umělec.“ Napije se a postaví sklenici na stůl.

Nemám odvahu mu říct, že pár sračkových nápadů zní mým uším jako rajská hudba.

Nebo že bych…

„Nějaká zlatá střední cesta tu není?“ odvážím se nakonec. „Jako… pár *slušných* nápadů řekněme… do týdne?“

„Do týdne?“ Danny vypadá ještě ukřivděněji než předtím.

„Nebo… tak nějak,“ ustupuju. „Ty jsi umělec, ty jistě víš, co ke své práci potřebuješ. Takže! Co si dáš k jídlu?“

Objednáme si penne (já) a humra (Danny) a speciální salát z křepelčích vajíček (Danny) a koktejl se šampaňským (Danny).

„Tak jak ses měla?“ vyptává se Danny, když konečně číšník odejde. „Já jsem měl teď velké trápení se svým přítelem Nathanem. Myslel jsem si, že má někoho jiného.“

„To já taky,“ svěřím se.

„Cože?“ Dannymu upadne překvapením dalamánek. „Ty sis myslela, že *Luke*…“

„… mi zahýbá,“ přikývnu

„To si děláš legraci.“ Zdá se, že to Dannyho skutečně překvapilo. „Ale vždyť vám to spolu tak jde.“

„Teď už ano,“ přisvědčím. „Už vím, že se nic neděje. Ale málem jsem ho nechala sledovat soukromým detektivem.“

„Nepovídej!“ Danny se nakloní ke mně a oči mu svítí jako reflektory. *„A jak to dopadlo?“*

„Zrušila jsem to.“

„Ach jo!“ Současně s dalamánkem přežvykuje Danny v duchu i mou zprávu.

„Je tu jistá *žena*. Má gynekoložka. A Luke s ní kdysi chodil.“

„Páni," zavrtí se Danny nadšeně. „Tak bývalá přítelkyně. No to je hrůza! A jak vypadá?"

Před očima se mi zjeví Venetia ve chvíli, kdy mě s triumfálně planoucíma očima donutila natáhnout si ty hnusné gumové punčocháče.

„Je to taková rusovlasá supermrcha a já ji hrozně nenávidím," vyhrknu s větší vervou, než jsem původně zamýšlela. „Říkám jí Cruella de Venetia."

„A ona bude rodit tvé dítě?" rozesměje se Danny. „To fakt myslíš vážně?"

„To není žádná legrace!" nedokážu udržet vážnou tvář a také se rozhihňám.

„U toho porodu bych chtěl být!" Danny napíchne olivu na koktejlové brčko. „‚Tlačte, maminko!' ‚A just ne, ty mrcho!' Na to bys měla prodávat lístky."

„Nech toho!" Od smíchu mě bolí břicho. Na stole mi mobil pípáním oznamuje, že mám textovou zprávu, a já si ho přitáhnu k sobě. „Hele, to je od Lukea! Prý sem zaskočí, aby tě pozdravil!" Zatímco jsme čekali na jídlo, poslala jsem Lukeovi zprávu, kde jsme.

„Prima." Danny se napije koktejlu. „Takže jste se zase udobřili?"

„Už je to dobré. Dokonce báječné. Zítra spolu půjdeme pro kočárek." Blaženě se na Dannyho usměju.

„Takže on ani neví, žes ho podezírala?"

„Několikrát jsem to nakousla," říkám pomalu a mažu si přitom další dalamánek máslem. „Ale on vždycky tvrdil, že se nic neděje. Už se o tom nechci bavit."

„Ani o tom šerlokovi neví?" zableskne se Dannymu v očích.

„O tom šerlokovi *už teprve ne.*" Přimhouřím oči. „Ne abys mu, Danny, něco *vyzvonil.*"

„Co si o mně myslíš!" prohlásí Danny s andělským výrazem a napije se koktejlu.

„Ahoj, lidi!" Otočím se a vidím, jak si Luke razí cestu nacpanou restaurací. Má na sobě nový oblek od Paula Smithe a v ruce drží BlackBerry. Nenápadně na mě mrkne a já mám co dělat, abych udržela vážný obličej, i když mnou při vzpomínce na dnešní ráno lomcuje smích.

A netěšte se, nic vám neřeknu. Jenom tolik, že jestli jsem tak „neatraktivní“ a „málo sexy“, jak naznačovala Venetia, tak proč by Luke...

No prostě... Obraťme list.

„Danny! To je ale doba!“

„Lukeu!“ Danny vyskočí ze židle a poplácává ho po zádech. „Rád tě vidím!“

„Blahopřeju ti ke všem tvým úspěchům!“ Luke si přitáhne od sousedního stolu židli: „Nemůžu se dlouho zdržet – ale chtěl jsem tě přivítat v Londýně!“

„Na zdraví, ty stará páko,“ prohlásí Danny nejvýraznějším londýnským dialektem, jaký jsem kdy slyšela. Vyzunkne koktejl do dna a mává na číšníka, aby mu přinesl další. „A já vám musím taky pogratulovat, děťátka!“ Položí mi zlehka ruku na břicho, a když ho dítě kopne, ucukne. „Ježkovy voči! Co to bylo?“

„To je, co!“ přikývne Luke s úsměvem. „A už to bude za pár týdnů!“

„Kristepane!“ Danny nemůže odtrhnout zrak od mého břicha. „Co když je tam další holka? Další Becky Bloomwoodová! Měl bys, Lukeu, raději rychle mazat do práce a vydělávat penízky. Mohly by se ti setsakra hodit.“

„Nech si to!“ plácnu ho přes ruku. Ale Luke už stejně vstává. „Já jsem jenom jel kolem. V autě na mě čeká Iain. Tak se měj, Danny. Ahoj, srdíčko.“ Políbí mě na čelo a pak opatrně vykoukne z restaurace, jako by po něčem pátral.

„Co to děláš?“ ptám se udiveně.

„Taková zvláštní...,“ zamračí se Luke. „Nechtěl jsem nic říkat, ale posledních pár dnů se mi zdá, jako by mě někdo sledoval.“

„Sledoval?“

„V jednom kuse vídám poblíž takový stejný ksicht,“ pokrčí rameny. „Včera se potloukal před kanceláří a teď jsem ho taky zahlédl.“

„Kdo by proboha...,“ zarazím se.

Sakra. Ne. Tak to *nemůže být.*

Vždyť jsem to zrušila. Ať se propadnu. Telefonovala jsem jim a nechala zprávu Daveu Sharpnessovi na záznamníku. A ještě jsem jim poslala e-mail.

Danny se na mě poťouchle šklebí.

„Jako by tě někdo sledoval, Lukeu?" předstírá úžas. „Kupříkladu… nějaký soukromý čmuchal?"

Tedy, já ho roztrhnu!

„Ale to asi nic nebude!" říkám trochu přiškrceným hlasem. „Jenom souhra náhod!"

„No, snad máte pravdu," přikývne Luke. „Ale stejně je to divné. Tak ahoj." Dotkne se mé ruky a už kličkuje mezi stoly k východu a my s Dannym ho sledujeme pohledem.

„Je to nádherné, když si manželé opravdově věří," podotkne Danny. „Jste šťastní lidé."

„Drž zobák!" hledám mobil. „Musím jim zavolat, aby s tím přestali!"

„Já myslel, žes to už udělala."

„Takyže jo! Před několika dny! Musí to být nějaký omyl!" Najdu vizitku, kterou mi dal Dave Sharpness, a když vyťukávám číslo, prsty se mi třesou rozčílením.

„Co myslíš, že Luke udělá, až zjistí, žes ho nechala sledovat?" ptá se Danny lehkým konverzačním tónem. „Mě by to teda docela namíchlo."

„Ty vážně umíš člověka povzbudit!" blýsknu po něm očima. „A mockrát ti děkuju za toho čmuchala!"

„No tak se nezlob!" plácne se Danny přes pusu v předstírané omluvě. „Když on by ale na to jinak nikdy nepřišel!"

Dostanu se na hlasovou schránku a zhluboka se nadechnu.

„Pane Sharpnessi, tady je Becky Brandonová. Zřejmě došlo k nějakému omylu. Chci, abyste ukončili sledování mého manžela Lukea. Už si od vás žádné informace nepřeju. Prosím, okamžitě odvolejte své operativce. Děkuju vám." Zadýchaně vypnu mobil a málem vyzunknu Dannyho koktejl až do dna. „Tak. A máme to z krku."

KENNETH PRENDERGAST
Prendergast de Witt Connell
finanční poradenství
Forward House
394 High Holborn Londýn WCIV 7EX

Paní R. Brandonové
37 Maida Vale Mansions
Maida Vale
Londýn NW6 0YF

20. listopadu 2003

Milá paní Brandonová,

děkuji Vám za dopis.

Zaregistroval jsem Váš nový akciový podíl ve společnosti London Cappuccino.

Doporučoval bych Vám, abyste nenakupovala žádné další akcie s odůvodněním, že jsou spojené s tak „báječnými výhodami", jako je balíček kávy zdarma. Měla byste zaměřit svůj zájem na solidní firmy s vyhlídkou dlouhodobého růstu.

Na Váš další dotaz odpovídám, že nevím o žádné diamantové společnosti, která by svým akcionářům nabízela zdarma diamanty.

S pozdravem,

Kenneth Prendergast
odborník na rodinné investice

Čtrnáct

Pevně doufám, že mou zprávu dostali. Nebo tu, kterou jsem jim nechala onehdy večer. Nebo tu, kterou jsem jim poslala dnes dopoledne. Svými výzvami, aby ukončil vyšetřování, jsem musela Daveovi Sharpnessovi zcela vyplnit hlasovou schránku. A stejně, dokud si s ním nepromluvím osobně, nebudu mít žádnou jistotu, že mou zprávu dostal.

Což by také mohlo znamenat, že ve sledování jednoduše pokračuje.

Když druhý den ráno vyrážíme s Lukem společně vybrat kočárek, mám veškeré smysly v pohotovosti. Také se mi zdá, že nás někdo pozoruje. Ale kde? Schovává se mezi stromy? Nebo sedí v autě a pozoruje nás dalekohledem?

Pomalu se šinu k venkovním schodům a očima střílím na všechny strany. Nalevo se ozve kovové cvaknutí a já si instinktivně zakryju rukama obličej – dokud si neuvědomím, že to není fotoaparát, nýbrž že si jenom někdo otevírá auto.

„Není ti nic, zlato?" podívá se na mě Luke užasle.

Kolem projde pošťák a já si ho podezíravě měřím. Je to *doopravdy* listonoš?

Ale ano. Je.

Utíkám za Lukem. „Nasedneme do auta. Hned."

Měli jsme si koupit auto s černými skly. Já to Lukeovi pořád *říkala.* A ještě tu vestavnou ledničku.

Právě když dojedeme k bráně našeho domu, zazvoní mi mobil a já přímo nadskočím. To načasování je mi strašně podezřelé. Bude to nejspíš soukromý detektiv se zprávou, že je ukrytý v kufru našeho auta. Nebo že jako snajpr číhá na protější budově a že má Lukea na mušce...

Nech toho. Nenajala jsem si přece zabijáka. To jistě nic není.

Ale i tak se mi ruka, kterou zvedám mobil, chvěje. „Ehm... prosím?" zakoktám nervózně.

„Ahoj, to jsem já!" slyším Suzein svěží hlas podmalovaný dětským výskotem. „Hele, kdyby tam měli fusak do sporťáku UrbanBaby s červeným lemováním, vzala bys mi ho? Já ti to pak zaplatím."

„Aha. Ehm... samozřejmě." Vezmu si tužku a poznamenám si to. „Ještě něco?"

„Ne, to je všechno. Už musím jít. Promluvíme si později!"

Odložím mobil a pořád mám divný pocit. Někdo nás sleduje, prostě to vím.

„Tak kam jedeme?" Luke se dívá na letáček a zapíná satelitní navigaci. Objeví se mapa a Luke protáhne otráveně obličej. „To je strašná dálka. Vážně musíme až tam?"

„Je to nejlepší obchod v celém Londýně! Podívej!" Předčítám mu z letáku. „Budete si u nás moct vyzkoušet špičkové výrobky do nejrůznějších terénů a naším labyrintem vás provede náš prodavač."

„Labyrintem kočárků, nebo skutečným labyrintem?" zajímá se Luke.

„Co já vím!" Ani po důkladném prozkoumání celého letáčku nejsem o nic moudřejší. „Ale každopádně tam mají největší výběr, a poradila mi to Suze."

„No tak dobře," s povytaženým obočím otáčí Luke auto do protisměru. Pak se zamračí do zadního okénka. „To auto mi připadá povědomé."

Kruci.

Snažím se nenápadně otočit hlavu příslušným směrem. Je to hnědý ford a sedí v něm jakýsi tmavovlasý chlap. Má poďobaný obličej a vypadá každým coulem na detektiva.

Kruci, kruci, kruci.

„Pustíme si rádio!" Projíždím stanicemi a zesílím zvuk, abych odvedla Lukeovu pozornost. „Koneckonců, proč by nám nemělo být povědomé? Vždyť takových hnědých fordů jsou na světě mraky. Pánbůhví kolik. Možná takových... pět milionů. Nebo možná deset..."

„Hnědých fordů?" Luke se na mě divně podívá. „Cože?"

Znovu se otočím. Hnědý ford je pryč. Kam zmizel?

„Ale já myslel ten kabriolet BMW, kolem kterého jsme projeli," vysvětluje Luke a trochu ztlumí rádio. „Takové auto má myslím Melin manžel."

„Jo ták," řeknu po chvíli a uklidním se. Možná bych měla trochu víc myslet, než něco plácnu.

Nějak mi uniklo, že to do Pram City trvá celou hodinu. Je to na úplně opačném konci Londýna. A navíc musíte auto nechat na speciálním parkovišti a zbytek cesty dojet autobusem. Ani to mi nedošlo, ale stejně. Stojí to za to, když budeme mít nejkrásnější a nejmodernější kočárek na světě!

Při nástupu do autobusu se podezíravě rozhlížím kolem – ale nikoho, kdo by vypadal na soukromého detektiva, nevidím. Jsou tam převážně nastávající rodiče jako my. Ledaže by..., co když Dave Sharpness najal na naše sledování *právě takový pár*?

Ne, už mi začíná harašit. Musím to pustit z hlavy. A byla by to skutečně taková katastrofa, kdyby na to Luke přišel? Alespoň by se ukázalo, že mi na našem manželství záleží. Když se to tak vezme, tak by mu vlastně mělo *lichotit*, že jsem ho nechala sledovat.

Já bych to tak brala!

S ostatními dvojicemi kráčíme k obrovským dveřím a hned za nimi mám pocit bláznivého štěstí. Jsme tu s Lukem a vybíráme kočárek. Přesně jak jsem o tom vždycky snila!

„No tak!" radostně se usmívám na Lukea. „Tak co myslíš? Odkud začneme?"

„Ježkovy voči!" vyhrkne Luke a rozhlíží se kolem. Nad námi se klene vysoká kupole a ze všech stran na nás nemilosrdně doráží klimatizace a ze zvukové aparatury dětská říkadla. Mezi sloupy jsou nataženy třímetrové plakáty s nápisy „Sportovní kočárky", „Golfové hole", „Kombinovaný systém", „Dvojčata a vícerčata".

„Tak co vlastně chceme?" mne si Luke čelo. „Kočárek? Kombinovaný systém? Nebo golfové hole?"

„Přijde na to." Přála bych si, aby to znělo znalecky, ale pravda je, že mám ze všech těch kočárků v hlavě pořádný zmatek. Suze se mi sice snažila vysvětlit rozdíl mezi normálním a sportovním kočárkem, ale já jsem se tak trochu cítila jako na tiskové konferenci v době, kdy jsem pracovala jako finanční žurnalistka. Otupěle jsem naslouchala všem argumentům pro otočná přední kolečka i proti nim, a když Suze domluvila, hanba mi znemožnila připustit, že jsem nepochopila ani slovo.

„Provedla jsem menší průzkum," dodám a vytáhnu z kabelky vlastnoruční seznam, který s nemalou pýchou podávám Lukeovi. Posledních několik týdnů jsem si zaznamenala název každého hezkého kočárku, který jsem uviděla – a že to nebyla žádná maličkost! Jeden jsem musela pronásledovat až na druhý konec High Street Kensington.

Luke vyjeveně listuje seznamem. „Ale, Becky, vždyť jich tady máš nejméně třicet!"

„Napsala jsem tam všechny, které jsem viděla! Stačí to jenom trochu proškrtat..."

„Mohl bych vám pomoct?" Oba se otočíme a vidíme nakrátko ostříhaného mládence, který míří k nám. Na tričku s krátkými rukávy má jmenovku s logem Pram City a jménem Stuart a jednou rukou před sebou tlačí fialové golfky s takovou bravurou, jako by vyhrál mistrovství světa v jízdě s kočárkem.

„Chtěli bychom kočárek," říká Luke.

„No jistě!" Stuart mi sklouzne očima na břicho. „Tak to blahopřeju! Jste tady poprvé?"

„Poprvé a naposled," zavrčí Luke. „Ne že bychom chtěli být nepříjemní, ale rádi bychom nakoupili komplet všechno při první návštěvě, že jo, Becky?"

„Rozhodně!" přikyvuju.

„Já vám rozumím. Glendo? Mohla bys to odvézt na místo? Do oddělení D." Stuart odstrčí po vyleštěné podlaze kočárek, který jede deset metrů k děvčeti, a pak se obrátí k nám. „Tak jaký typ byste chtěli?"

„Zatím přesně nevíme," mrknu po očku na Lukea. „Možná bychom potřebovali trochu pomoct."

„Samozřejmě!" přikyvuje Stuart. „Tak jdeme na to."

Vede nás doprostřed oddělení travel systémů a tam se jako průvodce muzeem zastaví.

„Žádní rodiče nejsou stejní," spustí jako kolovrátek. „Každé dítě je unikát. A tak než se vydáme dál, bych vás trochu vyzpovídal o vašem životním stylu, abych vás mohl navést správným směrem." Vezme do ruky notýsek, který mu bimbá u pasu na pružince. „Nejdříve si probereme terén. Kam budete s kočárkem jezdit? Po městě a na nákupy? Nebo na pěší turistiku? Nebo na vysokohorské túry?"

„Všude," odpovídám mírně zhypnotizovaná jeho hlasem.

„*Všude?*" vyjekne zděšeně Luke. „Becky, copak jezdíš na vysokohorské túry?"

„A co když na to náhodou dostanu chuť?" odseknu mu. „Co když se mi to zalíbí?" Už se vidím, jak na úpatí Everestu lehce jedním prstem postrkuju kočárek a jak z něj na mě dítě spokojeně brouká. „Nemyslím si, že by se v této fázi mělo něco tak radikálně vylučovat."

„Mhm-mhm...," udělá Stuart další poznámky do notesu. „No a teď, chtěli byste kočárek, který se dá složit snadno a lehce do auta? Aby z něj bylo možné udělat autosedačku? Chtěli byste raději něco lehkého a snadno ovladatelného, nebo masivního a bezpečného?"

Mrknu na Lukea, ale ten vypadá stejně zmateně jako já.

„No tak se na pár modelů podíváme," smiluje se nad námi Stuart. „Abyste se trochu rozkoukali."

Za půldruhé hodiny mám hlavu jako včelín. Viděli jsme kočárky, z nichž se dá udělat autosedačka, kočárky, které se skládají pomocí hydrauliky, trojkolky a čtyřkolky s koly jako od valníku, kočárky s německou matrací vybavenou speciálními pružinami, a nakonec jakousi vymoženost, která chrání dítě před smogem a je „jako dělaná na nákupy a na kafíčko". (Ta by se mi asi nejvíc zamlouvala.) Viděli jsme nepřeberné množství nánožníků, pláštěnek na kočárek, přebalovacích tašek a plátěných stříšek.

Co mě se týče, já bych hlasovala pro to kafíčko, ale Luke je zatím jako u vytržení. Nemůže se rozloučit s kočárkem s neuvěřitelně robustními maxikoly. Je potažený látkou s maskáčovým vzorem a vypadá, jako by vyjel ze seriálu Action Man.

„Hele, ono to má kloubový podvozek," jásá nad novým objevem. „Jakýpak má asi poloměr kružnice při otáčení?"

Prokristapána! To není žádné auto!

„Poloměr kružnice u tohoto modelu je vrchol dokonalosti," tvrdí Stuart s rozzářenýma očima. „Tenhleten Warrior je takový Humvee mezi terénními vozidly. Sledujete tu odpruženou nápravu?"

„Warrior?" zajíknu se zděšením. „Přece si nekoupíme kočárek, který se jmenuje Válečník?"

Neslyšel mě ani jeden.

„Tohle je opravdu zdařilá konstrukce," vrní rozkoší Luke s rukou na držadle. „Ten je podle mého gusta."

„To je kočárek pro pravého chlapa. Žádná taková módní serepatička," Stuart sjede opovržlivým pohledem golfové hole s potiskem od Lulu Guiness, které si zrovna prohlížím. „Nedávno k nám, pane Brandone, přišel bývalý příslušník SAS," ztlumí hlas a nakloní se k manželovi. „A vybral si přesně tenhle."

„Mně se taky moc zamlouvá," libuje si Luke a drncá s kočárkem sem a tam. „Becky, myslím, že bychom si měli vzít tenhle."

„Tak dobře," obrátím oči v sloup. „Ale bude jenom tvůj."

„Co tím jako myslíš, že jenom můj?" podívá se na mě Luke překvapeně.

„No protože já chci *tenhle*!" postavím si hlavu. „Protože je to omezená série s potiskem od Lulu Guiness, a navíc má zabudovaný držák na iPod. A hele ten slunečníček! Není sladký?"

„To nemůžeš myslet vážně," Luke ohrne nad mým kočárkem přezíravě nos. „Vždyť vypadá jako hračka pro panenky."

„No a ten tvůj zase vypadá jako tank! S takovou obludou mě na ulici nedostaneš!"

„Chtěl bych jenom upozornit," vmísí se taktně Stuart, „i když se mi oba kočárky, které jste si vybrali, nesmírně líbí, že ani jeden z těchto modelů nelze upravit na autosedačku ani na spaní, jak jste původně požadovali."

„No vážně!" Zadívám se na golfky od Lulu Guiness. „Máte pravdu."

„Jestli vám můžu radit, tak si dejte kafíčko a znovu si promyslete, co vlastně potřebujete. Možná to bude víc než jeden kočárek. Jeden do terénu, druhý na nákupy."

Ten má ale za ušima!

Stuart utíká k další dvojici a my s Lukem se šouráme do kavárny.

„Tak dobře," prohlásím, jen co najdeme volný stůl. „Dones nám kafe a já tady sestavím seznam toho, co vlastně potřebujeme."

Usednu na židli, vytáhnu tužku a seznam kočárků. Na zadní stranu napíšu „Seznam priorit" a podtrhnu.

Na takovou věc se musí jít nekompromisně a vědecky, jinak k ničemu nedojdeme.

Za několik minut přináší Luke podnos s kávou. „Tak k čemu jsi došla?" posadí se naproti mně.

„Podívej!" s tvářemi zardělými úsilím k němu zvednu oči. „Hele, šla jsem na to přísně logicky... a potřebujeme pět kočárků."

„*Pět?*" Lukeovi málem vypadne káva z rukou. „Becky, jak může jedno miminko potřebovat pět kočárků?"

„Může! Podívej!" Ukážu mu nakreslený vějíř. „Potřebujeme travel systém s přenosnou korbičkou pro dítě, když bude ještě malé," vypočítávám na prstech. „Golfovou tříkolku na procházky. Kočárek na nákupy a na kafíčko do města. Pak ten senzační skládací do auta. A od Lulu Guiness s držákem na iPod."

„A proč ten?"

„Protože... je prostě kouzelnej," zarputím se. „A budou ho mít všechny ostatní supermámy a tak!"

„Ostatní supermámy?" zadívá se na mě Luke nechápavě. No to snad není možné! Copak si vážně nic nepamatuje?

„Ve *Vogue*! A já musím být ze všech ta nejsuprovější!"

Kolem kavárny jde Stuart a Luke ho kývnutím přivolá.

„Promiňte. Má paní teď soudí, že musíme koupit *pět* kočárků. Mohl byste jí vysvětlit, že je to naprostá pošetilost?"

„To byste se divil, pane," Stuart na mě spiklenecky mrkne. „Máme zkušenosti, že se k nám zákazníci vrací pro další a další kočárky. A kdyby se vám podařilo nakoupit všechny potřebné kočárky při jediné návštěvě, pak by to jistě bylo naopak *navýsost* rozumné..." Při pohledu na Lukeův ledový pohled mu dojde řeč a odkašle si. „Nechtěli byste si pár kočárků vyzkoušet na naší kočárkové dráze, kde najdete všechny typy terénů? Třeba by vám to při výběru trochu pomohlo."

Kočárková dráha je na opačném konci obchodního domu a Stuart nám tam pomáhá dopravit všechny případné kandidáty.

„V Pram City jsme na naši kočárkovou dráhu velmi hrdi," brebentí a bez viditelné námahy tlačí před sebou v jedné řadě šest kočárků. „Na naší dráze najdete všechny typy povrchů, na které může kočárek narazit. Máme tu vyleštěný mramor nákupního centra, oblázkovou pláž, s níž se můžete setkat v létě u moře, i kamenné schodiště před katedrálou... a už jsme tady!"

Jůůů. To je vážně nádhera! Přibližně třicetimetrová dráha připomíná trochu koňské dostihy a od začátku do konce po ní rejdí lidé s kočárky a hlasitě si sdělují nejnovější dojmy. Na oblázcích se právě definitivně zasekla dívčina s golfovými holemi opatřenými růžovým slunečníčkem a v plážové sekci řádí dvě batolata a házejí po sobě písek.

„No to je eldorádo!" popadnu kočárek „nákupy + kafíčko" a mířím na start. „Kdo dřív, Mr Warrior!"

„To se ještě pozná!" Luke nasadí sveřepý výraz a uchopí masivní khaki držadlo. „Jak se to odbrzďuje?"

„Chachá, truhlíku!" vykviknu a rozjedu se s čiperným kočárkem po „dlážděné" sekci jako blesk. Za okamžik zahlédnu, že se Lukeovi podařilo to monstrum odbrzdit a – už mě dojel.

„Na mě *nemáš*!" zavrčím přes rameno a přidám na rychlosti.

„Můj Válečník je nepřemožitelný," haleká Luke hlasem filmové upoutávky. „Válečník nezná slovo porážka."

„Umí Válečník také *piruetu*?" rýpnu si. Dorazili jsme na mramorový povrch a můj kočárek si vede jako šampion! Postrčím ho jedním prstem a on prakticky vymaluje osmičku. „Viděl jsi? To je absolutně...," ohlédnu se po něm, ale Luke je už na oblázcích. „Vynechal jsi povinné figury!" rozlítím se. „Uděluju ti srážku pětadvaceti vteřin!"

Válečník jede po štěrku jako po másle, to se musí nechat. Přeletí přes oblázky jako pták. Zato mému kočárku to moc... nejde.

„Nechceš pomoct?" popichuje mě Luke, když vidí, s jakými obtížemi se probíjím kupředu. „Už tomu tvému šmejdu došel dech?"

„Já se svým dítětem nehodlám jezdit přes štěrkové výmoly," odpovím vlídně. Když dojedu na trávník, tak do něj jakoby náhodou narazím.

„Nemá tvůj favorit nějaké problémy s řízením?“ povytáhne Luke obočí.

„Chtěla jsem otestovat tvé airbagy,“ zacvrlikám. „Nějak nefungují.“

„To je od tebe tak hezké! Mohl bych vyzkoušet tvé?“ narazí do mého kočárku a já mu to s hihňáním oplatím. Opodál u ohrady stojí Stuart a pozoruje nás s lehkým znepokojením.

„Už jste se nějak rozhodli?“ volá na nás.

„Ano!“ přikyvuje Luke hlavou. „Bereme tři Válečníky.“

„Ticho!“ třepnu Lukea hřbetem ruky a on se dá do smíchu.

„Nechte ty čtyři…,“ zarazí se, když mu začne zvonit mobil. „Moment.“ Vytáhne mobil z kapsy a přiloží si ho k uchu. „Luke Brandon. Á, ahoj.“ Poodejde od kočárků a obrátí se ke mně zády. Možná bych si teď měla toho Válečníka vyzkoušet sama. Uchopím masivní držadlo a zkusmo zatlačím.

„No to snad ne!“ říká právě Luke rozzlobeně. S Válečníkem ho objedu, dokud mu nevidím do obličeje. Je napjatý a bledý, a tomu, kdo s ním mluví, naslouchá pozorně a zamračeně. *Stalo se něco?* Ptám se nehlasně, ale on se ke mně okamžitě otočí zády a ještě pár kroků poodejde.

„Dobře,“ slyším jeho hlas. „Budeme to muset… promyslet.“ Kráčí kolem kočárkové dráhy, drbe se rukou ve vlasech a přehlédne dokonce dvojici s tříkolkou, která před ním musí uskočit.

Trochu nervózně za ním tlačím Válečníka. Co se mohlo stát? Kdo mu to volal? Drncám za ním s kočárkem ze schodů a nakonec ho doženu v plážové sekci. Najednou dostanu strach. Luke tam konsternovaně stojí a v ruce drtí mobil.

„Jinak to nejde,“ opakuje sklesle. „Jinak to prostě nejde.“ Najednou si mě všimne a moc velkou radost mu to očividně neudělalo.

„Lukeu…“

„Já teď mluvím, Becky,“ okřikne mě nevrle. „Mohla bys mi dát na chvíli pokoj?“ Rázně ode mě odchází přes plážový písek a já tu stojím, dívám se za ním a mám pocit, jako by mi dal facku.

Já že mu mám dát pokoj?

Roztřesou se mi kolena. Co se stalo? Jednu chvíli tu dovádíme s kočárky, smějeme se a škádlíme, a zničehonic…

Najednou si uvědomím, že i mně začal v kabelce vyzvánět mobil. Dostanu bláznivý nápad, že je to Luke a že se mi třeba chce omluvit – ale zahlédnu ho na opačné straně kočárkové dráhy s mobilem dosud u ucha.

Vytáhnu mobil a přijmu hovor. „Prosím?“

„Paní Brandonová?“ zašumí mi z dálky do ucha. „Tady je Dave Sharpness.“

Prokristapána! To si tedy vybral chvíli!

„Konečně!“ obořím se na něj, jako by mohl za všechno mé trápení. „Už jsem vás zrušila, jasný? Jak to, že mého manžela pořád sledujete?“

„Ale paní Brandonová,“ uchechtne se Dave Sharpness, „kdybych měl penny za každou ženu, která hned druhý den sledování zruší, a pak prolévá hořké slzy…“

„Jenomže já jsem vás odvolat *chtěla*!“ Mám chuť ze zoufalství tím mobilem praštit. „Manžel ví, že ho někdo sleduje! Jednoho z vašich lidí viděl!“

„Aleale…,“ říká Dave Sharpness zaraženě. „No to se nemělo stát. Hned si s naším člověkem promluvím…“

„Všechny je odvolejte! Všechny je odvolejte, než mi to zničí manželství! A už mi nevolejte!“

V telefonu to rachotí čím dál víc.

„Už vás moc neslyším, paní Brandonová,“ dolehne ke mně jeho hlas jakoby z velké dálky. „Omlouvám se. Jedu právě do Liverpoolu.“

„Vždyť vám říkám, abyste s tím přestal!“ přidávám na hlase maximum, kterého se odvážím.

„No a ještě k tomu, co jsme zjistili! Právě proto vám volám, paní Brandonová. Už máme pro vás připravenou zprávu…,“ a hlas se mu rozplyne v moři praskání a atmosférických poruch.

„Vy jste něco…?“ Zírám oněměle na mobil a srdce mi buší jako zvon. „A co jste…, pane Sharpnessi? Jste tam?“

„… tutově vás budou zajímat fotografie…“

Praskání najednou přejde do oznamovacího tónu. Konec hovoru.

S rukou na držadle kočárku mám pocit, jako by mi nohy vrostly do písku. Fotografie? Nemyslí tím doufám…

„Becky!" Při zvuku Lukeova hlasu se tak leknu, že mi mobil vypadne z ruky. Luke se sehne, zvedne ho z písku a podá mi ho. Zastrčím mobil rychle do kapsy a nedokážu se na něj ani podívat.

Jaké fotografie?

„Becky, budu muset jít." Luke vypadá stejně nervózně jako já. „To byla... Mel. V podniku došlo k takovému... menšímu problému."

„Dobře," přikývnu a tlačím Válečníka na počátek dráhy. Strnule hledím před sebe. Jaké fotografie?

„Klidně si kup ten kočárek od Lulu Guiness," říká Luke, když dojdeme na start. „Mně je to jedno."

„Nebo Válečníka," snažím se polykáním zbavit knedlíku, který mi najednou vyrostl v krku. „Mně je to taky fuk!"

Všechna legrace a zábava je rázem pryč. Mrazí mě zlou předtuchou. Dave Sharpness získal důkazy, že Luke má... něco na svědomí. A kdo ví, co...

Patnáct

Tentokrát se už se slunečními brýlemi neobtěžuju. Vypustím i úsměv na recepční. Sedím na stejné hnědé umělohmotné židli jako minule, rovně, jako bych spolkla pravítko, cupuju papírový kapesník a v hlavě mi bzučí jediná myšlenka: *„To přece nemůže být pravda.“*

O víkendu se nedalo nic dělat. Musela jsem počkat do dnešního rána, dokud Luke neodešel do práce. Potřebovala jsem mít naprostou jistotu, že je pryč (dívala jsem se z okna a pak mu ještě dvakrát volala do auta, abych se stoprocentně ujistila, že se nějakou náhodou nevrací), a pak jsem sebrala veškerou odvahu a zavolala Daveovi Sharpnessovi do kanceláře. I potom jsem prakticky mluvila šeptem. Dovolala jsem se pouze recepční, která mi rozhodně odmítla poskytnout po telefonu jakékoli informace ohledně výsledků šetření. Takže dnes dopoledne v jedenáct hodin stojím zase v ulici West Ruislip.

Je to trochu jako zlý sen. Už toho měli přece dávno nechat. *Neměli* vlastně nic najít.

„Paní Brandonová,“ zvednu hlavu a připadám si jako pacient u lékaře. Stojí tam Dave Sharpness a ještě zkormouceněji než minule právě říká:. „Pojďte, prosím, dovnitř.“

S hluboce zarmouceným výrazem mě vede do kanceláře. V tu chvíli se rozhodnu, že si budu hrát na statečnou. Budu předstírat, že je mi případná Lukeova aférka absolutně fuk. Že jsem to chtěla vědět jenom z čiré zvědavosti. A že v podstatě docela *vítám*, že má jinou, protože jsem ho stejně už dávno chtěla pustit k vodě. Ano.

„Takže jste tedy skutečně něco objevil,“ prohodím nonšalantně a sedám si. „Interesantní.“ Bojuju aspoň o malinkatý úsměv.

„Jistě je to pro vás těžká chvíle, paní Brandonová.“ Dave Sharpness se ztěžka zapře lokty o stůl a nakloní se ke mně.

„Co vás nemá!" zatrylkuju bezstarostně. „Mně na tom zas tak moc nezáleží. Vždyť já mám taky přítele a chci s ním utéct do Monaka, takže oč vlastně jde?"

Davea Sharpnesse jsem očividně neošálila.

„Já si myslím, že vám na tom záleží," říká ještě smutněji. „Já si myslím, že vám na tom hodně moc záleží." Zírá na mě krví podlitýma očima tak soucitně, že ze mě v tu ránu veškeré předstírání spadne.

„No tak dobře, tak mi na tom záleží!" zaječím rozzuřeně. „Tak mi to už konečně vyklopte! Chodil za ní?"

Dave Sharpness kroutí hlavou a otevírá velkou žlutou obálku.

„Tato část práce není nikdy příliš veselá," povzdychne si, přehrabuje se papíry a pak se na mě zadívá. „Paní Brandonová, váš manžel vede dvojí život."

„Dvojí život?" div se neudusím.

„Už je to tak, není to člověk, za jakého jste ho pokládala."

Že Luke není člověk, za jakého jsem ho pokládala? Co jenom to ten chlap mele?

„A co tím jako chcete říct?" mám téměř chuť ho roztrhnout.

„Minulou středu sledoval jeden můj operativec vašeho manžela od odchodu z pracoviště. V hotelu se zapsal pod falešným jménem. Koupil koktejl několika... ženám... jistého druhu. Vy víte, jaký typ mám na mysli, paní Brandonová."

Jsem tak šokovaná, že nejsem schopná slova. Luke? S ženami jistého druhu?

„Můj zkušený operativec si jeho falešné jméno trochu proklepl." Upře na mě cituplný pohled. „Zjistil, že v minulosti s ním byly v jistých hotelech menší problémy. Mezi ním a těmi ženami opakovaně docházelo k... politováníhodným incidentům." Znechuceně nahlédne do svých záznamů. „Všechny tyto události se na základě finančního vyrovnání pokaždé ututlaly. Váš muž musí mít poměrně velký vliv. Můj operativec objevil několik dalších případů sexuálního obtěžování, též ututlaných..., obvinění ze zastrašování dvou lidí, opět smeteno pod stůl..."

„Přestaňte!" vykřiknu, protože ho už nedokážu poslouchat. „Kde jste tyhle hlouposti sebral? Vy nebo ten váš operativec? Můj manžel nepije koktejly s pochybnými ženami! A nikdy by nikoho *nezastrašoval*! Já ho znám!"

Dave Sharpness si zhluboka vzdychne. Opře se zády o opěradlo a složí si ruce na úctyhodném břiše.

„Cítím s vámi, paní Brandonová. Můžete mi věřit. Žádná žena nechce slyšet, že její muž není dokonalý."

„Já neříkám, že je *dokonalý*, ale..."

„Kdybyste věděla, kolik podvodníků jsme tu odhalili," dívá se na mě soucitnýma očima. „A žena je vždycky poslední, kdo se to dozví."

„Vy mi nerozumíte," obávám se, že mu v příští chvíli jednu vrazím. „Tohle nemůže být Luke. Prostě to *není možné!*"

„Je těžké vyrovnat se s pravdou," mele Dave Sharpness jako kafemlejnek neúnavně svou. „Vyžaduje to velkou odvahu."

„Přestaňte se mnou jednat jako s malou holkou!" vyvřísknu vztekle. „Já mám odvahy dost. Ale taky *vím*, že můj manžel není žádný násilník. Ukažte mi tu svou zprávu!" Vytrhnu mu složku z rukou a po stole se rozletí hromádka lesklých černobílých fotografií.

Vytřeštěně na ně hledím. Všechno to jsou fotografie Iaina Wheelera. Iain před Brandon Communications. Iain na schodech do hotelu.

„Tohle není můj manžel," podívám se na detektiva. „Tohle můj manžel *není*!"

„Takže se už začínáme někam dostávat," Dave Sharpness kývá s úlevou hlavou. „Osobnost vašeho manžela má dvě stránky, abych tak řekl."

„Drž už konečně zobák, ty mamlase jeden!" zařvu na něj podrážděně. „To je Iain! Sledovali jste úplně jiného člověka!"

„Cože?" Dave Sharpness se prudce napřímí. „Chcete snad říct, že doslovně nesprávného člověka?"

„To je jeden z manželových klientů. Iain Wheeler."

Dave Sharpness popadne jeden snímek a chvíli na něj tupě civí.

„Takže to není váš manžel?"

„Ne!" Najednou zahlédnu momentku, na níž Iain nastupuje do limuzíny. Vezmu ji a ukážu na rozmazaného Lukea, který stojí vzadu za autem. „*Tohle* je Luke! *Tohle* je můj manžel."

Dave Sharpness klouže pohledem z Lukea na Iaina, ze svých poznámek zpátky na Lukea a dýchá čím dál namáhavěji.

„Lee! Okamžitě k noze!" zařičí a najednou už nemluví jako uhlazený a důkladný profesionál, ale spíš jako notně rozzlobený Jiholondýňan.

Za okamžik se otevřou dveře a dovnitř strčí hlavu vyzáblé sedmnáctileté pískle s gameboyem v ruce.

„Ehm... má být?" ptá se pískle.

Tak *tohle* je ten zkušený operativec?

„Lee, mám s tebou ale kříž!" Dave Sharpness bouchne zuřivě rukou do stolu. „Už podruhé jsi to zazdil. Vždyť ty jsi, ty ňoumo, sledoval špatného člověka. Tohle není Luke Brandon!" Bodá prstem do fotografií. „*Tohle* je on."

„Fááákt?" drbe se Lee, kterého to nijak nevyvedlo z míry, na nose. „Do háje."

„Jo, do háje! Tak se mi zdá, že bys potřeboval nakopat pořádně do zadku!" Krk Davea Sharpnesse začíná nabývat nebezpečně tmavorůžového odstínu. „Jaks to mohl tak zkonit?"

„Vím já?" krčí Lee nejistě rameny. „Vytáhl jsem jeho fotku z novin." Hrábne do složky a vybere výstřižek z *Timesů.*

Znám tu fotku. Je to momentka, která zachycuje Lukea a Iaina při rozhovoru na tiskové konferenci Arcodasu. „Hele, tady, podívej se!" brání se Lee. „Stojí tady černé na bílém ‚Luke Brandon (vpravo) se radí s Iainem Wheelerem (vlevo)'."

„Na té popisce to zvorali," soptím. „Druhý den se hned omluvili. Vy jste si to *neověřil*?"

Lee je už očima zase u svého gameboye.

„Odpověz dámě!" zařve Dave Sharpness. „Ty jeden darmožroute!"

„Hele, otěcko, tak jsem ujel, no!" zakňourá Lee.

Otěcko?

Takže, soukromé očko si už ve Zlatých stránkách nikdy vybírat nebudu.

„Paní Brandonová...," Dave Sharpness se očividně snaží získat ztracený klid. „Nezbývá mi než se omluvit. Pochopitelně, že obnovíme vyšetřování, zcela zdarma, a tentokrát se zaměříme na pravou osobu..."

„Ne!“ skočím mu do řeči rázně. „Nechte toho, jasný? Mám už toho plné zuby.“

Najednou mám strašně divný pocit. Jak jsem si mohla najmout detektiva na sledování Lukea? A co v takové díře vůbec dělám? Prudce vstanu. „Já půjdu. Už mi, prosím, nevolejte.“

„Já vás chápu,“ Dave Sharpness chvatně odstrkuje židli. „Lee, jdi mi z očí! Nechtěla byste se, paní Brandonová, podívat, co dalšího jsme zjistili…?“

„*Dalšího*?“ Otočím se na něj překvapeně. „Vy si vážně myslíte, že chci slyšet ještě něco jiného?“

„No, byla tu ta věc s obočím,“ taktně si odkašle Dave Sharpness.

„Aha, tak to je jiná.“ Zastavím se. To mi úplně vypadlo z hlavy.

„Všechno je tady.“ Dave Sharpness využije příležitosti a vtiskne mi velkou obálku do ruky. „Podrobnosti o terapeutce a jejích metodách, fotografie, záznamy ze sledování…“

Mám chuť mu obálku omlátit o hlavu a hrdě odtud odejít.

Jenomže… Jasmine má opravdu moc hezké obočí.

„Tak já se tam tedy trošinku podívám,“ nechám se nakonec přemluvit, ale snažím se neztratit výraz morální převahy.

„Máte tam ještě pár dalších informací,“ utíká za mnou Dave Sharpness ke dveřím, „které jsme získali v souvislosti s případem vašeho manžela. Kupříkladu vaše kamarádka Susan Cleath-Stuartová. Je z ní teď pěkně zazobaná panička.“

Otočí se mi žaludek. On se šťoural i v Suzeině životě?

„Její majetek byl odhadnut na…“

„Držte *hubu*!“ zařvu zuřivě. „Už o vás do smrti nechci slyšet! A jestli kdokoli z vašich lidí bude sledovat Lukea nebo některého z mých přátel, volám okamžitě policii.“

„Samozřejmě,“ přikyvuje Dave Sharpness tak vehementně, jako by mě právě napadlo něco úžasného. „Já vás chápu.“

Doklopýtám na konec ulice a zastavím si taxík. Uvnitř se zavěsím na držadlo, protože se mi podaří uvolnit až ve chvíli, kdy máme West Ruislip daleko za zády. Na velkou manilovou obálku, která mi leží v klíně jako strašlivý důkaz mé viny, se téměř nedokážu podívat. I když mám teď pocit, že odnést ji odtud nebyl možná tak špatný nápad. Všechny informace strčím do skartovacího stroje a zničím. A pak ještě všechno rozcupuju na maličké kousíčky, aby Luke nemohl nikdy přijít na to, co jsem udělala.

Najednou vůbec nerozumím tomu, jak jsem tam mohla jít. Jsme s Lukem manželé, a ti by se neměli dávat sledovat. Vždyť se to prakticky píše v manželských slibech: „Milovat se, pečovat o sebe a nikdy na sebe nepoštvat šerloky z West Ruislip."

Měli bychom si důvěřovat. Měli bychom si *věřit*. Impulzivně vezmu mobil a vyťukám Lukeovo číslo. „Ahoj, miláčku!" vyhrknu, hned jak dostanu spojení. „To jsem já."

„Ahoj, snad se něco…"

„Nic se nestalo. Jenom mě tak napadlo," zhluboka se nadechnu, „jak ti onehdy kdosi zavolal do toho obchodu s kočárky. Trochu tě to vyvedlo z míry. Stalo se něco?"

„Moc se omlouvám, Becky," říká velmi zkroušeně. „Opravdu. Trochu jsem tam… ztratil nervy. Nebylo to nic tak vážného. A navíc se to určitě dá do pořádku. Neboj se."

„Tak dobře," najednou si zhluboka oddechnu. Až teď si uvědomím, že jsem celou dobu zadržovala dech.

Je to jeho práce. Tak to prostě chodí. Luke má neustále nějaké menší problémy nebo signály, že by k nim mohlo dojít, které musí řešit a které ho občas stresují. Tomu se prostě vedoucí velkého podniku nevyhne.

„Tak se měj, srdíčko. Už se chystáš na ten slavný večírek?"

Dnes se koná setkání bývalých absolventů fakulty. Málem jsem na to zapomněla. „Nemůžu se dočkat! Tak ahoj, Lukeu."

Odložím mobil a několikrát se zhluboka nadechnu. Hlavní je, že Luke nemá tušení, že jsem šla za soukromým detektivem. A že se to nikdy nedozví.

Když vjíždíme do západního Londýna, do míst, která důvěrně znám, otevřu složku a probírám se fotografiemi a zápisy ze sledování. Proč bych si nepřečetla, než to zničím, kde si Jasmine nechává upravit obočí. Narazím na rozmazanou momentku Suze na High Street Kensington a v následném návalu hanby zavřu oči. V životě jsem udělala pár opravdu hrozných chyb, ale tahle je bez diskuze ze všech nejhorší. Jak jsem mohla předhodit svou nejlepší kamarádku takovému šupáckému detektivovi?

Následných deset fotografií s Venetií prohlížím jenom zběžně. Nechci ji vidět. Pak je tam pár záběrů Mel, Lukeovy asistentky, jak vychází z kanceláře... a pak... Proboha, není to snad *Lulu*?

Dívám se užasle na snímek. Pak si vzpomenu, že jsem ji uvedla v seznamu žen, které Luke zná. Poznamenala jsem tehdy, že s ní Luke nijak zvlášť nevychází, ale Dave Sharpness znalecky prohlásil: „To se tak často jen předstírá." Blbec. Patrně očekával, že přistihne Lukea s Lulu ve žhavém objetí nebo tak něco.

No počkat. Trochu vyjeveně se zadívám na fotografii pozorněji. To snad není...

Jak by mohla...

Přitisknu si ruku na ústa, trochu překvapením a trochu snahou nevyprsknout smíchy. Teď už je mi jasné, že najmout si soukromé očko byla strašná hloupost, ale tenhle snímek určitě Suze potěší.

Právě strkám fotografie s materiály do obálky, když mi zazvoní mobil. „Ano?" hlásím se obezřetně.

„Becky, tady je Jasmine!" ozve se vzrušený hlas. „Hodláš se vůbec někdy dostavit, nebo jak?"

Překvapeně se na sedadle napřímím. Tak především by mě ani ve snu nenapadlo, že si někdo mého pozdního příchodu všimne. A zadruhé jsem ještě Jasminu neslyšela mluvit jinak než znuděně a otráveně.

„Už jedu," říkám. „Stalo se něco?"

„Máš tady svého kámoše Dannyho Kovitze."

Žaludek se mi sevře hrůzou. Hlavně mi neříkej, že ztratil zájem. Hlavně mi neříkej, že se na nás vykašlal.

„Nějaký... problém?" Hrdlo se mi stáhne úzkostí.

„Co tě vede! Už má ten model! A právě ho přinesl. A je senzační!"

Konečně, *konečně* se něco daří! Po příjezdu do Looku mířím okamžitě do zasedacího sálu v šestém patře, kam se všichni přišli podívat na model.

Ve výtahu narazím na rozzářenou Jasmine.

„To je taková bomba!" vypráví nadšeně. „Zřejmě na tom pracoval celou noc. Prý tu pravou inspiraci, kterou potřeboval, získal až v Británii. Všichni jsou opravdu nadšením bez sebe. Bude to určitě trhák! Už jsem esemeskovala všem svým kámoškám a všechny to chtějí."

„No to je báječné!" říkám překvapeně.

Ani nevím, co mě víc ohromilo, jestli skutečnost, žc Danny svůj návrh dokončil, nebo to, že Jasmine tak ožila.

„Tady jsou..." Otevře masivní dveře ze světlého dřeva do zasedací síně a hned za nimi uslyším Dannyho hlas. Sedí na dlouhém stole a promlouvá k Erikovi, Brianně a k celému marketingovému a PR oddělení.

„Potřeboval jsem už jenom poslední podnět, aby přeskočila jiskra," vysvětluje právě. „A jen co jsem ho dostal..."

„Je to tak zvláštní!" rozplývá se zrovna Brianna. „Tak *originální.*"

„Becky!" všimne si mě najednou Danny. „Pojď se na to podívat! Carlo, přines to sem."

Mávne k ní rukou – a já zalapám po dechu.

„No tohle!" nedokážu se ovládnout a zděšením vyjeknu.

Dannyho model je tričko s nabíranými švy a střapatými zřasenými rukávy, příznačným rysem Dannyho návrhů. Na světle modrém pozadí je v náznaku stylu šedesátých let namalovaná panenka se zrzavými vlasy. A pod ní stojí nápis:

**JE TO RUSOVLASÁ SUPERMRCHA
A JÁ JI NENÁVIDÍM**

Dívám se na Dannyho, pak zase na tričko a zpět na Dannyho.

„To snad...," ani mě neposlouchají rty. „Danny, to přece nemůžeš..."

„Není to skvělé?" ptá se Jasmine.

„Časopisy z toho budou *bez sebe,*" jásá dívka z PR oddělení. „Už jsme zaslali do *In-Style* malinkou neoficiální upoutávečku a prý to zařadí do sloupku *To musíte mít!* A k tomu s nákupní taškou ve stejném stylu... *Všichni* se po tom utlučou."

„To je tak báječný slogan!“ žasne kdosi. „Je to rusovlasá supermrcha a já ji nenávidím!“

Celá místnost se zasměje, až na mě. Já se z toho pořád nemůžu vzpamatovat. Co na to řekne Venetia? A co Luke?

„Musíme to dostat na autobusové zastávky, na plakáty, do časopisů…,“ dívka z PR není k zastavení. „Danny měl báječný nápad, abychom to prodávali i jako těhotenskou blůzku.“

Zděšením sebou trhnu tak silně, až mi hlava nadskočí. Jaký že měl nápad?

„No to se ti, Danny, vážně povedlo!“ probodávám ho očima.

„Já si to hned říkal,“ usměje se na mě s andělskýma očima. „Nechtěla bys jednu na porod?“

„No a kde jste se nakonec inspiroval, pane Kovitzi?“ dotírá nedočkavě mladý marketingový asistent.

„Kdopak je ta rusovlasá supermrcha,“ zajímá se vesele dívčina z PR. „Doufám, že jí nebude vadit, že bude figurovat na stovkách triček!“

„Co bys řekla, Becky?“ mrkne na mě Danny šibalsky.

„Becky ji snad *zná*?“ ptá se překvapeně Brianna. „Ta supermrcha je skutečná?“

Všichni ke mně najednou se zájmem otočí hlavu.

„Ne!“ koktám rychle. „Ne! V žádném případě. Nic takového… jakože… právě… mě napadlo… Co kdybychom ten model trochu rozšířili? Třeba o blondýnky a brunetky.“

„To opravdu není tak špatný nápad,“ přisvědčí Brianna. „Co myslíte, Danny?“

Na chvíli trnu v obavách, že určitě namítne: „Ani nápad, musí to být rusovláska, protože přesně stejné vlasy má i Venetia.“ Ale díkybohu na to kývne.

„No proč ne. Vyberte si supermrchu podle svého gusta.“ Zničehonic si mohutně zívne jako kočka. „Nemáte tu ještě trochu kávy?“

Sláva. Pohroma je odvrácena. Vezmu si domů „blond“ verzi a Luke se o originálu nikdy nedozví.

„To nám vážně bodne!“ prohlásí Carla, když nalévá kávu. „Byli jsme vzhůru celou noc. Danny dokončil model kolem druhé. Pak jsme ještě hledali v Hoxtonu tiskárnu s nočním provozem, aby nám udělali prototyp."

„Moc vám děkujeme za vaši svědomitou práci," vloží se těžkopádně Eric. „Jménem obchodního domu The Look vám, Danny, a celému vašemu týmu."

„Vaše díky přijímáme," zatváří se Danny roztomile. „A rád bych poděkoval Becky Bloomwoodové, jejímž duševním dítkem celá tato spolupráce je." Začne tleskat a já se neochotně pousměju. Na Dannyho se člověk vážně nemůže moc dlouho zlobit. „Na Becky, mou múzu," dodá Danny a pozvedne k přípitku hrnek s kávou, který mu Carla přinesla. „A na toho malého amorka."

„Díky," pozvednu i já svůj šálek. „Na tebe, Danny."

„Ty jsi jeho múza?" špitne mi Jasmine do ucha. „Ježkovy voči, to je ale super!"

„Ale jdi...," pohodím ramenem, jako by o nic nešlo. Ale uvnitř se tetelím blahem. Odjakživa jsem chtěla být múzou nějakého módního návrháře!

Tak už to chodí. Když je člověk málem na lopatkách, najednou se všechno obrátí. Dnešek byl přibližně milionkrát lepší, než jsem čekala. Ukázalo se, že Luke nevede dvojí život. Dannyho model bude trhák a ze mě se stala múza!

Do večera jsem se několikrát převlékla, protože módní múzy přece rády experimentují se svým vzhledem. Nakonec se rozhodnu pro růžové šifonové šaty v empírovém střihu, pod nimiž šikovně schovám bříško, přes ně si navléknu prototyp Dannyho trička a zelený sametový kabát a na hlavu si posadím černý klobouk s třásněmi.

Jakožto múza musím začít nosit víc klobouků. A taky broží.

O půl šesté se u vchodu do oddělení osobních nákupů objeví Danny. Podivím se: „Ty jsi ještě tady? Kam ses schoval?"

„Ale... jen tak jsem se potloukal po pánských oděvech," prohlásí velmi nenápadně. „Ten Tristan, který tam pracuje. Krucipísek, ten je nádherný!"

„Tristan není gay," blesknu po Dannym očima.

„*I přesto,*" říká Danny a v úseku „Cruisewear" se zastaví u jedné růžové róby. „Tohle je ale *hnus*, Becky. Takové věci bys neměla prodávat."

Je ve stavu absolutního rozjaření, jako vždy, když dokončí nějaký model. Takový býval už v New Yorku.

„Kdepak máš svůj ‚doprovod'?" ptám se a obrátím přitom oči v sloup. Ale Danny na mé popíchnutí nereaguje.

„Ten dělá na smlouvách," mávne rukou. „A Stan si vzal auto a jel se podívat na nějaké pamětihodnosti. Ještě v Londýně nebyl. Nedala by sis něco k pití?"

„Musím domů," podívám se váhavě na hodinky. „Dneska jdu na to Lukeovo slavné setkání spolužáků."

„Jenom na chvilinku," loudí Danny. „Vždyť jsme si ještě ani pořádně *nepokecali*. Hele, co to máš za klobouk?"

„Líbí se ti?" dotknu se rozpačitě klobouku. „Cítila jsem se najednou jako chmýříčko."

„Chmýříčko," Danny na mě zaostří podmračený pohled. „To je bezva nápad."

„Že jo!" nafouknu se. Možná svou novou kolekci založí na třásních a bude to můj nápad! „Ty, poslyš, snad mě nechceš malovat nebo tak něco...," prohodím přátelsky, ale Danny mě neposlouchá. Obchází mě kolem dokola a nespouští přitom pohled z mého obličeje.

„Ty by sis měla vzít nějaké nadýchané boa," prohlásí najednou. „Takové to veliké. Jakože... *obrovité*."

Obrovité nadýchané boa. To je senzační nápad. Možná to bude další trhák. Jako nová Fendi baguette!

„Boa máme v oddělení doplňků," říkám. „Pojď se tam podívat!" Vezmu si kabelku, ujistím se, že žlutá obálka je tam, kde má být, a pak ji pečlivě zavřu na zip. Obálku zničím, hned jak přijdu domů. Až se Luke nebude dívat.

Sjíždíme po eskalátoru do přízemí, kde máme oddělení doplňků.

„Právě zavíráme...," spustí Jane, vedoucí oddělení, hned jak nás spatří.

„Promiňte," omlouvám se udýchaně, zatímco se Danny vrhá ke stojanu s vystavenými umělými kožešinami a šátky. „Nezdržíme se dlouho. Právě prožíváme historický okamžik v oblasti módy..."

„*Tohle,*“ vykřikne Danny a začne mě omotávat pestrobarevnými a načechranými umělými kožešinami. „Jakože, úplně to největší boa, jaké jsi kdy viděla.“ Stáčí osm kožešin do jediné naducané jitrnice. „Vypadá to senzačně.“

Ovíjí mi boa kolem krku a mě přitom lehounce mrazí. Právě na tomhle místě jsme svědky významného okamžiku v módním návrhářství! Příští rok budou všichni nosit obrovitá boa Dannyho Kovitze. Celebrity na Oscarech, luxusní obchody vyšroubují ceny do neuvěřitelné výše.

„Obří boa,“ hlásí Danny a zastrkuje jeden zbloudilý pramen na své místo. „Obří. Nádhera. Podívej se!“ Otočí mě k zrcadlu a já zalapám po dechu.

„Ehm... jůůů!“

„Senzace, co říkáš?“ Zubí se na mě.

Tedy upřímně řečeno po dechu jsem lapala hlavně proto, že jsem měla neuvěřitelnou ránu. Pro samou kožešinu mi téměř nebylo vidět hlavu. Připadala jsem si jako nějaká přerostlá péřová prachovka.

Ale nesmím být tak malicherná. Je to móda. Když lidé poprvé viděli skinny jeans, také se jim asi zdály podivné.

„Úžasné,“ vydechnu nadšeně a snažím se vyplivnout chlupy z úst. „Jsi prostě génius, Danny.“

„Tak se pojď něčeho napít,“ zve mě Danny zrůžovělý nadšením. „Teď jsem zralý na jedno martini.“

„Můžete mi připsat ta boa na účet?“ žádám Jane. „Všech osm. Díky!“

Cítíme se jako v sedmém nebi a já vedu Dannyho na Portman Square. Na ulicích už svítí lampy a z hotelu Templeton vychází pár lidí ve společenském oděvu. Když se míjíme, několik z nich na mě vytřeští oči a uchechtne se, ale já držím hlavu zpříma. Chcete-li být módní průkopnicí, musíte pár užaslých pohledů vydržet.

„Co kdybychom se napili tady?“ zarazím se. „Není to sice nic extra, ale je to zase blízko.“

„Pokud dovedou namixovat koktejl...,“ opře se Danny do těžkých skleněných dveří a vede mě dovnitř. Bar Templeton je *celý* v béžové. Béžový koberec, béžové čalounění na židlích a číšníci v béžových uniformách. Uvnitř je narváno obchodníky a podnikateli, ale u piana zahlédnu volné místo.

„Posadíme se k támhletomu stolu," říkám právě Dannymu – a najednou mám pocit, jako bych dostala ránu.

Je tam Venetia. Sedí v rohu, pár metrů od nás, s neznámým mužem v obleku a elegantně oblečenou ženou, a vlasy jí ve světlech restaurace září jako pochodeň.

„Co se děje?" zadívá se Danny na mě. „Něco se stalo?"

„Totiž...," polknu a hlavou trhnu nenápadně směrem k ní. Danny sleduje můj pohled a okázale a s požitkem se nadechne.

„Snad ne Cruella de Venetia osobně?"

„Drž zobák," vypísknu.

Ale už je pozdě, Venetia se otočila. A viděla nás. Vstává a jde k nám, neuvěřitelně elegantní postava na vysokých podpatcích v černém kalhotovém kostýmku a jako vždy nádherně učesaná.

Co se plašíš, domlouvám si. Uklidni se. Jen Bůh ví, proč mi srdce bije jako splašené a proč se mi potí ruce.

No, trošku to vím možná i já. Mám v kabelce obálku s deseti jejími fotografiemi pořízenými teleobjektivem. Jenomže o tom ona nemá přece ani *zdání*, ne?

„Vida, Becky!" Usmívá se a líbá mě na obě tváře. „Má oblíbená pacientka. Jak se máte? Už se to blíží, viďte! Za pouhé čtyři týdny, že?"

„Ano. No a... ehm... jak se máte vy, Venetie?" Hlas mi přeskakuje a ve tvářích rudnu – ale jinak mám pocit, že na mě nemůže být nic poznat. „To je můj přítel Danny Kovitz."

„Danny Kovitz." Oči se jí rozsvítí poznáním. „Těší mě. Koupila jsem si nedávno v Miláně jeden váš model. V Corso Como. Sako s korálky."

„Vím, které máte na mysli!" říká Danny. „Určitě vám musí ohromně slušet."

Jak to, že na ni tak cukruje? Měl by stát na *mé* straně.

„Koupila jste si k němu kalhoty?" vyptává se jí se zájmem. „Děláme je ve dvou stylech, kapri a ke kozačkám. V kapri kalhotách byste vypadala senzačně."

„Ne, koupila jsem si jenom to sáčko." Věnuje mu úsměv a pak se podívá na mě. „Becky, není vám v těch všech... kožešinách horko?"

„Ani trochu!" odfouknu pár chloupků, které se mi přilepily na rtěnku. „To je Dannyho nová módní vize."

„Podívejme," Venetia uštědří mému obřímu boa pohled plný pochybností. „Jde jenom o to, že není moc zdravé se během těhotenství přehřívat."

A je to tady! Už mě zase komanduje. Zase móda škodí zdraví. Jenže já se v té obří šále doopravdy začínám trochu vařit – a tak neochotně boa odložím a svlékám si kabát.

Najednou nastane podivné ticho. Chvíli tak úplně nechápu, proč mi Venetia civí tak upřeně na prsa. Když mi to dojde, sevře se mi žaludek.

Mám na sobě Dannyho tričko. Podívám se dolů – a tam je to černé na bílém.

JE TO RUSOVLASÁ SUPERMRCHA A JÁ JI NENÁVIDÍM

Á jé!

„Do mě se najednou nějak dala zimnice!" omotávám si boa kolem krku a snažím se zoufale zakrýt nápis. „Brrrr! Tady ale táhne. Na tohle roční období je poměrně chladno, že?"

„Co to tam máte?" ptá se Venetia divným hlasem. „Na tom svém tričku."

„Ale co bych tam měla," nevím, co na to říct. „Nic! To je jen takový... žertík! Jakože, s *vámi* to pochopitelně nemá nic společného. To je o úplně jiné rusovlasé supermrše. Totiž... potvoře... osobě."

Trochu se do toho zamotávám.

„Jen tak na ni, Becky," povzbuzuje mě Danny šeptem do ucha. „Diplomaticky."

Venetia dýchá zhluboka, jako by se snažila ovládnout. Až teď si všimnu, že vypadá poměrně rozčíleně.

„Becky," prohlásí nakonec, „mohla bych si s vámi na chvilku promluvit?"

„Promluvit?“ znervózním.

„Ano, promluvit. Jenom mezi čtyřma očima. O samotě. Dovolil byste?“ podívá se na Dannyho.

„Jen račte. Objednám nám mezitím něco k pití.“ Odkráčí k baru, a když se otočím k Venetii, stáhnou se mi vnitřnosti strachem. Mezi očima jí vyrostla hluboká vráska a nervózně poťukává prstem o nožku skleničky. Vypadá jako mladá okouzlující ředitelka, která mi právě hodlá sdělit, že jsem zostudila celou školu.

„Takže!“ zkusím to zvesela. „Jakpak se máte?“

Nemůže ti číst v hlavě, říkám si horečně. *Neví, žes ji dala sledovat. Nemůže dokázat, že to tričko mluví o ní. Prostě se chovej, jako by se nic nestalo.*

„Hele, Becky, necháme těch hovadin.“

Vyjeveně se na ni podívám. Vážně řekla „hovadin“?

„Snažili jsme se vás ušetřit nepříjemností.“ Venetia se mračí čím dál víc. „Chtěli jsme se chovat... ani nevím jak. Co nejlaskavěji. Ale jestli vy hodláte provádět takovéhle...,“ ukáže rukou na tričko.

Něco mi zřejmě uniklo. Nejspíš všechno.

„Co myslíte tím ‚my‘?“ ptám se.

Venetia se na mě dívá, jako bych před ní chtěla vytáhnout králíka z klobouku. Pak se jí výraz velmi pomalu změní. Prudce vydechne a promne si obočí. „Proboha!“ zašeptá téměř jakoby sama k sobě.

V neblahé předtuše mě píchne u srdce. Začínají se mi dělat mžitky před očima. Přece tím nechce říct, co jsem...

To přece nemůže být pravda.

Rámus a klábosení v restauraci mi najednou začínají splývat do vzdáleného hukotu. Několikrát polknu a snažím se udržet si jasné myšlení. Jistěže mě mnohokrát napadlo, že se možná něco děje. Jistěže jsem o tom mluvila se Suze, Dannym a Jess.

Až teď najednou vím, že jsem si to nikdy tak úplně nepřipustila. Doopravdy. *Doopravdy.*

„O čem to mluvíte?“ přestávám ovládat hlas. „Konkrétně.“

Číšník nese kolem nás na podnose objednané nápoje a Venetia ho zvednutou rukou zastaví.

„Vodku s tonikem a ledem, prosím," objedná si. „A hned. Něco pro vás, Becky?"

„Prostě... mi řekněte," očima se vpíjím do jejích, „prostě mi řekněte, o čem to mluvíte."

Číšník odejde a Venetia si projede rukou vlasy. Zdá se mi, že ji má reakce poněkud vyvedla z míry. „Becky..., tohle nebude vůbec snadné. Měla byste vědět, že Luke má kvůli tomu, co se děje, strašné výčitky. Opravdu vás má rád. Bude strašně zuřit, že jsem vám to řekla."

Chvíli se nezmůžu na žádnou odpověď. Jenom na ni civím a celá se třesu. Mám pocit, jako bych se přenesla do nějakého paralelního vesmíru.

„O čem to mluvíte?" opakuju chraplavě.

„Opravdu vám nechce ublížit," Venetia se nakloní blíž, až mě do nosu praští závan jejího Allure, z něhož je mi na zvracení. „Prostě jenom pořád říká..., že udělal chybu. Tak se na to dívá. Vzal si tu nepravou. Ale za to vy přece nemůžete."

Jako by mi někdo vrážel do srdce nůž. Chvíli si nejsem jistá, jestli vůbec dokážu promluvit.

„Luke si nevzal tu nepravou," prohlásím nakonec. „Vzal si tu *pravou.* Miluje mě, jasný? On mě *miluje.*"

„Setkali jste se po jeho rozchodu se Sachou, že?" Venetia si sama přikývne, ačkoli jsem jí neodpověděla. „Vyprávěl mi to. Byla jste vítanou změnou, Becky. Uměla jste ho rozesmát. Ale co si budeme namlouvat, byla jste hluboko pod jeho úroveň. Vy ani *nemůžete* pochopit, jaký vlastně je."

„Ale můžu," patrně mám něco s hlasivkami. „Já Lukeovi naprosto rozumím! Jeli jsme o líbánkách kolem světa..."

„Becky, já Lukea znám od jeho devatenácti let." Nemilosrdně a neúprosně mě přeruší. „*Já ho znám.* V Cambridgi jsme zažili cosi silného. Opojného. Byl mou první skutečnou láskou. Já zase jeho. Byli jsme jako Odysseus a Penelope. Když jsme se opět u mě v ordinaci uviděli...," zarazí se. „Moc mě to mrzí, ale oba jsme to okamžitě věděli. Bylo jenom otázkou, kdy a kde."

Nohy mám najednou jako z vosku. Obličej necitlivý a prokřehlý. Zavrtávám se do svých bláznivých kožešin a hledám v nich nějakou pádnou a trefnou odpověď. Ale jako bych místo hlavy najednou měla těžký flanelový balík. Mám hrozný pocit, že mi po tvářích tečou slzy.

„Stalo se to v nesmírně nevhodnou dobu," Venetia si bere od číšníka sklenku. „Luke vám nechtěl nic říkat, dokud se dítě nenarodí. Ale já si myslím, že si zasloužíte znát pravdu."

„Včera jsme byli vybírat kočárek," zahuhňám. „Copak by jinak chodil kupovat kočárek?"

„Ale to víte, na dítě se strašně těší!" prohlásí Venetia překvapivě. „Chce se s ním stýkat co nejčastěji po..." Taktně se odmlčí. „Přeje si, aby celá věc proběhla v co nejpřátelštějším duchu. Ale to pochopitelně záleží hlavně na vás."

Už nemůžu ten její přeslazený a jedovatý hlas poslouchat. Musím odtud.

„Nemáte pravdu, Venetie," neobratně se snažím vklouznout do kabátu. „Něco si prostě namýšlíte. S Lukem máme silný vztah založený na lásce. Smějeme se spolu, povídáme si a máme sex..."

Venetia se na mě zadívá s nekonečnou lítostí. „Becky, Luke to prostě na vás hraje, abyste se nezhroutila. Žádný vztah už nemáte. To už je minulost."

Ani Dannymu neoznámím, že odcházím, klopýtám odtud na ulici, zastavím si taxi a nohy se pode mnou celou dobu třesou. Cestou domů mi v hlavě znějí Venetiina slova tak dlouho, až se mi z toho udělá špatně.

To nemůže být pravda, opakuju si donekonečna. Prostě nemůže.

Ale co by nemohlo, odporuje jakýsi hlásek. *Vždyť právě toho ses celou dobu bála.*

Ihned po příchodu do bytu slyším, že je Luke v kuchyni.

„Ahoj!" volá na mě.

Mám příliš sevřené hrdlo, abych mu dokázala odpovědět. Jako by mě přestalo poslouchat celé tělo. Nakonec Luke vykoukne ze dveří. Už má na sobě kalhoty od obleku a krásně vyžehlenou košili od Armaniho. Motýlek mu visí kolem krku a čeká na mě, abych ho jako vždy uvázala.

Němě na něj zírám. *Vážně mě opouštíš kvůli Venetii? Skutečně je celé naše manželství jenom přetvářka?*

„Ahoj, miláčku," napije se trochu vína.

Mám pocit, jako bych stála na pokraji útesu. Jediné slovo, a všechno je ztraceno.

„Becky? Srdíčko?" Luke běží vylekaně ke mně. „Není ti něco?" Zadívá se překvapeně na kožešiny.

Nedokážu to. Nedokážu se ho na to zeptat. Mám strašný strach z toho, co uslyším.

„Půjdu se připravit," zašeptám neschopná podívat se mu do očí. „Musíme brzy jít."

V ložnici se svléknu a Dannyho tričko nacpu na dno skříně, kde ho Luke nikdy nenajde. Pak se rychle osprchuju v naději, že se mi trochu uleví. Ale neulevilo. V zrcadle mám vyděšený a bledý obličej.

No tak, Becky. Hlavu vzhůru. Mysli na něco hezkého. Mysli jako Catherine Zeta-Jonesová. Vytáhnu nové svůdné šaty v barvě půlnoční oblohy, vklouznu do nich a doufám, že mi alespoň trochu zlepší náladu. Ale šaty bůhvíproč nevypadají tak dobře jako předtím. Neobepínají mi hladivě tělo, ale všude se krabatí. Zatáhnu za zip, ale ten se ani nehne.

Už se do nich nevejdu.

Mé dokonalé šaty jsou mi už malé. Musela jsem ještě někde přibrat. Na zadku, na stehnech nebo jinde. Celé tělo se mi najednou nafouklo.

Cítím, jak se mi třese brada, ale zoufale sevřu rty, abych zadržela slzy. *Nebudu* brečet. Svlékám si šaty a jdu si do skříně najít něco jiného. A v té chvíli se zahlédnu v zrcadle a ztuhnu. Kolébám se ze strany na stranu jako kachna.

Jsem bílá, tlustá příšera, a navíc se kolébám.

Dělají se mi mžitky před očima, tak se posadím na postel. Hlava mi třeští a pod očima mám kruhy. Žádný div, že si vybral Venetii.

„Becky, není ti nic?" Ve dveřích stojí Luke a znepokojeně si mě prohlíží. Vůbec jsem si ho nevšimla.

„Já...," pro slzy nemůžu promluvit. „Ano..."

„Nevypadáš moc dobře. Nechceš si lehnout? Přinesu ti trochu vody."

Dívám se na něj a do ucha mi jako zmije syčí Venetiin hlas *To on jen tak hraje, abyste byla šťastná.*

„Už jsem tady," při Lukeově hlase nadskočím. Podává mi sklenici vody a dvě čokoládové sušenky. „Měla by sis asi na chvíli odpočinout."

Vezmu si sklenici, ale nepiju. Najednou mi všechno připadá jako na divadle. On hraje svou roli. Já hraju svou.

„No a co ten večírek?" ptám se nakonec. „Musíme brzy vyrazit."

„Klidně tam můžeme přijít pozdě. Nebo tam vůbec nejít. Miláčku, napij se trochu, lehni si..."

Neochotně trošinku usrknu a položím si hlavu na polštář. Luke mě přikryje přikrývkou a tiše odejde z místnosti.

Ani nevím, jak dlouho tu ležím. Možná třicet vteřin. Možná šest hodin. Ukáže se, že asi dvacet minut.

A pak zaslechnu hlasy. Jeho hlas. A její. Přicházejí chodbou.

„... nerad jsem tě obtěžoval..."

„... nic se nestalo. Lukeu, udělal jsi dobře. Takže, jak se má pacientka?"

Otevřu oči – a zlý sen se mi zhmotnil před očima. Přede mnou stojí ona, Venetia.

Převlékla se do dlouhých černých plesových šatů bez ramínek s rozevlátou sukní. Vlasy má vyčesané do drdolu a v uších se jí třpytí diamanty. Vypadá jako princezna.

„Prý vám není dobře, říkal Luke." Úsměv má sladký jako med. „Tak se na to podíváme."

„Co tu děláte?" vyjeknu.

„Luke mě zavolal. Má o vás starost!" Venetia mi položí ruku na hlavu a já ucuknu. „Změřím vám teplotu." Černý taft zašustí, jak si sedá ke mně na postel, a otevírá malý lékařský kufřík.

„Lukeu, já ji tu nechci!" Slzy se mi najednou začnou hrnout z očí. „Nejsem nemocná!"

„Otevřít," snaží se mi Venetia vrazit teploměr do pusy.

„Ne!" otočím hlavu jako trucovité dítě, které odmítá ovesnou kaši.

„No tak, Becky," přemlouvá mě Venetia chlácholivě. „Jenom vám chci změřit teplotu."

„Ale no tak, Becky," bere mě Luke za ruku. „Nesmíme nic riskovat."

„Já *nejsem* nemocná...," ale vtom mi Venetia vrazí teploměr do úst a já zmlknu.

„Vážně si nemyslím, že by měla jít dnes večer ven," šeptá Lukeovi, kterého odtáhla stranou. „Dokážeš ji přesvědčit, aby zůstala doma a odpočinula si?"

„Jistěže," přikyvuje Luke. „Tak nás tam prosím tě omluv."

„Takže ty tu zůstaneš taky...?" protáhne Venetia. „Poslyš, Lukeu, co bys řekl tomu...," naznačí Lukeovi, aby šel ven, a hned nato slyším z chodby tlumené šuškání. Za chvíli se Luke objeví ve dveřích se džbánkem vody.

Někdo mu uvázal motýlka, všimnu si najednou. Je mi do pláče.

„Becky, srdíčko, Venetia si myslí, že by ses měla šetřit."

S teploměrem v puse na něj mlčky zírám.

„Samozřejmě, že tady s tebou zůstanu. Když to budeš chtít." Neobratně zaváhá. „Ale kdyby... ti to nevadilo, tak bych tam jenom na půl hodinky zaskočil, přijde tam totiž spousta lidí, s nimiž bych se chtěl vidět."

Svírá se mi hrdlo. Z očí mi vytrysknou nové slzy. Teď už je to nad slunce jasnější. Chce jít na večírek s Venetií. Nejspíš to spolu tak upekli.

Co teď ale můžu dělat, škemrat, aby snad nikam nechodil? Na to jsem příliš hrdá.

„Tak jdi," zamumlám a otočím hlavu na druhou stranu, aby neviděl, jak brečím. „Jdi."

„Cože?"

„Že máš jít." Vytáhnu si teploměr z pusy. „Jdi."

Něco zašustí a do místnosti opět vpluje Venetia. „Tak se na to podíváme." S půvabně podmračeným obočím zkoumá chvíli teploměr. „Máte trochu vyšší teplotu. Dáme vám paracetamol."

Podá mi dvě tablety a já je zapiju vodou, kterou mi přinesl Luke.

„Určitě budeš v pořádku?" ptá se Luke nervózně a pozorně se na mě dívá.

„Ano. Dobře se bav." Přetáhnu si deku přes hlavu a poslouchám, jak mi slzy kapou na polštář.

„Ahoj, srdíčko." Cítím, jak mě Luke zlehka poplácává přes deku. „Odpočiň si."

Pak ještě slyším tlumený hovor a poté v dálce bouchnutí dveří. A je to. Jsou pryč.

Teprve za půl hodiny se dokážu pohnout. Odhrnu si přikrývku a otřu uslzené oči. Vstanu z postele, došourám se do koupelny a podívám se na sebe. Vypadám jako strašidlo. Oči mám červené a opuchlé. Tváře mokré od slz. Vlasy jako vrabčí hnízdo.

Opláchnu si obličej a posadím se na okraj vany. Co teď? Nedokážu tu zůstat celý večer a představovat si, co všechno se tam asi děje. Raději je chytím při činu. Raději to spatřím na vlastní oči.

Půjdu tam. Tahle myšlenka mnou proletí jako šíp.

Půjdu na ten večírek. Hned. Co mi v tom může zabránit? Nemocná nejsem. Cítím se dobře.

S novým elánem se vracím do ložnice. Rozrazím dveře od skříně a vytáhnu černý šifonový mateřský kaftan, který jsem si koupila v létě, ale ještě neměla na sobě, protože jsem si v něm připadala tak trochu jako ve stanu. Prima. Teď doplňky. Dlouhé třpytivé náhrdelníky... blýskavé střevíčky na vysokých podpatcích... diamantové náušnice... Škubnutím otevřu kufřík s mejkapem a bleskově si na obličej naplácám co nejsilnější vrstvu.

Poodstoupím od zrcadla a zkoumavě se prohlížím od hlavy k patě. Vypadám... slušně. Ne že by to bylo to nejhezčí, co jsem kdy na sobě měla, ale tak špatné to zase není.

Když si beru večerní kabelku a ukládám do ní klíče, mobil a peněženku, prudce mi stoupá adrenalin. Přes ramena si přehodím šál a se zaťatými zuby vyjdu ze dveří. Já jim ukážu! Nebo je přistihnu! Nebo... *prostě něco.* Nejsem žádná chudinka, která se poslušně uloží do postele, zatímco si manžílek vyrazí s jinou.

Přímo před domem se mi podaří chytit taxík, uvnitř se pohodlně uvelebím a hledám slova, která jim vmetu do tváře. Musím držet hlavu zpříma, mluvit výstižně a sarkasticky, ale nesmím přitom ztratit glanc. A ani se rozbrečet nebo Venetii vyrazit zuby. To v žádném případě.

Ale jednu jí vrazit, to bych možná mohla. Takový pěkný a zvučný lískanec, poté co si to vyřídím s Lukem...

„Jsi, chlapečku, pořád ženatý," brumlám si pod vousy. „Nezapomněl jsi náhodou na něco? Kupříkladu na svou *ženu*?"

Už jsme docela blízko a mám divný pocit, že se mi z nervozity začíná točit hlava..., ale toho si nevšímám. Pořád to chci udělat. A chci být silná. Taxík zastaví a já vrazím taxikáři do ruky hrst zmuchlaných bankovek a vystoupím. Začíná krápat a ostrý vítr mi projíždí šifonovým kaftanem jako ledový nůž. Musím rychle dovnitř.

Klopýtám přes otevřené náměstí k impozantnímu kamennému vchodu do Guildhallu a procházím těžkými dubovými dveřmi. Recepce se utápí v záplavě trsů světle modrých heliových balonků a nápisů „Setkání cambridgeských absolventů" a velká nástěnka je pokrytá starými fotografiemi. Přede mnou stojí skupina čtyř mužů, kteří se vzájemně poplácávají po zádech a hlasitě povykují: „Kdo by řekl, že ještě žiješ, ty stará páko!" Zastavím se a přemítám, kam jít, a dívka v červených plesových šatech, sedící za stolem pokrytým ubrusem, se na mě usměje.

„Dobrý den! Máte naši pozvánku?"

„Má ji můj manžel." Snažím se mluvit klidně jako každý normální host. „Přišel o něco dřív. Luke Brandon." Dívka přejídí prstem po seznamu a pak se zastaví.

„Samozřejmě!" usměje se na mě. „Běžte dál, paní Brandonová."

Kráčím za skupinou rozjařených mužů do Velkého sálu a automaticky přijmu sklenku šampaňského. Ještě nikdy jsem tu nebyla, a tak jsem neměla ani zdání, jak je to tu velké. Jsou tu obrovská okna s barevnou vitráží, staré kamenné sochy, na galerii vyhrává orchestr a přehlušuje hlasy lidí. Lidé ve večerních šatech chodí sem a tam, klábosí, berou si jídlo z bufetu a někteří jako v nějakém filmu tancují staromódní valčík. Rozhlížím se, jestli tu neuvidím Lukea s Venetií, ale v sále je tolik nádherně oblečených žen a mužů ve smokingu, nebo dokonce ve fraku...

A pak je spatřím. Tancují spolu.

Luke nelhal, že valčík válí jako Fred Astaire. Klouže s Venetií po parketu jako profesionál. Venetii víří sukně kolem nohou, zaklání hlavu a směje se na Lukea. Jsou dokonale sladěni. Nejkrásnější dvojice v sále.

Při tom pohledu mi nohy vrostou do země a z mokrého kaftanu mi na ně stékají čůrky vody. Všechny ty jízlivé věty, které jsem si v taxíku připravila, se mi najednou vypařily z hlavy. Ani nevím, jestli se vůbec dokážu nadechnout, natož pronést sarkastický projev.

„Není vám něco?“ spěchá ke mně číšník s rozmazaným obličejem a s hlasem přicházejícím z nějaké obrovské dálky. S Lukem jsem valčík netančila ani jednou a teď už je pozdě na tom něco měnit.

„Pozor! Ona omdlívá!“ Cítím ruce, které se mě ujímají, když mi nohy vypovědí službu. V uších mi zvoní, o něco se uhodím rukou a slyším jakousi ženu křičet: „Honem vodu! Je tu těhotná žena!“

A pak na všechno padne tma.

Šestnáct

Myslela jsem si, že manželství je nadosmrti. Vážně jsem si to myslela. Myslela jsem si, že s Lukem společně zestárneme a zešedivíme. Nebo aspoň zestárneme. (Já tedy rozhodně šedivět nehodlám. Nebo nosit takové ty šaty s pružným pasem.)

Jenomže žádné společné stárnutí se konat nebude. Ani vysedávání na lavičce a sledování vnoučat při hře. S Lukem se nepřehoupnu ani přes třicítku. Naše manželství je v troskách.

Pokaždé, když otevřu pusu, mám strach, že budu hlasitě brečet, a tak raději nic neříkám. Naštěstí tu není nikdo, komu by to vadilo. Ležím v soukromém pokoji v Cavendishově nemocnici, kam mě převezli včera večer. Jestli někdy budete chtít zažít, jak to vypadá, když vás v nemocnici všichni obskakují, tak se tam nechte odvézt vyhlášenou lékařkou celebrit, a navíc ve večerních šatech. Nikdy jsem neviděla pohromadě a v pohybu tolik sester. Nejdříve si mysleli, že možná rodím, pak zase, že bych mohla mít preeclampsii, ale nakonec došli k názoru, že to bylo jenom vyčerpání a dehydratace. Tak mě položili na lůžko a zavedli mi kapačku. Dnes by mě měli prohlédnout a pustit domů.

Luke tu se mnou zůstal celou noc. Ale já jsem se nedokázala donutit k tomu, abych si s ním promluvila. Tak jsem předstírala, že spím, a to i dneska ráno, kdy se mě tiše zeptal: „Becky? Už jsi vzhůru?"

Teď se šel osprchovat a já otevřela oči. Je to opravdu moc hezký pokoj, má pastelově zelené stěny, a dokonce i malou pohovku. Ale kdo by se zajímal o takové věci, když má zničený život? Co na tom už teď záleží!

Já vím, že dvě ze tří manželství, nebo tak nějak, se rozpadnou. Jenže když já si doopravdy myslela...

Myslela jsem, že jsme...

Rychle si setřu slzy. Nehodlám tu bulet.

„Dobrý den!“ Dveře se otevřou a sestra přiváží vozík. „Snídaně!“

„Děkuju,“ říkám chraptivě a narovnám se, když mi začne natřásat polštáře. Napiju se trochu čaje a sním jednu topinku, aby mělo dítě z čeho žít. Pak se podívám do kapesního zrcátka, jak vypadám. Ježíši, jako strašidlo. Na obličeji mám zbytky včerejšího nalíčení a vlasy se mi po dešti rozježily. A ta jejich slavná kapačka, která mě měla rehydrovat, mé pleti rozhodně nijak nepomohla.

Vypadám jako něco, oč by nikdo nikdy nestál.

Zatrpkle na sebe hledím. Zatracený život. Vdáte se a myslíte si, že je všechno nej, a přitom vám manžel vesele zahýbá s nějakou zrzavou frajlí, která mu neustále rejdí vlasy pod nosem. Měla jsem to tušit. Nikdy jsem neměla polevit v ostražitosti.

Dala jsem tomu muži nejlepší léta svého života, a teď mě odhodil pro novější model.

Totiž, dala jsem mu rok a půl života... A ona je ještě starší než já. Ale stejně.

Pak se za dveřmi zase něco pohne a já strnu. Hned nato se dveře otevřou a Luke vchází pomalounku dovnitř. Pod očima se mu rýsují kruhy a při holení se pořezal.

Dobře mu tak. To mu patří.

„Ty ses už vzbudila?“ ptá se. „Jak se cítíš?“

Se sevřenými rty přikývnu. Tu radost, že se tu před ním rozbrečím, mu rozhodně neudělám. Chci si zachovat důstojnost, i když to v tuhle chvíli bude pro mě nejspíš znamenat, že se budu muset omezit na maximálně jednoslabičné odpovědi.

„Už vypadáš líp,“ posadí se na postel. „Měl jsem o tebe strach.“

V uších mi zazní Venetiin ledový a sebevědomý hlas: *To Luke jenom tak hraje, abyste byla šťastná.* Podívám se na něj a přeju si, aby se nějak prozradil, pátrám po skulině v jeho masce, ale podává výkon hodný mistra. Milující a starostlivý manžel u ženiny postele.

Vždycky jsem věděla, že je Luke v PR dobrý. Koneckonců se tím živí. A tato schopnost z něj udělala milionáře. Ale uniklo mi, že má talent ještě na spoustu dalších věcí. Kupříkladu... na přetvářku.

„Becky?“ Pátrá v mém obličeji. „Je všechno v pořádku?“

„Ne. Není.“ V nastalém tichu zoufale sbírám střípky své odvahy. „Lukeu..., už to vím.“

„Ty to už víš?“ opakuje Luke, jako by nevěděl, o čem mluvím, ale v očích se mu najednou objevila ostražitost. „A co víš?“

„Nelži mi, prosím tě,“ polknu nasucho. „Venetia mi všechno řekla. O tom, co se děje.“

„Ona ti to *řekla*?“ Luke vyskočí zděšeně na nohy. „Na to neměla žádné právo...,“ zarazí se a odvrátí se ode mě. Najednou se mi udělá zle. Všechno mě najednou bolí. Hlava, oči, ruce i nohy.

Netušila jsem, jak moc visím na poslední špetce naděje. Že mě Luke ještě vezme do náruče, všechno mi vysvětlí a řekne mi, že mě miluje. Ale špetička je fuč. A je po všem.

„Možná si myslela, že bych to měla vědět.“ Bůhvíjak se zmůžu na sžíravý sarkasmus. „Co když ji napadlo, že mě to bude zajímat?“

„Becky..., jenom jsem se tě snažil chránit.“ Luke se otočí ke mně a vypadá skutečně utrápeně. „Dítě. Zvýšený krevní tlak.“

„No a kdys mi to vlastně chtěl říct?“

„Já nevím.“ Luke si odfoukne a rázně pochoduje mezi oknem a postelí. „Až se dítě narodí. Až budu vědět, jak se to... vyvine.“

„Aha.“

Najednou to už nemůžu snést. Důstojné a dospělé chování je nad mé síly. Mám chuť začít na něj šíleně řvát. Mám chuť brečet a házet po něm, co mi přijde pod ruku.

„Lukeu, prosím tě..., vypadni.“ Můj hlas je sotva hlasitější než šepot. „Nechce se mi o tom už mluvit. Jsem unavená.“

„No tak dobře.“ Nehne se ani o píď. „Becky...“

„Co je?“

Luke si mne obličej s takovou vervou, jako by z něj chtěl sedřít své problémy. „Asi bych měl jet do Ženevy. Na zahájení investičního fondu De Savatier. Horší dobu si to nemohlo vybrat. Můžu to ještě zrušit...“

„Jeď. Postarám se o sebe.“

„Becky...“

„Jeď do té Ženevy," otočím se na druhou stranu a civím do nemocniční zdi.

„Musíme si o tom promluvit," nevzdává se. „Já ti to musím vysvětlit."

Ne. Ne, ne, ne. Nemám žádnou chuť poslouchat bláboly na téma, jak se zabouchl do Venetie, jak mi nikdy nechtěl ublížit, jenomže si prostě nemohl pomoct, leč přesto ve mně vidí dobrou kamarádku.

Do smrti nejdelší o tom nechci nic slyšet.

„Dej mi už laskavě *pokoj*!" vybuchnu a ani se k němu neotočím. „Už jsem ti řekla, že o tom nechci nic vědět. Navíc bych kvůli dítěti měla zůstat klidná. Tak mě, prosím tě, nerozčiluj."

„Dobře. Jak chceš. No tak já půjdu."

Teď i Luke mluví velmi rozčíleně. Vida, tak i na hošánka došlo.

Cítím, jak kráčí místností, pomalu a váhavě.

„Je tady matka," prohlásí. „Ale neměj strach. Řeknu jí, aby tě neobtěžovala."

„Prima," zamumlám do polštáře.

„Uvidíme se, až se vrátím. Asi tak v pátek kolem poledne. Ano?"

Neodpovím. Co tím jako myslí, že se uvidíme? Jakože se staví pro věci, až si je bude chtít odvézt k Venetii? Nebo že se uvidíme na schůzce s jeho rozvodovými právníky?

Nastane dlouhé ticho a já vím, že je pořád tady a že čeká. A pak konečně zaslechnu, jak se dveře otvírají a zavírají, a z chodby dozvuk vzdalujících se kroků.

Ještě deset minut počkám, než zvednu hlavu. Připadám si jako v nějakém neskutečném a rozostřeném světě, jako bych se nemohla probudit z těžkého snu. Nemůžu uvěřit, že je to pravda. Jsem v osmém měsíci, Luke má pletky s mou gynekoložkou a naše manželství se rozpadá.

Naše manželství se rozpadá. Opakuju si tato slova donekonečna, ale pořád mi znějí falešně. Nedokážu jim uvěřit. Jako by to bylo před pěti minutami, co jsme byli na líbánkách a blaženě se povalovali na pláži. Kdy jsem s Lukem o naší svatbě tancovala na zahradě mých rodičů v máminých starých svatebních šatech a s věnečkem nakřivo. Kdy Luke přerušil tiskovou konferenci, aby mi dal dvacetilibrovku na šátek od Dennyho a George. Kdy jsem ho sotva znala, kdy byl pro mě ještě přitažlivým a tajuplným Lukem Brandonem a já se sama sebe stokrát ptala, jestli si vůbec zapamatoval mé jméno.

Jako by mě uvnitř něco rvalo na kusy a najednou mi vyhrknou slzy a řinou se mi po tvářích a já se vzlykáním bořím hlavu mezi prostěradla. Jak mě mohl nechat? Copak se mu *nelíbilo* být mým manželem? Copak jsme si neužili spoustu legrace?

Nedokážu uniknout Venetiinu hlasu. *Byla jste osvěžující změnou, Becky. Dovedla jste ho pobavit. Ale na stejné úrovni jste rozhodně nebyli.*

Blbá... blbá... kráva. Mrcha všech mrch. Vychrtlá... hnusná... snobácká...

Otřu si oči, posadím se a třikrát se zhluboka nadechnu. Už na ni nebudu myslet. Vůbec na to nebudu myslet.

„Paní Brandonová?" Někdo mi zaklepe na dveře. Patrně některá sestra.

„Ehm... moment!" Rychle si opláchnu vodou ze džbánku obličej a otřu si ho do prostěradla. „Pojďte dál!"

Dveře se otevřou a v nich se na mě usmívá hezká sestřička, která mi přivezla snídani. „Máte návštěvu."

Srdce mi radostně poskočí nadějí, že je to Luke. Vrátil se, už toho lituje, ví, že to byla chyba.

„Kdo to je?" Vytáhnu z nočního stolku pudr, zašklebím se na sebe do zrcátka a poškubávám svými přeleženými vlasy.

„Nějaká paní Shermanová."

Úlekem málem upustím pudřenku. Elinor? Elinor je tady? Vždyť jí měl Luke říct, aby mi dala pokoj.

Neviděla jsem Elinor od naší svatby v New Yorku. Totiž, od naší „svatby" v New Yorku. (Ono se nám to tak trochu zkomplikovalo.) Nikdy jsme se neměly nijak v lásce, zejména proto, že je strašný snob a necitelná potvora, která Lukea v dětství opustila a naprosto mu rozvrátila život. A navíc se chovala hnusně k naší mámě. A nechtěla mě pustit na ten zatracený večírek na oslavu našich zásnub! A...

„Není vám něco, Rebecco?" Sestřička mě pozoruje s mírným znepokojením a já si uvědomím, že dýchám stále rychleji a rychleji. „Jestli chcete, tak jí řeknu, že právě spíte."

„Děkuju vám. A řekněte jí, aby šla pryč.“

Nemám teď chuť vůbec na nikoho. Zejména když mám zarudlý obličej a oči opuchlé od slz. A proč bych se vlastně měla s Elinor bavit? Jedinou výhodou na rozvodu je nejspíš to, že se člověk už nemusí bavit se svou tchyní. Ta mi tedy scházet nebude, ani já jí.

„Dobře.“ Sestřička mi přichází zkontrolovat kapačku. „Za chvíli sem přijde pan doktor a prohlédne vás – a myslím, že potom půjdete domů. Mám to říct paní Shermanové?“

„No vlastně...“

A najednou dostanu nápad. Možná jsem přišla na ještě větší výhodu, kterou rozvodem můžete získat. *Nemusíte už být k jeho matince zdvořilí.*

Teď klidně můžu Elinor říct, co si o ní myslím. Můžu k ní být drzá. Poprvé za dlouhou řadu dnů se mi vrací dobrá nálada.

„Já jsem si to rozmyslela. Nakonec ji přijmu. Jenom se dám trošku do pořádku...“ Sahám po kabelce s mejkapem, ale ta mi z rozechvělých prstů vyklouzne na zem. Sestra mi ji zvedne a zneklidněně se na mě zadívá.

„Nestalo se vám něco? Připadáte mi strašně nervózní.“

„Nic se mi nestalo. Jenom jsem se před chvílí... trochu rozčílila. To bude dobré.“

Sestra odejde a já vytáhnu líčidla. Natřu si na oči gel a na obličej nanesu trochu pudru. Nechci před ní vypadat jako chudinka. Jako ubohá, patetická a opuštěná manželka. Nemám sice tušení, co Elinor ví, ale jestli si troufne jenom *zmínit* o Lukeovi a našem rozchodu, nebo mi dát nějak najevo, že ji to těší, pak... Pak jí řeknu, že dítě není Lukeovo a že jsem ho počala s Waynem, který sedí ve vězení a s nímž si dopisuju, a že se celý skandál provalí zítra ve všech novinách. Doufám, že ji z toho trefí šlak.

Když uslyším kroky na chodbě, navoním se parfémem a rychle si přimáznu rty leskem. Pak někdo zaklepe na dveře a já zavolám „Vstupte!“ Hned nato se dveře rozletí a – už ji tu máme.

V mátově zeleném kostýmku dokonale sladěném s lodičkami od Ferragama, které si kupuje každou sezonu, a s Kelly kabelkou z krokodýlí kůže. Je hubenější než obvykle, vlasy pod silnou vrstvou laku vypadají jako helma, je bledá a vypadá vyčerpaně. Což mě nijak nepřekvapuje. Když jsem kdysi v New Yorku pracovala u Barneys, vídala jsem ženy Elinořina typu denně. Ale ona vypadá... no, jiné slovo mě prostě nenapadá. Prapodivně.

Ústa se jí o milimetr roztáhnou a mně chvíli trvá, než mi dojde, že to byl pozdrav.

„Dobrý den, Elinor." Neobtěžuju se s úsměvem. Té to nebude divné, řekne si prostě, že mám taky botox. „Vítám vás v Londýně."

„Londýn je dnes tak vulgární," odpoví chladně. „Tak bezvýrazný, fádní."

Co si to ksakru *dovoluje*? Celý Londýn je pro ni bezvýrazný a fádní?

„To víte že jo, nejfádnější ze všeho je královna," prohodím. „Nemá žádnou jiskru!"

Elinor mě ignoruje a posadí se na samý kraj židle. Chvíli si mě s ledovým výrazem prohlíží. „Slyšela jsem, že k lékaři, kterého jsem ti, Rebecco, doporučila, nechodíš. Ke komu chodíš teď?"

„Jmenuje se... Venetia Carterová." Při vyslovení jejího jména ze zachvěju bolestí. Ale Elinor na to vůbec nereaguje. Nejspíš nic neví.

„Setkala jste se s Lukem?" odvážím se zeptat.

„Ještě ne." Stáhne si rukavice z teletiny a pečlivě si od hlavy až k patě prohlíží mé tělo oblečené v nemocniční košili. „Hodně jsi přibrala, Rebecco. Tvé nové lékařce to nevadí?"

Vidíte? To je celá ona. Ne aby se zeptala „Jak se máš?" nebo podotkla „Ty ses nám ale spravila!"

„Jsem těhotná," odseknu. „A budu mít velké dítě."

Elinořin výraz se neobměkčí. „Doufám, že moc velké ne. Velké děti jsou vulgární."

Vulgární? Jak může považovat mé rozkošné miminko za vulgární?

„Mně vůbec nevadí, že bude velké," pohodím hlavou. „Aspoň bude mít víc místa na... tetování."

Její prakticky nehybný obličej sebou v jakémsi šoku prudce škubne. Popraskají jí stehy. Nebo vypadají skoby. Nebo co ji to drží pohromadě.

„Copak se vám Luke o tetování nezmínil?" nasadím překvapený tón.

„Už jsme si našli odborníka na tetování novorozenců. Ten mu přímo na porodním sále vytetuje na záda orla s našimi jmény v sanskrtu..."

„Mé vnouče nikdo tetovat nebude!" vyrazí z ní jako dělová koule.

„Ale ano. Když jsme byli na líbánkách, Luke se do tetování úplně *zbláznil*. Nechal si udělat patnáct kousků!" líbezně se na ni usměju. „A jen co se dítě narodí, nechá si jeho jméno vytetovat na rameno. Není to sladké?"

Elinor sevře kabelku tak silně, až jí vystoupí žíly na rukou. Nejspíš váhá, jestli mi má věřit, nebo ne.

„Už víte, jak se bude jmenovat?" zeptá se nakonec.

„Hmm-hmm." Přikývnu. „Chlapec Armageddon a holka Pomegranate."

Chvíli se zdá, že jí došla řeč. A vsadila bych na to krk, že ji strašně lákalo povytáhnout obočí, nebo se zamračit nebo tak *něco*. Málem jsem ji litovala, že má obličej uvězněný v botoxu jako zvíře v kleci.

„Armageddon?" vykoktá nakonec.

„Není to senzační? Trochu machistické, ale elegantní. A nejmenuje se tak každý ňouma!"

Zdá se, že Elinor každou chvíli exploduje. Nebo imploduje.

„Tohle nesnesu!" vykřikne najednou a vyskočí. „Tetování! Jména! Jsi... naprosto nezodpovědná..."

„Nezodpovědná?" skočím jí užasle do řeči. „To myslíte vážně? Zase třeba na druhou stranu nehodláme své dítě *opustit*...," zarazím se. Slova mě ještě příliš pálí v ústech. To nezvládnu. Teď prostě nemám dost sil, abych si to s Elinor jaksepatří vyříkala. Zaprvé nemám dost energie. Zadruhé... se nedokážu soustředit. Najednou mi hlava začne příšerně třeštit.

„Rebecco," Elinor se nakloní nad postel. „Vážně nevím, jestli mi říkáš pravdu..."

„Ticho!" Zvednu ruku a je mi jedno, že je to nevychované. Musím se soustředit. Musím si to všechno důkladně promyslet. Najednou se jednotlivé kousky samy začnou skládat do obrazu jako tóny do melodie.

Elinor se vykašlala na Lukea. Teď se Luke vykašle na naše dítě.

Historie se opakuje. Jestlipak to Lukeovi *došlo*? Kdyby si to uvědomil..., kdyby pochopil, co dělá...

„Rebecco!"

Obrátím k ní oči, i když vidím jako v mlze. Zdá se mi, že Elinor každou chvílí praskne vzteky.

„Promiňte, Elinor," omlouvám se. Veškerá zlost je pryč. „Bylo to od vás hezké, že jste mě přišla navštívit, ale já jsem teď trochu unavená. Zastavte se, prosím, někdy na čaj."

Elinor najednou vypadá, jako bych jí vzala všechen vítr z plachet. Nejspíš se také chystala na přestřelku.

„Velmi ráda," odpoví mrazivě. „Jsem ubytovaná v Claridge's. Tohle jsou informace o mé výstavě."

Podává mi pozvánku na vernisáž s katalogem vytištěným na krásném křídovém papíře pod názvem „Sbírka Elinor Shermanové". Na obálce je fotografie elegantní bílé paty sloupu, na níž stojí do puntíku stejná věc, jenom o něco menší.

Ježkovy voči, modernímu umění tedy vážně nerozumím.

„Díky," zaraženě si to prohlížím. „Určitě přijdeme. Děkuju za návštěvu. Mějte se hezky."

Elinor se na mě naposledy přimhouřenýma očima podívá, pak si vezme rukavice a kabelku a odejde z místnosti.

Jen co za ní zaklapnou dveře, položím si hlavu do dlaní a pokouším se myslet. Musím to Lukeovi nějak vysvětlit. Vždyť on to vlastně ani nechce udělat. V hloubi srdce to dobře vím. Jako by mi ho odloudily zlé víly a já musím zlomit jejich kouzlo.

Ale jak? Jak na to? Když mu zavolám, jistě mě odbude tím, že zavolá později, a už nezavolá. Elektronickou poštu mu čtou sekretářky... a na esemesku to není právě nejvhodnější téma...

Musím mu napsat dopis.

Myšlenka mě udeří jako blesk. Musím mu napsat tak, jak se kdysi v dobách před mobily a elektronickou poštou psávalo. Bože, to je ono. Napíšu svůj životní dopis. Vyložím tam všechny city, své i jeho (občas potřebuje, aby mu někdo vysvětlil, co cítí). Vyložím mu celou kauzu jasně a zřetelně.

Naše manželství zachráním. Nechce rozvrácenou rodinu, já vím, že nechce. Já to dobře *vím*.

Kolem dveří jde sestra a já na ni zavolám: „Prosím vás!"

„Ano?" nakoukne s úsměvem dovnitř.

„Mohla byste mi, prosím vás, sehnat dopisní papír?"

„Budou ho mít v místním obchodě, případně…" Svraští obočí. „Jedna má kolegyně ho myslím má. Počkejte chviličku."

Za okamžik je zpátky s blokem. „Bude vám stačit jeden list?"

„Možná jich budu potřebovat víc," prohlásím důležitě. „Mohla bych popsat… tři?"

Žasnu, kolik jsem toho dokázala Lukeovi napsat. Jak jsem jednou začala, nemohla jsem se zastavit. Ani jsem netušila, že jsem v sobě dusila tolik pocitů.

Začala jsem naší svatbou a jak jsme byli tehdy šťastni. Pak jsem mluvila o tom, kolik toho děláme tak rádi společně a jakou radost a vzrušení jsme prožili, když jsme zjistili, že budeme mít dítě. Pak jsem přešla k Venetii. Nenapsala jsem její jméno, zmiňovala jsem se o ní jenom jako o „Hrozbě našemu manželství". Však on už pochopí, o kom mluvím.

Už jsem na straně sedmnáct (jedna sestřička mi doběhla pro další blok) a pomalu se dostávám k tomu hlavnímu. K prosbě, aby dal našemu manželství ještě šanci. Slzy se mi valí po tvářích a pořád musím odkládat propisovačku, abych se mohla vysmrkat.

V manželských slibech jsi sliboval, že mě budeš milovat navždy. Já vím, že si myslíš, že mě už nemiluješ. Já vím, že jsou na světě ženy, které jsou možná chytřejší a umějí latinsky. Já vím, že jsi s ní měl…

Nedokážu tam napsat slovo „poměr", to prostě nemůžu. Nechám tam tři tečky, jak se psávalo zastara.

Já vím, že jsi s ní měl… Ale to ještě neznamená, že je všechno ztraceno. Jsem ochotná udělat za minulostí tlustou čáru, protože jsem hluboce přesvědčená, že patříme k sobě. Ty, já a dítě.

Můžeme být šťastnou rodinou, já vím, že můžeme. Prosím, nevzdávej se nás. Možná se v hloubi duše bojíš stát otcem, ale společně to dokážeme! Říkal jsi přece, že je to největší dobrodružství našeho života.

Zase musím přestat, abych si mohla utřít oči. Už bych měla končit. Musím mu navrhnout něco, aby mi dal najevo…, aby mi odpověděl…, aby se rozhodl…

Najednou dostanu nápad. Potřebujeme nějakou velkou a vysokou věž, jako v romantických filmech. A sejdeme se o půlnoci na vrcholu…

Ne, do půlnoci bych padla únavou. Setkáme se tam nahoře… v šest večer. Bude vát vlahý vánek a odněkud se bude linout nějaká Gershwinova melodie a já mu na očích poznám, že s Venetií skončil nadobro a navždy. A prostince se zeptám „Půjdeme domů?“ A on mi odpoví…

„Jste v pořádku, Becky?“ Do pokoje nakoukne sestra. „Jak to jde?“

„Už to skoro mám,“ vysmrkám se. „Nevíte v Londýně o nějaké vysoké věži? Potřebovala bych se tam s někým setkat.“

„Jémine.“ Sestřička pokrčí nos. „Oxo Tower je docela vysoká. Onehdy jsem tam byla. Mají tam vyhlídkovou plošinu a restauraci…“

„Díky!“

Lukeu, jestli mě miluješ a jestli chceš zachránit naše manželství, čekej na mě na vrcholu Oxo Tower v pátek v šest večer. Budu na vyhlídkové plošině. Tvá milující manželka Becky.

Odložím propisovačku a cítím se tak vyčerpaná, jako bych právě dopsala Beethovenovu symfonii. Teď už stačí odeslat dopis FedExem do jeho ženevské kanceláře… a pak prostě počkat na páteční večer.

Přeložím sedmnáct stránek na polovinu a snažím se je nacpat do obálky, když mi na nočním stolku zazvoní mobil.

Luke! Ach Bože! Ale vždyť si to ještě nemohl přečíst!

Třesoucí se rukou sáhnu po telefonu – jenomže on to není Luke. Tohleto číslo vůbec neznám. Nevolá mi snad Elinor, aby mi uštědřila nějaké kázání?

„Prosím," hlásím se ostražitě.

„Dobrý den, Becky, tady Martha."

„Aha," odhrnu si vlasy z obličeje a snažím se přiřadit jméno ke správnému obličeji. „Ehm... dobrý den."

„Jenom se chci ujistit, že jste nezapomněla na naše páteční fotografování," žvatlá vesele. „Už se nemůžu dočkat, až uvidím váš dům."

Vogue. Do háje. Tohle mi naprosto vypadlo z hlavy.

Jak jsem mohla zapomenout na takovou věc, jako je fotografování do *Vogue*? Bože, to musím mít opravdu život namaděru.

„Takže je všechno v pořádku?" cvrliká Martha vesele do telefonu. „Dítko se ještě nenarodilo nebo tak něco?"

„No, nenarodilo...," nevím, co bych ještě řekla. „Ale ležím právě v nemocnici." Při těch slovech si uvědomím, že v nemocnici se nesmí telefonovat. No ale, to je *Vogue*! Pro takovou příležitost jistě existuje v pravidlech nějaká výjimka.

„To mi ani neříkejte!" Hlas jí zdrceně klesne. „Já vám povím, my máme ale smůlu s tím naším článkem! Jedna maminka porodila dvojčata předčasně, to byla *opravdu* otrava, a další zase dostala cosi jako preeclamp... a bůhvíjak dál a musí ležet. Nemůžeme s ní dělat žádné rozhovory ani nic jiného. Taky nesmíte vstávat z postele?"

„Já... počkejte chvilku..."

Položím telefon na postel a snažím se vyškrábat zbytky kuráže a optimismu. Za celý život jsem neměla menší chuť na fotografování. Jsem nafouklá, opuchlá od pláče, vlasy mi trčí do všech stran, manželství se mi rozpadá..., zhluboka a zoufale si povzdechnu a pak zahlédnu svůj odraz v nedaleké zasklené skříňce. Sedím shrbeně a se svěšenou hlavou. Vypadám jako zbitý pes. A *vůbec mi to nesluší*.

Najednou se spontánně narovnám. Co to říkám? Copak tím skončil celý můj život? Jenom kvůli tomu, že mi manžel zahýbá s jinou?

To tedy ne. Rozhodně se nebudu litovat. Rozhodně se nevzdám. Možná mám život na kusy. Ale pořád můžu být supermáma. Dokážu být tou nejsuprovější mámou, jakou kdy viděli.

Přiložím si opět mobil k uchu. „Jste tam, Martho?" ptám se a snažím se do hlasu vložit co nejvíc optimismu a bezstarostnosti. „Promiňte. Na páteční fotografování je všechno připraveno. Dnes odcházím domů, takže to bude bez problémů!"

„Prima!" úleva v Marthině hlasu je citelná. „Už se nemůžu dočkat! Zvládneme to během dvou tří hodin, slibuju, nechceme vás příliš unavit! Určitě máte spoustu báječných šatů, ale naše stylistka vám přesto nějaké přiveze... Ještě si ověřím vaši adresu. Je to Delamain Road 33?"

Fabii jsem to vlastně ještě nepřipomněla, uvědomím si najednou. Ale na to je čas. To bude v pořádku.

„Ano, správně."

„Vy máte ale štěstí, tam jsou tak nádherné domy! Takže se tam s vámi sejdeme v jedenáct."

„Na shledanou!"

Vypnu mobil a prudce vydechnu. Budu ve *Vogue*. Budu úžasná. A zachráním si manželství.

Od: Becky Brandonové
Komu: Fabii Paschalliové
Předmět: Zítřek

Dobrý den, Fabio!

Jenom chci připomnět, že zítra od jedenácti do patnácti hodin přijedu se štábem *Vogue* na fotografování.
Získala jsem purpurový top a kabelku od Chloe, ale přes veškerou snahu se mi nepodařilo sehnat boty od Ollyho Bricknella, o něž jste měla zájem. Nechtěla byste něco jiného?
Ještě jednou Vám děkuju – a těším se, že Vás zítra uvidím!

Becky

Od: Fabie Paschalliové
Komu: Becky Brandonové
Předmět: Re: Zítřek

Becky,
nebudou-li botičky, nebude domeček.

Fabia

KENNETH PRENDERGAST
Prendergast de Witt Connell
finanční poradenství
Forward House
394 High Holborn Londýn WCIV 7EX

Paní R. Brandonové
37 Maida Vale Mansions
Maida Vale
Londýn NW6 0YF
26. listopadu 2003

Milá paní Brandonová,

děkuji Vám za dopis.
Zaregistroval jsem Váš akciový podíl ve Sweet Confectionery, Inc., Estelle Rodin Cosmetics a The Urban Spa plc. Nicméně nemohu souhlasit s tím, že jsou to „nejlepší investice na světě".

Dovolte proto, abych Vám připomněl: čokoládky a vzorky voňavek zdarma, ani zlevněné lázeňské poukazy – ač nesporně příjemné – rozhodně nejsou důkazem, že se Vám Vaše investice vyplatí. Důrazně Vám proto doporučuji, abyste se nad svou investiční strategií hluboce zamyslela. I nadále mi bude potěšením poskytovat Vám co nejlepší informace.

S pozdravem,

Kenneth Prendergast
odborník na rodinné investice

Sedmnáct

Zatracené debilní škrpály. V Londýně není k mání ani jediný pár, natož zelený. Není divu, že po nich Fabia tak prahne, je to něco jako Svatý grál mezi botičkami, s tím rozdílem, že nás k nim nezavedou ani žádná znamení zašifrovaná v obrazech. Včera jsem obvolala všechny své kontakty, každého dodavatele, kterého znám, každý obchod, prostě všechno. Dokonce jsem zatelefonovala i bývalé kolegyni z Barneys Erin, ale ta se jenom lítostivě zasmála.

Nakonec mi přispěl na pomoc Danny. Párkrát někam brnkl a nakonec zjistil, že jeden pár vlastní modelka, která je právě na fotografování v Paříži. Výměnou za modelové sako je předala jednomu kamarádovi, který se včera večer vracel do Londýna.

Ten je dal zase Dannymu a ten je právě veze mně.

Tedy teoreticky. Ještě pořád tu není. Už je deset hodin a pět minut a já začínám propadat panice. Stojím na rohu Delamain Road ve svých nejlepších šatech, červených zavinovacích, s dlouhým šálem z umělé kožešiny přes ramena a v lodičkách od Prady na nohou a všechna auta, která jedou kolem, bláznivě brzdí. Zdá se, že jsem si na předání nevybrala nejvhodnější místo. Nejspíš mě všichni považují za šlapku v osmém měsíci, která si vyšla nabrnknout nějakého úchyla.

Vytahuju mobil a znovu volím Dannyho číslo: *„Danny?"*

„Už jsem tu! Už se tam řítíme. Právě jsme na mostě… juchůůů!"

Danny mi měl boty odevzdat včera večer – jenomže místo toho si vyrazil do klubu s jakýmsi fotografem, s nímž se seznámil na dovolené. (Na nic se mě, prosím vás, neptejte. Danny mi podrobně líčil bouřlivou noc, kterou s ním prožil v Marrákeši, a říkám vám, že jsem miminku musela zakrývat ouška.) Teď výská radostí a už zdálky slyším řev Harley Davidsona jeho přítele. Jak se může tak radovat? Copak nechápe, jaké to jsou pro mě nervy?

Od chvíle, kdy Luke odjel, jsem téměř nezamhouřila oka. A když jsem včera v noci přece jen usnula, zdál se mi příšerný sen. Zdálo se mi, že stojím nahoře na Oxo Tower, ale Luke tam není. Několik hodin tam čekám v řezavém větru a prudkém dešti a pak konečně přijde – ale najednou se bůhvíjak proměnil v Elinor a ta na mě začala šíleně řvát. A pak mi najednou vypadaly všechny vlasy…

„S dovolením!"

Přichází ke mně žena, která vede za ruku dvě malé děti, a podivně si mě prohlíží.

„Promiňte." Vracím se do skutečnosti a uhýbám jí z cesty.

Vlastně jsem s Lukem od jeho odjezdu nemluvila. Pokoušel se mi několikrát volat, ale já mu pokaždé poslala stručnou esemesku, že jsem ho bohužel zmeškala a že je všechno v pořádku. Nechtěla jsem s ním mluvit, dokud si nepřečte můj dopis – který mu došel teprve včera večer. V jeho ženevské kanceláři potvrdili jeho příjem v 18:11, takže teď už ho má určitě přečtený.

Kostky jsou vrženy. V šest večer budu mít jasno. Buď tam bude na mě čekat, nebo…

Při tom pomyšlení se mi udělá špatně od žaludku a já energicky potřesu hlavou. Nebudu teď na to myslet. Teď musím hlavně zvládnout to fotografování. Na dobití energie sním tyčinku KitKat a dívám se do materiálů, které mi poslala Martha. Je to rozhovor s jednou z dalších adeptek na supermámu, který mě má podle Marthy „uvést trochu do obrazu". Jmenuje se Amelia Gordon-Barracloughová, je z Kensingtonu a pózuje tam v prostorném dětském pokoji v mateřské haleně zdobené korálky s přibližně padesáti devíti náramky na rukou a všechno, co říká, zní neuvěřitelně domýšlivě a nafoukaně.

„Veškerý nábytek do dětského pokoje jsme si nechali dělat na zakázku u provensálských řemeslníků."

No no no! Tedy poslyšte! Tak to já řeknu, že nám ho dělali řemeslníci až... z Mongolska. Ba ne, *objevili jsme ho*. V takovýchto časopisech nikdo nic nekoupí v normálních obchodech, ale někde to náhodou objeví, případně na to narazí mezi starým harampádím nebo mu to odkáže milovaná kmotřička, která byla proslulou návrhářkou.

„S manželem si v soukromí dvakrát denně ve dvojici zacvičíme jógu. Cítíme, že to do našeho vztahu přináší harmonii."

S bodnutím u srdce si vzpomenu, jak jsme s Lukem o líbánkách také cvičili ve dvojici jógu.

Každopádně jsme byli dva a trochu jsme to cvičili.

V krku se mi zase dělá knedlík. Ne. Přestaň. Určitě to dobře dopadne. Určitě budeš ta nejbáječnější supermáma na světě. Nakukám jim, že s Lukem provozujeme ještě něco exotičtějšího než jógu. Jak jsem četla onehdy... Co to jenom...

Mé úvahy přeruší řev motorky a to se už tichou rezidenční čtvrtí řítí harley.

„Haló!" mávám rukama. „Tady!"

„Ahoj, Becky!" Motorka u mě s pulzujícím motorem přibrzdí. Danny seskočí ze sedadla, sundá si přilbu a podává mi krabici s botami. „Tady to máš!"

„Mockrát ti, Danny, děkuju," vroucně ho obejmu. „Jsi moje jediná záchrana."

„Nestojí za řeč!" Danny naskakuje na sedadlo. „Hlavně mi dej vědět, jak to dopadlo! Tohle je, mimochodem, Zane."

„Ahoj!" mávám na Zanea, který je od hlavy až k patě v kůži a zvedá ruku k pozdravu. „Díky, že jste mi to přivezl!"

Motorka opět odfrčí. V ruce držím kufřík s náhradním oblečením a rekvizitami a ze země zvednu květiny, které jsem dnes ráno koupila na výzdobu domu. Mířím k číslu třicet tři. Nějak se mi podaří vystrkat kufr do schodů a zazvoním. Ticho.

Chvíli počkám, zazvoním znovu a ještě zavolám „Fabio"! Ale všude je mrtvo.

Přece na tenhle den nemohla zapomenout!

„Fabio! Slyšíte mě?" Buším do dveří. *„FA-BI-O!"*

Nikde ani hlásku. Nikdo tam není. Začíná se mě zmocňovat panika. Co si teď počnu? *Vogue* tu bude každou...

„Halóóó! Hej vy tam!" Dolehne ke mně hlas jako polnice, a když se otočím, vidím hubené děvče s lesklými vlasy, které se vyklání z okna minicooperu. Na ruce má kabalistický náramek a na prstě obrovský zásnubní diamant. Ta je z *Vogue*, to se pozná na první pohled.

„Nejste náhodou Becky?" volá.

„Ano!" S vypětím sil nasadím zářivý úsměv. „Ahoj! Vy jste Martha?"

„Přesně tak!" Očima přejede dům od shora dolů. „Vy máte ale *parádní* dům! Už abych byla uvnitř!"

„Hm. Takže... děkuju!"

Pak nastane trapné ticho a já se nenuceně opřu o sloup. Jakože prostě jen tak postávám na schodech. Takové běžné a oblíbené postávání před vlastním domem.

„Je všechno v pořádku?" volá Martha trochu překvapeně.

„Jistě!" snažím se svou odpověď doprovodit co možná nepřirozenějším gestem. „Jen jsem si vyšla... nadýchat se trochu čerstvého vzduchu..."

Mozek mi pracuje na plné obrátky. Třeba by se celé to fotografování dalo odbýt tady na schodech. No ano! Mohla bych říct, že na celém domě jsou nejlepší ty schody, na rozdíl od zbytku, který je nudný a vůbec nestojí za...

„Neztratila jste náhodou klíče, Becky?" vyptává se neklidně Martha.

Geniální. No jasně. Jak to, že mě to nenapadlo?

„Ano! Já jsem tak pitomá!" Bouchnu se rukou do čela. „A nikdo ze sousedů nemá rezervní a doma není živá duše..."

„Ale to mi ani neříkejte!" protáhne Martha obličej.

„Už je to tak," pokrčím lítostivě rameny. „Je mi to vážně líto. Takže když nemůžeme dovnitř..."

Právě při těch slovech se vstupní dveře naráz rozletí a já málem vpadnu rovnou dovnitř. Ve dveřích stojí Fabia v oranžových šatech od Marni a protírá si oči.

„Ahoj, Becky," říká *omámeně*. Jako by se nacpala nějakými prášky nebo co.

„Jémine!" Marthin obličej se rozzáří. „Někdo tam *přece* byl! To je klika! Kdopak to je?"

„To je Fabia. Naše... podnájemnice."

„Podnájemnice?" Fabia svraští nos.

„Podnájemnice a dobrá přítelkyně," pospíším si s opravou a položím jí ruku kolem ramen. „Jsme si velmi blízké..."

Díkybohu, že na silnici zastavilo za minicooperem auto a houkáním se domáhá pozornosti.

„Sklapni, krucinál!" dopálí se Martha. „Becky, my si teď zajedeme na kávu, nemám vám něco přinést?"

„Ne, děkuju! Počkám na vás v domě. Totiž doma."

Majetnicky položím ruku na kliku od dveří. „Takže zatím!"

Dívám se za jejich autem, dokud neodjede, a pak se otočím k Fabii. „Už jsem myslela, že nejste doma. No tak se do toho dáme. Přinesla jsem vám ty věci. Tady je ta kabelka, top...," podávám jí igelitové tašky.

„Prima." Tašky téměř hltá lačnýma očima. „Sehnala jste ty boty?"

„Jistě!" odpovím. „Můj přítel Danny požádal jednu modelku, aby mu je poslala z Paříže. Danny Kovitz, ten návrhář!"

Téměř se nadouvám pýchou, když vytahuju krabici s botami. Nikdo jiný na celém světě by nic takového nedokázal. Mám tolik styků. Čekám, že Fabia zalapá po dechu a řekne: „Tedy, Becky, vy jste osmý div světa!" Jenomže ona otevře krabici, chvíli na botičky tupě zírá a pak se zamračí.

„To je jiná barva," přibouchne víko krabice a strká mi ji zpátky. „Chtěla jsem zelené."

Je snad barvoslepá? Takový skvostný odstín něžňoulinké šalvějově zelené, a navíc to má velkými písmeny napsané přímo na krabici!

„Fabio, to je zelená."

„Já jsem chtěla, aby byly takové..." Rozhodí rukama. „Modrozelené."

Snažím se vší silou zachovat klid. „Myslíte... tyrkysové?"

„Přesně!" Rozzáří se jí obličej. „Tyrkysové. Ty jsem měla na mysli. Tyhlety jsou moc světlé."

To snad není pravda. Boty mi z Paříže poslala modelka prostřednictvím světově proslulého módního návrháře, a ona o ně nestojí?

No co, já jimi nepohrdnu.

„Nevadí," zastrčím krabici do tašky. „Tak já vám seženu ty tyrkysové. Ale teď už se skutečně potřebuju dostat do domu..."

„No já nevím," Fabia se opře o dveřní rám a zkoumá vytaženou nitku na rukávu. „Abych pravdu řekla, moc se mi to nehodí!"

Ono se jí to nehodí? Musí se jí to hodit!

„Ale přece jsme se na dnešek domluvily, vzpomínáte? A lidé z *Vogue* už jsou tady!"

„Nemůžete je vyhodit?"

„Lidi z *Vogue* se nevyhazují!" Vzrušením mi přeskočí hlas. „Vždyť je to *Vogue*!"

Lhostejně pokrčí rameny a do mě najednou vjede vztek. Věděla, že mám přijít. Bylo to naplánované. Tohle mi nemůže udělat!

„Fabio," nakloním se k ní a prudce dýchám. „Vy mě nepřipravíte o jedinou šanci, jak se dostat do *Vogue*. Sehnala jsem vám kabelku. Sehnala jsem vám top. I boty! Musíte mě pustit do domu,... nebo..."

„Nebo *co*?" ušklíbne se Fabia.

„Nebo... teď hned zatelefonuju do Barneys, aby si vás zapsali na černou listinu!" zasyčím na ni v náhlé inspiraci. „A jestli se chcete přestěhovat do New Yorku, tak to pro vás nebude moc příjemná situace, že ne?"

Fabia pobledla. Ha. A mám tě.

„A kam podle vás mám jít?" protáhne nevrle a odlepí se od dveří.

„Co já vím? Jděte si třeba na masáž horkými kameny nebo tak něco! Hlavně už jděte!" Prostrčím kufr do haly a protlačím se kolem Fabie za ním.

Prima. Teď sebou musím hodit. Otevřu rychle zavazadlo, vytáhnu naši svatební fotografii ve stříbrném rámečku a postavím ji v hale na nápadné místo na stole. Tak. Už to vypadá jako můj dům!

„A kde máte vlastně manžela?" ptá se Fabia, která mě se založenýma rukama pozoruje. „Neměl by tu náhodou být s vámi? Vypadáte trochu jako svobodná matka."

Tak na tohle jsem teď nebyla připravená. Několik vteřin čekám, než si troufnu odpovědět.

„Luke je… v zahraničí," prohlásím nakonec. „Ale mám se s ním setkat. V šest večer. Na vyhlídkové terase na Oxo Tower. Bude tam." Zhluboka se nadechnu. „Jsem si tím jistá."

Horké pálení v očích se snažím rozehnat mrkáním. Rozhodně se tu nehodlám sesypat.

„Nestalo se vám něco?" prohlíží si mě Fabia udiveně.

„Ne, je to jenom… pro mě moc důležitý den." Vytáhnu z kabelky papírový kapesník a trochu si jím poťukám kolem očí. „Nemohla bych dostat sklenici vody?"

„Prokristapána," brblá Fabia cestou do kuchyně, „je to jenom mizerný, blbý *Vogue*."

Senzace! Už to skoro mám. O dvacet minut později je Fabia konečně pryč a já se tu pomalu začínám cítit jako doma. Uklidila jsem všechny Fabiiny fotografie a místo nich vystavila své a rodinné. V obývacím pokoji jsem na pohovku položila polštářky s iniciálami „B" a „L". Do všech váz jsem naaranžovala květiny. Pokusila jsem si zapamatovat, co je v kuchyňských skříňkách, a dokonce jsem přilepila na lednici lístečky s poznámkami typu: „Už nám dochází bio-quinoa, miláčku" a „Lukeu, nezapomeň v sobotu na reiki koule Qi-gong!"

Teď ještě bleskově vpašuju pár svých bot do Fabiina botníku, protože se mě jistě budou ptát, jaké nosím doplňky. Právě počítám, kolik tam má párů od Jimmyho Choose, když se rozdrnčí zvonek a já vyděšeně nadskočím. Nastrkám spěšně zbytek bot do botníku, podívám se do zrcadla, jak vypadám, a na roztřesených nohou utíkám otevřít.

Už je to tady! Celý svůj *život* jsem toužila hovořit v nějakém módním časopise o svých šatech!

Cestou do haly si rychle v hlavě rekapituluju. Šaty: Diane von Furstenburg. Boty: Prada. Punčocháče: Topshop. Náušnice: dárek od mámy.

Ne, to fakt nezní dobře. Řeknu, že… jsem si je navrhla sama. Ne, řeknu, že je to strašně stará věc, která byla zašitá v korzetu z třicátých let, který jsem koupila v zapomenutém salonu v jedné zapadlé pařížské uličce. To je ono!

Prudce otevřu přední dveře. Na obličej nasadím rozjásaný úsměv – který mi okamžitě zmrzne na rtech.

Není to *Vogue*. Je to Luke.

Je ve svrchníku, v ruce drží cestovní kufřík a vypadá, jako by se dnes ráno vůbec neholil.

„Co to ksakru má znamenat?" vybafne na mě bez úvodu a mává v ruce mým dopisem.

Vytřeštěně na něj zírám. Takhle se to přece nemělo stát! Měl ke mně bez dechu a prodchnutý láskou přiběhnout na Oxo Tower a vypadat jako hrdina z romantického filmu. A ne se rozzuřeně dostavit na zápraží cizího domu.

„Já...," polknu. „Co tu děláš?"

„Co tu *dělám*?" opakuje po mně, jako by nevěřil vlastním uším. „Přečetl jsem si to! Neodpovídalas mi na telefonáty a já neměl ani šajn, co se vlastně děje... ‚Přijď za mnou na vrchol Oxo Tower'." Mává mi dopisem před nosem. „Co je to za kravinu?"

Za kravinu?

„To není žádná kravina!" ohradím se dotčeně. „Snažila jsem se zachránit naše manželství, pokud ti to nedošlo..."

„Zachránit naše manželství?" Vyvalí na mě oči. „A na vrcholku Oxo Tower?"

„Ve filmech to tak bývá! Čekala jsem, že tam přijdeš a bude ti to slušet stejně jako v *Samotáři v Seattlu*..."

Zklamání mi svazuje jazyk. Tak jsem doufala, že to pomůže. Tak jsem doufala, že tam přijde a že si padneme do náruče a budeme zase šťastnou rodinou.

„Prokrista! Očividně mi něco uniklo." Luke zamračeně pátrá v dopise. „Vždyť to vůbec nedává žádný smysl. ‚Vím, že jsi měl...' A nic. Co jsem sakra měl mít? Embolii?"

Dělá si snad ze mě legraci? To se nedá vydržet.

„No poměr přece!" zařvu mu do obličeje. „Poměr! S Venetií! Nebo ti taková maličkost vypadla z hlavy? A já husa si myslela, že třeba dáš

našemu manželství ještě druhou šanci, což byla očividně pošetilost, takže, prosím tě, vypadni. Já tu mám teď fotografování s *Vogue.*"
Zlostně si setřu slzy z očí.

„*Jaký* poměr?" Dívá se na mě upřímně otřeseně. „To si snad děláš legraci, Becky."

„Jo, je to hrozná sranda!" Snažím se mu přibouchnout dveře před nosem, ale on mě popadne za zápěstí, až mě to zabolí.

„Opovaž se," zahřmí na mě. „Nemám zdání, co se tu sakra děje. Zčistajasna dostanu tenhle dopis..., v němž mě obviňuješ, že mám s někým poměr..., takže teď mi zkus utéct bez vysvětlení!"

Copak žije v nějakém jiném světě? Nebo ho někdo vzal něčím přes hlavu?

„Vždyť jsi to sám přiznal, Lukeu!" prakticky ječím. „Říkal jsi, že ses mě snažil ‚chránit', kvůli tomu, že mám vyšší tlak, a tak dál. Vzpomínáš si?"

Lukeovy oči mi zkoumavě bloudí po obličeji, jako by hledal odpověď.

„Tehdy v nemocnici," řekne najednou. „Jak jsme spolu mluvili před mým odjezdem."

„*Ano!* Takže se v hlavince najednou rozbřesklo?" nedokážu se ubránit sarkastickému tónu. „Žes mi to chtěl říct, až bude dítě na světě. Že počkáš, jak to všechno skončí. Prakticky jsi připustil..."

„Jenomže to jsem tehdy vůbec nemluvil o žádném *poměru*!" vybuchne Luke. „Mluvil jsem o vážném konfliktu s Arcodasem!"

Vykulím oči. „Co-že?"

Najednou si všimnu, že na chodníku stojí dvě děti a vytřeštěně na nás zírají. Zřejmě jsme s tím břichem a se vším ostatním poměrně nepřehlédnutelní.

„Pojďme raději dovnitř," navrhnu důstojně. Luke sleduje můj pohled.

„Dobře. Ano. Tak... jo."

Vejde dovnitř a já za ním zavřu. V hale oba mlčíme. Nevím, co bych řekla. Jsem trochu vyvedená z konceptu.

„Becky..., tos něco asi špatně pochopila." Luke si mohutně odfoukne. „Měli jsme nějaké potíže v práci a já jsem tě toho chtěl prostě ušetřit. Ale žádný poměr nemám. Proč zrovna s Venetií?"

„Protože mi to sama řekla."

Luke vypadá překvapeně. „No to snad ne!"

„Řekla! Že prý mě kvůli ní opouštíš! Řekla...," kousnu se do rtů. Ještě teď mě bolí vzpomínka na všechno, co mi Venetia řekla.

„To je prostě... absolutní... *volovina*." Luke dopáleně zavrtí hlavou. „Já tedy nevím, o čem jste si s Venetií povídaly, ale... to musí být nějaké nedorozumění..."

„Takže ty mi tvrdíš, že s ní nic nemáš? Absolutně nic?"

Luke se chytí za hlavu a na chvíli zavře oči. „A jak tě to vůbec napadlo?"

„Jak?" Dívám se na něj užasle. „To myslíš *vážně*? Odkud mám začít? Pořád s ní někam chodíš, jenom vy dva. Všechny ty zprávy v latině, které přede mnou tajíš. A všichni v tvém podniku se ke mně chovají tak divně... a viděla jsem tě s ní sedět na tom stole... a o tom slavnostním předávání Finance Awards jsi lhal...," hlas se mi roztřese. „Já dobře vím, že jsi tam nebyl..."

„To jsem lhal jenom proto, že jsem ti nechtěl přidělávat *starosti*!" Luke mluví mnohem nervózněji a rozzlobeněji než jindy. „Mí zaměstnanci se k tobě chovali tak divně, protože jsem všem poslal e-mail, aby se nikdo, *nikdo* před tebou nezmiňoval o problémech, do nichž se společnost dostala. O tom, že nám patrně dají padáka. Becky..., jenom jsem se tě snažil chránit."

Najednou si vzpomenu, jak tehdy večer seděl zdeprimovaně ve tmě u stolu. Před několika týdny. A tehdy vlastně začal být tak roztěkaný a náladový.

Ale proč tedy Venetia říkala...

Proč by potom...

„Řekla mi, že mě kvůli ní opouštíš," zajíknu se. „Ale s dítětem že prý se budeš chtít stýkat." Najednou vzlyknu.

„Opouštím tě? Becky, pojď ke mně." Luke mě chytí do náruče, pevně mě obejme a já mu položím hlavu na prsa a brečím mu na košili. „Já tě miluju," šeptá. „Rozhodně tě nechci opustit. Ani malého Birkina."

Jak se mohl...

Aha. Nejspíš našel můj seznam jmen.

„Poslední verze je Armageddon," upřesňuju mezi posmrkováním do kapesníku. „Případně Pomegranate. To jsem řekla tvé matce."

„To se ti povedlo! Doufám, že to s ní seklo."

„Skoro." Chtěla bych se usmát – ale nejde mi to. Pořád ještě to moc bolí. Několik týdnů jsem prožila v obavách a představách toho nejhoršího. Nemůžu jen tak na požádání začít fungovat jako předtím.

„Už jsem si myslela, že budu opuštěnou matkou," škytnu. „Myslela jsem, že ji miluješ. Nevěděla jsem, proč se chováš tak divně. Bylo to strašné. Když máš problémy v práci, tak mi to máš říct."

„Já vím." Chvíli s bradou na mé hlavě mlčí. „Abych pravdu řekl, Becky..., docela jsem byl rád, že jsem z toho všeho mohl na chvíli vypadnout."

Zvednu hlavu a pečlivě zkoumám Lukeův obličej. „Co se stalo? Už mi to musíš říct."

„Arcodas," ucedí.

„A já si myslela, že to jde jako po másle," divím se. „Myslela jsem si, že právě proto otvíráš nové pobočky."

„Kéž bych je v životě nepotkal," prohlásí bezútěšně a já se strašně leknu.

„Lukeu, co se vlastně stalo?" ptám se nervózně. „Pojď se na chvíli posadit." Vedu ho do obývacího pokoje a sesunu se na měkkou semišovou pohovku.

„Strašně moc věcí," odpovídá Luke, který jde za mnou. Krátce povytáhne obočí nad polštářky s „B" a „L", pak se posadí a položí si hlavu do dlaní. „To nemusíš vědět."

„Ale ano. Musím vědět všechno. Od začátku."

„Byl to absolutní horor." Obrátí se ke mně. „Největší děs bylo to obvinění ze sexuálního obtěžování."

„Sexuálního obtěžování?" žasnu.

„Sally-Ann Daviesová. Vzpomínáš si na ni?"

„Vzpomínám." Přikývnu. „Co se stalo?"

Sally-Ann pracovala pro společnost už v době, když jsem se seznámila s Lukem. Mírně rezervovaná, ale na druhé straně moc hodná a spolehlivá ženská.

„Něco se... stalo mezi ní a Iainem. Ona tvrdí, že jí naprosto nechutně nadbíhal a že byl velmi neodbytný. Stěžovala si na to. A on se tomu vysmál."

„No nazdar, to je hrozné," vydechnu. „No a... co jsi dělal...?"

„Já Sally-Ann naprosto věřím," pokračuje Luke.

Nic na to neříkám. Vzpomenu si na obsah obálky, kterou jsem dostala od Davea Sharpnesse. Na materiály, které na něj získal. Na všechny ty případy, které se „ututlaly".

Neměla bych to Lukeovi říct?

Ne. Leda v nejnutnějším případě. Musela bych mu spoustu věcí vysvětlit a on by se pak, až by zjistil, co jsem udělala, mohl pěkně naštvat. A stejně jsem veškeré materiály zničila, takže žádný hmatatelný důkaz v ruce nemám.

„Ano," říkám pomalu. „Já jí také věřím. No a... co na to Iain řekl?"

„Nic, co bych mohl opakovat," odpoví Luke se zaťatými zuby. „Obvinil ji, že si celou věc vycucala z prstu, aby si vydupala povýšení. Má příšerné názory na ženy."

Vracím se v myšlenkách o několik týdnů zpět. „Nebylo to tehdy, jak jsi nemohl přijít na můj předporodní kurz?"

„Ano, tehdy to všechno začalo." Promne si obočí. „Becky, nemohl jsem ti to říct. Ne že bych nechtěl, to mi věř, ale věděl jsem, že by tě to strašně rozčílilo. A Venetia mi právě tehdy kladla na srdce, že se nesmíš rozčilovat."

Že se nesmím rozčilovat. No jasně, protože se jí to, potvoře, hodilo do krámu.

„A co se stalo?"

„Sally-Ann se zachovala neuvěřitelně velkoryse. Řekla, že když ji přeložíme k jinému zákazníkovi, tak na to zapomene. Což jsme pochopitelně udělali. Ale celá firma z toho byla bez sebe." Povzdychne si. „Pravda ovšem je, že s Arcodasem byly od prvopočátku jenom samé potíže."

„Iain je hulvát," prohlásím bez obalu.

„To není jenom v něm," kroutí Luke hlavou. „Je to v celé jejich morálce. Všichni se chovají jako sprosťáci a násilníci." Přes obličej mu přeletí stín. „No a... už se to stalo zase. Amy Hillovou, jednu z našich asistentek, dohnal jiný člověk z Arcodasu k slzám. Prý se tak nepříčetně rozzuřil, že se bála, že jí něco udělá."

„To nemyslíš vážně."

„V mé vlastní firmě se chovají, jako by ji krucinál vlastnili...," prudce si odfoukne, jako by se snažil ovládnout. „Dal jsem si s nimi schůzku a požadoval jsem, aby se dotyčný člověk Amy omluvil."

„A udělal to?"

„Ne," Luke zatne zuby. „Chce, abych ji vyhodil."

„*Vyhodil?*"

„Že prý je neschopná a že kdyby odvedla řádnou práci, tak se nemusel rozčilovat. Mezitím se vzbouřil celý můj personál. Všichni mi píšou protestní e-maily, že nechtějí s členy Arcodasu pracovat, a vyhrožují výpovědí...," Luke si utrápeně projede rukou vlasy. „Jak jsem říkal, je to děs."

Opřu se zády o Fabiinu pohovku a snažím si všechno v hlavě urovnat. Nepřipadá mi pravděpodobné, že by Luke chodil tak dlouho kolem horké kaše a nic mi neřekl. Jenom proto, aby mě chránil.

Zejména když nešlo o nevěru.

Zadívám se mu pozorně do obličeje, který ode mě vytrvale odvrací. Tak se mi zdá, že mi ještě úplně všechno neřekl. Ta část o Arcodasu bude nejspíš pravda. Ale zároveň to není důkaz, že se s Venetií neschází. *Jenom to na vás tak hraje, abyste byla šťastná*, probíhá mi myslí potisící.

„Lukeu, prosím tě," vyhrknu. „Prosím. Řekni mi pravdu, jednou provždy. Chodíš s ní?"

„Cože?" Luke se ke mně překvapeně obrátí. „Becky, já myslel, že jsme si to už vysvětlili..."

„Ona mi řekla, že spoustu věcí přede mnou jenom předstíráš." Proplétám si utrápeně prsty. „Všechno, co jsi mi řekl, může být divadýlko. Abych... byla klidná."

Luke se ke mně otočí, podívá se mi přímo do očí a obě ruce mi sevře pevně do svých.

„Becky, my spolu nespíme. Nic se neděje. Já už nevím, jak bych ti to jasněji řekl."

„Tak proč mi říkala, že ano?"

„No to já *nevím,*" povzdychne si Luke, jako by byl v koncích. „Já vážně nevím, o čem mluvila. Hele, Becky, prostě mi v tom budeš muset věřit. Dokážeš to?"

Mlčím. Vtip je v tom, že na to neumím odpovědět. Nevím, jestli mu můžu ještě věřit.

„Dala bych si šálek čaje," špitnu a vstanu z pohovky.

Myslela jsem si, že se všechno zlepší, když si spolu promluvíme; když si všechno vyříkáme přímo do očí. A to se už stalo, nic před sebou neskrýváme, tak jako nudisté na pláži, ale já přesto váhám, jestli mu můžu věřit. Vyhnu se Lukeovi očima, jdu do kuchyně, začnu otevírat skříňky Fabiiny luxusní kuchyně a hledám čaj. Bože, a že prý tady bydlím! To bych ten čaj asi měla najít!

„Podívej se sem," navrhuje Luke, když otevřu další skříňku s pánvemi. Chci přibouchnout její dvířka, ale ta jsou tak dokonale provedená, že se s nimi ani bouchnout nedá. „Tady do rohu."

„Tak dobře." Jdu se tam podívat a opravdu tam najdu krabici sáčkovaného čaje. Položím ji na pracovní desku a vyčerpáním se o ni sama opřu. Luke mezitím odešel dozadu k velkým skleněným dveřím a se strnulými rameny se dívá do zahrady.

Takhle jsem si naše smíření nepředstavovala. To tedy rozhodně ne.

„A co s tím Arcodasem uděláš?" kroutím v prstech provázek od čajového sáčku. „Přece Amy nevyhodíš."

„Pochopitelně, že Amy nevyhodím."

„A jaké máš možnosti?"

„Tak zaprvé, pokusím se to nějak překonat," říká Luke a ani se neotočí. „Spolknu kritiku, uhladím rozčepýřená peříčka a pojedeme dál."

„Dokud se nestane něco podobného znovu," podotknu.

„No právě." Luke se otočí a zasmušile přikývne. „A ta druhá možnost je, že Arcodasu navrhnu setkání. Řeknu jim na rovinu, že se k mému personálu nesmí tak hnusně chovat. Donutím je, aby se Amy omluvili. A přivedu je k rozumu."

„A ta třetí možnosti?" Z jeho výrazu tuším, že nějaká existuje.

„Třetí možnost: pokud se nebudou chtít domluvit…" Na delší dobu se odmlčí. „Pak jim oznámíme, že naše spolupráce končí. A odstoupíme od smlouvy."

„To byste mohli?"

„V podstatě ano," promne si dlaněmi oči. „Ale byl by to setsakra drahý špás. Pokud odstoupíme od smlouvy, budeme muset zaplatit pokutu. Navíc jsme právě na základě této smlouvy po celé Evropě otevřeli spoustu poboček. Považovali jsme totiž Arcodas za bránu do nového a skvělého světa. K větším a lepším projektům."

Z jeho hlasu slyším, jak moc je zklamán. A najednou mám chuť pevně ho obejmout. Všichni jsme byli tak nadšeni, když Brandon Communications získaly za klienta Arcodas. Strašně moc o to stály. Vypadalo to jako úžasné vítězství.

„A kterou z těch možností zvolíš?" ptám se zaraženě.

Luke vezme do ruky starožitný louskáček na ořechy, který ležel na odkládacím stolku. S napjatým obličejem točí šroubem.

„Jistě, mohl bych svému personálu říct, že se s tím prostě musíme naučit nějak žít. Pár by jich odešlo – a ti ostatní by se vrátili k práci. Lidi práci potřebují. A museli by si ty jejich sviňárny nechat líbit."

„A měl bys nešťastnou a utrápenou firmu."

„Nešťastnou a utrápenou, nicméně prosperující," říká tónem, který nesnáším. „Pro nikoho z nás nejsou peníze bezvýznamné, to je snad jasné."

Dítě mě najednou kopne tak silně, až sebou trhnu. Všichni jsou tak… utrápení a nešťastní. Já. Luke. Všechno je tak strašné.

„To bys přece nechtěl," domlouvám mu.

Luke nehne svalem. Má naprosto strnulý obličej. Kdo by ho viděl, myslel by si, že se mnou buď nesouhlasí, nebo mě neslyšel, nebo ho můj názor nezajímá. Ale já vím, na co teď myslí. On svou společnost totiž miluje. A strašně by si přál, aby byla úspěšná a aby se jí dařilo.

„Lukeu, zaměstnanci tvé firmy…," udělám k němu krok, „jsou jako tvá *rodina*. Po celá ta léta pro tebe oddaně a věrně pracovali. Uvaž, jak by ses cítil, kdyby byla Amy tvou dcerou. Chtěl bys, aby se její zaměstnavatel k tomu nějak vyjádřil. Jakože… ty jsi tady šéf! Ty přece *nemusíš* spolupracovat s tím, s kým nechceš."

„Ještě si s nimi promluvím," klopí Luke oči. „Vyříkám si to s nimi na rovinu. Možná to ještě nějak vyřešíme."

„No možná." Přikývnu mu na to a snažím se do svých slov vložit víc naděje, než kolik jí cítím.

Najednou Luke prudce odloží louskáček na stůl a podívá se mi do očí. „Becky, jestli to dopadne tak, že budeme muset od smlouvy s Arcodasem odstoupit…, už rozhodně nebudeme mít tolik peněz. To by sis měla uvědomit."

To je vážně mrzuté. Bylo tak hezké, když se dařilo, když byl celý svět náš a mohli jsme po něm létat soukromým letadlem. A mohla jsem klidně snít, že si koupím ty nádherné kozačky na jehlách od Vivienne Westwood za tisíc liber.

Ale co na tom, v Topshopu mají jejich imitaci za padesát babek. Tak si je koupím tam.

„Tu chvíli to vydržíme," zvednu vzdorně hlavu. „Než získáš dalšího velkého zákazníka. A mezitím…," rozhlédnu se po nádherné a luxusní stylové kuchyni, „… si nějak poradíme. Ostrov si můžeme koupit jindy." Na chvíli se zamyslím. „Jenomže ostrovy už žádné nejsou. A my o něj vlastně ani nestojíme."

Luke se na mě chvíli dívá a pak najednou vyprskne.

„Něco ti povím, Becky Bloomwoodová! Ty budeš senzační máma."

„Vážně?" Překvapením trochu zčervenám. „To myslíš upřímně?"

Luke přejde přes kuchyň a položí mi něžně ruce na břicho. „Tenhle mrňousek má ale štěstí," zašeptá.

„Jenomže já se nezmůžu ani na jednu dětskou říkanku," prohlásím zdrceně. „Takže ho nebudu umět uspat."

„Dětské říkanky se přeceňují," říká Luke sebejistě. „Budu mu předčítat z *FT* a ručím za to, že za chvilku bude spát, jako když ho do vody hodí."

Chvíli svorně hledíme na mé vyboulené břicho. Ještě pořád jsem se tak docela nevyrovnala s faktem, že tam uvnitř mám jakéhosi človíčka. A že se bude chtít nějak dostat ven… časem.

Ale co, s tím si zatím nebudeme lámat hlavu. Zatím není žádný spěch a na něco snad mezitím přijdeme.

Po chvíli se ke mně Luke otočí. Ve tváři má divný, nečitelný výraz.

„No... tak mi tedy pověz, Becky," vybídne mě jemně. „Je to Armageddon nebo Pomegranate?"

„Cože?" hledím na něj vyjeveně.

„Když jsem dneska ráno doma přemítal, kam jsi mohla jít, prohrabával jsem se tvými věcmi, jestli tam nenajdu nějaké vodítko, a v jedné zásuvce jsem našel...," zaváhá. „Našel jsem soupravu na zjišťování pohlaví dítěte. Takže ty už to víš, ne?"

Hrkne ve mně. Krucinál. Měla jsem to vyhodit. Já jsem tak *blbá*!

Luke se sice usmívá, ale na očích mu vidím, že se ho to dotklo. Najednou se cítím opravdu hrozně. Vůbec nechápu, jak jsem ho mohla chtít z tak důležité věci vyšachovat. Už si vlastně ani nevzpomínám, proč jsem to tak strašně chtěla vědět. Vždyť ono je to vlastně jedno!

Položím mu ruku na jeho a stisknu ji. „Jenomže, Lukeu, já jsem si nakonec ten test nenechala udělat. Takže to nevím."

Ale Luke pořád vypadá ublíženě.

„Jen se nedělej, Becky, klidně mi to vyklop. Jestli má být překvapený jenom jeden z nás, tak na to nemá smysl čekat."

„Já jsem si ten test ale skutečně nedala udělat!" trvám na svém. „Namouduši! Nakonec se ukázalo, že by to trvalo strašně dlouho a musela bych si nechat brát krev..."

Stejně mi nevěří. Vidím mu to na očích. Až budeme na porodním sále a sestřička mi řekne „Je to kluk!" nebo tak něco – on si stejně bude myslet: „Becky už to dávno ví."

Najednou se mi sevře hrdlo. Nechci, aby se to stalo takhle. Chci, abychom se to dozvěděli společně.

„Lukeu, *skutečně* jsem to nezjišťovala," snažím se ho zoufale přesvědčit a v očích mě štípou slzy. „Opravdu, namouduši! Já ti nelžu. Musíš mi věřit. Bude to úžasné... nádherné... překvapení. Pro *oba*."

Hledím mu upřeně a do očí a rukama si nervózně žmoulám sukni. Luke se na mě pátravě dívá.

„No tak dobře," zamračené čelo se mu konečně vyhladí. „Tak dobře. Věřím ti."

„A já ti taky věřím," vyletí mi znenadání z úst.

A jen co to řeknu, uvědomím si, že to tak opravdu cítím. Mohla bych sice vyžadovat spousty dalších důkazů, že Luke s Venetií nic nemá. Mohla bych ho zase nechat sledovat. Mohla bych tomu propadnout a užírat se tím až do smrti.

Ale nakonec to, jestli někomu věříte, je otázkou volby. A já se rozhodla. Definitivně.

„Pojď sem," Luke mi otevře náruč. „To je dobré, srdíčko, všechno bude dobré."

Po chvíli se mu vyvinu z náruče. Zhluboka se nadechnu a snažím se uklidnit. Ze skříňky vyndám dva hrnečky. Pak se k němu otočím.

„A proč tedy, Lukeu, Venetia říkala, že spolu spíte, když to není pravda?"

„No to já nevím," diví se Luke. „A víš absolutně *jistě*, že to skutečně takhle myslela? Nemohla sis to přece jen třeba špatně vyložit?"

„Ne!" Už toho začínám mít vážně dost. „Myslíš si, že jsem úplně blbá? Bylo naprosto jasné, co tím myslí." Odtrhnu si kousek Fabiiny papírové utěrky a vysmrkám se do ní. „A jenom aby bylo jasno, *rozhodně* nehodlám naše dítě rodit u ní. Ani k ní chodit na nějaké praštěné čajové dýchánky."

„No proč ne," souhlasí Luke. „Určitě se můžeme vrátit k doktoru Braineovi. Stejně se mě už několikrát e-mailem ptal, jak se ti daří."

„Vážně? To je od něj milé..."

Zazvoní zvonek a já sebou trhnu. To jsou oni. Tak trochu jsem na ně zapomněla.

„Kdo to je?" diví se Luke.

„No přece *Vogue*!" znervózním. „Proč jinak bych tu asi byla? Mají mě fotografovat!"

Utíkám do haly – a když se uvidím v zrcadle, vyděšeně sebou trhnu. Obličej mám samý flek, oči opuchlé a podlité krví, a když se usměju, vypadá to podrážděně a nepřirozeně. A navíc jsem úplně zapomněla, co kde v domě je. A nedám dohromady ani jednu z těch báječných odpovědí, které jsem si připravila. Ani nevím, kde jsem si kupovala *spodní prádlo*. Teď je to vážně nad mé síly.

Zvonek se rozdrnčí znovu a ještě jednou.

„Ty jim neotevřeš?“ Luke jde za mnou do haly.
„Budu to muset zrušit!“ obrátím se k němu s žalostným výrazem. „Podívej na mě. Mám příšernou ránu! Takhle tam nechci vypadat!“
„Neboj se, budeš úžasná,“ říká Luke rozhodně a ráznými kroky jde ke dveřím.
„Oni si myslí, že tu bydlíme!“ zasyčím za ním vyděšeně. „Namluvila jsem jim, že je to náš dům!“
Luke po mně blýskne očima ve stylu „To si myslíš, že jsem padlý na hlavu?“ a trhnutím otevře dveře.
„Dobrý den!“ vítá je sebejistým tónem šéfa velké a významné společnosti. „Vítejte u nás!“

Všichni vizážisti by měli dostat Nobelovu cenu za to, že mi do obličeje dokázali přimalovat spoustu štěstí. I kadeřníci.
I Luke.
Uplynuly už tři hodiny a fotografování jde jako na drátkách. Luke si okamžitě dokázal celý štáb z *Vogue* získat a naprosto věrohodně ho provedl celým domem. Všichni mu uvěřili, že tu bydlíme!
Cítím se jako úplně jiný člověk. A určitě tak i *vypadám*. Vizážistka mi dokonale přelíčila skvrny na obličeji a byla na mě moc hodná. Že prý už viděla mnohem horší případy a že prý aspoň nemám plnou hlavu koksu. A neopozdila jsem se o šest hodin. Ani jsem na ně nepustila žádného uřvaného čokla. (Začínám si myslet, že modelky u ní nepatří k nejoblíbenější části lidstva.)
Mám teď senzační účes, vlasy se mi nádherně lesknou, a navíc mi v přívěsu, který zaparkovali před domem, přivezli spoustu úžasných šatů. Takže teď pózuju na širokém a velkolepém schodišti v šatech od Missoniho, rozdávám úsměvy na všechny strany a cítím se jako Claudia Schiffer.
A Luke stojí pod schodištěm a povzbudivě se na mě usmívá. Zůstal tady se mnou celou dobu, zrušil všechny schůzky, které měl na tuto dobu sjednané, účastnil se rozhovoru a všech dalších věcí. Prohlásil, že skutečnost, že se nám narodí dítě, způsobila, že se na většinu věcí začal dívat úplně jinak a že ho podle jeho názoru otcovství jako člověka

naprosto změní. A že prý jsem teď mnohem krásnější než dřív (což je lež jako věž, ale stejně jsem mu vděčná). A že prý…

No prostě, napovídal toho spoustu. *A ještě* věděl, kdo maloval obraz, který visí nad krbem v obývacím pokoji. Je neuvěřitelný!

„Mohli bychom jít teď ven?" podívá se fotograf tázavě na Marthu.

„To je skvělý nápad." Martha přikývne a já scházím ze schodů a přidržuju si přitom sukni.

„Nemohla bych si na to obléct ty šaty od Oscara de la Renta?"

Stylistka přivezla naprosto úžasné purpurové večerní šaty s kabátem, které si zřejmě měla vzít na premiéru nějaká filmová hvězda, ale bůhvíproč k tomu nedošlo. Prostě si je *musím* vyzkoušet.

„Ano, na trávníku se budou vyjímat moc dobře," Martha zamíří ke skleněným dveřím v zadní části haly a dívá se přes ně ven. „To je ale nádherná zahrada! Navrhovali jste si ji sami?"

„Jistěže!" mrknu na Lukea.

„Tím pochopitelně myslíme, že jsme si na práci najali zahradníka," upřesní Luke, „ale nápad byl celý náš."

„Správně," přikývnu. „Inspirovali jsme se trochu střetem… zenu… a urbanismu…"

„Klíčovým prvkem v našem projektu byla pozice stromu," dodá Luke. „Všechny jsme je nechali přinejmenším třikrát přesadit."

„Páni," přikyvuje znalecky Martha a dělá si poznámky do zápisníku. „Vy jste skutečně perfekcionisté!"

„Jenom nám záleží na projektu," nasadí Luke seriózní obličej. Malinko na mě při tom mrkne a já mám co dělat, abych nevyprskla.

„Tak to se jistě moc těšíte, až bude vaše děťátko lézt po trávníku," usměje se na nás Martha chápavě. „Až se tam bude batolit… a učit se chodit…"

„Ano," Luke mě vezme za ruku. „Máte pravdu."

Právě chci něco dodat – ale najednou se mi břicho stáhne, jako by mi ho někdo sevřel oběma rukama. Cítila jsem to vlastně trochu už předtím, uvědomím si najednou – ale teď to bylo o hodně silnější. „Auvajs," vyjeknu bezděky.

„Co je?" otočí se ke mně polekaně Luke.

„Ale nic," snažím se to rychle zamluvit. „Mám si obléknout ten kabát?"

„Měli bychom vám trochu poopravit mejkap," vloží se Martha. „A nedáme si přestávku na svačinu?"

Kráčím halou ke vchodovým dveřím a během chůze se najednou zastavím. Znovu se mi stáhne břicho. Je to jasná věc.

„Co se děje?" sleduje mě znepokojeně Luke. „Becky, je ti něco?"

Dobrá. Neblázni.

„Lukeu," snažím se říct co možná nejklidněji, „myslím, že začínám rodit. Už nějakou chvíli mám porodní bolesti."

Břicho se mi opět stáhne a já začnu mělce dýchat, jak jsme se to učily v předporodních kurzech. Páni, to je úžasné, jak instinktivně vím, co dělat.

„*Už nějakou chvíli?*" běží ke mně znepokojený Luke. „To znamená jak dlouho?"

Zapátrám v paměti, kdy jsem pocítila první stah. „Asi tak pět hodin. Což asi znamená, že jsem otevřená… přibližně na pět centimetrů."

„Otevřená na pět centimetrů?" vyvalí na mě Luke oči. „A co tím chceš vlastně říct?"

„Tím chci říct, že jsem asi tak v polovině." Hlas se mi najednou chvěje rozčílením. „To znamená, že budeme mít dítě!"

„Kristepane!" Luke vytáhne mobil a začne telefonovat. „Dobrý den! Potřebujeme sanitku! Rychle!"

Když udá adresu, najednou se mi začnou podlamovat kolena. Tohle jsem čekala až kolem devatenáctého. Myslela jsem, že mám tři týdny k dobru.

„Co se děje?" ptá se Martha a zvedne oči od poznámek. „Můžeme jít do té zahrady?"

„Becky začíná rodit," oznamuje Luke a s cvaknutím zavře mobil. „Budeme bohužel muset odjet."

„*Rodit?*" Martha upustí zápisník i s tužkou a sehne se, aby je posbírala. „Proboha! Ale nějak si to pospíšilo, viďte?"

„O tři týdny," přisvědčí Luke. „Přišlo to nějak dřív."

„Jste v pořádku, Becky?" zadívá se na mě Martha. „Nepotřebujete něco proti bolesti?"

„Já jsem zastáncem přirozených metod," vydechnu a v ruce sevřu přívěsek, který nosím na krku. „Tohle je starodávný maorský porodní kámen."

„Jejda!" vykřikne Martha a hned si to zaznamenává do zápisníku. „Jak se to vlastně píše?"

Břicho se mi znovu stáhne a já kámen sevřu pevněji. I přes bolest cítím jakési opojení. Měli pravdu, porod je *skutečně* úžasná zkušenost. Jako by celé mé tělo pracovalo v naprostém souzvuku, jako by bylo navrženo právě na to.

„Máte připravenou tašku do porodnice?" ptá se Martha. „Něco takového byste s sebou měla asi mít, viďte?"

„Mám tu kufřík," pípnu tiše.

„Dobře," říká Luke a odkládá telefon. „Vezmeme si ho. Rychle. Kde stojí? A tvé lékařské záznamy."

„To je...," zarazím se. To je všechno doma. Tam, kde skutečně bydlíme.

„Ehm... je to v ložnici. U toaletky." Podívám se trochu ztrápeně na Lukea. Lukeovi se pochopením rozsvítí v očích.

„Chápu," prohlásí. „No... jestli to bude vážně nutné, tak pro to dojedeme."

„Já tam vyběhnu a donesu vám to," nabízí se ochotně Martha. „Na které straně toaletky to leží?"

„Ne! Totiž... ehm... vlastně to je támhle!" Ukážu na brašnu Mulberry, kterou zahlédnu v jedné skříni. „Já jsem zapomněla, že jsem si to tam připravila."

„Dobře." Luke s jistým úsilím vytahuje tašku ze skříně a najednou z ní vypadnou tenisové míčky.

„Vy si s sebou berete tenisové míčky?" diví se Martha.

„To je... na masáže. Bože...," pevněji sevřu maorský kámen a zhluboka dýchám.

„Co se děje, Becky?" děsí se Luke. „Připadá mi, že se to zrychluje." Podívá se na hodinky. „Kde je ta zatracená sanitka?"

„Je to trochu silnější," podaří se mi během stahu přikývnout. „Řekla bych, že jsem teď rozevřená na šest nebo sedm centimetrů."

„Haló, už je tady ta sanita," do dveří vrazí hlavu fotograf. „Právě zastavuje."

„Tak bychom měli jít," popadne mě Luke za ruku. „Můžeš jít?"

„Myslím že ano. Pomalu."

Vycházíme ze dveří a na horním schodu se na chvíli zastavím. Sanitka ucpala celou ulici, modrý majáček hází blesky do všech stran. Na protějším chodníku se zastavilo pár lidí.

Už je to tady. Až přijedu z nemocnice... budu už mít mimino!

„Hodně štěstí!" volá za námi Martha. „Ať to jde hladce!"

„Becky, já tě miluju," Luke mi sevře ruku. „Jsem na tebe strašně pyšný. Vedeš si skvěle! Jsi tak klidná, tak vyrovnaná..."

„Cítím se úplně přirozeně," odpovím s plachým úžasem, přesně jako Patrick Swayze, když Demi Mooreové na konci *Ducha* popisoval nebe. „Je to bolestné..., ale také krásné."

Dva saniťáci vystoupí ze zadních dveří a míří ke mně.

„Můžeme?" podívá se na mě Luke.

„Hmmm," zhluboka se nadechnu a opatrně sestupuju ze schodů. „Jdeme na to."

Osmnáct

Pfe… Tomu neuvěříte. Nakonec to porod nebyl. Takže vůbec žádné dítě nemám.

Vážně mi to nejde na rozum, vlastně si pořád myslím, že to ti doktoři nějak popletli. Vždyť jsem měla všechny příznaky! Pravidelné kontrakce, bolest v zádech (no dobře, přiznávám, tak moc to zase nebolelo), přesně podle knih. A oni mě poslali domů, že prý to nejsou porodní bolesti, ani předporodní bolesti, ani vůbec žádné bolesti. Prostě nic v tom smyslu.

Cítila jsem se trochu trapně. Zejména když jsem požádala o epidural a oni řvali smíchy. To snad opravdu nemuseli. Ani to hned volat všem svým známým. Tu porodní asistentku jsem *slyšela*, i když se snažila šeptat.

Což mě přivedlo k závěru, že bych se nad celou věcí měla ještě jednou zamyslet. Jakože, když tohle žádný skutečný porod nebyl…, jak prokristapána může vypadat ten skutečný? Když jsem se tedy vrátila z nemocnice domů, měla jsem dlouhý a upřímný rozhovor s Lukem. Řekla jsem mu, že jsem se nad tím pořádně zamyslela a došla k závěru, že ten porod nezvládnu a že to budeme muset vymyslet nějak jinak.

Byl na mě skutečně moc hodný a *nevyrukoval* s podobnými bláboly jako „ale pusinko, ty to určitě dokážeš" (jako ta debilní porodní asistentka v telefonické poradně). Prohlásil, že si můžu sehnat všechno, co mi podle mého názoru v bolestech uleví, bez ohledu na to, kolik to bude stát. Tak jsem si předplatila odborníka na reflexní masáže, na masáže horkými kameny, na akupunkturu, aromaterapeutku, homeopata a dulu. Kromě toho volám každý den do nemocnice, jestli jejich anesteziolog náhodnou neonemocněl nebo se omylem nezabouchl ve spíži nebo tak něco.

A ten přiblblý porodní kámen jsem vyhodila. Vždycky jsem si myslela, že k ničemu nebude.

Od té doby už uplynul celý týden – a vyjma toho, že jsem ještě větší a neohrabanější, k ničemu jinému nedošlo. Včera jsme šli na kontrolu k doktoru Braineovi a ten řekl, že je všechno v nejlepším pořádku a že se dítě otočilo do správné polohy, což je prý dobrá zpráva. Pfe... Možná pro to dítě. Já jsem na tom nic úžasného neshledala. Už téměř nemůžu ani chodit, ani spát. Včera v noci jsem se probudila ve tři ráno a měla jsem tak nepříjemný pocit, že jsem nedokázala ani ležet v posteli, a tak jsem si pustila kabelovou televizi, kde zrovna běžely *Příběhy ze života – traumatizující porody.*

Což možná, když na to teď myslím, nebyl ten nejlepší nápad. Ale naštěstí se vzbudil i Luke a uvařil mi pro uklidnění čokoládu a utěšoval mě, že se nám určitě nestane, abychom uvízli někde ve vánici s dvojčaty na cestě a s nejbližším lékařem tři sta kilometrů daleko. A i kdyby, tak už dobře víme, co v takovém případě dělat.

Ani Luke v této době nespí bůhvíjak dobře a všechno to je kvůli Arcodasu. Každý den mluví se svými právníky, radí se se svým personálem a snaží se neúspěšně dojednat setkání s vedoucími pracovníky společnosti, na němž by si spolu všechno vyříkali. Ale Iain schůzku dvakrát bezohledně zrušil, někam si vyrazil a nikomu neřekl kam. Takže se dosud nevyřešilo nic a čím déle to trvá, tím je Luke nervóznější. Jako bychom oba seděli na bedně dynamitu... a jenom *čekali.*

Čekání mi nikdy nešlo. Na dítě, na to, až někdo zavolá, na zaváděcí prodej..., vůbec na nic.

Jedinou pozitivní věcí je, že oproti minulým měsícům jsme si s Lukem mnohem bližší. Během minulého týdne jsme hovořili o všem. O jeho společnosti, o plánech do budoucna..., jednou večer jsme dokonce vytáhli všechny fotografie z našich líbánek a znovu jsme si je prohlíželi.

Mluvíme o všem...., vyjma Venetie.

Ne že bych to nezkoušela. Když jsme onehdy přijeli z nemocnice, snažila jsem se mu u večeře vysvětlit, jaká je. A to jsem si dala! Prý nemůže uvěřit tomu, že mi Venetia řekla, že mají spolu poměr. Že prý nejsou nic jiného než staří známí – a jestli prý jsem se náhodou nepřeslechla nebo si to nevyložila nějak špatně?

Načež jsem dostala nezvladatelnou chuť třísknout talířem o stěnu a zařvat na něj: „To si snad myslíš, že jsem úplný *debil*?" No ale – neudělala jsem to. Zvrhlo by se to v parádní hádku a já jsem nechtěla ten večer pokazit.

A od té doby jsem to už nenakousla. Luke má tolik starostí, že jsem neměla to srdce. Že prý se s ní už vůbec nemusíme vidět. Zrušil s ní smlouvu na PR služby, mě se znovu ujal doktor Braine a Luke slíbil, že už se s ní nebude vídat. Že prý co se jeho týče, je to krátká kapitola našeho života, za níž přibouchl dveře.

Problém je v tom..., že já za tím dveře přibouchnout nedokážu. Zabodlo se mi to hluboko do srdce. Já se *nezmýlila*. Slyšela jsem ji *dobře*. Málem mi zničila manželství – a najednou jako by o nic nešlo?

Mám neodolatelnou chuť za ní zajít – a pěkně od plic jí vysvětlit, co si o ní myslím...

„Bex, zase skřípáš zuby," upozorňuje mě Suze. „Nech toho." Přijela před půlhodinou s náručí dárečků z vánočních trhů v Ernieho mateřské školce. Přináší mi šálek čaje z malinového listí a vánoční cukroví s polevou a všechno klade na stůl. „Musíš na tu Venetii konečně přestat myslet. Mohlo by to škodit dítěti."

„To se ti řekne! Vůbec nevíš, jaké to je. Tebe nikdo nenutil navléknout si ty odporné punčochy, ani ti neříkal, že je tvé manželství v koncích a že tě manžel opustí..."

„Hele, Bex," povzdychne si Suze zkroušeně. „Ať už to Venetia řekla, nebo ne..."

„Řekla to, krucinál!" skočím jí rozhořčeně do řeči. „Prostě mi tohle řekla, slovo od slova! Copak mi ani ty nevěříš?"

„Ale to víš, že ti věřím!" ustupuje Suze. „To víš, že jo. Ale v těhotenství občas člověk vidí všechno v pochmurnějších barvách než normálně. Možná jsi tomu přikládala příliš velký význam..."

„Já jsem ničemu příliš velký význam nepřikládala! Chtěla mi čajznout manžela! To si myslíš, že jsem měla nějaké vidiny, nebo co? Že jsem si to vycucala z prstu?"

„Kdepak," pospíší si Suze s odpovědí. „Hele, promiň. Možná po něm skutečně šla. No ale nedostala ho, ne?"

„No... ne."

„Tak to nech být. Čekáš mimino, Bex. A *na tom* záleží."

Vypadá tak vyplašeně, že se jí nemůžu svěřit se svým tajným snem, že vrazím do holistického porodního centra jako tajfun a všem na potkání vysvětlím, jaká je to podlá a hnusná ničitelka manželství.

To bych ráda viděla, jak holisticky pak bude vypadat!

„No dobře," ustoupím. „Tak já to tedy nechám být."

„Prima," poplácá mě Suze po rameni. „Takže kdy musíme vyrazit?"

Dnes se na chvíli stavím v Looku, i když jsem oficiálně na mateřské dovolené – protože se tam bude slavnostně zahajovat pořadník na nový model Dannyho Kovitze. Danny tam přijde v pravé poledne a bude se dívkám, které se zapíšou do pořadníku, podepisovat na trička, a už se ohlásilo několik set zájemkyň!

Celá akce se těší značnému novinářskému ohlasu – zejména proto, že se Danny nechal nedávno vyfotografovat v objetí s novou akvizicí z *Coronation Street.* Ani jedny noviny si tuhle zprávu nenechaly ujít, a tak se celému obchodnímu domu dostalo značné publicity. Dnes ráno pozvali Dannyho dokonce do *Morning Coffee.* Seděl tam na pohovce a komentoval módní směry na příští jaro (označil je vesměs za ohavné a novináři byli radostí bez sebe) a všechny pozval na dnešní slavnostní zahájení do Looku.

Ha! A to byl můj nápad, obrátit se na něj. „Podívám se na hodinky. Půjdeme za několik minut. Není proč spěchat. Teď už mě za pozdní příchod nemůžou vyhodit."

„To asi ne," Suze se kolem našeho nového kočárku Warrior, který stojí dosud v originálním balení v kuchyni, protáhne ke dřezu. V dětském pokoji už není místo a v hale stojí kočárek Bugaboo (měli na něj velkou slevu) a taková ta trojkolka, která se dá upravit na autosedačku.

„Bex, kolik vlastně těch kočárků máš?"

„Ani přesně nevím," odpovím neurčitě.

„A kam je všechny vůbec hodláš uložit?"

„Neboj se," uklidňuju ji. „V novém domě pro ně bude celá jedna místnost. Budu jí říkat kočárkárna."

„Kočárkárna?" Suze na mě vykulí oči. „Ty budeš mít zvláštní místnost na boty i na kočárky?"

„No a proč ne? Člověk nemá nikdy dost místností na různé věci. Možná budu mít i místnost jenom na kabelky. Stačila by i taková malinkatá..." Napiju se čaje z malinového listí, který podle Suze urychluje porod, a odporem se otřesu.

„Proboha, co to bylo?" zneklidní Suze. „Neměla jsi kontrakci?"

Nechci být protivná, ale od chvíle, kdy přišla, se už potřetí zmiňuje o porodu.

„Ještě čtrnáct dnů mám mít pokoj," připomínám jí.

„To vůbec nic neznamená!" namítá Suze. „To jsou jen takové doktorské výmysly." Pozorně se na mě zadívá. „Nemáš náhodou chuť vytřít podlahu nebo uklidit v ledničce?"

„V ledničce je uklizeno!" namítnu dotčeně.

„Ale jdi!" uklidňuje mě Suze. „To je prostě takový hnízdivý instinkt. Když se měla narodit dvojčata, najednou jsem dostala strašnou chuť vyžehlit Tarkiemu všechny košile. A Lulu zase obvykle lítá po domě s vysavačem."

„S vysavačem?" hledím na ni rozpačitě. Neumím si představit, že bych někdy dostala neodolatelnou touhu luxovat.

„No vážně! Spousty ženských drhnou podlahu...," odmlčí se, protože se ozve bzučák a ona vezme domácí telefon. „Prosím, Brandonovi!"

„Je to zásilková služba. Má ti něco přijít?"

„No ano!" odložím hrneček s čajem. „To asi budou ty věci na Vánoce!"

„Dárečky?" rozzáří se Suze. „Nebyl by tam taky nějaký pro mě?"

„To nejsou dárky," musím ji zklamat. „To jsou takové nádherné ozdoby. Včera mě najednou napadlo, že bych si měla nakoupit věci na Vánoce předtím, než se dítě narodí. A tak jsem objednala nové andělíčky na stromeček a adventní svíčky a takový nádherný betlém..." Ukousnu si z cukroví. „Kupovala jsem to už do nového domu. Postavíme v hale obrovský vánoční strom, všude rozvěsíme girlandy a perníkové figurky s červenými pentličkami..."

Zazvoní zvonek u dveří a já jdu otevřít. Za nimi stojí dva muži s objemnými krabicemi a s velkým neforemným balíkem, v němž musejí být ty figury Panny Marie a Josefa v životní velikosti.

„No nazdar!“ vyhrkne Suze, když to uvidí. „Budeš si muset pořídit i zvláštní místnost na ozdoby.“

Jé, ale to není tak špatný nápad!

„Dobrý den!“ rozzářím se. „Někam to položte. Mockrát vám děkuju...“ Podškrábnu se jim na papír, a když odcházejí, obrátím se k Suze. „Musím ti ukázat vánoční punčochy pro děti...“

Zarazím se. Suze se neklidně dívá ze mě na krabice a pak znovu na mě.

„Co je?“

„Bex, to je ono,“ vykřikne. „Už tě popadlo hnízdění!“

Vykulím na ni oči: „Vždyť jsem ještě nic neuklidila.“

„Každá ženská je jiná! Ty možná nebudeš uklízet, ale objednávat z katalogů! Byla to taková... neodbytná touha, kterou jsi nemohla překonat?“

„Ano!“ Najednou si na to vzpomenu a bezděky zalapám po dechu. „Přesně! Hodili mi dveřmi katalog... a já si z něj prostě *musela* objednat!“

„Tak to bude ono!“ říká spokojeně Suze. „Tak nám Příroda dává najevo, co se brzy stane.“

„Jůůů!“ vydechnu ohromeně. Takže mé nákupy jsou projevem přírodních dějů!

„A vážně nemáš chuť nic vyčistit ani uklidit?“ vyzvídá Suze.

Letmo se zamyslím nad svými pocity. „Asi vážně ne!“

„Nemáš chuť umýt ty talíře?“ významně ukáže Suze do dřezu na nádobí od snídaně.

„Ne,“ odmítnu rozhodně. „Žádnou takovou touhu nemám.“

„Což jenom dokazuje,“ vrtí Suze užasle hlavou, „že každé těhotenství je jiné.“

Najednou mě napadne něco jiného. „Hele, Suze, když už tedy hnízdím, možná to dítě přijde na svět brzy! Třeba už dnes odpoledne!“

„Ať tě ani nenapadne!“ vyděsí se Suze. „Ještě musíš mít oslavu na počest dítěte!“ Téměř okamžitě se pleskne přes pusu.

Oslava? Říkala oslava... na počest dítěte?

„Vy mi chystáte oslavu?" nadšeně se na ni zazubím.

„Ne!" zatlouká nešikovně Suze. „Já... to ne... tím jsem nechtěla..."

Celá v obličeji zrůžoví a zkříží nohy přes sebe. Suze je naprosto beznadějný lhář.

„Já bych řekla, že ano!"

„No tak dobře," vyhrkne. „Jenomže to má být *překvapení*. Aspoň ti neprozradím, kdy to bude."

„Dneska!" napadá mě. „Vsadím se, že dneska!"

„Já ti to neřeknu!" topí se v rozpacích. „Už s tím dej pokoj. Mysli si, že jsem ti nic neřekla. A pojď už."

Do Looku jedeme taxíkem a při příjezdu mám hroznou radost. Ani za milion let bych nevěřila, že se něco podobného může stát.

Ulicemi se táhnou fronty tak dlouhé, že nevidím na konec. Stojí tam stovky dívek oblečených povětšinou v módním zboží, které si ve skupinkách povídají nebo štěbetají do mobilů. Všechny drží heliový balonek s nápisem „The Look – Danny Kovitz", z reproduktorů vyhrává hlasitá hudba a jedno děvče z PR oddělení rozdává lahve dietní koly a lízátka s nápisem „Danny Kovitz".

Panuje tu nálada jako na nějaké pouti. Je tu štáb z *London Tonight*, rozhlasový moderátor hovoří s dívkou v čele fronty, a když vystupujeme z auta, vidím, jak se hledačka talentů z Models One představuje jedné vytáhlé dívčině.

„No to je *úžasné,*" vydechne Suze vedle mě.

„Viď!" snažím se vypadat klidně, ale po obličeji se mi rozlévá nadšený úsměv. „No tak honem, už abychom byly uvnitř!"

Probojujeme se do čela fronty a já ostraze ukážu propustku. Když nám otvírají dveře, abychom mohly vstoupit, cítím za zády houf děvčat, které se tam strkají a cpou.

„Viděla jsi tu káču?" rozkřikne se za mnou jedna z nich zuřivě. „Procpala se prostě dovnitř! Proč by měla mít přednost jenom proto, že je v tom?"

Á jé. Možná jsme měly jít bočním vchodem.

Uvnitř fronta nadšených a štěbetajících děvčat pokračuje. Vine se kolem oddělení doplňků, kolem rozměrných obrazovek, na nichž se promítají Dannyho kolekce, až ke stolu ve stylu art deco, za nímž v mohutném křesle připomínajícím trůn sedí Danny. Nad hlavou mu visí plakát s nápisem EXKLUZIVNÍ UDÁLOST – SETKÁNÍ S DANNYM KOVITZEM! a před sebou má tři děvčata v módních bundičkách ve vojenském stylu a s koňským ohonem, které na něj valí ve zbožném úžasu oči, když se jim podepisuje na obyčejná bílá trička. Danny si mě všimne a mrkne na mě.

„Díky," říkám mu neslyšně a posílám mu vzdušný polibek. Je skutečně naprostá a nefalšovaná hvězda.

A navíc vím, jak strašně tohle *miluje.*

Nedaleko od Dannyho stolu poskytuje Eric rozhovor dalšímu televiznímu štábu a při svém příchodu slyším, jak právě důležitě říká: „Vždycky jsem byl hluboce přesvědčen, že by měl The Look získat ke spolupráci nějaké slavné návrháře..." Najednou si všimne, že ho poslouchám. Zarazí se a trochu zčervená. „Ehm. Dovolte mi, abych vám představil Rebeccu Brandonovou, vedoucí našeho oddělení osobních nákupů. Tohle byl vlastně její nápad..."

„Ahoj všem!" S širokým sebejistým úsměvem se deru před kameru. „Na tomto projektu jsme pracovali s Erikem společně a já jsem přesvědčená, že tato událost je pro Look znamením nových časů. A že jsme *vytřeli zrak* všem posměváčkům, kteří si z nás neustále tropili legraci."

Pak jsem ještě na jejich adresu utrousila pár štiplavých slov, omluvila se moderátorovi a nechala to na Erikovi. Ke svému překvapení vidím u slunečních brýlí v džínách a bundě osamělou Jess. Sice jsem jí dala vědět, co se tu bude dít, ale nečekala jsem, že přijde.

„Jess!" zavolám, když se k ní protlačím blíž. „Tak jsi to stihla!"

„To je neuvěřitelné, Becky," Jess pozoruje davy valící se kolem. „Blahopřeju ti."

„Díky!" rozzářím se. „Není to senzace? Viděla jsi všechny ty televizní štáby?"

„Venku byl někdo z *Timesů,*" přisvědčí Jess. „A ze *Standardu.* Je to velká mediální událost." Pousměje se. „Tak se to Becky Brandonové znovu podařilo."

„To víš...," pokrčím rameny a trochu se zapýřím. „No a co jinak? Jak to vypadá s přípravami na Chile?"

„Celkem dobře," Jess si ztěžka vzdychne.

S Jess je potíž v tom, že je někdy poměrně nesnadé odhadnout, jakou má náladu. Lehký trudnomyslný opar se kolem ní vznáší i v případě, kdy je naprosto šťastná. (Tak to prostě je, tím se jí nechci nijak posmívat.) Ale když se na ni dívám teď, zdá se mi, že má skutečné nesnáze.

„Co se děje, Jess?" položím jí ruku kolem ramen. „Nedaří se?"

„Ne," odpoví Jess. „Nedaří." Podívá se na mě a já ke svému zděšení vidím, že se jí lesknou oči. „Tom zmizel."

„*Zmizel?*" leknu se.

„Nechtěla jsem ti to vůbec říkat. Nechtěla jsem ti dělat starosti. Ale nikdo ho neviděl celé tři dny. Nejspíš někde trucuje."

„Protože jedeš pryč?"

Přikývne a já dostanu na Toma zlost. Proč se musí chovat tak strašně sobecky?

„Poslal esemesku rodičům, že je v pořádku. Nic víc. Může být všude. A Janice mi to pochopitelně dává za vinu."

„Ale za to ty přece nemůžeš! Je to prostě...," v poslední chvíli se zarazím.

„Máš nějakou představu, kde by mohl být, Becky?" Jess má čelo samou vrásku. „Přece jen ho znáš odmalička."

Rozpačitě pokrčím rameny. Podle mého mohl Tom udělat cokoli. Třeba šel do tetovacího salonu a nechal si vytetovat na jisté delikátní partie „Jess, nejezdi!"

„Neboj se, však on se objeví," těším ji. „Není to žádný hlupák. Asi vyrazil někam na tah."

„Ahoj, Becky," s tvářemi zrůžovělými námahou se k nám blíží Jasmine s náručí plnou šátků a klobouků.

„Ahoj, Jasmine! Není to senzace? Jak to vypadá nahoře?"

„Chaos," obrátí oči v sloup. „Moře zákazníků. Díkybohu, že jsme dostali posily."

„Není to super?“ směju se, ale Jasmine se mračí a vůbec nevypadá nadšeně.

„Předtím to bylo lepší. Teď tu musíme tvrdnout do noci. Nemám už pro sebe ani chvíli času.“

„Ale zase nám nehrozí bankrot,“ podotknu, ale Jasmine tím ani trochu neomráčím.

„No jo.“ Najednou na mě vytřeští oči. Chvíli vůbec nemůže mluvit. „Becky... nenechala sis upravit obočí?“

Už jsem si říkala, že si toho vůbec nevšimne!

„No ano,“ pohodím rameny, jako by se nechumelilo. „Nechala. Dobré, ne?“ A přejedu si ho prstem.

„A kam jsi šla?“ naléhá.

„To ti ale bohužel nemůžu říct,“ zatvářím se omluvně. „To je takové mé malé tajemství. Promiň mi to.“

Jasmine je vzteky bez sebe. „Hned mi řekni, kam jsi šla!“

„Ne!“

„Jasmine!“ volá nějaké děvče z eskalátoru. „Neseš ty šátky pro zákazníka?“

„Tak ty jsi přišla na to, kam chodím, že?“ vykřikne. „Muselas mě špehovat!“

„A jak bych to, prosím tě, provedla?“ zatvářím se andělsky a prohlížím se zálibně v nejbližším zrcadle. Musím si obočí sama pochválit, vypadá teď vážně krásně. Je to práce jedné indiánky z Crouch End. Když k ní přijdete, trhá, rve a škube a zdá se, že to nikdy neskončí. Ale stojí to za to.

„Jasmine!“ přidá děvče na hlase.

„To je spěchu,“ bručí Jasmine a naposledy mě probodne pohledem.

„Nazdárek!“ loučím se s ní rozjařeně. „Přinesu ti ukázat miminko.“

Jess celou debatu o obočí sledovala trochu zmateně. „Co to po tobě chtěla?“ ptá se po Jasminině odchodu.

Podívám se na Jessino obočí. Je hnědé a husté a očividně netknuté ani pinzetou, kartáčkem, ani tužkou na obočí.

„Někdy ti to vysvětlím,“ řeknu ve chvíli, kdy mi začne vyzvánět mobil. Vytáhnu ho z kapsy. „Prosím?“

„Ahoj," zazní mi do ucha Lukeův hlas. „To jsem já. Jak vidím, má váš nový projekt obrovský úspěch. Právě jsem to viděl ve zprávách. To se ti vážně povedlo, miláčku!"

„Díky! Je to fakt úžasné...," poodejdu kousek od Jess a zalezu za stojan se šifonovými krátkými kabátky pošitými korálky. „Tak jak to vypadá?" dodám šeptem.

„Měli jsme schůzi. Teď jsem se vrátil."

„Ach Bože," sevřu mobil, až mi klouby na ruce zbělají. „A jak to dopadlo?"

„Horší to být nemohlo."

„Tak to je dobře, ne?" pokouším se vtipkovat – ale srdce se mi sevře. Hrozně jsem doufala, že to Luke nějak urovná.

„Mám takový pocit, že se Iainovi ještě nikdo neodvážil odporovat. Nebyl z toho právě nadšený. Kristepane, to jsou tak strašně nepříjemní lidi." V Lukeově hlase slyším zlost. „Myslí si, že jsou pány světa."

„A v podstatě mají pravdu," upozorním ho.

„Ale mým pánem nejsou," namítne Luke rozzlobeně. „Ani mé společnosti."

„A co tedy uděláte?"

„Dnes odpoledne si promluvím s personálem." Odmlčí se a já si ho představuju, jak sedí u stolu jenom v košili a rozmrzele si snaží uvolnit vázanku. „Ale v této chvíli to vypadá tak, že jim vypovíme smlouvu. S těmi lidmi se nedá pracovat."

A je to tady. Sen, že na základě smlouvy s Arcodasem dobudeme celý svět, zmizel jako loňský sníh. Všechny Lukeovy naděje a plány jsou pryč. Ten Iain Wheeler mě začíná vážně štvát. Jak si dovoluje chovat se k lidem tak hnusně, že s ním nemůžou vyjít? Někdo by už konečně měl ukázat, jaký je to prevít.

„Lukeu, už budu muset jít," rozhodnu se najednou. „Tak se zatím měj. Promluvíme si o tom večer."

Zruším hovor, rychle pátrám ve svých telefonních číslech a jedno z nich vyberu. Po několika zvoněních uslyším: „Dave Sharpness."

„Dobrý den, pane Sharpnessi," pozdravím ho. „Tady je Becky Brandonová."

„Paní Brandonová!“ zachrchlá na mě potěšeně. „Rád vás zase slyším! Doufám, že se máte dobře!“

„Ehm... jde to, díky.“ Kolem projdou dvě dívky a já si najdu klidné místečko a schovám se za vitrínu s parukami.

„Je něco, s čím bychom vám mohli pomoct?“ ptá se Dave Sharpness s nadějí. „S radostí vám mohu sdělit, že naši operativci, pověření sledováním, prošli novým výcvikem. A mohu vám nabídnout dvacetiprocentní slevu na vyšetřování všeho druhu...“

„Ne!“ zarazím ho. „Díky. Já od vás potřebuju jenom ty materiály, které jste mi onehdy dal. Já jsem je zničila, ale teď... by se mi hodily. Nemáte náhodou jejich kopii, kterou byste mohl postrádat?“

Dave Sharpness se chraplavě zasměje.

„Paní Brandonová, nespočítal bych dámy, které v záchvatu zlosti zničí důkazy, jež mají pro ně zásadní cenu. A když se pak blíží rozvodový soud, hnedle se dotazují, jestli nemám kopii...“

„Já se nebudu rozvádět,“ říkám důrazně a snažím se zachovat klid. „Potřebuju to k něčemu jinému. Mohl byste mi to tedy dát?“

„Abych tak řekl, za normálních okolností bych vám, paní Brandonová, mohl dodat kopii do hodiny. Ovšem nyní...,“ odmlčí se.

„Stalo se něco?“ znervózním.

„Bohužel, u našeho zaručeně bezpečného úložného prostoru pro materiály našich klientů došlo k takové menší nehodě.“ Dave Sharpness si prudce odfoukne. „Vedoucí naší administrativy Wendy a konvice kávy... Nechci zacházet do podrobností, ale část našich materiálů to... nebudu vám nic zastírat, pořádně schytala. Spoustu jsme jich museli vyhodit.“

„Ale já to potřebuju! Potřebuju všechno, co máte na Iaina Wheelera. Víte, toho člověka, kterého jste považovali za mého manžela. Všechny fotografie i důkazy o těch ututlaných skandálech..., všechny ty choulostivé informace.“

„Paní Brandonová, udělám, co bude v mých silách. Pečlivě to prověřím a uvidím, co nám zůstalo.“

„A mohl byste mi to co nejdříve poslat?“

„S radostí.“

„Děkuju vám, je to od vás moc hezké."

S bušícím srdcem skončím rozhovor. Důkazy dostanu. A kdyby se přece jen ukázalo, že jsou všechny zničené…, prostě si objednám nové vyšetřování. A Iainu Wheelerovi dáme na pamětnou.

S Dannyho balonkem v ruce se ke mně prodírá davem Jess. Mírně užasne, když mě zahlédne, jak se schovávám za parukami.

„Poslyš, Becky," říká, když se vmísím do davu. „Právě jsem viděla Suze. Zkouší si asi sto věcí. Nedala by sis šálek čaje?"

„Abych pravdu řekla, jsem už trochu unavená," prohlásím, když mě jakýsi zákazník málem praští loktem do břicha. „Asi bych měla jít domů a trochu si odpočinout. Jenom se tu ještě se všemi rozloučím."

„Dobrý nápad," přikývne Jess souhlasně. „Schovej si energii na zít…," zarazí se.

„Na zítřek?" podivím se. „A co bude zítra?"

„Chtěla jsem říct… na dítě." Jess přede mnou uhýbá očima. „Na porod. Nehledě na to, kdy to bude."

Co to přede mnou u všech všudy…

A pak mi to dojde. Ona je do toho tajemství také zasvěcená. A teď se málem prořekla.

Takže oslava na počest mého dítěte bude zítra!

ÚVAHY O TOM, CO SI VZÍT NA OSLAVU NA POČEST DÍTĚTE

1. Růžové „večírkové" třpytivé tričko, mateřské džíny, stříbrné střevíčky

Pro: Bude to vypadat úžasně.

Proti: Nikomu nenamluvím, že jsem to rozhodně nečekala.

2. Noční košile a župan, nenalíčená, neučesaná

Pro: Můžu hodnověrně předstírat dokonalé překvapení.

Proti: Budu vypadat jako strašidlo.

3. Joggingová souprava Juicy Couture

Pro: Vypadala bych neformálně, ale elegantně. Jako hollywoodská hvězda při odpočinku doma.

Proti: V joggingové soupravě budu vypadat trochu divně.

4. Mateřské šaty Union Jack s parukou od „Ginger Spice", které jsem si koupila letos v létě s devadesátiprocentní slevou

Pro: Ještě jsem neměla příležitost si je obléknout.

Proti: Nejspíš nikdo jiný nebude v maškarním.

KENNETH PRENDERGAST
Prendergast de Witt Connell
finanční poradenství
Forward House
394 High Holborn Londýn WCIV 7EX

Paní R. Brandonové
37 Maida Vale Mansions
Maida Vale
Londýn NW6 0YF

5. prosince 2003

Milá paní Brandonová,

děkuji Vám za dopis.

Nemohu souhlasit ani s jedním z Vašich názorů a jediné, co na to mohu říct, je, že investování není určeno k tomu, aby se u něj člověk „bavil".

Ujišťuji Vás, že bych svůj názor nezměnil, ani kdybych si prohlédl celou Vaši sbírku magnetů na ledničku Audrey Hepburnové. A velmi pochybuji, že Vám tyto magnety – nebo jakákoli část Vašeho portfolia – vynesou „milion".

S pozdravem,

Kenneth Prendergast
odborník na rodinné investice

Devatenáct

Kdybych jen věděla, *kdy* se to překvapení má konat!

Je osm ráno a já jsem dokonale oblečená a nalíčená a vůbec všechno. Kromě toho jsem si včera večer nalakovala nehty a koupila pár květin a krapet doma uklidila.

A nejlepší ze všeho je, že jsem ve starých krabicích tak dlouho pátrala a hledala, dokud jsem nenašla tuhletu senzační kartičku, kterou jsem koupila ještě v New Yorku. Je na ní malá kolébka obklopená dárečky a třpytivý nápis „Díky, milí přátelé, za večírek na počest budoucího miminka!" Já *věděla*, že se mi to jednou bude hodit.

Kromě této kartičky jsem našla ještě jinou, o něco méně rozvernou, s nápisem „Mrzí mě, že se Vám nedaří v podnikání", ale tu jsem roztrhala. Tahle se jim vážně nepovedla.

Od Davea Sharpnesse jsem zatím nedostala nic. A Lukeovi jsem se zatím o ničem nezmínila, i když mě to strašně svrbí na jazyku. Dokud nemám žádné důkazy, nechci mu dávat plané naděje.

Luke je v kuchyni a před odchodem do práce si uvařil silnou černou kávu. Stojím mezi dveřmi a chvíli ho pozoruju. Svaly kolem brady má napjaté a kávu si osladil, což dělá pouze tehdy, kdy potřebuje nasbírat obrovské množství energie.

Všimne si mě a ukáže na barovou židličku u protější strany stolu. Vysupím nahoru a opřu se lokty o žulu.

„Becky, musíme si promluvit."

„Děláš správnou věc," prohlásím bez rozmýšlení. „To sám dobře víš."

Luke přikývne. „Víš, už teď se cítím svobodně. Strašně mě dusí. Utlačují celou mou firmu."

„To přece vím! Vůbec k ničemu je nepotřebuješ, Lukeu! Nemusíš poklonkovat před arogantními panáky, kteří si myslí, že všichni musejí tancovat, jak oni..."

Luke zvedne ruku. „Zase tak jednoduché to není. Něco ti musím říct." Odmlčí se a dlouho a napjatě míchá kávu. „Arcodas nám dosud nic nezaplatil."

„Cože?" vytřeštím na něj nechápavě oči. „Chceš říct, že... *vůbec nic*?"

„Část, hned na začátku. Ale od té doby nic. V podstatě nás vlastní... z velké části."

„Ale to přece nejde, aby vám nic neplatili. Dluhy se prostě musí platit. Jakože, to je přece proti..."

Najednou se zarazím a zrudnu. Vzpomněla jsem si na pár obchodů, kde jsem „zasekla sekyru", a nezaplacené účty jsem nacpala do zásuvky v toaletce.

Ale to je něco jiného. Já nejsem žádná multimilionová firma, že!

„Dělají to všem a pořád. Naléhali jsme na ně, vyhrožovali jsme jim..." Luke si mne obočí. „Dokud jsme pro ně pracovali, pořád jsme se domnívali, že ty peníze jednou dostaneme. Ale teď se asi budeme muset soudit."

„No tak se suď!" dopálím se. „Tohle si přece nemůžou dovolit!"

„Jenomže mezitím...," Luke zvedne hrnek, pak ho položí zpět. „Becky, nechci ti nic předstírat, situace není vůbec růžová. Moc rychle jsme se rozrostli. Teď už vím, že přespříliš. Musím platit půjčky, platy... a peníze se z nás valí proudem. Než se trochu postavíme na nohy, budou s hotovostí trochu problémy."

„To nevadí." Polknu. *Peníze se z nich valí proudem.* To je nejhorší zhodnocení finančních potíží, jaké jsem dosud slyšela. Najednou přímo vidím obrovskou díru, z níž se den za dnem valí peníze.

„Budeme si na ten dům muset půjčit mnohem víc, než jsem si myslel."

Luke sebou nervózně trhne a polkne doušek kávy. „Všechno se možná bude muset o pár týdnů odsunout. Zavolám dnes tomu agentovi. Asi bych měl všechny obeznámit se situací."

Dopije šálek a já si všimnu nové hluboké rýhy, kterou má mezi obočím. Neřádi. Ti mu tedy dali zabrat.

„Pořád děláš správnou věc, Lukeu," vezmu ho za ruku. „No a když to znamená, že přijdeme o trochu peněz, no... tak co!"

Jen počkej, jen počkej, ty zatracený Iaine Wheelere.

Spontánně slezu ze židličky, přejdu na Lukeovu stranu a co nejněžněji ho obejmu. Dítě je tak obrovské, že už dávno v mém břiše nemůže moc rejdit, ale vrtí se neustále.

Poslyš, mimčo, telegrafuju mu v duchu, *ne aby ses dralo na svět ještě před tou oslavou!*

Onehdy jsem četla, že mnoho matek tvrdí, že si s dítětem ještě před narozením doopravdy povídaly, a tak se ho snažím tak trošku usměrnit.

Zítra by to šlo. Co tak kolem oběda?

A jestli to pak zvládneš do šesti hodin, tak ode mě něco moc hezkého dostaneš!

„Měl jsem tě poslechnout, Becky," posteskne si Luke a mně málem zaskočí. „Ty jsi jediná proti Arcodasu protestovala a taky jsi nikdy neměla ráda Iaina."

„Vždycky se mi hnusil," přikývnu.

Ne, neřeknu, co to bude. Počkej a uvidíš.

Zazvoní domácí telefon a Luke ho zvedne. „Ano? Přineste to nahoru. Je to nějaký balíček," prohodí ke mně.

Ztuhnu. „Kurýrní pošta?"

„Ehm-hmm." Navléká si kabát. „Něco čekáš?"

„V podstatě," polknu. „Lukeu..., možná by tě obsah toho balíčku zajímal. Mohlo by to být důležité."

„Není to, doufám, zase další ložní prádlo?" podotkne Luke rozmrzele.

„Ne! Žádné ložní prádlo to není! Je to...," zarazím se, když zazvoní zvonek u dveří. „Však uvidíš." A spěchám do haly.

„Balíček pro vás, prosím, podepište se tu," drmolí mi kurýr do otevřených dveří. Potvrdím příjem podpisem, popadnu obálku vyloženou bublinkovou fólií a obrátím se k Lukeovi, který přichází do haly.

„Lukeu, mám pro tebe něco, co by mohlo mít dost zásadní význam." Odkašlu si. „Co by mohlo... změnit situaci. Ale musíš se na to dívat s určitým nadhledem, pokud jde o způsob, jakým jsem k tomu přišla..."

„A neměla bys to dát Jess?" podívá se Luke na obálku.

„*Jess?*" sleduju jeho pohled a až teď si všimnu, že je na adrese napsáno „Slečna Jessica Bertramová".

Zklamáním svěsím hlavu. Tak to vůbec není od Davea Sharpnesse, nýbrž nějaký nesmysl pro Jess.

„Jak to, že si sem Jess nechává posílat poštu?" brblám zklamaně. „Vždyť tu přece nebydlí!"

„Těžko říct." Luke pokrčí rameny. „Srdíčko, už budu muset jít." Očima zaletí k mému vypouklému břichu. „Ale budu stále na mobilu nebo na pageru. Kdyby nastaly *sebemenší* příznaky..."

„Tak zavolám," přikývnu a obracím obálku v prstech. „A co s tím mám proboha dělat?"

„Třeba to dát Jess –," Luke se zarazí, „časem. Až se s ní příště někde sejdeš."

No počkat! Řekl to tak nápadně nenuceně, že...

„Lukeu, ty něco víš, že?" vykřiknu.

„Co mám vědět?" bere si diplomatku a ústa se mu přitom podezřele cukají.

„Ty to *víš*! Tam o tom..., však víš!"

„Nemám sebemenší tušení, o čem mluvíš," Luke se očividně dusí smíchy. „Mimochodem, Becky, teď úplně z jiného soudku..., mohla bys být kolem jedenácté doma? Má k nám přijít někdo z plynáren."

„Nemá!" rozhihňám se a vyčítavě na něj ukážu prstem. „Ty chceš jenom zařídit, abych byla doma!"

„Měj se hezky," políbí mě Luke a už je za dveřmi a já tu zůstanu sama.

Ještě chvíli otálím v hale a toužebně hledím na dveře. Skoro bych dnes chtěla jít s Lukem do firmy, abych mu projevila morální podporu. Vypadal tak stresovaně. A bude muset předstoupit před veškerý personál. I před své finanční oddělení.

Peníze se z nás valí proudem. Žaludek se mi nepříjemně sevře. Ne. Nech toho. Nesmíš na to myslet.

Do jedenácti zbývají ještě dvě hodiny, tak abych se nějak zabavila, pustím si DVD s Harrym Potterem a otevřu si bonboniéru Quality Street, protože to navozuje slavnostní atmosféru. Právě se dostáváme k části, kdy Harry vidí v zrcadle své zemřelé rodiče, a já pátrám po nějakém papírovém kapesníku, když se náhodou podívám z okna a – zahlédnu tam Suze. Stojí před naším domem na malém parkovišti za parčíkem a dívá se k našim oknům.

Okamžitě uskočím dozadu. Doufám, že mě neviděla.

Po chvilce opatrně vykouknu ven a Suze je tam stále. A ještě se k ní přidala Jess! Vzrušeně se podívám na hodinky. Deset hodin čtyřicet minut. Už se to blíží!

Jenom mě trochu mate, že to zatím vypadá, jako by se něco stalo. Suze se tváří vážně, vzrušeně cosi vykládá Jess a ta k tomu přikyvuje. Něco se jim možná přihodilo. Přemýšlím, co to tak mohlo být. A ani jim nemůžu pomoct.

Vidím, jak Suze vytahuje mobil. Volí číslo, a když se rozdrnčí telefon v našem bytě, odskočím provinile od okna.

Ale co. Dělej, že o ničem nevíš. Zhluboka se nadechnu a pak zvednu sluchátko.

„Nazdárek, Suze!" spustím nenuceně. „Jakpak se máš? Nejspíš teď právě cváláš v Hampshire nebo tam někde na koni, že?"

„A jakpak víš, že jsem to já?" zeptá se Suze podezíravě.

Ale do háje!

„Ukázalo se nám tu... tvoje telefonní číslo," vymýšlím si. „Tak jak se teda máš?"

„Já se mám skvěle!" odpoví Suze strašně nepřirozeným hlasem. „Hele, Bex, právě čtu jeden takový článek, že těhotné ženy mají chodit každý den na dvacetiminutovou procházku. A tak jsem si říkala, co kdyby ses šla projít... Tedy... jako zrovna teď! Jenom tak na chvíli, kolem bloku."

Chce mě nějak vylákat z bytu. No proč ne! A já bych jim v tom neměla bránit, ale nesmí to zase být příliš nápadné.

„Tak na dvacetiminutovou procházku," opakuju, jako bych o tom skutečně přemýšlela. „To není tak špatný nápad. No, proč ne!"

„Ale na *víc* než na dvacet minut zase ne!" dodá Suze rychle. „Po dvaceti minutách se vrať!"

„No tak dobře!" souhlasím. „Tak já už jdu."

„Prima!“ Zdá se, že se Suze docela ulevilo. „Ehm… tak se… prostě zatím měj!“

„Ahoj!“

Utíkám do haly, natáhnu na sebe kabát a sjíždím výtahem do přízemí. Vyjdu z domu, ale Suze ani Jess tu nejsou. Snad se mi neschovaly! Pokouším se vypadat jako normální těhotná žena, která si vyrazila na dvacetiminutovou procházku, a cestou k bráně střílím očima na všechny strany.

Hele, támhle za tím autem jsem zahlédla Suze! A támhle za zídkou se krčí Jess!

Nemůžu jim prozradit, že jsem je viděla. Ani se nemůžu smát. Snažím se zachovat vážnou tvář a pokračuju dál – ale najednou, za rododendronovým keřem, zahlédnu známý chomáč kudrnatých hnědých vlasů.

Ne. To snad ne! Není to *máma*?

Projdu branou a v duchu se popadám smíchy za břicho. Jdu dál ulicí, hned v té sousední se posadím na lavičku a zpod kabátu vytáhnu časopis *Heat*, který jsem si tam schovala, aby to Suze neviděla. Pak přesně po dvaceti minutách vstanu a zamířím k domovu.

Projdu znovu branou a po nikom známém ani stopy. Nastoupím do výtahu a přímo se třesu nedočkavostí. Jdu k našemu bytu, vytáhnu klíče a odemykám.

„Překvapení!“ vykřikne sbor hlasů, když otevřu dveře. A divná věc, i když jsem to očekávala, přesto mě zaskočí, když vidím tolik přátelských obličejů pohromadě. Suze, Jess, máma, Janice, Danny… a není támhle Kelly?

„Jééé!“ *Heat* mi vyklouzne zpod kabátu na zem. „Propánajána…“

„To je na počest tvého dítěte!“ Suze je celá zrůžovělá radostí. „Překvapení! To jsme tě dostaly, co! Tak si pojď dát Buck's Fizz…“

Vede mě do obývacího pokoje – a já žasnu nad jeho proměnou. Všude jsou růžové a modré heliové balonky, na stříbrném podnose je obrovský dort a všude kolem leží dárky a spousta lahví šampaňského v ledu…

„No to je prostě…,“ hlas se mi najednou chvěje. „To je…“

„Nebreč, Bex!“ utěšuje mě Suze.

„Dej si něco k pití, holčičko!“ Máma mi vrazí do ruky sklenku.

„Já říkala, že bychom měli být s tím překvapením opatrní!“ připomíná Janice neklidně. „Já říkala, že by to pro ni mohl být v jejím stavu šok!“

„To koukáte, že jsem tady, co!“ Kelly se ke mně rozběhne s obličejem rozzářeným nadšením a mejkapem Stila s leskem.

„Kelly!“ volnou rukou ji obejmu. S Kelly jsem se seznámila v Cumbrii, kam jsem se vypravila za Jess. To jsem byla těhotná teprve pár dnů a ještě jsem o tom vůbec nevěděla. Teď mi to připadá jako před několika *lety*.

„Vážně jsme tě překvapili, Bex?“ vyzvídá Suze s potlačovanou radostí v obličeji.

„No úplně!“

A říkám pravdu. Je fakt, že jsem věděla, že se to chystá. Ale netušila jsem, že si s tím dají tolik práce! Všude, kam se podívám, je nějaká novinka, jako pletené bačkůrky rozvěšené po obrazech…

„A to ještě vůbec nic není,“ vytahuje se Danny, který se už zmocnil šampaňského. „Tak, dámy, do řady, a až řeknu tři, rozepnete si sáčka…“

Užasle přihlížím, jaké hemžení způsobila jeho slova, když se všechny přítomné staví do jakési nesourodé řady jako herci na jevišti při děkovačce.

„Jedna… dvě… tři!“

Všechny od mámy přes Jess po Kelly si rozepnou saka. A pod nimi mají model Dannyho Kovitze podobný tomu, který navrhl pro Look. Až na to, že na tričku je obrázek těhotného děvčete podobného panence a pod ním stojí nápis:

JE TO SUPERMÁMA A VŠICHNI JI MÁME MOC RÁDI

Nevím, co říct.

„Strašně ji to vzalo!“ přiběhne ke mně máma. „Posaď se, holčičko. Něco malého zakousni.“ Strčí mi pod nos talíř s malinkými roládkami s čínskou kachnou. „Přímo z Waitrose. Jsou moc dobré!“

„Otevři si dárečky,“ naléhá na mě Suze a lehce přitom tleskne.

„A přinesli jsme společenské hry. Pozor, všichni se posaďte, Bex bude rozbalovat dárky…“ Posbírá všechny nádherně zabalené dárečky, navrší je přede mě na hromadu a pak cinkne vidličkou o sklo. „A teď mi dovolte pár slov o dárcích. Prosím o pozornost!“

Všichni se otočí k Suze a ta se lehce ukloní.

„Děkuju vám. Když jsem připravovala oslavu očekávaného Beckyina přírůstku, ptala jsem se Jess, co mám Becky koupit. A ta mi řekla: ‚Co jí asi tak můžeme koupit? Vždyť už vykoupila celý Londýn.‘“

Celá místnost se otřásá smíchy a já cítím, jak se mi tváře zbarvují do odstínu červené řepy. Já vím, možná jsem to opravdu malinko přehnala. Vtip je v tom, že to jinak nešlo. Jakože, až se dítě narodí, budu mít tolik práce, že se na nákupy vůbec nedostanu. Možná celý dlouhý rok neuvidím ani jeden krám!

„Tak to vidíte!“ zhodnotí Suze situaci a oči jí září jako lampiony. „No a Jess napadlo, že bychom mohly vyrobit něco sami. A to jsme také udělali.“

Oni ty dárečky *vyrobili*?

Můjtybože, snad to nebudou zase nějaké hadrové pleny?

„Začneme mým dárkem.“ Suze přede mě energicky položí obdélníkový dárek a já ho začnu trochu nervózně rozbalovat.

„Jejda,“ vydechnu, když ho uvidím. *„Jůůů!“*

Nejsou to žádné dětské pleny. Je to nádherný rámeček na fotografii ze dřeva ve smetanovém odstínu posázený drobnými zrcátky a perletí. Místo fotografie je v něm namalován obrázek děvčete, které před domem chová v náručí dítě.

„Můžeš si tam dát fotografii miminka,“ vysvětluje Suze. „Ale prozatímně jsem tam nakreslila tebe před vaším novým domem.“

Podívám se na obrázek pozorněji a vyprsknu smíchy. Dům je rozdělený na místnosti s nápisy: kočárkárna, plínkárna, rtěnkárna, šachta na nesplacené účty (ve sklepě), místnost na Starožitnosti budoucnosti.

Místnost na Starožitnosti budoucnosti! To si vážně musím pamatovat!

Když rozbalím další dárek, jsem skutečně dojatá. Kelly mi vyrobila prošívanou dečku sešitou z políček od všech těch báječných lidí, které jsem poznala ve Scully. Janice mi upletla na dítě červený svetříček s nápisem „První Vánoce". Máma k tomu upletla v témže odstínu kloboouček s nápisem První Mikuláš a botičky. Danny mi přinesl nejkrásnější dupačky na světe, které sám navrhl.

„A to je ode mě," staví přede mě Jess balík, který je největší ze všech. Je zabalený do kousků několikrát použitého balicího papíru, na jehož části vidím nápis Šťastný a veselý rok 2000!

„Dávej při rozbalování na ten papír pozor!" připomíná mi Jess. „Ještě do toho můžu něco zabalit!"

„Ehm... dobře!" Opatrně odlupuju papír od dárku a pozorně ho skládám. Pod ním je další vrstva hedvábného papíru a pod ní bednička přibližně šedesát centimetrů vysoká ze světlého leštěného dřeva. Nechápavě ji otáčím na všechny strany – a ona to vůbec není žádná krabice. Je to jakási skříňka s dvojkřídlými dvířky a porcelánovými klikami. A na přední straně je vyryto „Botičky pro miminko".

„Co to...," nevím, co dál.

„No jen to otevři," pobízí mě Jess s rozzářeným obličejem. „Neboj se!"

Otevřu dvířka – a uvnitř jsou malé nakloněné poličky vyložené bílým semišem. Na jedné z nich stojí nejmenší pár červených baseballových botiček, jaké jsem kdy viděla.

Je to miniaturní Místnost na boty.

„Jess...," cítím, jak mi vlhnou oči. „To jsi dělala *sama*?"

„Tom mi pomáhal," zavrtí odmítavě hlavou. „Dělali jsme to společně."

„Ale napadlo to Jess," vloží se Suze. „Není to nádherné? Fakt mě naštvalo, že mě to nenapadlo také."

„Je to dokonalé," říkám naprosto ohromeně. „Podívej na ty dveře, jak krásně sednou..., a jak jsou vyřezané ty poličky..."

„Tom byl odjakživa ohromně zručný," přitiskne si Janice ruce sevřené v pěst na oči. „Možná to bude jeho poslední dílo. Nejspíš nikdy ani nenajdeme jeho hrob."

Podívám se honem na mámu, ale ta na mě udělá známý obličej „Janice zase přehání".

„Tom *určitě* není mrtvý, Janice...," snaží se ji utěšit Jess.

„Mohli bychom na zadní stranu nechat vyrýt datum jeho narození a…," nedokončí Janice. „Kdyby ti to nevadilo, milá Becky."

„Ehm… nevadilo," zakoktám. „To víte že ne."

„Ale on není mrtvý, Janice!" Jess už málem křičí. „Já to vím jistě!"

„No tak kde tedy je?" Janice odtáhne od očí ruce pomazané fialovými očními stíny. „Zlomila jsi tomu chlapci srdce!"

„Moment!" vzpomenu si najednou. „Jess, přišel ti sem dneska dopoledne jakýsi balíček. Co když je to od něj?"

Utíkám do haly a vracím se s ním. Jess ho otevře a z balíčku vypadne kazeta s nápisem Od Toma.

Chvíli na ni mlčky zíráme.

„To je DVD," shýbá se pro ni Danny na zem. „Pusťte si ho."

„To bude jeho poslední vůle a poslední sbohem!" vykřikne Janice hystericky. „Je to zpráva ze záhrobí!"

„To není ze žádného záhrobí," zlobí se Jess a nese DVD k přehrávači, ale vidím, že jí krev mizí z obličeje.

Stiskne play a dřepne si na bobek. Všichni zamlkle hledíme na jiskřící obrazovku. Pak se najednou před kamerou objeví Tom na pozadí nádherně modré oblohy. Je ve staré zelené polokošili a pořádně zarostlý.

„Ahoj, Jess," říká slavnostně. „Až to uvidíš, budu v Chile. Protože… teď jsem právě tam."

Jess vytřeští oči. *„V Chile?"*

„V Chile?" zaječí Janice. „Co dělá v Chile?"

„Miluju tě," říká právě Tom. „A jestli to znamená, že musím na druhý konec světa, tak tam půjdu. I dál."

„Jůůů, to je romantika," vzdychá Kelly.

„To je ale nemožný *blbeček*," bouchne se Jess kotníky na rukou do čela. „Já tam jedu až za tři měsíce!"

Ale mně neunikne, jak se jí rozzářily oči.

„Podívej, co jsem ti našel," Tom před kamerou předvádí kus lesklého černého kamene. „Tahle země se ti určitě zalíbí, Jess."

„Dostane choleru," zoufá si Janice. „Nebo malárii! Od malinka má tak křehké zdraví…"

„Můžu tady pracovat jako truhlář," pokračuje Tom. „A napíšu tu svou knihu. Budu tady šťastný. A jestli ti máma bude něco vyčítat, tak si vzpomeň, co jsem ti o ní říkal."

„On vám něco říkal?" zpozorní Janice. „A copak to bylo?"

„Ale... nic," Jess spěšně stiskne tlačítko pause a vytáhne DVD z přehrávače. „Na zbytek se podívám později."

„Vidíš, Janice!" volá máma vesele. „Tak je naživu. Tak to nakonec dobře dopadlo!"

„Naživu?" zlobí se Janice. „No a co z toho, že je naživu, když je až v Chile?"

„Alespoň se vydal do světa!" vloží se Jess s nečekaným zápalem. „Alespoň dělá něco se svým životem! Přece, Janice, víte, že byl v totální depresi. Přesně tohle teď potřebuje."

„Já nejlíp vím, co můj syn potřebuje!" durdí se Janice. Vtom zazvoní zvonek u dveří. Vyskočím na nohy nadšená možností vytratit se na chvíli z palebné linie.

„Jenom tam na chvilinku...," utíkám do haly a zvedám sluchátko domácího telefonu. „Prosím?"

„Mám pro vás balíček," slyším přes praskot ve sluchátku.

Srdce se mi zastaví. Balíček. To musí být ono. Určitě. Zmáčknu bzučák a téměř nedýchám. Domlouvám si, abych si nedělala velké naděje, třeba je to další balíček pro Jess nebo nějaký katalog nebo dodatek k vybavení Lukeova počítače...

Ale když otevřu dveře a uvidím kurýra v koženém oblečení na motorku s velkou polstrovanou obálkou v ruce, už zdálky poznávám výrazný rukopis Davea Sharpnesse.

Zamknu se na toaletě a rozechvělými prsty roztrhnu obálku. Uvnitř je kancelářská obálka s nápisem „Brandon". Na přední straně je poznámka Odeslat a připsaný vzkaz: *Doufám, že Vám to pomůže. Budete-li ještě něco potřebovat, určitě se na nás obraťte. Váš Dave S.*

Otevřu ji – a je tam všechno. Kopie všech poznámek, záznam všech rozhovorů, fotografie... S bušícím srdcem tím listuju. Už jsem zapomněla, kolik toho na Iaina Wheelera nashromáždili. Na takovou primitivní detektivní kancelář na West Ruislip odvedli skutečně obrovský kus práce.

Rychle všechno strčím zpátky a běžím do chladné a prázdné kuchyně. Právě sahám po sluchátku, abych zavolala Lukeovi, když telefon zazvoní sám a já sebou trhnu.

„Prosím?"

„Dobrý den, paní Brandonová," řekne mi do ucha neznámý mužský hlas. „Tady je Mike Enwright z Press Association."

„Aha," podívám se zmateně na sluchátko.

„Nechtěla byste náhodou něco dodat k tomu, že se říká, že společnost vašeho manžela jde ke dnu?"

Celá se roztřesu.

„K žádnému dnu nejde," vyjedu na něj. „Jak vás to mohlo napadnout?"

„Proslýchá se, že přišel o Arcodas. A že prý od něj chce odejít i Foreland Investment."

„O Arcodas rozhodně *nepřišel*!" rozzuřím se. „Rozešli se z důvodů, o nichž teď nemůžu mluvit. A jestli chcete něco vědět, tak je manželova společnost mnohem silnější než bývala. Silnější! Po celou dobu se o firmu mého manžela ucházeli špičkoví klienti a na tom se ani v budoucnu nic nezmění. Luke Brandon má úžasnou povahu, ohromný talent, je chytrý, hezký…, a umí se oblékat."

Skončím naprosto bez dechu.

„No vida!" uchechtne se Mike Enwright. „Už je mi to jasné."

„A zveřejníte, co jsem vám říkala?"

„No to asi ne," uchechtne se znovu. „Ale váš postoj se mi líbí. Děkuju za váš čas, paní Brandonová."

Zavěsí a já si pro uklidnění napustím sklenici vody. Musím si promluvit s Lukem. Vytočím jeho přímou linku a na třetí zvonění mi to zvedne.

„Becky!" poleká se. „Už se něco…?"

„Ne, o to teď nejde." Ověřím si, že jsou dveře do kuchyně pořádně zavřené, a ztlumím hlas. „Lukeu, právě mně volali z Press Association. Chtěli znát můj názor na to…," polknu, „že to prý s tebou jde dolů z kopce. A že prý tě opouští i Foreland."

„To je blbost!" vybuchne Luke vztekle. „Ti syčáci z Arcodasu si vymýšlejí takové hovadiny pro tisk."

„Že tě nemůžou doopravdy zničit?" hrozím se.

„Jedině přes mou mrtvolu," prohlašuje Luke odhodlaně. „Karty jsou vyloženy. Jestli chtějí boj, mají ho mít. Poženeme je až k soudu, když bude nutné. Obviníme je ze sexuálního obtěžování. Ukážeme všem, co jsou doopravdy zač."

Když ho slyším takhle mluvit, jsem na něj pyšná. Tohle je Luke Brandon z časů, kdy jsem ho poprvé uviděla. Sebejistý člověk, který si od nikoho nenechá nic líbit. Žádný poskok, který panáčkuje kolem Iaina Wheelera.

„Lukeu, já pro tebe něco mám," vyhrknu. „Mám jistý... materiál na Iaina Wheelera."

„Cože máš?" ptá se Luke po chvíli.

„On už totiž měl předtím problémy se sexuálním obtěžováním i šikanováním v práci, ale vždycky se mu to podařilo nějak ututlat. Mám na něj celý fascikl, přímo tady v ruce."

„Cože na něj máš?" zdá se, že to Lukea naprosto vyvedlo z míry. „O čem to... mluvíš, Becky?"

Právě teď se mi nechce vysvětlovat, jak se do toho připletl soukromý detektiv z West Ruislip.

„Neptej se mě, jak jsem k tomu přišla," říkám rychle. „Prostě to mám."

„Ale jak..."

„Povídala jsem ti, aby ses mě na to neptal! Ale všechno je to pravda. Já ti to ihned pošlu do kanceláře. Možná bys na to měl upozornit své právníky. Jsou tam fotografie, poznámky, spousta důkazů... Jestli to na něj všechno praskne, Lukeu, tak je podle mě vyřízený."

„Becky," říká Luke ohromeně. „Ty mě vždycky dokážeš něčím překvapit."

„Miluju tě," vyhrknu spontánně. „Hlavně jim to natři."

Položím sluchátko a zpocenou rukou si odhrnu vlasy z čela. Spolknu pár doušků vody a hned potom volám do kurýrní agentury, kterou si Luke obvykle najímá.

Přibližně za půl hodiny mu složku doručí. Jenom mi je líto, že neuvidím jeho obličej, až ji otevře.

„Tady jsi!" Suze se přiloudá do kuchyně a já sebou trhnu. Když mě uvidí, výraz se jí změní. „Bex, není ti něco?"

„Jsem... v pořádku!" nasadím rychle úsměv. „Jenom jsem si chtěla na chvilku odpočinout."

„Budeme teď hrát společenské hry!" Suze otevře ledničku a vytáhne odtud krabici s pomerančovým džusem. „Uhodněte název dětského jídla... Hledej plenkový špendlík... Uhodni jméno dítěte některé ze slavných osobností..."

Jsem opravdu dojata, jak velkou práci si dala s přípravou.

„Děkuju ti... mockrát, Suze," říkám. „Je to tak *úžasné*. A ten tvůj rámeček!"

„Docela se mi povedl, že?" Zdá se, že to Suze potěšilo. „Víš, tak si říkám, že se k rámečkům možná zase vrátím."

„To je skvělý nápad!" říkám nadšeně. Než se Suze narodily děti, vyráběla nádherné rámečky na fotografie. Prodávali je v Liberty a tak!

„Jakože, když Lulu může psát kuchařky, proč bych nemohla dělat rámečky?" pokračuje Suze. „Děti to nezabije, když budu několik hodin denně pracovat, že? Pořád ještě můžu být dobrou matkou."

Vidím v jejích očích úzkost. Za to může ta nemožná Lulu. Než ji Suze potkala, nikdy neměla strach, že není dobrou matkou.

A už toho mám dost. Nadešel čas odplaty.

„Suze..., já tu pro tebe taky něco mám," strčím ruku do jedné zásuvky. „Ale nesmíš to Lulu nikdy ukázat. Ani jí to prozradit. Vůbec nikomu to neříkej."

„No tak ne!" slibuje Suze napjatě. „A oč jde?"

„Podívej."

Podávám jí fotografii z teleobjektivu. Je to jediná věc, kterou jsem si z celé původní složky nechala. Je na ní Lulu na ulici s dětmi. Vypadá naprosto zničeně – vlastně na jedno z dětí očividně řve. V ruce drží čtyři tyčinky Mars a nabízí je dětem. Ještě má pár plechovek koly a v podpaždí drží velikánský sáček s brambůrky.

„Páni!" Suze je očividně tak ohromená, že neví, co na to říct. „*Páni.* Vidím správně, že to jsou..."

„Tyčinky Mars," přikývnu. „A Cheesy Wotsit."

„A kokakola!“ Suze se s rukou před ústy rozesměje. „Bex, vážně jsi mi spravila náladu. Jak jsi k tomu...“

„Na nic se mě neptej,“ pochechtávám se spolu s ní.

„To je ale pokrytecká potvora!“

„No vidíš...,“ pokrčím rozšafně rameny. Přece jí nebudu škodolibě připomínat, že jsem to vždycky říkala.

Ani že to jednou vyjde najevo. To by ode mě nebylo hezké.

„Víš, už mi vážně lezla na nervy,“ Suze se dívá ohromeně na fotografii. „Cítila jsem se vedle ní tak... *méněcenná*.“

„Možná bys přece jen měla do té televize jít,“ napadne mě. „A vzít tu fotku s sebou.“

„Bex!“ rozesměje se Suze. „Ty jsi potvora! Schovám si ji do šuplíku a tu a tam se na ni podívám, abych si spravila náladu.“

Najednou se zuřivě rozdrnčí telefon a mně trochu ztuhne úsměv. Že by to byl zase někdo od tisku? Nebo Luke s dalšími zprávami?

„Hele, Suze,“ posílám ji nenápadně pryč, „nešla bys ses podívat, jestli je všechno v pořádku? Já za chvilinku přijdu.“

„Jistě,“ přikývne s očima upřenýma na fotografii a bere s sebou džus. „Uložím si ji někam na bezpečné místo...“

Čekám, až za sebou zavře dveře, a přinutím se zvednout sluchátko. „Prosím?“

„Dobrý den, Becky.“ Ze sluchátka na mě promluví známý unylý hlas. „Tady Fabia.“

„Fabio!“ oddechnu si úlevou. „Jak se máte? Mockrát vám děkuju, že jste nám onehdy půjčila svůj dům. Lidé z *Vogue* říkali, že je úžasný! Dostala jste ode mě ty květiny?“

„To je skvělé,“ odpovídá Fabia bez zájmu. „Ano, dostala jsem od vás ty kytky. Poslyšte, Becky, právě jsme se doslechli, že na zaplacení našeho domu nemáte dost hotovosti.“

To asi Luke zatelefonoval tomu agentovi. Tamtamy pracují rychle.

„Je to pravda,“ přikývnu a snažím se neztratit optimistický tón. „U nás došlo k takové menší změně, ale je to jenom otázka několika týdnů.“

„Aha,“ řekne Fabia roztržitě. „Jenom vám chci oznámit, že jsme se rozhodli prodat to těm druhým zájemcům.“

Na chvíli mám pocit, že se mi to jenom zdá. „Druhým zájemcům?“

„Víte přece, že máme ještě další zájemce. Ty Američany. Udělali nám stejnou nabídku jako vy. Když se to tak vezme, tak *před* vámi, takže přísně vzato...,“ nedopoví.

„Ale – ale vždyť jste přijali naši nabídku! Říkali jste přece, že ten dům je náš.“

„To ano. Jenomže oni se na druhou stranu můžou nastěhovat dřív, takže...“

Točí se mi hlava, jako bych dostala šok. Hodili nás přes palubu.

„Takže vy jste nás celou dobu jenom vodili za nos?“ snažím se zachovat klid.

„Můj nápad to nebyl,“ omlouvá se Fabia. „To můj manžel. Rád si nechává zadní vrátka otevřená. No tak hodně štěstí s hledáním...“

Ne. Tohle nám nemůže udělat. Nemůže nás takhle nechat na holičkách.

„Poslyšte, Fabio,“ otřu si lepkavý obličej. „Prosím. Každou chvíli se nám narodí malé. A nemáme kam jít. Náš byt jsme už prodali...“

„Mmmm... no jo. Doufám, že budete mít štěstí. Tak na shledanou, Becky.“

„A co ta kozačka od Archieho Swanna?“ téměř brečím vzteky. „Domluvili jsme si to! Dlužíte mi botu!“ Ale telefon je hluchý. Už zavěsila. Jsme jí naprosto fuk.

Položím sluchátko. Točí se mi hlava, a tak jdu pomalu k ledničce a opřu si hlavu o chladný kov. Dům, který se nám tak líbil, je pryč. Takže teď nemáme kde bydlet.

Zvednu sluchátko, abych to zavolala Lukeovi – ale pak se zarazím. Má teď dost vlastních starostí.

Do několika týdnů se budeme muset odsud vystěhovat. A kam půjdeme?

„Becky?“ do kuchyně vrazí rozesmátá Kelly. „Už jsme zapálili svíčky na dortu. Nemáte sice narozeniny, ale stejně byste je měla sfouknout!“

„Ano!“ Trhnutím se vracím do života. „Už jdu.“

Dokážu se sebrat do té míry, že následuju Kelly do obývacího pokoje. Tam už Danny a Janice hrají hru Uhodněte název dětského jídla a na papír píšou odpovědi. Máma s Jess zkoumají fotografie dětí slavných osobností.

„Jmenuje se Lourdes!" oznamuje právě máma. „Jess, zlatíčko, měla by ses víc *zajímat* o to, co se děje kolem tebe."

„Pyré z červené řepy," hlásí Danny jako pravý odborník po ochutnání lžičky temně rudé kaše. „Chtělo by to panáka vodky."

„Becky!" podívá se na mě máma. „Všechno v pořádku, děvenko? Pořád někam běháš telefonovat."

„Vážně, Bex, neděje se něco?" vraští Suze obočí.

„No totiž..."

Otřu si vlhký horní ret a snažím se zachovat klid. Ani pořádně nevím, odkud začít.

Luke se snaží zachránit svou firmu, z níž se valí peníze proudem. A právě nám vyfoukli dům.

Ale to jim nemůžu říct. Zkazilo by to oslavu a všichni se právě tak dobře baví.

Řeknu jim to... někdy jindy. Zítra.

„Všechno je v pořádku!" vykouzlím nejradostnější a nejšťastnější úsměv, na jaký se zmůžu. „Lepší to být ani nemůže!" A sfouknu všechny svíčky.

Konečně hosté vypili všechen čaj i všechno šampaňské a postupně odcházejí. Oslava na počest dítěte se skutečně vydařila. Všichni se báječně bavili. Janice a Jess se nakonec usmířily a Jess slíbila, že na Toma v Chile dohlédne a nedovolí, aby ho unesli ozbrojení bandité. Suze si s Kelly při hře Uhodněte dětské jídlo dlouho povídala a nakonec Kelly nabídla, aby u ní, až vyjde školu, pracovala rok jako au pair. Ale největším překvapením bylo, že si Danny padl do noty s Jess! Danny jí začal vyprávět, že v některé ze svých dalších kolekcí hodlá použít úlomky kamenů – a ona mu slíbila, že ho vezme do muzea a ukáže mu některé minerály.

Kurýr dorazil, když byli všichni zabraní do pojídání dortu, a balíček v pořádku odešel. Ale Luke se mi ještě neozval. Předpokládám, že právě jedná se svými právníky nebo tak něco. Takže o tom domu ještě neví.

„Není ti něco, Becky?“ ptá se máma před odchodem u dveří a něžně mě obejme. „Nechtěla bys, abych tady s tebou zůstala, než se vrátí Luke?“

„Ne, nic mi není. Nedělej si starosti.“

„No tak dobře, pěkně si odpočiň. Šetři síly, holčičko.“

„To víš,“ přikývnu. „Ahoj, mami.“

Když všichni odejdou, je v bytě najednou strašně prázdno a ticho. Jsem tu jenom já se svými nákupy. Jdu do dětského pokoje a něžně rukou přejedu vyřezávanou postýlku a bělounkou kolébku. A proutěný koš na dítě s nádhernou plátěnou stříškou. (Mým přáním je, aby si dítě mohlo vybrat, kde bude spát.)

Připadám si jako na scéně s připravenými rekvizitami. Čeká se jenom na příchod hlavního hrdiny.

Dloubnu si trošku do břicha, abych zjistila, jestli je dítě vzhůru. Co kdybych mu zahrála nějakou melodii? Třeba by z něj pak byl hudební génius. Navolím na mobilu *Inteligentní dítě*, který jsem si objednala z katalogu, melodii a přiložím si ho k břichu.

Poslouchej, mimčo, tohle je Mozart!

Aspoň si to myslím.

Možná taky Beethoven.

Ach jo, teď sama nevím, co to je. Pátrám na mobilu, co je to vlastně za melodii, a slyším v hale něco spadnout na zem.

Vánoční přání. Trochu mi to spraví náladu. Odložím mobil a spěchám do haly, zvednu ze země hromadu došlé pošty a odnáším si ji na pohovku.

Najednou se zarazím. Je tady i malý balíček popsaný plavným rukopisem.

Venetiiným.

Je adresovaný Lukeovi, ale to mě nezastaví. Třesoucí se rukou ho otevřu a uvnitř je malá kožená Duchampova krabička. Otevřu ji – a v ní leží stříbrné manžetové knoflíčky zdobené smaltem. Co mu má co posílat manžetové knoflíčky?

Z krabičky vypadne malá smetanová kartička, na níž je stejným rukopisem napsáno:

L

Dlouho jsme se neviděli. Nunc est bibendum?

V

Hledím na kartičku a v hlavě mi hučí. Všechny nepříjemnosti, které na mě toho dne dolehly, vydestilují do zuřivého laserového paprsku. Dostala jsem nápad. Senzační. Pošlu jí balíček obratem zpátky...

Vlastně ne. Dám jí ho osobně. Jako ve snách vstávám a jdu si pro kabát. Vyhledám Venetii a definitivně to skončím. Jednou a provždy.

Dvacet

Ještě nikdy v životě jsem tolik netoužila s někým si něco vyříkat.

Zjistit, kde je, mi netrvalo nijak dlouho. Zatelefonovala jsem do Holistického centra a zeptala se, kde právě je. Recepční se sice vykrucovala, že „není k zastižení", ale pak jí vyklouzlo, že je na schůzi v Cavendishově nemocnici. Nabídli mi, že jí vzhledem k tomu, že jsem stále evidovaná jako její pacientka, zavolají na pager, ale já jsem jim to rychle rozmluvila pod záminkou, že se mi najednou ulevilo. Na což mi bez problémů skočili. Očividně jsou na telefonáty těhotných pacientek, které si nejsou příliš jisté, jak na tom právě jsou, poměrně zvyklí.

A tak nyní stojím s bušícím srdcem a taškou z Looku před porodnickým oddělením pro soukromé pacientky. Nenesu v ní jenom manžetové knoflíčky, ale také gumové punčochy, ledvinku, všechny lístky, které kdy poslala Lukeovi, brožurky a lékařské zprávy z toho jejího přiblblého Holistického centra... včetně jejího dárkového balíčku na uvítanou. (Trochu mi to rvalo srdce, když jsem tam ukládala i Crème de la Mer. Stejně jsem většinu z něj přenesla do prázdné krabičky od Lancôme, ale to Venetii říkat nebudu.)

Je to takový balíček na rozloučenou. Mám v úmyslu jí podat tašku a velmi chladně říct: „Dejte nám pokoj, Venetie. Ani Luke, ani já, ani naše dítě si s vámi už nepřejeme mít nic společného." Musí si zřetelně uvědomit, že nakonec prohrála.

A navíc jsem cestou sem zatelefonovala svému ochotnému profesorovi a ten mě naučil nazpaměť senzační latinskou urážku. Je to takhle: „Utinam barbari provinciam tuam invadant!" A znamená to „Nechť barbaři vpadnou do tvé provincie".

Ha. *Tím* ji dorazím.

„Prosím?“ pípne na mě z domácího telefonu tenký hlásek.

„Dobrý den!“ řeknu do mřížky mikrofonu. „Tady je Becky Brandonová, pacientka.“ Nic dalšího jim prozradit nehodlám, potřebuju se jen dostat dovnitř a pak se uvidí.

Dveře zabzučí, já na ně zatlačím a vejdu. Za normálních okolností tu bývá poměrně klid – ale dnes je tu velmi živo. Na sedadlech posedávají ženy v různém stadiu těhotenství, v ruce drží letáčky s nápisem „Proč si mám vybrat Cavendishovu nemocnici?“ a čile debatují se svými partnery. Chodbou téměř běží dvě porodní sestry a trousí taková děsivá slova jako „císařský řez“ a „poloha zadečkem“ a odněkud z dálky slyším ženský křik. Při těch zvucích se mi sevře žaludek, chvíli bojuju s touhou zacpat si uši a zhluboka dýchám.

Třeba ta ženská nekřičela bolestí, ale proto, že se nemohla dívat na televizi nebo tak něco.

„Dobrý den,“ pozdravím v recepci. „Jmenuju se Rebecca Brandonová a musím okamžitě mluvit s Venetií Carterovou.“

„Máte dohodnutou schůzku?“ ptá se mě recepční. Tuhle jsem tady ještě neviděla. Má prokvetlé kudrnaté vlasy, brýle na stříbrném řetízku a na to, že od rána do večera jedná s těhotnými ženami, poměrně příkré chování.

„Totiž..., ne. Ale je to skutečně důležité.“

„Obávám se, že se Venetia nemůže uvolnit.“

„Nevadí mi chvíli čekat. Jenom kdybyste jí řekla, že jsem tady.“

„Jestli s ní chcete mluvit, dojednejte si telefonicky schůzku.“ Recepční ťuká do klávesnice, jako bych tu ani nebyla.

Tahle ženská mě *doopravdy* začíná štvát. Venetia je jenom na nějaké pitomé schůzi a já jsem v devátém měsíci...

„Nemůžete ji zavolat na pager?“ snažím se ovládnout hlas.

„To bych udělala jedině v případě, kdybyste mi tu začala rodit,“ pokrčí ta baba rameny, jakože neví, proč ji otravuju.

Vzteky se mi začnou dělat mžitky před očima. Přišla jsem si vyřídit účty s Venetií a babice v lila kardiganu mě nemůže absolutně zastavit.

„No, když chcete, tak... tedy rodím!“ slyším svůj hlas.

„Vy rodíte?“ podívá se na mě skepticky.

Ona mi snad nevěří! To je ale drzost! Copak bych jí o něčem takovém mohla lhát?

„Coby ne," založím si ruce v bok. „Rodím."

„A máte pravidelné kontrakce?" odsekne mi.

„Od včerejška každé tři minuty," odpálím ji. „A mám taky bolesti v zádech a v jednom kuse jsem luxovala... a... včera mi odtekla plodová voda."

Tumáš, babo. A teď si *zkus* říkat, že nerodím.

„Vida," podívá se na mě zaraženě. „No tak dobře..."

„A chci jedině Venetii, nikoho jiného," snažím se využít nabyté výhody. „Můžete ji tedy okamžitě zavolat pagerem?"

Recepční mě pozoruje zúženýma očima.

„Takže vy máte každé tři minuty kontrakce?"

„Hmmm." Najednou mi dojde, že u té recepce už musím stát víc než tři minuty.

„Já se s nimi dokážu vyrovnat úplně bez hlesu," informuju ji důstojně. „Jsem totiž scientolog."

„Scientolog?" zírá na mě s otevřenou pusou.

„Ano," bez mrknutí oka snesu její upřený pohled. „A naléhavě musím mluvit s Venetií. Ale jestli hodláte ignorovat ženu, které včera odtekla plodová voda a která v tichosti překonává porodní bolesti..." Zvýším úmyslně hlas, aby má slova dolehla k ostatním těhotným ženám, které tam sedí.

„No tak dobře!" Recepční si jasně uvědomuje, že prohrála. „Tak chvíli počkejte." Když vidí plnou čekárnu, prohlásí: „Počkejte tam," a ukáže na místnost označenou jako Předporodní pokoj č. 3.

„Děkuju vám!" otočím se na podpatku a mířím do předporodního pokoje č. 3. Je to prostorná místnost s kovovým lůžkem, z něhož jde strach, se sprchou, a dokonce s přehrávačem DVD. Ale minibar tu nemají.

Posadím se na postel a rychle vytáhnu taštičku s líčidly. Je všeobecně známo, že základním pravidlem při konfrontaci je, aby dotyčný vypadal dobře. Nebo pokud není, tak by aspoň mělo být. Nanesu si na tváře trochu červeně a přetřu si rty rtěnkou – a právě si stíny vyrábím co nejledovější pohled, když někdo zaťuká na dveře.

To je ona. V záchvatu paniky honem popadnu balíček na rozloučenou a vstanu.

„Vstupte," zavolám co nejchladněji a dveře se za chvilku otevřou.

„Dobrý den, drahoušku!" Dovnitř se vhrne srdečně vyhlížející afrokaribská porodní sestra. „Jmenuju se Esther. Tak jak jsme na tom? Kontrakce jsou silné a rychle za sebou?"

„Cože?" nechápavě na ni civím. „Ehm... ne. Totiž, ano...," zmateně se zarazím. „Podívejte, já opravdu potřebuju mluvit s Venetií Carterovou."

„Už jde," uklidňuje mě sestra vlídně. „Já se mezitím podívám, jak na tom jste."

Hlodá ve mně podezření. Určitě Venetii vůbec nevolali! A snaží se mě takovým způsobem zbavit.

„Já vůbec nepotřebuju, aby se na mě někdo díval," odmítám ji zdvořile. „I tak vám děkuju."

„Děvče, vždyť přece rodíte!" sestra vyprskne smíchy. „Musíte se převléknout do košilky. Nebo jste si přinesla vlastní tričko? A taky se musím podívat, jak už jste daleko."

Musím se té ženské rychle zbavit. Snaží se mi sahat na břicho a já ucuknu.

„Už mě tu vyšetřovali!" prohlásím zvysoka. „Jiná sestra. Takže už v tom mají jasno..."

„Jiná sestra? Kdo? Sara?"

„No... možná. Nevzpomínám si. Musela rychle pryč, že prý jde do divadla nebo tak něco," podívám se na ni andělskýma očima.

„No tak musíme napsat novou kartu," povzdychne si Esther a zavrtí hlavou. „Budu vás muset prohlédnout ještě jednou."

„Ne!" vyjeknu bezděčně. „Jakože... já mám fobii na prohlížení. Že prý se má u mě s prohlídkami šetřit. Venetia o tom ví. Já potřebuju opravdu jenom ji, nikoho jiného. A mohla byste odtud odejít, než sem přijde? Já se chci soustředit na své... vnitřní ženství."

Esther obrátí oči v sloup, jde ke dveřím a vykoukne ven.

„Pam, máme tu další z Venetiiných potrhlých pacientek. Mohla bys ji zavolat pagerem?"

„Díky." Zase se vrátí do pokoje. „Tak jsme vám tu vaši Venetii zavolali. Já aspoň vyplním základní údaje. Takže vám voda odtekla už doma?"

„Ehm..."

„A co vám tedy ta sestra řekla, jak jste na tom?"

„Hmmm... čtyři centimetry," prohodím nazdařbůh.

„A bolesti zvládáte?"

„Zatím dobře," prohlásím hrdinně.

Zase někdo klepe na dveře a dovnitř nahlédne další žena. „Esther? Mohla bys na chvilku?"

„Dneska máme fofr," Esther zavěsí kartu na rám postele. „Ještě se vrátím. Promiňte."

„To nevadí! Děkuju!"

Když se za ní zavřou dveře, zhroutím se na postel. Několik minut je klid, a tak si začnu přepínat televizní kanály. Právě přemýšlím, jestli by se tu nedalo někde půjčit nějaké DVD, když na dveře znovu někdo zaklepe.

Tentokrát to už musí být Venetia. Popadnu balíček na rozloučenou, s funěním se postavím a zhluboka se nadechnu.

„Vstupte!"

Dveře se otevřou a dovnitř nakoukne přibližně dvacetileté děvče v sesterské uniformě.

„Ehm, dobrý den," rozpačitě pozdraví. „Jmenuju se Paula a jsem studentka zdravotní školy. Nevadilo by vám, kdybych tu chvíli zůstala a jenom pozorovala rané stadium porodních bolestí? Byla bych vám nesmírně vděčná."

Prokristapána. Už mám na jazyku: „Jedeš pryč!", jenomže ona vypadá tak nesměle a nervózně, že nemám to srdce ji vyhodit. To můžu udělat, až přijde Venetia.

„Jistě," pozvu ji rukou dovnitř. „Jen pojďte. Jmenuju se Becky."

„Tak dobrý den," plaše se usměje, po špičkách vejde dovnitř a posadí se na židli, která stojí v rohu.

Asi tak minutu nebo dvě mlčíme. Já se položím na polštář a civím do stropu a snažím se překonat zklamání. Takže jsem tady, připravená k boji, ale zase chybí protivník. Jestli se Venetia do několika minut neukáže, tak odtud vypadnu.

„Vypadáte velmi... klidně." Děvče zvedne oči od svého zápisníku. „Máte nějakou vlastní metodu na překonání bolestí?"

Proboha, vždyť já mám mít bolesti! Asi bych jí měla něco předvést, jinak nebude mít o čem psát.

„Jistěže mám," přikývnu. „Prostě vstanu a chodím po pokoji. Zjistila jsem, že mi to ohromně pomáhá." Vstanu a obejdu postel a energicky přitom mávám rukama. Pak několikrát zakroutím boky a provedu protahovací cvik, který jsem se kdysi naučila v jogalates.

„Páni," obdivuje mě Paula. „Jste ohromně pohyblivá."

„Cvičila jsem jógu," prohlásím se skromným ruměncem. „Teď bych si asi dala jeden KitKat. Abych si udržela energetickou hladinu."

„Jistě," přikývne Paula. Když sahám do kabelky, vidím, jak píše „jí KitKat" pod heslo „při bolestech jí pomáhá jóga". Zalistuje ve svých poznámkách zpět a soucitně se na mě zadívá. „A na kterém místě se bolest nejvíc soustřeďuje?"

„Ehm... tak nějak... všude," prohlásím neurčitě s pusou plnou KitKatu. „Chvíli tam..., chvíli onde...," mávnu rukou nad celým tělem. „Těžko říct."

„Vy jste tak úžasně klidná, Becky," diví se Paula, když si kapesním zrcátkem prohlížím zuby, jestli mi v nich nezůstal nějaký drobeček. „Ještě žádná rodička, kterou jsem viděla, se nedokázala tak úžasně ovládat!"

„No víte, já jsem scientoložka," neodpustím si poznámku. „Takže je jasné, že se snažím být zticha."

„Scientoložka!" Oči se jí rozšíří. „To je úžasné." Pak se znepokojeně zachmuří. „A smíte vůbec mluvit?"

„Patřím k těm, kteří mluvit smějí," vysvětluju. „Ale ne hlasitě křičet a podobně."

„No tohle! Poslyšte, mně se zdá, že jsme tu ještě scientoložku neměli!" Tahleta informace ji očividně naprosto nadchla. „Nevadilo by vám, kdybych to řekla několika svým kolegyním?"

„Ale klidně!" přikývnu nepřítomně.

Paula vyběhne z pokoje a já zklamaně zmačkám obal od KitKatu a hodím ho do koše na smetí. Tohle nemá cenu. Venetia sem stejně nikdy nepřijde. Nikdy ji nezavolají. A už na ni nemám ani náladu. Půjdu asi domů.

„Tady je!" Dveře se rozletí a houf mladinkých sestřiček v čele s Paulou se vhrne dovnitř. „Jmenuje se Rebecca Brandonová," informuje je polohlasem. „Je rozevřená na čtyři centimetry a proti bolesti používá jógu. Protože patří ke scientologům, zvládá to v naprosté tichosti a klidu. Člověk by na ní vůbec nepoznal, že má kontrakce!"

Dívají se na mě s takovým úžasem, jako bych byla nějaký vyhynulý druh. Téměř mi je líto je zklamat.

„Jenomže se zdá, že to byl asi falešný poplach," zvednu kabelku ze země a přehodím přes sebe kabát. „Takže jdu domů. Mockrát vám děkuju za pomoc..."

„Ale vy nikam nemůžete," říká mi s úsměvem Paula. Podívá se pro jistotu do mé karty a rezolutně přikývne. „Je mi líto. Už vám odtekla voda, Rebecco. Mohla byste dostat infekci!" Zabaví mi kabát i kabelku. „Vy tady pěkně zůstanete, dokud se dítě nenarodí!"

„No tohle!" vyhrknu zaskočeně.

Co teď? Mám jim vyklopit, že jsem si to s tou vodou naprosto vymyslela?

To ne, myslely by si, že jsem úplně praštěná. Raději tu chvíli počkám, než odtud odejdou, a pak se nějak proplížím ven. Ano. To by mohlo jít.

„Mohla by být v přechodné fázi," špitne znalecky jedna žákyňka kamarádce. „To nám pak často chtějí utíkat domů. Jsou naprosto iracionální."

„Rebecco, vy si skutečně musíte obléknout nemocniční košili." Paula mě sleduje znepokojenýma očima. „Dítě by už mohlo být na cestě. Jak vypadají kontrakce? Nejsou častější? Mohla bych vás prohlédnout?"

„Přeje si minimální množství monitorování a vyšetření," dívá se mi další studentka do karty. „Chce mít všechno co nejpřirozenější. Podle mě bychom sem, Paulo, měli zavolat některou ze sester."

„Ale to není nutné!“ namítnu rychle. „Jakože… chtěla bych být chvíli sama. Pokud vám to nevadí.“

„Jste hrdinka, Rebecco,“ Paula mi soucitně položí ruku na rameno. „Ale to právě my nesmíme! Vždyť tu nemáte ani nikoho z rodiny!“

„Nic mi není, opravdu,“ snažím se předstírat, že o nic nejde. „Jenom na pár minut. Jde o… mou víru. Rodička musí každou hodinu odříkat o samotě zvláštní modlitbu.“

No tak honem! V duchu se je snažím zhypnotizovat. *Vypadněte, holky…*

„Vaši víru bychom asi měly respektovat,“ svolí Paula neochotně. „Dobře, tak my na chvíli odejdeme, ale kdyby *něco*, zazvoňte na zvonek.“

„Jistě! Děkuju vám!“

Dveře se zavřou a mně se úlevou podlomí nohy. Díkybohu. Vypadnu odtud, jen co bude čistý vzduch. Vezmu si kabelku a kabát, pootevřu dveře, ale dvě dívky ještě postávají venku. Rychle dveře co nejtišeji zavřu. Musím ještě chvilku počkat. Jistě brzy odejdou a já to pak vezmu úprkem.

To jsem si to pěkně zavařila. S tou plodovou vodou jsem to vážně přehnala. No, dostala jsem za vyučenou. Už to nikdy neudělám, do konce života.

Podívám se na hodinky. Uplynuly tři minuty. Měla bych nakouknout na chodbu. Vezmu si kabát – ale než stačím udělat krok, dveře se s rachotem rozletí.

„Proboha, Bex!“ V záplavě plavých vlasů a ve vyšívaném kabátě od Miu Miu sem jako vichřice vrazí Suze. „Tak jak je? Letěla jsem, hned jak jsem se to doslechla!“

„*Suze?*“ hledím na ni zmateně. „Co tu…“

„Tvá máma sem jede taky,“ oznamuje zadýchaně a svléká si kabát, pod nímž má Dannyho tričko se sloganem o supermámě. „Když jsme se to doslechly, jely jsme společně v taxíku. Janice utíkala pro pár časopisů a pro něco k pití a Kelly prý počká v recepci…“

„Ale jak…“

Tohle opravdu nechápu. Má snad Suze paranormální schopnosti?

„Volala jsem ti na mobil a vzala to jakási ženská a ohlásila se mi jako

Cavendishova nemocnice.“ Vzrušením mele Suze páté přes deváté. „Prý jsi zapomněla mobil v recepci a teď prý jsi na hekárně! To s námi tedy zamávalo! Taxikáře jsme donutily na místě obrátit a já jsem hned zrušila slavnostní večeři, která se u nás měla dnes večer konat...“ Najednou se při pohledu na mě zarazí. „Hele, Bex, proč máš ten kabát? Stalo se něco?“

„Rebecca si vede ohromně!“ oznamuje jí Paula. Vchází právě do pokoje a bere mi jemně kabát z rukou. „Už je otevřená na čtyři centimetry a nepřála si dosud žádné analgetikum!“

„Žádné analgetikum?“ Tohle Suze opravdu zaskočilo. „Bex, já myslela, že si necháš dát epidural!“

„Ehm...,“ polykám nasucho.

„Jenomže si nechce obléknout nemocniční košilku,“ dodá Paula vyčítavě.

„No pochopitelně!“ brání mě Suze rozhořčeně. „Vždyť jsou tak hnusné! Ty sis, Bex, nepřinesla svou tašku? Nic se neboj, já ti dojdu koupit nějaké tričko. A chtělo by to trochu hudby a možná i pár svíček...,“ prohlíží si místnost kritickým okem.

„Ehm... Suze...,“ žaludek se mi svírá nervozitou. „Já totiž...“

„Ťuky ťuky!“ ozve se od dveří příjemný hlas. „Tady Louisa! Můžu dovnitř?“

Louisa? Mám snad halucinace? Louisa je aromaterapeutka, kterou jsem si najala na porod. Jak se krucinál...

„Tvá matka rychle obvolala všechny lidi z tvého seznamu, aby se ujistila, že to vědí!“ usmívá se na mě Suze. „Ta myslí na všechno! A všichni jsou už na cestě.“

Co jen si počnu? Mám pocit, jako když jedu po toboganu. Louisa už vytáhla olejíčky v malých flakonkách a cosi světle oranžového mi vtírá do zátylku. „Tak!“ prohlásí. „Dělá vám to dobře?“

„Moc!“ dostanu ze sebe.

„Becky!“ Pronikavý mámin hlas je slyšet už zdaleka. „Holčičko moje milovaná!“ S náručí květů a papírovou taškou plnou croissantů vtrhne dovnitř. „Posaď se! Uklidni se! A kde máš ten epidural?“

„Ona ho prý nechce,“ odpovídá Suze. „Není úžasná?“

„Nechce?" zarazí se máma.

„Rebecca má na bolest své jógistické a dýchací metody," chlubí se za mě Paula. „Viďte, Rebecco? A už je na čtyřech centimetrech!"

„Holčičko, nedělej ze sebe hrdinku," chytá mě máma se slzami na krajíčku za ruku. „Nech si dát něco proti bolesti. Nech si dát nějaká analgetika."

Jako by se mi jazyk přilepil k patru.

„A teď si dáme jasmínový olejíček," šeptá mi Louisa něžně do ucha. „Vmasíruju vám ho do spánků..."

„Becky?" Máma očividně znervózněla. „Slyšíš mě?"

„Možná má právě kontrakci!" vykřikne Suze a chytí mě za ruku. „Dýchej, Bex..."

„To zvládneš, miláčku!" Napětí v mámině obličeji stoupá, jako by rodila sama.

„Soustřeďte se na dítě." Paula se mi dívá upřeně do očí. „Soustřeďte se na to, že teď přichází vaše nádherné dítě na svět."

„Poslyšte," najdu nakonec řeč. „Já... jde o to, že já nerodím..."

„Becky, vy *rodíte*," Paula mi položí ruce na ramena.

„Šetři energii, Bex!" Suze mi strčí do pusy brčko. „Napij se trochu Lucozadea. To ti uleví!" Bezmocně srkám nechutný nápoj – a pak strnu, protože zaslechnu rychlé kroky na chodbě. Dveře se rozletí a tentokrát je to Luke, bledý jako stěna, a očima ztemnělýma napětím přeletí místnost.

„Chválabohu. *Chválabohu*, že jsem to stihl..." Jako v transu kráčí k mé posteli. „Becky, strašně moc tě miluju... jsem na tebe tak pyšný..."

„Ahoj, Lukeu," říkám mátožně.

A teď mi poraďte, co mám sakra dělat?

Když se to tak vezme, takový porod by se mi docela zamlouval.

Po dalších dvaceti minutách není v místnosti téměř k hnutí.

Dorazila ještě reflexoložka Felicity a provádí mi cosi se špičkami prstů. Homeopatka Maria vybírá pilulky, které mám spolknout. Louisa rozmisťuje po místnosti aromaterapeutické lampičky.

Z jedné strany u mě sedí máma se Suze, z druhé Luke. Na čele mám mokrý obklad, v ruce aerosol s vodou a na sobě dlouhé a širokánské tričko, do něhož mě máma se Suze prakticky nastrkaly. Nic mě nebolí, nic mě netrápí, vyhrává tu hudba a zvládám to i bez epiduralu…

Má to jenom drobný háček. Nesebrala jsem odvahu vyklopit jim pravdu.

„Nedala byste si, Becky, trochu rajského plynu?“ To mi Paula nese masku na obličej připojenou k jakési hadičce. „Jenom aby se trochu ořízly hrany bolesti.“

„Ehm…,“ vážně nevím, co říct. Odmítnutí by vypadalo nevychovaně. „No, tak dobře. Díky!“

„Nasaďte si to na obličej až při začátku kontrakce,“ instruuje mě Paula a podává mi náustek. „Ale na druhé straně nemá cenu zase čekat příliš dlouho!“

„Dobře!“ nasadím si masku na obličej a zhluboka se nadechnu. Páni, to je *žůžo*! Mám pocit, jako bych vyzunkla láhev šampaňského!

„Hele,“ sundám si masku a blaženě se na Lukea zakřením. „To je vážně eldorádo, epesráres a bašta! Měl bys to zkusit.“

„Becky, vedeš si tak úžasně.“ Luke ze mě nespouští oči a vroucně mi tiskne ruku. „Je všechno v pořádku? Jde všechno tak, jak sis to naplánovala?“

„Ehm… tak zhruba!“ prohlásím, vyhnu se mu očima a rychle si párkrát loknu rajského plynu. Ach Bože, budu mu to muset říct. Budu muset.

„Lukeu…,“ nakloním se k němu s pocitem, že mám příjemnou špičku. „Poslouchej,“ šuškám mu do ucha. „Já ani trochu nerodím.“

„Miláčku, neber si to tak,“ hladí mě Luke po čele. „Nikdo na tebe nijak nespěchá. Všechno chce svůj čas.“

No vlastně… na tom něco je. Jakože, to dítě *jednou* na svět přijít musí, že? Co kdybych kupříkladu nikomu nic neřekla, jenom tady ležela, pila Lucozade a dívala se na telku? No a pak někdy by se prostě něco stalo a oni by si řekli: „Ta Becky, to byla ale chudinka, věřili byste, že rodila celých čtrnáct dní?“

„Mimochodem, oznámil jsem to doktoru Braineovi,“ dodá Luke. „Jede sem z Portlandu.“

„Á jé!“ snažím se, aby na mně nebylo vidět, jak strašně jsem se lekla. „No to je úžasné!“

V zoufalství se ještě několikrát nadechnu plynu a snažím se vymyslet, co dál. Třeba mají v koupelně okno, kterým by se dalo utéct. Nebo bych se mohla jít na chvíli projít na chodbu, najít si nějaké čerstvé novorozeně a jenom na chviličku si ho vypůjčit...

„Já myslela, že chodíte k Venetii Carterové!“ Paula přestane dělat poznámky do mého chorobopisu. „A ta sem nepřijde?“ Podívá se na hodinky. „Pokud ne, tak by vás brzy měla prohlédnout některá sestra. Necítíte nějaký tlak, Becky?“

„Ehm... trošku, ano!“

Takže ona o tom *vůbec neví.*

„Tady,“ strká mi Louisa pod nos jakousi nádobku. „Šalvěj uvolňuje napětí.“

„Hele, Paulo, může se někdy porod... zastavit?“ nenápadně vyzvídám a snažím se před ní utajit jiskřičku naděje.

„Ne,“ zasměje se Paula. „Ale někdy to tak může vypadat.“

„Haha!“ zasměju se s ní, zhroutím se do polštářů a inhaluju šalvěj proti stresu. Teď by se mi hodil éterický olej, který by všem přítomným dal nějak najevo, že vůbec nerodím, a poslal je domů.

Někdo zaklepe na dveře a Suze zpozorní. „Hele. To by mohla být Jess. Taky sem má přijít.“

„Vstupte!“ zavolá Paula. Dveře se otevřou. A ve mně by se krve nedořezal.

Je to Venetia. V zeleném operačním úboru s vlasy zastrčenými pod čepicí vypadá úchvatně a tak důležitě, jako by od rána do večera zachraňovala lidské životy.

Mrcha.

Na kratinkou chvíli se zdá, že i pro Venetii je to šok, ale téměř okamžitě pokračuje s profesionálním úsměvem k posteli.

„Becky! Já jsem netušila, že mě volají k vám. Tak se podíváme, jak si vedete...“

Sundá si zelenou čepici a zpod ní se vyhrnou její zářivé vlasy. „Lukeu, jak dlouho je už tady? Zapiš sem, co se dělo.“

A už je to tady zas. Snaží se mě obcházet. Snaží se očarovat Lukea.

„Dejte mi pokoj!" vykřiknu rozzuřeně. „Už nejsem vaše pacientka a vy se nebudete dívat na nic, díky za námahu."

Najednou mě už nezajímá, že rodím. Nebo že porod předstírám. Nebo co to vlastně dělám. Ještě není pozdě, ještě si to s ní můžu vyřídit. Před vytřeštěnými zraky všech přítomných odhodím masku s rajským plynem a vymrštím se na posteli.

„Suze, podej mi, prosím tě, tu igelitku!" říkám rozechvěle. „Tu pod postelí."

„Ráda! Na," Suze mi hned podává igelitku. „To je ona?" špitne mi do ucha.

„Hmmm," kývnu.

„Kráva."

„To je dobrý nápad, Becky!" koktá nejistě Paula. „Vzpřímená poloha pomůže dítěti sestoupit..."

„Venetie, chci vám něco vrátit," po tom debilním rajském plynu se mi trochu plete jazyk. Ale určitě mi porozumí.

„Luke nic takového nechce," sáhnu do tašky a hodím po ní gumové punčochy. Rozplesknou se na podlaze a všichni na ně vyvalí oči.

Do háje. Trochu jsem se přehmátla.

„Totiž... tohle," hodím po ní krabičku s manžetovými knoflíčky, která trefí Venetii do čela.

„Au! Sakra!" přitiskne si ruku na čelo.

„Becky!" okřikne mě Luke.

„Pořád po tobě jede, Lukeu! Poslala ti vánoční dárek!" Najednou si vzpomenu na ten latinský citát: „Uti... barberi...," nějak se mi zamotal jazyk. „Nam... jakože, tui..."

Krucinál.

Latina je nemožný jazyk.

„Holka, ty snad blouzníš!" vyděsí se máma.

„Becky, nemám nejmenší tušení, o čem tu mluvíte." Venetia očividně potlačuje smích.

„Prostě nám dejte pokoj," třesu se vzteky. „Dejte mně a Lukeovi *pokoj*."

„Volala jste mě," připomíná mi Venetia a vezme si od nervózní Pauly kartu. „Tak jak to jde s tím dítětem?"

„Neodcházejte od tématu!" ječím. „Vždyť jste mi říkala, že máte s Lukem poměr. Chtěla jste mě vyděsit."

„Poměr?" Venetia rozevře doširoka oči. „Becky, my s Lukem jsme pouze staří přátelé!" Zasměje se svým stříbrným smíchem. „Promiň, Lukeu. Jak vidím, představuju pro Becky problém. Ale já netušila, že je tak majetnická..."

V zeleném lékařském úboru je přímo zosobněním racionality a autority. A já jsem jenom popletená a omámená těhotná ženská v širokém tričku.

„To nic, Ven," říká Luke rozpačitě. „Podívej se, co se týče prohlídky, přijede sem Charles Braine. Možná bys měla... odejít."

„Asi ano," kývne Venetia spiklenecky na Lukea a já se rozzuřím do nepříčetnosti.

„Lukeu, nesmíš jí dovolit, aby jí to prošlo! Říkala, že jste milenci! Říkala, že mě kvůli ní opouštíš!"

„Becky..."

„Je to *pravda*." Zlostné slzy mi stékají po tvářích. „I když mi nikdo nevěří, je to pravda! Že prý v tu chvíli, kdy jste se uviděli, to byla jenom otázka toho kdy a kde. Že prý jste byli jako omámení a že to bylo jako Penelope a... takový ten... Othelo."

„Penelope a Odysseus?" vyvalí na mě Luke oči.

„Jo, ten! To je ono. A že prý jste pro sebe určeni. A že prý mé manželství už dávno neexistuje..." Utřu si kapičku u nosu do trička. „A teď ze mě dělá úplného magora, který si něco namlouvá..."

V Lukeových očích se cosi změnilo. „Penelope a Odysseus?" opakuje řezavým hlasem. „Ven?"

Nastane nepříjemné ticho.

„Vůbec nevím, o čem mluví," prohlásí Venetia medovým hlasem.

„Kdo je Penelope a Odysseus?" špitne mi Suze do ucha a já bezradně pokrčím rameny.

„Venetie," podívá se jí Luke od očí. „My jsme nikdy nebyli Penelope a Odysseus."

Poprvé vidím, že Venetia ztrácí jistotu. Sice nic neříká, ale dívá se na Lukea s takovým vzdorem, jako by chtěla říct: „Jasněže byli."

Ach jo, *musím* to vědět. „Lukeu, kdo je Penelope a Odysseus?" ptám se.

Pevně doufám, že to není majitel PR společnosti a gynekoložka, kteří si, jen co někam odšoupnou jeho manželku, šťastně padnou do náruče.

„Odysseus se vydal na dlouhou cestu a Penelopu nechal doma," vypráví Luke s očima zabodnutýma do Venetie. „A Penelope na něj věrně čekala. Celých dvacet let."

„Tahleta si ale s věrností moc hlavu nelámala," prohodí Suze a namíří obviňující ukazováček na Venetii. „Vyspala se s kdekým."

„Venetie, opravdu jsi říkala Becky, že máme poměr?" zahřímá na ni Luke tak silně, až všichni nadskočíme. „Opravdu jsi jí řekla, že ji kvůli tobě opouštím? Snažila ses zviklat její důvěru?"

„Jistěže ne," odpoví Venetia ledově. Neuhýbá očima, ale vidím, že se jí chvěje brada.

„Dejme tomu," pokračuje Luke ostře. „Takže si to jednou a provždy vyjasněme. S tebou bych si, Venetie, nic nezačal. Ani s nikým jiným." Otočí se ke mně a vezme mě za ruce. „Becky, mezi mnou a Venetií nic není, ať už ti napovídala cokoliv. Rok jsme spolu chodili. Jako teenageři. To je všechno, jasný?"

„Jasný," špitnu.

„A proč jste se rozešli?" zajímá se Suze, a když se k ní všichni otočí, zčervená. „To je důležité!" brání se. „Co se týče minulých vztahů, měli byste v tom mít úplně jasno. My s Tarkiem jsme si o našich předchozích vztazích naprosto *všechno* vyříkali! Kdybys to býval všechno Bex *řekl*, a nenechával si to pro..." Nedopoví.

„Možná to není tak špatný nápad," přikývne Luke. „Možná jsem ti měl, Becky, vysvětlit, co se mezi námi stalo. Jak to skončilo." Na chvíli mu na obličeji ztuhnou svaly. „Venetia se lekla, že je těhotná."

„Ona byla *těhotná*?" Při tom pomyšlení se mi udělá špatně.

„Ne! Ne!" zavrtí Luke energicky hlavou. „Jenom si to chvíli myslela. Nicméně to... mnohé vyjasnilo. A tak jsme to skončili."

„Vyděsil ses." Venetiin hlas se najednou chvěje, jako by už nedokázala ovládnout dlouho potlačovaný hněv. „Vyděsil ses, Lukeu, a tím skončil nejlepší vztah v mém životě. Byli jsme dokonalá dvojice..."

„Žádná dokonalá dvojice jsme nebyli!" Dívá se na ni, jako by nevěřil svým očím. „A já jsem se *nevyděsil...*"

„Vyděsil! Nedokázal jsi unést ten závazek! Nahnalo ti to strach!"

„To rozhodně ne!" rozčílí se Luke. „Jenom jsem si uvědomil, že rozhodně nejsi člověk, s nímž bych chtěl mít děti. Nebo s nímž bych chtěl strávit zbytek života. A proto jsem to skončil!"

Venetia vypadá, jako by jí dal facku. Několik vteřin není schopná mluvit – a pak se na mě zadívá s takovou nenávistí, až sebou zavrtím.

„A s touhle *chceš?*" vykřikne a rozzuřeně na mě ukáže. „S touhle bezvýznamnou, tupou... *samičkou* posedlou nákupy chceš strávit zbytek života? Vždyť je tak povrchní! A pitomá! Jediné, o co se zajímá, jsou její nákupy, šatičky... a kamarádky..."

Krev mi mizí z obličeje a roztřesu se. Nikdy jsem nic tak jedovatého neslyšela.

Podívám se na Lukea. Rozšířily se mu nozdry a na čele mu buší tepna.

„Neopovažuj se o Becky tak mluvit." Jeho ledový hlas mi trochu nahání strach. „Neopovažuj se."

„Ale prosím tě, Lukeu," Venetia se křečovitě zasměje. „Zaručuju ti, že je to pěkná..."

„Venetie, ty vůbec nevíš, co říkáš," prohlásí Luke klidně.

„Vždyť je to obyčejná husa!" křičí Venetia. „Naprostá nula! Proč sis ji *krucinál* musel brát?"

Všichni v místnosti zalapají po dechu. Přibližně třicet vteřin se nikdo ani nehne. Zdá se, že Venetiin hnusný výlev Lukea trochu zaskočil.

Ach Bože, to jsem zvědavá, co jí na to řekne. Třeba si vzpomene na mé kuchařské umění a schopnost pohotové reakce.

No, to asi ne.

Ale možná jí řekne...

Úplně mě vyvedla z míry. Takže Luke na tom asi není o nic lépe.

„Proč jsem si bral Becky?" zopakuje nakonec otázku tak zvláštním hlasem, až se leknu, že na to sám také nemá odpověď a že ho to teď strašně mrzí.

Najednou se roztřesu zimou a strachem.

A Luke pořád nic neříká.

Kráčí k umyvadlu, napustí si sklenici vody. Všichni ho nervózně pozorují. Nakonec se Luke otočí. „Žila jsi někdy s Becky?"

„Já jo!" přihlásí se Suze, jako by odpovídala na otázku, jestli vyhrála jackpot. Všichni se k ní otočí a ona zrudne. „Pardon," zamumlá.

„Poprvé jsem si Becky Bloomwoodové všiml...," s drobným úsměvem se odmlčí, „když se ptala bankovních manažerů, proč nemají obaly na šekové knížky ve všech barvách."

„Neříkala jsem to?" trhne Venetia netrpělivě rukou, ale Luke jí nevěnuje ani pohled.

„A hned příští rok *skutečně* začali nabízet obaly ve všech barvách. Becky má takový instinkt, jakému se žádný nevyrovná. A nápady, jaké nemá nikdo jiný. Její mysl se ubírá svými speciálními cestičkami. A někdy mám to štěstí, že mě vezme s sebou." Lukeovy oči, něžné a hřejivé, se setkají s mými. „Ano, nakupuje. Ano, provádí bláznivé věci. Ale umí mě rozesmát. S ní se dokážu radovat ze života a užívat si ho. Miluju ji ze všeho nejvíc na celém světě."

„Já tě taky miluju," zašeptám s knedlíkem v krku.

„No tak dobře," říká pobledlá Venetia, „tak si užij. Když stojíš, Lukeu, o takovou povrchní husičku..."

„Vůbec tomu nerozumíš, tak už do prdele tu svou nevymáchanou hubu zavři!" Lukeův hlas najednou řinčí jako kulomet. Máma otevře pusu na protest proti Lukeovu slovníku, ale ten vypadá tak zuřivě, že ji raději zase zavře. „Becky má nesrovnatelně hlubší morálku, než jakou jsi kdy měla ty." Podívá se s na Venetii s opovržením. „Je statečná. Dává přednost ostatním lidem před sebou. Bez ní bych poslední dny vůbec nepřežil. Vy tady asi víte, do jakých potíží se má společnost v nedávné době dostala...," podívá se na mámu a Suze.

„Do potíží? A jakých?" Máma se očividně lekla. „Becky nám nic neřekla!"

Luke se na mě překvapeně podívá. „Tys jim nic neřekla, Becky?"

„Já jsem věděla, že se něco děje," vysouká ze sebe Suze. „Já jsem to věděla. Všechny ty telefonáty... Ale nic konkrétního nám neřekla..."

„Nechtěla jsem zkazit oslavu." Když se ke mně všichni otočí, zrudnu. „Všichni se tak skvěle bavili..." Zarazím se, protože si uvědomím, že jsem mu to ještě neřekla. „Lukeu..., je tu ještě něco. Přišli jsme o ten dům."

Při těch slovech mě znovu přemůže hluboké zklamání. Náš překrásný domeček je pryč.

„To si snad děláš legraci," Lukeův obličej potemní úlekem.

„Prodají ho někomu jinému. Ale... to nevadí!" Bůhvíjak se mi podaří vyloudit veselý úsměv. „Tak si prostě něco najmeme. Už jsem se dívala na síť. To nebude žádný problém..."

„Becky," vidím to i v jeho očích. Naše sny, zničené.

„Já vím," snažím se mrkáním rozehnat slzy. „Ale to nevadí, Lukeu."

„Chudinko moje," říká Suze, která má téměř taky na krajíčku. „Vezmi si náš hrad ve Skotsku. My tam skoro vůbec nejezdíme."

„Suze," bezděky se zahihňám, „ty jsi cvok."

„Prostě budete bydlet u nás, holčičko!" vloží se do debaty máma. „Co byste si najímali nějaký zatracený byt! A co se týče *vás*, děvenko...," s tvářemi zrůžovělými rozhořčením se obrátí na Venetii. „Jak si dovolujete takhle rozčilovat mou dceru, když právě rodí!"

Krucinál.

Úplně jsem zapomněla, že mám rodit.

„Páni, no jistě!" Suze si přitiskne ruku na ústa. „Bex, vždyť ty jsi ani nepípla! Jsi prostě úžasná!"

„Miláčku, ty jsi naprostá hvězda." Luke vypadá naprosto unešeně. „Tohle všechno, a ještě k tomu rodit!"

„No... ehm..., to je maličkost!" Vytahování nemám prostě v povaze. „To víš..."

„To rozhodně není žádná maličkost, to je neuvěřitelné. Viďte?" obrátí se Luke na studentku zdravotní školy.

„Ona je skutečně zvláštní případ," souhlasí Paula, která sledovala přestřelku mezi mnou a Venetií s otevřenou pusou. „Však taky proto ji všechny sledujeme."

„Takže zvláštní případ, ano?“ ozve se najednou Venetia. Přijde ke mně a zúženýma očima si mě prohlíží od hlavy k patě. „Kdy přesně jste měla poslední kontrakci?“

„Ehm…,“ odkašlu si. „Právě… ehm… před chvílí.“

„Ona je scientoložka,“ informuje ji Paula dychtivě. „Takže zvládá bolest potichu. Je to neuvěřitelný případ.“

„Scientoložka?“ opakuje po ní Luke.

„To je můj nový koníček!“ říkám vesele. „Já jsem ti o tom neřekla?“

„To jsem netušila, že jsi scientoložka, Bex!“ diví se Suze.

„To jsou ti moonisté?“ vyptává se máma znepokojeně Lukea. „Becky se dala k moonistům?“

„Takže,“ Venetia má v očích zlověstný plamen. „Teď se na vás trochu mrkneme, Becky. Třeba to dítě bude už brzy na světě!“

Odsunu se od ní co nejdál. Jestli se jí podaří mě prohlédnout, bude to nabeton můj konec.

„No tak, snad se nestydíme!“ Venetia se na mě sápe a já se v hrůze odvalím na opačný konec postele.

„Sledujte tu pohyblivost!“ vyhrkne obdivně jedna studentka.

„Ale no tak, Becky…“

„Jděte pryč! Dejte mi pokoj!“ popadnu masku s rajským plynem a začnu zhluboka dýchat. Už je to lepší. Bože, tohohle bychom měli mít doma aspoň cisternu.

„Už jsme tady!“ Dveře se rozletí a dovnitř vpadne Danny a hned za ním Jess. „Uteklo nám něco?“

Jess má na sobě podobné tričko jako Suze s nápisem „Je to supermáma a všichni ji milujeme“. Danny má na sobě modré kašmírové tričko bez rukávů s khaki nápisem „Je to rusovlasá supermrcha a já ji nenávidím“.

„A kdepak máme toho broučka?“ Danny veselýma očima přejede místnost a nasává přítomné napětí. Očima přistane na Venetii. „Helemese, kdopak sem pozval Cruellu de Venetia?“

Luke upřeně civí na nápis na Dannyho tričku. Najednou se chápavě uchechtne.

„Vy jste tak *dětinští*,“ odfrkne Venetia, která už také Dannyho tričko zaregistrovala. „Všichni tady. A jestli naše nepřekonatelná Beckynka skutečně rodí, tak jsem...!"

„Kristepane!" vyvřísknu. „Proboha! Ze mě něco teče!"

Je to hrozně nepříjemný pocit. Jako by ve mně něco prasklo – a najednou mám u nohou kaluž vody. Nedá se to zastavit.

„Propána!" Danny si zakrývá oči. „Abych tak řekl... *nemusím* být u všeho." Popadne Jess za loket. „Co kdybychom si, Jess, zaskočili na panáka?"

„Odtekla vám plodová voda," Paula vypadá zmateně. „Vždyť jste říkala, že vám odtekla už včera."

„To mohla být jenom první část," špitne důležitě další studentka, která vypadá na pěknou šprtku. „A tohle je ten zbytek."

Jsem úplně bez sebe. Praskla mi plodová voda.

To znamená..., že rodím.

Že už skutečně a doopravdovsky rodím.

Aaaargh. Ach Bože! My budeme mít dítě!

„Lukeu," popadnu ho v naprosté panice za ruku. „Už to začalo!"

„Já vím, miláčku," hladí mě Luke po čele. „A vedeš si vážně báječně..."

„Ne!" zakvílím. „Ty to nechápeš!" Najednou mi dojde řeč. Co to bylo?

Najednou mám pocit, jako by mi někdo stiskl břicho a pak ještě víc, a pak ještě silněji, i když už v duchu žadoním, aby toho nechal.

Byla to snad ta kontrakce?

„Lukeu...," dýchám najednou trhaně. „Vážně nevím, jestli to dokážu..."

Teď je to ještě silnější a já téměř hekám a rukou svírám Lukeovo předloktí.

„To přejde. Brzy se ti uleví." Rytmicky mě hladí po zádech. „Doktor Braine je na cestě. Rusovlasá supermrcha už odchází. Že ano, Venetie?" Ani se na ni nepodívá.

Kontrakce patrně skončila. Pocit, že mě někdo chce rozdrtit, přešel. Jenomže dobře vím, že se vrátí. Jako ta příšerka z Elm Street.

„Myslím, že bych přece jenom chtěla ten epidural," zasípám. „A to fofrem."

„No jistě!“ přiběhne ke mně Paula. „Zavolám pagerem anesteziologa. Tak dlouho jste si vedla tak skvěle, Becky.“

„... *by se člověk potrhal smíchy...*,“ slyším Venetiina poslední slova, než za sebou práskne dveřmi.

„To je ale kráva!“ říká Suze. „*Všem* svým těhotným kamarádkám řeknu, jaká je to kráva.“

„Už je pryč,“ líbá mě Luke na čelo. „Už je to za námi. Moc se ti omlouvám, Becky, moc se ti omlouvám.“

„Na tom už nesejde,“ říkám automaticky.

A skutečně to už nic neznamená.

Najednou cítím, že na Venetii už vůbec nezáleží, rozplynula se jako dým. Teď už záleží jenom na Lukeovi a na mně. A na dítěti.

Ach Bože, je tu další kontrakce. Ten zatracený porod je jedna velká bolest. Nasadím si masku s rajským plynem, a když začnu zhluboka dýchat, všechny studentky mě obstoupí a snaží se mě povzbudit:

„To zvládnete, Becky..., uvolněte se pěkně... a dýchejte...“

Mrskni sebou, broučku. Chci se s tebou seznámit.

„Vedete si skvěle..., hezky dýchejte, Becky...“

To víš, že to zvládneš. No tak. Společně to dokážeme.

Dvacet jedna

Je to holčička.

Malinkatá, se rtíky jako pomačkané růžové lístky, s chomáčkem tmavých vlasů a ručičkama zaťatýma do pěstiček položenýma u oušek. To ona byla celou dobu tam uvnitř. A je zvláštní, že ve chvíli, kdy jsem ji uviděla, jsem jsi pomyslela: „To jsi *ty*. Já tě přece znám."

Teď leží u mé postele v plastové postýlce v nádherných bílých dupačkách od Diora. (Chtěla jsem jí vyzkoušet různé dupačky, jenom abych viděla, co jí nejvíc sluší, ale sestra mě dost příkře odbyla, že se obě potřebujeme vyspat.) A tak tu na ni po probdělé noci trochu omámeně zírám a sleduju každičký její nádech a výdech, každý pohyb jejích prstíčků.

Porod byl…

No, podle nich prý „bez komplikací a lehký". Čemuž se tedy *dost* divím. Mně připadal sakramentsky komplikovaný a těžký. Ale to je jedno. Některé věci je lepší příliš nezkoumat. Jako porody a Visa karty.

„Ahoj. Tak už jsi vzhůru." Luke se probírá na židli, na které si zdříml, a protírá si oči. Na bradě má strnisko, vlasy rozcuchané a košili pomačkanou.

„Hmmm."

„Jak se má?"

„Dobře." Znovu se na ni podívám a bezděky se začnu usmívat. „Ohromně."

„Celá *je* ohromná. A ty taky." I když se dívá na mě, vidím na něm stopy euforie a vím, že znovu prožívá včerejší noc.

Nakonec všichni odešli ven a v místnosti zůstal jenom Luke. A pak šli domů, protože doktor Braine prohlásil, že ještě bude dlouho trvat, než se něco stane. Ale netrvalo! Když se narodila, bylo půl druhé ráno a hned se dívala do světa čiperným a pozorným očkama. Bude umět užívat života, já to vím.

Ještě nemá jméno. U postele mi leží seznam jmen, která jsem si pro ni připravila. Včera v noci, když se mě sestra ptala, jak se bude jmenovat, jsem ho vytáhla – ale ani jedno se mi nelíbí. Prostě se pro ni... nehodí. Ani Dolce. Ani Tallula-Phoebe.

Ozve se jemné zaťukání na dveře, které se pomalounku otevírají. Dovnitř strčí hlavu Suze s obrovskou kyticí lilií a s růžovým heliovým balonkem.

„Ahoj," špitne, očima zabloudí k postýlce a položí si ruku před ústa. „Ach Bože, Bex, podívej na ni! Ta je překrásná."

„Já vím," najednou mi začnou kapat slzy. „Já to vím."

„Bex?" Při pohledu na mé slzy se Suze vystraší, utíká k posteli a květiny jí přitom šustí v náruči. „Není ti něco?"

„Nic mi není. Jenom...," polknu a utřu si nos. „Úplně mě to zaskočilo."

„A co?" Suze přisedne na okraj postele. „Bex..., bylo to tak hrozné?"

„Ne, to jsem nechtěla říct." Vrtím hlavou a snažím se najít správná slova. „Zaskočil mě ten pocit... štěstí."

„Aha, tohle," obličej se jí rozzáří jakoby při vzdálené vzpomínce. „To víš. Ale připrav se na to, že to nepotrvá věčně...," znovu se zamyslí a pak mě obejme. „Je to nádhera. Blahopřeju ti. I tobě, Lukeu!"

„Díky," usměje se. I když vypadá utahaně, září štěstím. Podívá se mi do očí a mně poskočí srdce. Jako bychom měli společné tajemství, které nikdo jiný nezná.

„Podívej na ty malinké *prstíčky*!" sklání se Suze nad postýlkou. „Ahoj, beruško!" Tázavě se na mě podívá: „Jak jí říkáte?"

„Ještě nijak," chci změnit polohu na polštáři a trochu sebou škubnu. Po včerejší noci mě všude bolí. I když na druhé straně epidural ještě zcela nevyprchal, a už do mě napíchali spoustu všeho možného proti bolesti.

Dveře se znovu otevřou a vstoupí máma. Ta už holčičku viděla v osm ráno, když sem přiběhla s brioškami a horkou kávou v termosce. Teď přináší náruč dárečků a v patách za ní kráčí táta.

„Tati..., pojď se seznámit se svou vnučkou!"
„Becky, holčičko moje. Blahopřeju ti." Táta mě objímá a tiskne k sobě. Prudce zamrká a nakoukne do postýlky. „Tak ahoj, kámoško."
„Přinesla jsem ti nějaké šaty, Becky." Máma s námahou postaví na židli obrovskou cestovní tašku. „Nebyla jsem si jistá, co bys chtěla, tak jsem vzala od každého něco..."
„Díky, mami." Otevřu zip a vytáhnu silný kardigan s copánkovým vzorem, který jsem neměla na sobě přinejmenším pět let. Pod ním zahlédnu cosi známého. Je to světlounce modré, třpytivé, s korálky a jemné jako samet.
Můj šátek. Můj drahocenný šátek od Dennyho a George. Ještě mám v paměti okamžik, kdy jsem ho poprvé uviděla.
„Podívej!" Vytahuju ho ven a dávám pozor, abych neutrhla ani jeden korálek. Kolik let jsem ho už neměla na sobě! „Pamatuješ na něj, Lukeu!"
„Jak bych mohl zapomenout!" Při pohledu na šátek Lukeův obličej zněžní. Pak s kamennou tváří utrousí: „Koupilas ho tehdy pro tetu Ermintrude, jestli se nemýlím."
„Nemýlíš se," přikývnu.
„Ovšem tragickou shodou okolností ho nemohla nosit. Upadla jí ruka, že?"
„Noha," opravím ho.
Máma poslouchá náš rozhovor trochu vyjeveně.
„Jaká teta?" ptá se a já se bezděky rozhihňám.
„Starý známý," říká Luke a omotá mi šátek kolem krku. Chvíli na něj trochu překvapeně hledí a pak se podívá na dítě. „Koho by tehdy napadlo..."
„Já vím," dotknu se cípu prstem. „Koho by tehdy napadlo..."
Táta nemůže spustit z dítěte oči. Strčil do postýlky ruku a holčička ho celou svou drobnou ručičkou chytila za prst.
„Tak co, kámoško," povídá táta, „jakpak ti asi říkáme?"
„Ještě jsme se nerozhodli," vysvětluju. „Je to tak těžké!"
„Přinesla jsem ti o tom knížku!" vzpomene si máma a přehrabuje se v tašce. „Co třeba Grisabella?"

„*Grisabella?*“ ohrne nad tím táta nos.

„Mně se to líbí!“ brání se máma a na postel mi položí *1 000 dívčích jmen*. „Hned tak každý se tak nejmenuje.“

„Děti by jí říkaly Grizly!“ tvrdí táta.

„Třeba ne! Třeba by jí říkali Bello…, nebo Grizzy…“

„*Grizzy? Nepřeskočilo* ti náhodou?“

„Tak mi řekni, co se líbí tobě?“ urazí se máma.

„Já jsem si myslel…, co třeba…,“ táta si rozpačitě odkašle, „co třeba ‚Rhapsody‘.“

Podívám se na Lukea, který na mě neslyšně artikuluje *Rhapsody* s takovým děsem v očích, že je mi do smíchu.

„Já mám taky nápad,“ přidá se Suze. „Co jí říkat Vanilla?“

„Vanilla?“ vyděsí se máma. „To bychom jí už mohli říkat rovnou Chilli! Donesla jsem trochu šampaňského, abychom mohli tu její malou hlavičku zapít… Snad na to není příliš brzo?“ Vytáhne láhev vína a list papíru. „Jo, a ještě jsem přinesla zprávu od vašeho realitního agenta. Zrovna když jsem byla u vás v bytě, tak volal a já jsem mu rovnou řekla, co si o něm myslím. Řekla jsem mu: ‚To novorozeňátko je vaší vinou na Vánoce bez domova, mladíku.‘ To mu vzalo řeč! Že prý se chtěl jenom omluvit. Pak cosi mlel o jakýchsi vilách na Barbadosu! No já vám povím!“ Vrtí hlavou. „Tak kdo si dá šampáňo? Kdepak tu mají skleničky?“ Postaví láhev na zem a pátrá ve skříňkách pod televizí.

„Nejsem si jistá, že tu budou,“ říkám.

„Jak je to možné, prokristapána!“ Máma mlaskne nesouhlasně jazykem a zase vstane. „Musím si promluvit s hospodářkou.“

„Mami, tady *nemají žádnou* hospodářku.“

Protože tu dobře vaří a mají televizi, tak si máma myslí, že jsme v nějakém Ritzu.

„Já tu něco najdu,“ prohlásí s vervou a míří ke dveřím.

„Nemůžu vám nějak pomoct?“ vstává Suze. „Stejně musím jít zatelefonovat Tarkiemu.“

„Díky, Suze!“ usměje se máma vděčně. „A Grahame, přines z auta foťák. Zapomněla jsem ho vzít.“

Za otcem se zavřou dveře – a my s Lukem osamíme. A se svou dcerou. Páni, to je tak zvláštní. Pořád si nemůžu zvyknout, že mám dceru.

To je naše dcera Vanilla Rhapsody Grisabella.

Tak to ne.

„Takže," Luke si projede rukou zacuchané vlasy. „Do čtrnácti dnů jsme bez střechy nad hlavou."

„Bez střechy nad hlavou!" opakuju bezstarostně. „Co na tom!"

„Možná jsi chtěla žít s člověkem, který by ti mohl nabídnout nějaký domov?"

Sice vtipkuje – ale je mu přitom těžko.

„No co," pokrčím rameny a sleduju, jak dítě rozevřelo ručičku a jak jeho malá dlaň vypadá jako hvězdice. „Příště si dám víc pozor."

Luke mlčí a já se na něj podívám. Ono se ho to snad dotklo!

„Ale Lukeu, to byl vtip!" prohodím rychle. „Vždyť je to *jedno*!"

„Právě jsi porodila dítě. Měla bys mít domov. Tohle se nemělo stát. To jsem neměl…"

„Ty za to přece nemůžeš!" vezmu ho za ruku. „Lukeu, to se spraví. Vytvoříme si domov tam, kde právě budeme."

„Já to napravím," říká téměř vztekle. „Becky, budeme mít nádherný dům, to ti slibuju…"

„To já dobře vím," stisknu mu ruku. „Ale vážně, na tom příliš nezáleží."

A neříkám to jako pravá loajální a chápající ženuška. (I když já jsem loajální a chápající ženuška.) Ale protože to skutečně nepovažuju za příliš důležité. Zrovna teď si připadám jako v nějaké bublině. Skutečný svět je na druhé straně, strašně daleko. Jediné, na čem záleží, je dítě.

„Koukej!" říkám, když si najednou zívne. „Je jí teprve osm hodin a už umí zívat! Ta je ale šikovná!"

Chvíli napjatě civíme do postýlky v naději, že udělá ještě něco.

„Hele, možná z ní jednou bude ministerská předsedkyně!" šeptám. „Nebude to super? Udělá třeba všechno, co budeme chtít!"

„To si piš že ne," vrtí Luke hlavou. „Jestli ji budeme do něčeho nutit, udělá pravý opak."

„Je hrozný rebel!" přejedu jí prstem po čelíčku.

„Má svou vlastní hlavu," opraví mě Luke. „Hele, jak už teď na nás kašle!" Posadí se na postel. „No tak, *jak* jí budeme říkat? Grisabella tedy ne!"

„Ani Rhapsody."

„Ani Vanilla." Otevře *1 000 dívčích jmen* a začne v knize listovat.

A já zatím hledím na spící tvářičku. Tohle jméno mi bzučí hlavou, kdykoli se na ni podívám. Jako by mi to sama napovídala.

„Minnie," řeknu nahlas.

„Minnie," opakuje po mně Luke na zkoušku. „Minnie Brandonová. Poslyš, to není tak špatné." Usměje se na mě. „To se mi docela líbí."

„Minnie Brandonová," zazubím se šťastně. „Zní to dobře, viď? Slečna Minnie Brandonová."

„Očividně jméno po tetičce Ermintrude, že?" povytáhne na mě Luke obočí.

Vážně! To mě tedy nenapadlo.

„No jistě!" rozhihňám se. „Až na to, že o tom budeme vědět jenom my dva."

Její Excelence lady Minnie Brandonová QC OBE.

Slečna Minnie Brandonová v plesových šatech od Valentina při tanci s princem celá zářila...

Minnie Brandonová vzala svět útokem...

„Ano," přikývnu. „Tak se bude jmenovat." Nakloním se nad postýlkou a dívám se, jak se jí hrudníček při každém nádechu zvedá. Pak jí shrnu vlásky z čela a dám jí pusu. „Vítej na svět, Minnie Brandonová."

Dvacet dva

A je to. Do našeho bytu se nastěhovali Karlssonovi. Veškerý nábytek jsme nechali odvézt. Oficiálně nemáme kde bydlet.

Ale ve skutečnosti nás k sobě na chvíli pozvali máma s tátou. Jak máma řekla, mají spoustu místností, Luke může dojíždět do práce z Oxshotského nádraží, sama mi může pomáhat s Minnie, a ještě si každý večer po večeři můžeme zahrát bridž. Všechno je pravda až na ten bridž. To v žádném případě. Ani za milion let. Ani s kartami od Tiffanyho, na které mě máma chtěla nalákat. Pořád mě přesvědčuje, že je to „ohromná švanda" a že „to teď mezi mladými frčí". Možná má pravdu.

Každopádně mám tolik práce s Minnie, že na to, abych si sedla a hrála bridž, opravdu nemám čas. Být *matkou* mě zcela zaměstnává.

Minnie má čtyři měsíce a už teď projevuje sklony ke společenským dýchánkům. Jestli jsem to nevěděla! Její oblíbená hodina je jedna ráno, kdy spustí to své „ra ra ra", a člověk se rozespale hrabe z postele s pocitem, že usnul před třemi vteřinami.

A ještě miluje třetí ráno. A pátou. A občas i něco mezitím. Abych pravdu řekla, každé ráno si připadám zničená jako po velkém flámu.

Ale na druhou stranu kabelová televize vysílá po celou noc. A Luke často vstane, aby mi dělal společnost. Vyřídí si elektronickou poštu a já se dívám se ztlumeným zvukem na *Přátele* a přitom kojím Minnie, která si dává tak do nosu, jako by byla týden o hladu a nejedla naposledy teprve před hodinou.

S dětmi je ta potíž, že přesně vědí, co chtějí. Což já dokážu respektovat. Jako když se ukázalo, že se Minnie vůbec nelíbí v ručně vyřezávané postýlce. Necítila se v ní dobře a pořád se všelijak vrtěla, což je opravdu k zlosti, když uvážíte, že stála pět set liber. Nijak ji neoslnila ani houpací kolébka, ani proutěný košík, ani lněná prostěradla od Hollis Franklin se čtyřmi sty nitkami v útku. Nejraději by byla, kdyby ji někdo ve dne v noci choval. Jinak se jí nejvíc líbí ve starém proutěném koši, který snesla máma z půdy. Je měkounký a opotřebovaný, zato velmi pohodlný. Takže jsem všechno ostatní vrátila a dostala za to nějaké peníze.

Také jsem vrátila přebalovací stůl ve tvaru cirkusového stanu. I ten kočárek z Bugaboo a Válečníka. V podstatě spoustu věcí. Klidně se bez nich obejdeme. Vždyť nemáme ani dům, kam bychom je uložili. A všechny peníze jsem dala Lukeovi, protože… no, protože jsem mu chtěla trochu pomoct. I když jenom malou kapkou.

Dobrá zpráva je, že s Lukem to vypadá o trošku lépe. A vůbec nejlepší je, že Iaina Wheelera vyhodili z firmy! Luke nesložil ruce do klína – a hned druhý den po Minnieině narození zašel se svým právníkem za Iainovým šéfem na „pár slov“, jak říkal. A hned nato jsme se doslechli, že Iain Wheeler oznámil, že odchází z Arcodasu. Od té doby uběhl už téměř měsíc a Gary, který je přes tyto věci expert, tvrdí, že ještě nesehnal místo. A to zjevně kvůli tomu usvědčujícímu materiálu, o němž už teď všichni vědí. *Ha.*

Ale i když Iain z Arcodasu odešel, Luke už pro ně nechce pracovat. Tvrdí, že se na jejich hnusném chování vůbec nic nezměnilo. A dosud z nich nevypáčil žádné peníze. Takže zavřel v Evropě další tři kanceláře a situace je pořád velmi napjatá. Ale… psychicky je na tom dobře. Uvažuje pozitivně a už přemýšlí o nových zakázkách a nových strategiích. Občas to v noci probíráme a já mu zase vyprávím všechno, nač myslím. Ale pokaždé se debata nějak stočí na Minnie a na to, jak je úžasná, nádherná a vůbec senzační.

Teď právě stojím s Minnie v náruči před máminým domem a dohlížím na stěhováky, kteří vykládají naše věci. Většinu jsme nechali odvézt do skladu, ale některé jsme přece jenom chtěli mít.

„Becky!“ Po příjezdové cestě přichází máma s povážlivě se kymácející vysokou haldou starých časopisů. „Co s tím, děvenko? Do popelnice?“

„Do žádné popelnice!“ protestuju. „Třeba se ještě do nich budu chtít podívat! Nemohla bys je dát do naší ložnice?“

„Už je tam kapku těsno...," máma civí bezradně na časopisy a najednou dostane nápad. „Nejspíš vám dáme i ten modrý pokoj."

„Tak dobře," přisvědčím. „Díky, mami."

Dům jsme nevzdali bez boje. Luke zavolal Fabii a snažil se ji přemluvit, volala jsem já i realitní agent. Jenomže oni už dva dny po Minnieině narození podepsali smlouvu s tou druhou dvojicí. Jediná kladná věc na celé té záležitosti je, že jsem po pěti výhrůžných e-mailech dostala od Fabie svou kozačku od Archieho Swanna. Jinak bych s ní opravdu zatočila.

„Další botičky," hlásí stěhovák s lepenkovou krabicí v náruči. „Už to pomalu není kam dávat."

„To nevadí!" nenechá se máma vyvést z míry. „Budete to nosit do modrého pokoje. Já vám ukážu, kam..."

„Jak se vede?" ptá se Luke v pracovním a s balonem na pilates a dvěma krabicemi na klobouky v náručí.

„Dobře," přikývnu a přihlížím, jak další stěhovák nese krabici s mými líčidly. „Není to divné?"

„To je opravdu divné." Jednou rukou mě obejme a já se mu schoulím do náruče. Ještě divnější to bylo včera večer, když jsme veškerý nábytek naložili do stěhovacího vozu a zůstali v bytě pouze s hromadou krabic. Ráno kolem čtvrté se Minnie rozhodla, že se už dostatečně vyhajala, a tak jsem jí na hudebním chrastítku pustila Brahmsovu ukolébavku a dítě si uložila do klokánka na břicho. Luke nás obě obejmul a v měsíčním světle jsme se zvolna pohybovali v jakémsi zvláštním tanci.

Předtím mi nikdy nedošlo, že ta ukolébavka je vlastně valčík.

„Lukeu!" přichází táta s hromadou pošty. „Máš tu dopis!"

„To musí být nějaký čipera," diví se Luke. „Příliš mnoha lidem jsem ještě tuto adresu nedal." Podívá se na emblém firmy na zadní straně obálky. „Vida, to je od Kennetha Prendergasta."

„Prima!" předstírám nadšení a na Minnie potají protáhnu obličej.

Luke otevře obálku a přeletí krátce očima obsah. Hned nato se do dopisu zahloubá. „Nevěřím vlastním očím," říká pomalu. Nakonec se od dopisu odtrhne a užasle se na mě podívá. „Je to o tobě."

„O mně?"

„Měl by ti přijít poštou stejný dopis. Kenneth tvrdí, že se stalo něco tak naprosto neuvěřitelného, že považoval za nutné informovat oba."

To mi ještě scházelo. Jistě si na mě stěžoval.

„Nemá mě rád!" bráním se. „Já za to nemůžu. Podle mě je to omezený a úzkoprsý..."

„Ale o to nejde," koutky Lukeových úst se stáčí do úsměvu. „Jak to vypadá, tak jsi mě, Becky..., porazila."

„*Cože?*" užasnu.

„Jedna z tvých investic si vedla mimořádně dobře. Vážně nevím, jestli to Kenneth přežije ve zdraví."

Já to věděla. Já *věděla*, že vyhraju.

„A co to bylo?" dotírám nadšeně. „Co mělo takový úspěch? Asi ty barbíny, ne? Nebo kabát od Diora?"

„Akcie té webové stránky fabbesthandbagsonline.com dají na burzu. Vydělala jsi balík."

Vytrhnu mu dopis z ruky a těkám očima po řádcích. *Zisk tři tisíce procent... mimořádné... něco nevídaného...*

Chachá! Dala jsem Lukeovi na frak!

„Takže kdo z naší rodiny umí nejlépe investovat?" vytahuju se.

„Zato tvé Starožitnosti budoucnosti nestojí ani za fajfku tabáku," odsekne Luke, ale usmívá se přitom.

„No a co? Stejně jsem tě porazila! Máš kopu roztomilých chechtáčků, pusinko!" políbím Minnie na čelíčko.

„To dostane, až jí bude jednadvacet," upozorňuje mě Luke.

Řeknu vám, že Luke dokáže být občas nudný. Komu by se chtělo čekat do jednadvaceti?

„No, uvidíme, co se s tím dá dělat," špitnu Minnie do přikrývky, aby to Luke neslyšel.

„Poslyšte!" Máma vyjde před dveře se šálkem čaje. „Ložnici máte zarovnanou málem až ke stropu. Takže se bude muset nejspíš něco vyhodit a trochu tam uklidit. Je tam strašný binec."

„Moje řeč!" zavolá Luke. „Díky, Jane!" Máma zmizí uvnitř a znovu se objeví s balonem na pilates. „Co třeba začít tímhle?"

Nenávidím třídění věcí. A uklízení. Jak jen se z toho vykroutit?

„No, co mě se týče, já myslím, že by Minnie potřebovala menší vycházku," prohlásím nenuceně. „Musí trochu na čerstvý vzduch. Celý den je zavřená uvnitř..."

„Dobrý nápad," přikývne Luke. „Tak zatím ahoj."

„Ahoj! Pa pa, tati!" mávám drobnou dcerčinou ručičkou na Lukea, který mizí v domě.

Ještě nikdy mě nenapadlo, jak báječně se dá na mimino vymluvit. Ve všem!

Položím Minnie do kočárku, pěkně ji zakryju a vedle ní dám Uzlíčka, aby jí dělal společnost. Minnie má kupodivu Uzlíčka docela ráda. I Dvojuzlíčka, kterého dostala od Jess.

Jezdíme se staromódním šedým kočárkem, který jsem kdysi koupila na veletrhu Vše pro dítě, zaprvé proto, že jsme všechny ostatní kočárky poslali zpět, a také proto, že podle mámy je tenhle kočárek nejlepší pro Minnieina zádíčka, „ne jako ty moderní krámy". Mám v plánu ho co nejdřív nechat přestříkat na jasně růžovou – jenže teď o svátcích není tak snadné na to najít firmu.

Položím na ni nádhernou růžovobílou přikrývku od Lukeových rodičů, kteří nás přijeli o Vánocích navštívit. Byli moc milí. Přinesli mi hromadu muffinů, zvali nás, abychom přijeli do Devonu (který je ovšem trochu z ruky), a svorně prohlašovali, že je Minnie nejkrásnější miminko na světě. Z čehož je vidět, že mají dobrý vkus. Na rozdíl od Elinor, která se tu ani neukázala a poslala Minnie ohavnou porcelánovou panenku s kudrnatými vlásky a tak strašnýma očima jako z nějakého hororového filmu. Při nejbližší příležitosti ji prodám na eBay a utržené peníze uložím na Minnieino konto.

Vezmu si nový kabát od Marka Jacobse, který jsem dostala od Lukea na Vánoce, a kolem krku si uvážu šátek od Dennyho a George. Nosím ho od chvíle, kdy jsem odešla z nemocnice. Žádný jiný se mi teď vůbec nechce nosit.

Já jsem hned *věděla*, že je to dobrá investice.

Nedaleko domu mých rodičů je menší blok obchodů. Bez velkého přemýšlení zamířím rovnou tam. Ne že bych chtěla něco kupovat, ale protože je to hezká procházka.

Trafika, k níž dorazím, je krásně osvětlená, vyhřátá a přímo nás zve dovnitř. Než se naděju, už tam vjíždím i s kočárkem. Minnie spí jako zabitá a já jdu k polici s časopisy. Koupím něco mámě, abych jí udělala radost. Právě saham po *Good Housekeeping*, když strnu s rukou ve vzduchu. Mají tam *Vogue*.

Nové číslo *Vogue*. S zářivě modrým nápisem VYHLÁŠENÍ LONDÝNSKÉ SUPERMÁMY na obálce.

Rozechvěle odtrhnu přílohu o cestování, která je zdarma, a listuju stránkami.

Ach Bože! Tady na té obrovské fotografii, to jsem já! V šatech od Missoniho stojím na širokém schodišti a pode mnou je titulek: „Rebecca Brandonová, na slovo vzatá odbornice na to, co, kde a jak nakoupit, a manželka majitele PR firmy Lukea Brandona. Čeká své první dítě."

Elegantní styl bývalé televizní moderátorky Becky Brandonové, bytem v Maida Vale, je zřejmý z jejího přepychového šestipokojového domu. Bez ohledu na náklady osobně navrhla překrásné dětské pokojíčky, jak pro chlapečka, tak i pro holčičku. „Pro své děti chci jenom to nejlepší," říká Becky. „Nábytek jsme nechali vyrobit v Mongolsku u tradičních řemeslníků."

Obrátím stránku – a tam stojím s rukama na břiše a s úsměvem od ucha k uchu v holčičím pokojíčku zařízeném jako pro princeznu z pohádky. Celé stránce vévodí můj výrok napsaný velkými písmeny: „Mám pět kočárků. Podle mě to není moc."

Becky, která je v péči proslulé gynekoložky Venetie Carterové, plánuje přirozený porod ve vodě s lotosovými květy. „Jsme s Venetií dobré přítelkyně," rozplývá se Becky nadšením. „Ohromně si rozumíme. Možná ji požádám, aby šla mému dítěti za kmotru."

Zdá se mi to strašně dávno. Jako by se to odehrálo na jiné planetě. Ale při pohledu na nádherný dětský pokojíček mě přece jen bodne u srdce. Minnie by se to líbilo, to dobře vím.

Ale nevadí. Jednou bude mít krásný pokoj. Mnohem *lepší.*

Vezmu si časopis z police a položím ho před prodavačku, která si právě cosi čte.

„Dobrý den!" zdravím. „Vezmu si tohle."

V rohu mají nový regál s nápisem Dárky – a zatímco prodavačka odemyká pokladnu, odskočím si ho prohlédnout. Mají tam většinou fotorámečky, vázičky a brože ve stylu třicátých let.

„Vy sem často chodíte, viďte?" ptá se prodavačka při skenování ceny časopisu. „O Vánocích jste tu byla v jednom kuse."

V jednom kuse. Něco vám řeknu, lidé toho strašně napovídají!

„Nedávno jsem se vrátila," usměju se na ni přátelsky. „Jmenuju se Becky."

„My jsme si vás už všimli," vloží mi *Vogue* do igelitové tašky. „Říkali jsme vám ‚Ta…'," zarazí se a já napětím strnu. Co chtěla říct?

„Pst!" zasyčí druhá prodavačka, zrudne a dloubne tu první do žeber.

„Jen se neostýchejte, mně to nevadí!" Nenuceně si odhrnu vlasy z čela. „Neříkali jste mi třeba … Ta s šátkem od Dennyho a George?"

„Ne," prodavačka na mě upře bezvýrazný poohled. „Říkali jsme vám Ta s tím odrbaným kočárkem."

Uf.

Hm. Zase *tak moc* odrbaný není. A počkejte, až ho nechám nabarvit narůžovo. To budete koukat!

Právě sahám pro peněženku – a zahlédnu růženínový náhrdelník, který leží mezi ostatními dárky na poličce.

Páni! Růženíny zbožňuju!

„Můžete ho mít," prodavačka sleduje můj pohled. „Opravdu hezký."

„Ano. Skutečně," přikývnu zamyšleně.

Vtip je v tom, že bychom teď měli trochu šetřit. Po mém návratu z porodnice jsme měli s Lukem dlouhý rozhovor o naší finanční situaci, o dluhu v bance a podobně. A dohodli jsme se, že dokud se Lukeův podnik nepostaví na nohy, neměli bychom kupovat nic, bez čeho se můžeme obejít.

Jenomže já po růženínovém náhrdelníku toužím už tak dlouho… A tenhle je jenom za padesát liber, což je prakticky zadarmo. A vůbec, přece si zasloužím nějakou odměnu za to, že jsem v investování byla lepší.

Navíc můžu využít svého nového elektronického účtu v Indonésii, na který mi Luke dosud nepřišel.

„Já si ho vezmu," rozhodnu se impulzivně a natáhnu ruku ke šňůře měňavých růžových korálků.

Jestli ho Luke objeví, budu tvrdit, že je to nová výchovná hračka. Kterou musí nosit matka dítěte na krku.

Podám prodavačce Visa kartu, vyťukám číslo pinu a položím igelitovou tašku s *Vogue* do nákupního košíku na kočárku. Pak schovám svůj nádherný náhrdelník k miminku pod pokrývku, kde ho nikdo hledat nebude.

„Ne abys to na mě pískla taťkovi," šuškám jí do ucha.

Holčička mlčí.

Jakože, jasně že neumí mluvit. Ale i kdyby uměla, vím určitě, že by to na mě neprozradila. Už si spolu moc dobře rozumíme.

Vyjedu s kočárkem z trafiky a podívám se na hodinky. Kam bychom spěchaly, zejména pokud se doma ještě uklízí. Minnie bude chtít stejně za chvilku nakrmit. Půjdu do té italské kavárny, kde jim to nevadí.

„Nedáme si dobroučké kafíčko?" zahýbám ke kavárně. „Jenom já a ty, Min."

Cestou kolem starožitnictví se zahlédnu ve výloze a bezděky sebou trhnu. Jsem matka s kočárkem. Já, Becky Brandonová (rozená Bloomwoodová), jsem opravdická matka.

Zajedu do kavárny, posadím se ke stolku a objednám si kapučíno bez kofeinu. Pak něžně vytáhnu Minnie z kočárku a opatrně o sebe opřu její měkkou a chmýřím obrostlou hlavičku. Stáhnu z ní růžovobílou přikrývku a nadmu se pýchou, když zaslechnu, jak si dvě starší dámy u vedlejšího stolku povídají: „To je ale krásná holčička!" a „Ta je krásně oblečená!" a „Myslíš, že je ten svetříček z pravého kašmíru?"

Minnie začíná otáčet hlavičkou ve stylu „Kdepak mám tu baštu?" a já ji dám pusinku na tvářičku. Jsem matka nejbáječnějšího dítěte na světě. A báječně to spolu roztočíme. Na to vemte jed.

Bambino

975 Kings Road

Londýn SW3

... pro děti všeho věku...

Slečna Minnie Brandonová
The Pines
43 Elton Road
Oxshott
Surrey

5. ledna 2004

Milá slečno Brandonová,

blahopřejeme Vám k narození!

My z Bambina máme velkou radost z Vašeho příchodu na svět – a chceme ho oslavit mimořádnou nabídkou. Nabízíme Vám, abyste vstoupila do klubu Bambino a stala se nositelkou Zlaté karty.

Jako nositelce Zlaté karty Vám nabízíme:

- exkluzivní odpoledne (s hlídáním), na nichž se budou předvádět nové hračky před uvedením na trh, které si budete moct vyzkoušet
- při každé návštěvě zdarma džus
- 25% slevu při prvním nákupu na Zlatou kartu
- pozvánku na vánoční večírek pro držitele Zlaté karty

… a mnohem víc!

Stát se nositelkou Zlaté karty je velmi snadné. Mamka s taťkou jenom vyplní přiložený formulář – a naše malá princeznička Minnie bude mít svou první Zlatou kartu!

Těšíme se na brzkou odpověď.
S pozdravem,
Ally Edwardsová
marketingová manažerka